Because
版
好きだから
Mika & Shiho
I love you
井上美珠
Miju Inoue
EB
エタニティ文庫

{ Contents }



*Because I Love you*

# 君が好きだから

*Because I Love you*

# 1

二十九歳になって、そろそろ結婚しなければならない年齢になって。

そして思うのは、早く手を打たないと、子供だって三十過ぎにしかできないから、という変な心配。

誰もが焦《あせ》る年齢になって、美佳《みか》も本当に焦った。

けれど手を打つのは簡単ではない。

だから待っていたって仕方ないと思い、安易にお見合いを引き受けた。

お見合い会場に現れた相手は、自分にはとてもとても不釣合いな方で、即行断られるものだと思っていた。

「僕と結婚しませんか?」

断られなくて、こちらも断らなくて。そして何度か会って、自然と話せるようになった頃には、縁談が進んでいた。

棚からぼた餅《もち》? それとも、待てば海路《かいろ》の日和《ひより》あり?

「どうしてですか？」

自分が質問し返した言葉に対して、にこりと笑った相手に、ドキリとする。どこか高貴さが漂《ただよ》う、黒い髪と黒い目。凛《りん》とした感じで、立ち姿も絵になる人。育ちがよさそうな雰囲気と、ほどよく筋肉のついたスタイルのいい身体で、美佳は直感的にこの人きっとモテる、と思った。

「君が好きだからに決まってるでしょう」

照れたように崩れる表情。口元に当てた大きな手。

じっと見ていたら、彼は穏やかに笑ってこちらを見た。

すごく好きとか、この人でなくてはならないとか、そういう考えはなかった。ただこの人だったらいいかな、という思いで承諾《しょうだく》した。

先のことなんてあまり考えずに、首を縦に振って、そして結婚式を挙げたのは、お見合いの四ヶ月後。

スピード婚なんて、流行にのるつもりはなかったけれど「君が好きだからに決まってる」という言葉が胸に響いた。

「おはよう」

新聞片手に寝癖頭で起きてくるのは当たり前。それを直しながらテーブルについて、腕時計をはめるのが日課らしい。寝癖はすぐに直る髪質らしく、羨《うらや》ましいと美佳は思う。

「おはよう」

ご飯を茶碗に盛って、味噌汁をよそって、卵焼きを皿にのせる。今日はジャコ入りの卵焼き。新聞をテーブルに置いたままボーッとしているその人の前に、その三つを置くと、ようやく顔を上げた。シャツにスラックス、ネクタイはまだしていない。コンタクトを入れていないその目には、眼鏡が装着されている。

普段はコンタクト。眼鏡は嫌いだと言うが、休日は大抵《たいてい》眼鏡で過ごしている。そこまで目が悪いわけではない、と言っているが、右目が1.0で左目が0.2。差がありすぎるため、コンタクトや眼鏡をしていると、初めてのデートの時言っていた。右目は乱視が強く、コンタクトはその矯正《きょうせい》のためであることも、同じ日に聞いた。

「紫峰《しほう》さん、コンタクトは?」

「今、入れる」

眠そうに目をこすって眼鏡を外すと、小さなケースから、洗浄液に入ったコンタクトを取り出す。

前の席に座って味噌汁を飲みながら、ごく小さいコンタクトを入れる様子を見る。直径一センチにも満たないようなそれが、目の中に入るということにすごさを感じる。周りの友達も、今まで付き合った人も、視力がよかった。だから、美佳にとってこの仕草は新鮮だ。

「よく入るよね、コンタクト」

「そうかな。慣れてるから、難しいことじゃないけど。美佳も入れてみる？」

意地悪そうに笑ったその顔を見て、冗談だと気づく。

「痛そうだもん」

「痛くないけどな」

両方の目に入れ終わると、何度か瞬《まばた》きをする。自分を見る目が変わったことで、今はクリアに見えているのだと感じる。

「美佳の今日の予定は？」

「今日？　出版社に行って、原稿を出してくるだけ。打ち合わせをして、すぐ帰ってくると思う」

堤《つつみ》美佳から三ヶ嶋《みかしま》美佳になって三週間。語呂のよさが、どうにも笑える名前になった。

三週間前に夫となった人は、三ヶ嶋紫峰。美佳の仕事は、翻訳家兼小説家。翻訳はフランス語と英語が専門。小説は遊びで書いたのがまぁ売れて、翻訳家という肩書きもあったせいか、注目を集めた。小説家としての仕事量をあまり多くしないようにしているので、契約しているのは一社だけだ。印税はそこそこ入ってくるし、あまり外にも出ない。こういう職業のせいか結婚なんてものは縁遠かった。父は早世していないが、娘を心配する母親がいる。その大切な母が初めて持ってきた見合いの話。普通は写真くらいあるものだ、と思ったけれど、それすら見せずにゴリ押ししてきた相手。それが、三ヶ嶋紫峰だった。

『見なくていいって。きっと、気に入るから』

相手もこっちを気に入らないといけないんだよ、というのは言わないでおいて、母に勧められるまま見合い相手と会った。二十九歳にもなるのに、赤い振袖を着せられて、恥ずかしい思いをしながら席に座ったのを覚えている。

「今日、僕も早く帰ってくると思う」

「え、本当？　じゃあなにが食べたい？」

「美佳が作ってくれるものなら、なんでも」

美佳が作るものならなんでも食べる、といつも言う。かえって悩む、ということを紫峰は知らないのだろう。しかもそれが、言われたこちらが照れてしまうような台詞《せりふ》だということにも気づいていないようだ。

昨日の帰りはちょっと、というか、ものすごく遅かった。ベッドが揺れたなぁ、と思って目を少し開けて時計を見ると、午前三時だった。気遣うような紫峰の視線を感じて、そのまま寝たふりをしていたら、サイドランプが消えて横になる気配を感じた。すぐに聞こえてきた寝息に、日々の疲れを感じる。きつそうだな、と思いながら眠りに落ちた。

そして、今は午前七時半。いつも紫峰は七時に起きて身支度をする。四時間くらいしか寝てない。

「早く帰ってくるなら、ゆっくり寝れるね」

「そう、美佳とゆっくり寝れる。明日は非番だし」

一瞬、箸《はし》が止まる。おいおい、と思う。

そんな台詞《せりふ》はベタな恋愛小説とか、少女漫画とか、そういうものでしか聞かないもの。本の中では、ヒロインがかなり愛されてて、そしてお前が食べたい的な台詞《せりふ》を言われることがある。今まさに同じようなことを紫峰から言われている自分は、愛されヒロインじゃないか、と思った。

「結婚式のあとから、三週間近く美佳と寝てない。君も仕事、僕も仕事。君も不規則、僕も不規則。今日はできるでしょ」

淡々と言われて、そうでしたね、と思うしかない。しかし、今日はできるでしょ、は露骨《ろこつ》だ。結婚前後に一度ずつ夜を過ごしたけれど、それ以来していない。結婚前に初めてした時は、こんな風にされたことあったっけ？　と驚くくらいだった。男の人にこんなに愛されたのは初めてだ。

優しく、時に激しく愛されながら、ここまでしてもらえるほど美人でもないし、スタイルもよくないですよ、と途切れ途切れの意識の中考える冷静な自分がいた。ややふくよかな身体つきが美佳のコンプレックスで、結婚前にダイエットして、ウエディングドレスを着た。少しきつめのサイズを選んでいたからちょうどよかったのだが、結婚式後、紫峰からは文句を言われた。

『美佳、ダイエットは禁止』

『はぁ?』

美佳の柔らかい身体が好きだから、と翌日紫峰は言った。それを聞いて、かなり恥ずかしかったというか、照れたというか。痩《や》せた女性が好きだ、と言う人が多い中で、自分の身体を好きだと言ってくれてよかったけれど。

「紫峰さん、私とそんなにしたいの?」

「したいよ」

「どうして?」

どうしてって、と少し照れたように次の言葉を続けた。

「君が好きだから」

他の人が聞いたら顔が引きつるよ、と美佳は思う。

なにがどうしてこんなに愛されているのかわからないけれど、紫峰と結婚してよかったと思う。美佳は本気で紫峰を好きだとか、そういう気持ちで結婚を決めていない。だがここまで言われると、心も引きずられてくる。

紫峰は、魅力のある人だし、きっとモテる。男三人兄弟《きょうだい》の次男で、父親は警視総監も務めたことのある人。兄も弟も警察官。同じく紫峰も警察官で、今は警備部警護課というところにいる。それがいわゆるSP《エスピー》と呼ばれる人達だということを、結婚直前まで美佳は知らなかった。

そんな堅い職業一家なのに、三ヶ嶋家はみんな気さくで大らかで、逆に美佳が驚くほどだった。これまで通り仕事を続けなさい、と紫峰の父親は言ってくれ、母親はサインが欲しいとねだり、兄にいたっては本が全部欲しい、と言った。警察の階級はよくわからないけれど、紫峰の兄は警察官の中でもかなり上のポジションにいるらしい。紫峰は警部という階級らしいが、今でも美佳にはどんなものかわからない。

「そろそろ行かないと」

紫峰が立ち上がり、食べ終わった茶碗を持って台所へ行った。

「そのまま置いてて。私、片づけてから行く」

「うん。いつもありがとう」

紫峰は自室へ行き、ジャケットを着てネクタイを首にかけてリビングに戻ってきた。警察手帳をテーブルに置いて、ネクタイを慣れた動作で締《し》める。最後に警察手帳の中身を確認して、ジャケットの内ポケットに入れた。

「美佳、出版社まで気をつけて。僕は行ってくるから」

自分が先に出かけるというのに、紫峰は美佳の心配をする。結婚前からそうだ。紫峰と会った翌日に遠出《とおで》をするのだと言ったら、気をつけて、と二回も言われた。

「うん、行ってらっしゃい」

見送りをと思い、玄関までついて行く。朝はなるべく見送りをしたいと思っている美佳だったが、最近はそれもままならなかった。原稿の締め切りが近く、すれ違いの生活が続いていたが、今日は久しぶりに見送りができた。

「美佳」

靴を履いた紫峰が美佳の頬に手をやった。大きな手は、美佳の丸い頬を完全に包み込む。そのまま顔が近づいてきて、唇を重ねられる。軽く唇を挟むようなキスを二回されて、唇が離れた。

「早く帰ってくるから」

そのままドアを開けて出ていく背中を見送って、ドアに鍵をかける。

「どんだけー」

某メイクアップアーティストのまねをしながら、顔が熱くなる。

本当に、自分はどれだけ愛されヒロインなんだ、と思う。まさか自分がこんなに愛されるとは思っていなかった。でもなんだかこれはすごく嬉しい。

「結婚してから本気で好きになるって、どうなんだろう」

そのまま's しゃがみ込んで、熱い頬をパシパシと叩く。おまけに今夜のことを考えるだけで、悶《もだ》える感じ。そして、悶《もだ》えていると、急に冷静になるのは毎度のこと。

「紫峰さん、どうして私のこと好きなんだろう。どうして結婚したのかな」

普通の家の、普通の人間。首を捻《ひね》っても、わからない。

どうしてですか、と聞く度に、いつも返ってくる答えは決まっているのだ。

『君が好きだからに決まってる』

それだけで満足しないのが女の性《さが》なのか、どうにも納得できない自分がいた。

どうして、という気持ちが消えないのは、平凡な自分が愛されヒロインになったからだろう。

2

「よう、新婚さん」

「やぁ、離婚さん」

「お前、相変わらず性格悪いな」

「お前に言われたくないね」

拳銃を片手に持ち、ガチッという音を立てて、拳銃にセーフティーロックがかかったことを確認する。そのままホルダーへ入れると、相手も同じくホルダーへ拳銃をしまうところだった。

「三ヶ嶋、お前奥さんと上手くやってんのか？　最近毒吐いてばっかじゃねえか。結婚したんだから、ちったぁ丸くなれよ」

思い当たることはあった。けれど、いつも毒づいているわけじゃない。最近毒を吐いてばかり、というのは訂正してほしいと紫峰は思う。だが昨日のことを相手はよく覚えていた。

「丸く？　なったと思うけど」

「まぁなぁ、確かに前よりは……いや、だからさぁ」

「だったら、松方《まつかた》が言えばいい。新人の松井《まつい》はお前に懐《なつ》いているじゃないか」

「俺が言う前に、係長のお前が呼び出したじゃないか。君にできることは、要人の壁になるだけか？　なんて言うから、マジにビビッてたぞ。お前に慣れてないんだから、少し柔らかく言ってやれよ」

同期で同じ警備部警護課に配属された松方裕之《ひろゆき》は、最近離婚したばかりだった。円満離婚だったので、深刻な問題を抱えているわけではない。松方は大きな身体と、優しそうな垂れ目が印象的な人のよい男だ。容姿に似合った面倒見のいい性格で、後輩からの信頼もあつい。

「ふくよかで可愛い美佳ちゃんに、慰《なぐさ》めてもらえ。独り身じゃできないことだぜ。夜の営みは忙しい勤務のストレスにも効く……って、おい、やめろよ」

口を閉じろという意味で、紫峰は銃口を松方に向けた。が、ふりだけで、すぐに拳銃をホルダーにしまう。

「美佳のどこを見てるんだ、お前」

「胸？　デカイよなぁ。ああいう感じの胸に抱かれてみたいぜ、どんなんだよ？　独り身は寂しいからな……って、痛ぇよ、拳固《げんこ》かよ」

力加減をしつつも、拳固《げんこ》で頭を殴った。悪気はないのだが、松方はたまにこうやって美佳のことを揶揄《やゆ》する。

「独り身で溜まってるからって、人の妻の胸を見るからだ。腰掛け婦人警官なら、喜んでお前についてくると思うけど。美佳と同じ名前の、あの腰のデカイ婦人警官、なんて言ったかな？　本人はスタイルがいいって、思ってるらしいけど。デカイだけに、まさに腰掛けって感じ？」

「……お前、本当に溜まってるな、三ヶ嶋。毒が効いてるぜ、とくに今日は」

言われてうんざりしたため息を漏らす。当たり前だ、とどれだけ言いたいか。

「結婚して約三週間。新婚旅行は要人警護でまだお預け、それに当直と美佳の仕事が重なって、すれ違い。溜まるに決まってるだろう。それなのに、松井は宮田《みやた》大臣にクレームつけられるし。なんでクレームつけられたか知ってるか？」

「いや」

「秘書が電話を渡そうとしたのを、ナイフと勘違いしてねじ伏《ふ》せたんだ。ＳＰは要人を守ることも大切だが、それ以外にも状況判断能力が求められる。大臣はかなり立腹していて、なだめるのに苦労した。その上、岡野《おかの》課長に松井と一緒に呼ばれて説教。松井に始末書を書くよう指示したら、なんで自分が始末書を書かなきゃならないんですか、とほざく」

松方は、それは災難だったな、と途中相槌《あいづち》を打ちながら同情するような顔つきで頷《うなず》く。

「だから言ったんだよ。始末書を書くのは要人警護について回る仕事だ。それができなくてこれからここでやっていけるのか？　始末書も書けないような体力だけのＳＰが、って。僕が言いすぎているのか？　松方が新人の松井の方をかばいたいなら、僕の文句でも一緒に言っていればいい」

わかったよ、と松方は、髪をかき上げながら引き下がる。百七十九センチの紫峰よりも、十センチ背の高い松方に怒っていると、まるで、大きな犬をしつけているみたいだった。

「今日は誰の警護だ？」

気を取り直した松方に聞かれて、それに答える。

「大岩《おおいわ》元総理。お忍びで病院へ診察」

「へぇ、年だしなぁ。長くないんじゃねぇの？」

「知らないね。とにかく今日は早く帰る。面倒なことも起きないだろう。相手は老いた爺《じじい》だ」

松方に背を向けながら紫峰は悪態をついた。

「お前、本当に口が悪い……美佳ちゃんの前でもその調子なのか？」

「そんなわけないだろう。だいたい、美佳にこんなことを言う機会がないね」

大事にしてんだな、と言われて、当たり前だと心の中で呟《つぶや》く。

「しかし、なんで俺は要人警護になんてなったんだろうなぁ。毎日疲れるぜ」

「憧れていたんだろう？」

訓練生の頃、松方はＳＰへの憧れを熱く語っていた。あの頃、松方は結婚していて、とても幸せそうだった。結婚はいいぞ、と言っていたのに、紫峰の結婚が決まった頃には、やめておけ、に変わっていた。それに対して苦笑を返しただけだが、その目は真剣だったことを思い出す。

「三ヶ嶋は、どうしてＳＰになったんだ？　家は警察一家だし、東大出なのに、どうしてノンキャリアだ？」

別に、どうして、ということはなかった。まだ世間に普及していないＳＰをやってみたかった、それだけだ。

「前に言っただろう？　ＳＰをやってみたかったんだ」

まぁなぁ、と同意する松方に、紫峰は笑ってみせた。

「それよりなにより三ヶ嶋が結婚したことの方が驚きだったよ。お前ってなんか、生活の匂いがしないっていうか、女はいるだろうけど、結婚はしないと思ってた。クールで、おまけに毒舌家だし？　ついてこれる女っているのかな、って感じでさ」

松方とこんなに話すのは久しぶりで、そして紫峰が結婚するとは思わなかった、と聞くのは初めてだった。

確かにそうかもしれない、と紫峰は思う。外見だけでなく、職業を明かしたりしても、自然と女はやって来た。結婚まで女関係がなかったとか、そういうことは一切ない。美佳と見合いをした時だって、付き合っている彼女がいた。背が高くて上昇志向の強い、警察のキャリア組。洗練された美しさが気に入っていた。

その彼女と結婚も考えていた。付き合って二年。相手から催促されたのもあるが、好きという気持ちももちろんあって、そろそろプロポーズでも、と思っていた。プロポーズの言葉も用意していて、いつ言うかということも考えていた。

そんな時に、父から、世話になった人の娘と見合いをしろ、と言われた。その人は父がまだ独身の頃に、初めて配属された場所での先輩、ということだった。そのノンキャリアの先輩という人は早世して、妻と嫁にいっていない末娘が二人で暮らしているということだった。一度会えばうるさくないだろうという気持ちから、その娘と会うことにした。

見合い前日に、紫峰は付き合っている彼女に会って、抱き合いながらことの次第《しだい》を話した。今でも、最後に抱いた時の腰の細さと、よがる声を覚えている。その彼女に、しょうがないよ、一度会ってくれれば？　と言われて翌日、見合い相手の美佳に会ったのだ。

「警視の中村瞳子《なかむらとうこ》を振ってまで美佳ちゃんと、とはね。中村瞳子って美人で才女だろ？　おまけにスタイル抜群。どこが悪かったんだ？　見合いの前日、会ってたって聞いたぜ？」

よく知っているな、とそのニヤついた顔を少しだけ睨《にら》みつける。

「瞳子は結婚してもいい人だった。けど、美佳は結婚したい人だった。それだけの違いだ」

「なんでそう思ったんだよ」

食い下がる松方に苛立《いらだ》ちを覚えた。

ただでさえ、溜まっているというのに。

「松方、さっき溜まってるんだろう、って聞いただろ？」

「ああ」

「実際、美佳と会えなかったり、してなくて溜まってることは事実だ」

顔つきが変わったのは自分でもわかる。松方の引いたような表情を見ても明らかだ。

「そんな僕を苛立たせるなよ。ミスしたらどうする」

松方は、わかった、と言ってそのまま口を閉じた。その横を通り過ぎると、松方はもう追いかけてこなかった。

松方は気のいい奴だが、時々余計なことを言う。

「係長、今日もよろしくお願いします」

昨日、指導した松井が丁寧に頭を下げた。

「昨日みたいなこと、するなよ」

その肩を叩いて、フロアを出る。警護対象者宅へ行く時間は迫《せま》っていた。足早に進むと、そのうしろを松井がついてくる。

「昨日は言いすぎた、悪かった」

松井は焦《あせ》ったように返事をする。

「いえ、そんなことは」

それを聞いて、小さくため息をつく。

ふと美佳の顔が思い浮かぶ。少しだけモヤモヤしたものが晴れた。美佳と結婚をした理由は、なぜかこの人と結婚するだろうと直感的に思ったからだった。

警護対象者宅へ行くための車に乗り込むと、仕事に対するストレスを紛わせるために、初めて美佳に会った日のことを思い出した。見合いをした日、付き合っていた瞳子にも、これまでの恋人達にも感じなかったものを彼女に感じた。それは、運命というもの。

美佳は今まで自分が付き合ってきた女性と比べれば見た目は平凡だ。けれど会った瞬間に惹《ひ》かれた。小説家だと聞いて、その日のうちにすべての本を買って、そしてそのすべてを読んだ。平凡な外見とは違う、深みを感じる小説だった。紫峰は、外見とその人の本質は違うのだと、この時強く感じたのだ。文章表現の美しさは、自分にはまったくない感性だった。そんな美佳に感じたのはたったひとつ。もしかしたら気づかないで通り過ぎるような、第六感的なもの。

『きっと僕は、この人と結婚するために生まれてきた』

そんなロマンチストみたいな考えを持つのはおかしい、と何度も紫峰は自分に言い聞かせた。たった一度会っただけなのに、バカバカしいとも考えた。しかし、美佳は言ったのだ。互いの親がいない時、二人きりになった時だった。

『こうやって会ったのもなにかの縁でしょうけど、他の方がいらっしゃるのなら、どうぞそちらへ行ってくださいね』

丁寧な言葉と、首筋に注《そそ》がれた視線。苦笑されて、思わず首に手をやった。美佳と見合いをする前日、紫峰は付き合っている彼女と会った。その彼女である瞳子がキスマークをつけたのはわかっていたが、これくらいならたぶん見えないだろう、と油断していた。

思わず手をやった自分の動作にも、美佳は動じることなく笑みを向けた。

意外に鋭い女性だということに心奪われた。そして嫌味に聞こえない丁寧な言葉で指摘され、美佳の前にいるのが、とても恥ずかしかった。そんな状況にもかかわらず、美佳の言った「なにかの縁」という言葉が紫峰の耳に残っていて――

「あの、係長」

不意に松井から話しかけられて、顔を向けた。

「奥さんの美佳さんって、どんな人ですか？」

「どうしてだ？」

そんな質問を受けるとは思わなかった。きっと松方がなにか話したのだろう。

「松方さんが、係長にしては意外な相手だけど可愛い、と言っていたので」

聞いてみたいと思っていた、と言葉を繋《つな》ぐ。余計なことを話すな、と思うが可愛いということには紫峰も同意するので、ため息をつき、口を開いた。

「一言で言うと、女らしい人だよ」

丁寧な言葉と、女らしい胸も腰もある身体つき。おまけに教養深く、小説家だけあって知識も豊富。華道も茶道も一通りこなす。習わされていた、という割にはかなりの腕前だ。しとやかだけれど、きちんと仕事を持って自立している美佳は、女の中でも輝いて見えた。

「従順な感じですか？」

「いや、きちんとした仕事を持って自立している。収入は僕より多い」

「係長よりですか？」

「そう。すごいだろ？」

松井の反応に紫峰は満足した。

美佳はすごい、といつも思う。紫峰に運命を感じさせたこともそうだし、小説家としてかなりの収入を得ていながら、誰かにそれを自慢することもない。

美佳が紫峰のことを好きで結婚したわけじゃないことは、紫峰もよくわかっている。出会ってから結婚するまで、たった四ヶ月の付き合いで、すべてを好きになれとは言わない。美佳が紫峰との結婚を承諾《しょうだく》してくれただけでも、紫峰にとっては嬉しいことだった。今はまだ愛されるということに馴染めていないようだが、それもきっと時間が解決してくれると思う。

美佳のことを考えているうちに目的地に到着した。知らずため息が出る。

仕方なく紫峰は、彼女のことを頭から追い出す。美佳のことを考えると、そのことで頭がいっぱいになり、仕事に集中できないからだ。

車から降り屋敷に入ると、要警護者の大岩元総理は、すでに玄関で待っていた。

「やぁ、三ヶ嶋君、待っていたよ。今日はよろしく頼む」

七十一歳、今も政界に影響を及ぼす、女好きの政治家。初めて警護した時から、ずっと指名されているのは喜ばしいことなのか。

「こちらこそよろしくお願いします」

頭を下げると、いつもの笑みを浮かべる。仕事用の顔は、いつも同じだ。

仕事中に女の顔が浮かぶことなど、今までなかったのに、つい美佳の笑顔を思い浮かべてしまう。

美佳と出会って結婚してから、仕事にこれまで以上に専念するようになった。美佳を心配させないためには、集中して職務にあたることが必要だと思ったからだ。

「聞いたよ、三ヶ嶋君。結婚したんだって？　兄弟《きょうだい》の中で君が最後だったから、父上は嬉しかっただろうねぇ」

「ありがとうございます」

松井が不思議そうな顔をしていた。紫峰は自分の父が元警視総監であることを、ほとんどの人に言っていない。警備部警護課の中でも知っているのは、課長と松方だけだ。

「どんな人か、今度会わせてほしいもんだねぇ」

「都合が合いましたら」

当たり障りのない返事。それに満足したのか、大岩元総理は笑顔で頷《うなず》いて、警護車に乗り込んだ。紫峰もその車の助手席に乗り込んで、気づかれないようにため息をつく。

もし美佳に本気で会いたいと言われても、きっと会わせはしない。紫峰は女好きの大岩を、好色爺《じじい》と心の中でののしりながら、進行方向を見る。

これが終わったら、美佳と過ごせる。紫峰はそう思いながら、仕事に集中した。

3

丁度夕食を作り終えたところで、ドアが開く音がした。紫峰が帰ってきたのだと思い、美佳はコンロの火を消して玄関に出迎えに行く。

「お帰りなさい」

いつもより帰りが早かった。午後六時半を回ったくらいだから、かなり早い方だ。今日は早く帰ってくるという、予告通りだった。

「ただいま」

紫峰のカバンをその手から受け取り、美佳はもう一度お帰りなさい、と言った。そうしたら再度、美佳の手からカバンを奪って、紫峰が床に置く。じっと見つめられて、そのまま壁に身体を押し付けられる。いきなりの出来事に、美佳は瞬《まばた》きをして紫峰を見た。一瞬言葉を忘れて、大きく息を吸い込んだ。紫峰のあまりに性急な動きに、美佳は反応できずなすがままになる。

「紫峰さん？」

もう一度瞬《まばた》きをして紫峰を見ると、いきなりキスされた。目を開いたままだったことに気づき、彼の動きに合わせて、ゆっくりと目を閉じる。それを見計らったかのように、紫峰の舌が口の中に入ってきた。

舌で唇を開かせるようにして、彼の舌がさらに深く侵入する。

いったん唇を離し、上唇をついばむようにして軽く触れられたかと思うと、今度は下唇を同じようにされた。そしてふたたび、美佳の顎《あご》に指をかけて上向かせ、深く唇を合わせてくる。

「ぁ……っんぅ」

息継ぎとともに甘い声が漏れる。紫峰からは熱くて忙《せわ》しない呼吸を感じた。

強く唇を重ねられて、美佳の意識はだんだんと心地よく薄れていく。紫峰の大きな手が美佳の胸を包む。余裕のないキスとは裏腹に、紫峰の手は優しく柔らかに上下する。

「ん……んっ」

どうにも身体に力が入らず、ズルズルと壁をつたって、腰が地に着いた。それに合わせるように、紫峰も膝《ひざ》をつく。濡れた音を立てて唇が離れると、紫峰が美佳を見つめていた。次の瞬間、唇を唇で挟むような短いキスをされ、ゆっくりと首筋をつたって紫峰の顔が胸に埋《うず》められる。

「あの……」

どうしたの？ と言いたかったけれど、息が詰まって言葉が出なかった。紫峰が触れる度に、翻弄《ほんろう》されて言葉が紡《つむ》げなくなっていく。

なにかを言う暇もなく、また唇が重ねられて、今度はスカートの中に手が入ってきた。太腿を撫でながら大きな手が身体の中心へ向かう。美佳の足を開かせ、その足の間に紫峰は身体を入れた。ショーツのゴムに手を掛けて、ズルリと下ろされる。片方の足にショーツを残したまま、紫峰がさらに美佳の足を開いた。

エプロンもつけたまま、下だけ脱がされる。ただ紫峰を出迎えただけなのに、どうしてこんなことになったのか。嫌だとは言わないけれど、玄関じゃなくても、と思う。紫峰はこんな風に身体を求める人だったのか、と少しだけ意外に思いながら熱いキスを受けた。荒々しく胸を揉む仕草に、性急さを感じる。まるで美佳に触れるのを我慢していたようだ。

「美佳……」

ため息のような切ない声で、紫峰が美佳を呼んだ。それ以外はなにも言わず、美佳の足をさらに開いて、深いキスを続けながら、胸を揉み上げる。内腿に手を這《は》わせて、そこを何度か撫でる。紫峰の息はすでに上がっていた。

それに同調するように、美佳の息も上がっていたけれど、紫峰の性急さに、まだ心がついていかない。

キスをされながら、身体の隙間に紫峰の指が入ってきて、下半身だけ愛撫《あいぶ》される。初めは浅く突くだけだった指が、中の方に入り込むと、思わず仰《の》け反《ぞ》ってしまった。

「紫峰さん……あ、あっ」

紫峰の長い指が何度も美佳の中を行き来して、敏感な部分に触れてくる。

一度指が離れたところで、美佳が一息ついて紫峰を見上げると、彼は上着を脱いでいた。ネクタイを緩めて、シャツをスラックスから引っ張り出す。それから再度深くキスをされて、ゆっくりと床に身体を横たえられる。唇が離れると、スラックスのベルトを外しているような音が聞こえた。美佳からは、身につけているエプロンの陰になってよく見えない。紫峰は手早くカバンを片手で開けて、箱をとり出した。その中身がなんなのかは、美佳にもよくわかっている。

「ここでするの？」

思った通り、四角いパッケージが箱から出てきて、それを紫峰が口で噛《か》み切る。

「ごめん、我慢できない」

少しだけかすれた低い声が、余裕がないことを示していた。結婚して三週間、紫峰とはまだ二度しか抱き合ったことはない。準備ができたのか、紫峰の硬い自身が、美佳の十分に蕩《とろ》けた隙間に軽くあてがわれる。そのままゆっくりと美佳の隙間を埋めていく。結婚前に抱かれた時は、久しぶりの行為とその質量で、少しだけ痛かった。今は痛くないけれど、その質量には思わず腰が引ける。

「腰を引いたら、深く入れない」

言われて美佳は身体の力を抜く。紫峰の手が美佳の頬を包んで見つめ合う。

「痛い？」

痛くないので首を振る。それを見て、紫峰はにこりと笑って、美佳の足を抱えた。

「あ、あっ……っ」

美佳の隙間がすべて紫峰で埋まる。

玄関の鍵を締《し》めたかを、確かめる余裕もなかった。少し不安を感じたが、腰を揺すられて、一番奥へと紫峰が進むと、もうなにも考えられなかった。

「はぁ……」

満足気に吐き出された紫峰の息が熱い。エプロンを捲《まく》り上げて、繋《つな》がった箇所を指でなぞられる。軽く押すように腰を動かされると、途端に熱いものが内から込み上げてきた。

「美佳」

大腿《だいたい》から腰骨辺りまでを撫でるように、紫峰の手が上がってくる。スカートはもう下半身を一切隠すことなく、すべて捲《まく》り上げられていた。美佳には繋《つな》がっている場所が見えないけれど、紫峰にはきっと見えていることだろう。美佳は急に恥ずかしくなって、身を捩《よじ》った。その振動で、どうにもならない快感が腹部から上《のぼ》ってくる。

「あぅ……」

「美佳、動くよ」

紫峰が美佳の腰を緩やかに揺らし、時々強く突き上げる。何度か繰り返すうちに、その動きが速くなる。

「美佳、……っ」

「あ、あ、あっ」

変な声が出て、恥ずかしくなって口を閉じる。耐えるように、切れ切れに息を吐く。

「声、出して」

低い声が耳に響いて、美佳は首を横に振った。

「変、な声、だから……っ」

玄関でこんなことをしたのは初めてで、思わず声が漏れるのを止められない。いや、それ以前に過去の恋人としている時にこんな声を出したことがあっただろうか？

「いいって言うんだ。もっと出して、美佳」

腰を揺らす速度がさらに速くなり、終わりが近いことがわかる。

終わりが近くなってもこっちがイかないと、イってくれない。

きっとほんの少しの時間しか繋《つな》がっていないのに、美佳は早くイきたくて堪《たま》らなかった。

「紫峰、さん、も……だめ……っ、あぅ」

「もう？」

意地悪く言って、腰を回される。それだけでもうダメで、美佳は紫峰のシャツを掴《つか》む。

「……ね、がい。イきたい、イかせて……っ」

「しょうがないな……っ。次は、僕のしたいようにさせてね」

美佳は首だけで頷《うなず》いた。それを見て紫峰は満足そうに笑い、美佳にキスをした。

上半身はほとんど触れられていない。本当に下半身だけ繋《つな》がった、動物みたいな行為。

だけど、久しぶりの身体はそれを悦《よろこ》んでいた。

美佳の要望通り、紫峰の腰のピッチが速くなる。それに伴ってあられもない声が出てしまい、恥ずかしくて目を瞑《つむ》る。キスをしていた唇が離れる。美佳が目を開けるとその唇が唾液の糸を引いていた。

「んっ、あぁ……！」

「美佳、……っ」

ひときわ強く腰を突き上げられて、動きが止まった。

快感が強くて、息が整わない。苦しくて、喘《あえ》ぐように息をしていると、そこへ柔らかい唇が軽く当てられる。何度も繰り返される羽のようなキスを、美佳はうつろな目で受けていた。

「美佳、ごめん、こんなところで」

紫峰が身体を離し、少しだけ腰を揺らしてから、繋《つな》がりを解《と》いた。

美佳の額に額をつけて、頬が少しだけ触れ合う。

「ごめん、我慢できなかった」

謝りながらも、近くにある紫峰の顔は満足そうだった。心も身体も満たされたような、そんな表情をしている。

美佳の隙間に、あまりにもピッタリと入っていたそれが抜けると、思わず切ないため息が漏れた。紫峰の身体が完全に離れても、美佳は余韻《よいん》で起き上がれなかった。足を閉じるとか、そういうことさえもできないくらい、快感が続いている。

紫峰の髪をかき上げる仕草と、スラックスの間から見える、下着とシャツの着崩れた具合が、どうにも情事のあとを意識させた。

どうにか起き上がって、開いたままだった足を閉じる。が、上手く閉じられない。左足のくるぶしに引っかかっているショーツが、とても恥ずかしかった。足の間は少しだけ気持ち悪かったけれど、愛された箇所はまだ、その感触が残っていて不思議と満ち足りた気分だった。

「背中、痛くない?」

紫峰の大きな手が、背中を優しく撫でる。

「大丈夫」

「……そう、よかった」

安堵《あんど》したような表情を浮かべて紫峰は美佳を見る。そしてスラックスのファスナーだけを上げると、そのまま立ち上がった。どう見ても卑猥《ひわい》な感じがする紫峰の下半身。先ほどまで美佳を愛した場所は、服の中に納まっている。シャツがはだけた部分からは、キレイなくらい筋肉がついた腹部が見えている。

こんな場所で、帰ってくるなり抱き合うなんて。待ちきれないくらい、美佳としたかったのだろうか。

「立てる？　風呂沸いてるんだろう？」

いつも紫峰がすぐに風呂に入れるよう、きちんと準備している。帰りが遅い時は温め直しが必要になってしまうが、風呂に入って疲れをとってほしいと思うから。美佳が頷《うなず》くと、身体がヒョイッと浮き上がる。

「紫峰さん、なに⁉」

いきなりの出来事に驚く。きっと自分は重いだろうと焦《あせ》る美佳に対して、難なく抱き上げた紫峰は余裕顔。

「重くない？」

「ぜんぜん。それより風呂、一緒に入ろう」

夫婦は一緒にお風呂に入るものと言うけれど、生まれてこのかた、二十九年、男性とお風呂なんて入ったことがない。おまけに、紫峰と抱き合ったのは今日で三回目。身体を見られるのもまだ恥ずかしいのに。

「あの、紫峰さん先に入って。私はあとから」

「二人で入った方が経済的だろう？」

確かにそうですが、と美佳は心の中で呟《つぶや》いた。浴室に行き着き、腕から降ろされる。これから一緒に入るのだと思うと、恥ずかしい気持ちもあるが、今は濡れたままの下半身をどうにかしたい気持ちの方が強い。気を取り直して紫峰を見上げる。

「ごめんなさい、重たかったでしょ」

もう一度美佳がそう言うと、苦笑しながら紫峰は首を振る。

「重くないって」

美佳のエプロンが素早く外される。紫峰は自分のネクタイを解《と》いて、美佳のスカートのファスナーを下ろしながら、自分のシャツのボタンを片手で器用に外していく。紫峰はきっと他の女性とお風呂に入ったことがあるのだろう、と想像した。

「美佳を抱き上げられないほど、非力じゃないよ」

スカートを取り去られ、紫峰もシャツを脱ぐ。上着を脱がそうとした彼の手を止めて、美佳は自分で脱いだ。紫峰に背を向けると、脱衣所に置いてあるカゴに入れる。うしろでベルトを外して、スラックスを脱ぐ気配がする。それを見ないようにしていると、紫峰にブラジャーのホックを外された。慣れた動作で片腕ずつ紐《ひも》をとる。

裸になった美佳の背中に大きな手が這《は》って、首筋に唇が当てられる。その行為に肩がすくむ。紫峰は浴室のドアを開けて、そのまま美佳を導いた。

「入って、美佳」

浴室に入ると、まだ沸いたばかりの風呂が湯気を立てていた。フタをするのを忘れていたが、こうなればそのままになっていてよかったと思う。あとから紫峰が入ってきて、シャワーのコックをひねる。温度を確認しながら、風呂に置いてある椅子に腰掛けるよう言われた。

　恥ずかしい思いをしながら美佳が座ると、こっちを向いてと言われ、紫峰の方を向く。紫峰は美佳の前に胡坐《あぐら》をかいて座っていて、下半身にはタオルがかけられていた。

　タオルを手にとって、ボディシャンプーを泡立てる。なにをするのか、と思ったら美佳の左腕をとって、泡立ったタオルを滑らせた。手を引きたいが、なんとなくそれができない。紫峰は他の誰かもこうやって洗ってやったことがあるのだろうか。慣れた動作が、それを思わせる。

「紫峰さん、あの……」

　居心地の悪さが勝《まさ》って、声をかけた。恥ずかしさもあるから、美佳は自分で身体を洗いたかった。

「なに？」

「自分で洗うから。こうやってお風呂に入るの、恥ずかしいし」

　美佳は、思わず自分の身体をもう片方の手で隠した。けれど、その手もとられて、両腕を紫峰の大きな手で広げられる。なにも隠せない状態になるのは、心もとない。紫峰は余裕の表情で、にこりと笑って見せた。

「僕も恥ずかしい、美佳ほどじゃないけど」

「うそ」

「本当。だからタオルをかけてる。興奮した自分を直《じか》に見られるのは恥ずかしい」

言われて美佳は、紫峰の下半身にかけてあるタオルを見る。その下が、興奮しているかは、わからない。

「興奮なんて」

うそよ、と言うように美佳が首を振ると、紫峰はため息をついて美佳を見た。

「する。少なくとも、美佳を見て玄関で襲うほどには」

赤面するような台詞《せりふ》を言ったあと、たっぷり泡立ったタオルで美佳を再度洗い始める。美佳の左胸をタオルが滑り、脇の下も洗われる。反対側も同じようにされた。洗っていた手が止まり、紫峰が美佳を見る。

「嫌ならやめるけど」

目の前の紫峰は、引き締《し》まった男らしい身体つきをしている。胸板が厚く、腕も腹も贅肉なんてない。美佳のたるんだ腹部や、年齢とともに垂れてくる胸とは大違いだ。

「恥ずかしいのは、私の身体がそんなにキレイじゃないから。胸なんか、垂れてきてるし」

美佳が自由になった手で胸を隠すと、その手をとって紫峰は微笑んだ。

「僕は美佳の身体が好きだ。下がってくるのが嫌なら、僕が毎日揉み上げてもいい」

思わず紫峰の腕を叩く。美佳の行動に紫峰は笑って、酷《ひど》いな、と返す。叩いた紫峰の腕は、やはり無駄なく引き締まっていて、美佳は自分の身体が恥ずかしくなった。

「揉み上げるなんて、してほしくない」

そう？　と言って、美佳の足を持ち上げると、丁寧に下腿《かたい》から大腿《だいたい》まで洗われる。たくさんの泡で包まれた自身の足を、太いなと眺《なが》めながら、この人はどうしてこんなに大事に扱ってくれるんだろうと不思議に思う。

二十九歳だから、あともないから、という気持ちが強くて結婚した。雰囲気に合った紳士的な態度に好感が持てたし、紫峰のことは嫌いじゃなかった。会う度に熱烈に愛をささやかれ、悪い気がしないどころか、その熱い気持ちに引き寄せられた。

紫峰のことだから、きっと美佳の焦《あせ》る気持ちを知っていて結婚を決めたのではないだろうか。結婚して一緒に暮らして知ったのだが、彼はすごく勘がいい。だからきっと、美佳の心中を察してくれたに違いない。

「うしろを向いて」

両足を洗い終えて、うしろを向くと、タオルで背中を洗ってくれた。力加減が気持ちよくて、思わず前かがみになってしまう。

「背中、青くなってる。痛くない？」

押されると少し痛みがあった。背中の中心辺りがきっと打ち身のように青くなっているのだろう。

「押すと痛い」

「ごめん。もう床でしないから」

　本当にすまなさそうな声が、美佳の耳にダイレクトに届いた。

「美佳、きちんと座って」

　苦笑して、うしろから身体を起こされる。大きな手が胸の上を滑って、思わず息を止めた。丁度いい熱さのシャワーをかけられて、泡が流れていく。そのまま頭にもシャワーをかけられ、すぐにシャンプーをされる。人に頭を洗ってもらうことなんて、美容室でしかないので、それも心地よかった。

「はい、終わり」

　軽く髪の毛を絞り、湯船に入るよう促《うなが》される。言われるままに湯船に浸《つ》かると、紫峰は自分で身体を洗いだす。その様子を眺《なが》めていたら、目が合いそうになってとっさに目を逸《そ》らした。

　さっさと洗い終えた紫峰も、同じように湯船に入ってきた。美佳は足を縮めて、場所を空《あ》けた。手を引き寄せられ、うしろから抱きしめられる。美佳の身体は紫峰の腕の中に納まった。腰に腕が回って、本当にラブラブなカップルみたいな格好になる。なにがどうしてこんなに愛されるのか、とますますわからなくなる。

「紫峰さん、私のどこが好きなの?」

　私は普通だよ、どこにでもいるような人だよ、と美佳は心の中で呟《つぶや》いた。ここまで大事に扱って、おまけに玄関で動物みたいに盛るような愛し方をしたくなるほどの魅力が、自分にあるとは思えない。

「美佳といると、しっくりくるんだ。ずっと側にいたい感じがする。どこがと聞かれても、すべてだから答えられない」

髪の毛を耳にかけて、首筋に口づけられる。

「いつも、同じことを聞かれるけど、君はどうなんだ、美佳。僕のどこが好き?」

確かに美佳は聞いてばかり。そして言葉は違うが、紫峰はいつも同じように答える。

「私を、大事にしてくれるところ。出会ってから結婚までかなり短い期間だったのに、どうしてこんなに大事にしてくれるのか、っていつも不思議に思う」

美佳がそう言うと、紫峰は少しだけ笑って、美佳の身体を両腕で抱きしめた。

「好きな人は大事にしたい、それだけ。美佳は僕のこと、信じてくれないわけ?」

「信じてるけど、ここまでされたことがないっていうか」

そう言うと顎《あご》をとられて、うしろを向かされる。唇に柔らかい紫峰の唇が寄せられる。ついばむようにキスをされて、舌がゆっくりと入ってくる。けれど、深くなっていくかと思ったキスは、すぐに終わってしまった。

「美佳は、僕に大事にされるために生まれてきたんだと思う。きっとね」

優しく笑うその顔に、どうしようもなくドキドキした。抱きしめられているから、きっとこの鼓動は伝わってしまっているだろう。ここまで言ってくれる人は、きっとこれから先にも現れないだろうと思う。

「美佳、今日は安全日？」

「え？」

言葉の意味がわからず、首を傾げた。すると紫峰が耳に唇を寄せて、とんでもないことをささやいた。美佳にとってはとんでもないことだが、紫峰にとっては大したことではないのかもしれない。

「今日は大丈夫だと思うけど、でも、あの……」

躊躇《ためら》うようにうしろを振り向くと、そのままキスをされる。唇をついばむようにゆっくりと動いた紫峰の舌が、先の方だけ美佳の口の中に入ってきて口内を愛撫《あいぶ》する。美佳は唇と唇の隙間から息を吸うが、最後に深く唇を重ねられて苦しくなった。

「しちゃダメ？　美佳……」

そう言ってまた深く唇を重ねる。うしろから紫峰に抱きしめられた体勢で、このままキスを続けるのは少しきつい。彼の腕に触れて、美佳から唇を離す。このままの体勢だと、うしろから抱かれることになりそうだと、と思った。美佳はうしろから抱かれるのがあまり好きではない。けれど、今日はこのまま紫峰にうしろから抱かれるのもいいかもしれない、とぐるぐる考えていた。

そうして息も絶え絶えになりながら、美佳は紫峰に尋ねる。

「うしろからするの？　それとも前から？」

チャプンと湯が鳴って、下から上に胸を揉まれる。紫峰はすっかりその気になっているようで、唇が美佳の首筋を這《は》いだした。

「どっちがいい？」

声とともに、紫峰の唇が耳を撫でるように動く。首をすくめて息を吐きながら、紫峰の腕に触れていた手を移動させて手のひらを重ねた。

「どっちでも、いいですよ……」

優しく胸に触れていた手が止まって、耳元で紫峰が微《かす》かに笑う。

「どっちでもいいなら、前からにしよう。美佳の顔が見えるから」

浮力を利用して身体を反転させられる。紫峰の膝《ひざ》の上にのる格好になった。

「それに美佳は、前からの方が好きだよね？」

「そんなこと、言ったことない」

「そう？　言っているように思えるけど……」

そのまますぐに美佳と繋《つな》がろうとしたので、とっさに手で制したが、それは空《むな》しい抵抗だった。腕ごと抱き寄せられて、ゆっくりと紫峰と繋《つな》がる。

「あ、あっ」

「正面から抱くと、感じ方が違う」

美佳の隙間に埋め込まれる紫峰はやはり、かなりの質量だった。今まで付き合った人と比べるのも失礼だが、かなり大きさが違う。入ってすぐは苦しいが、すぐに慣れて快感に変わる。自分が感じているのを見られるのは、恥ずかしくて堪《たま》らない。

「そんなの、違、う……っ」

「そうかな……？　美佳、少し緩めて。きつい」

紫峰が美佳の身体を揺すり始める。水の音がやけに大きく響いて、それだけで美佳の身体は感じてしまう。美佳の中を行き来する紫峰の感覚に、こらえきれない声が少しずつ漏れる。

「できない、よ」

緩めるとか、どうやってするかわからない。紫峰はいつもこんな要求をする。けれど、美佳は男性経験が豊富なわけではないから、そう言われても困ってしまう。

「毎回、慣れないな、美佳」

紫峰が身体を持ち上げるように動かした。それだけでまた快感の波が押し寄せ、濡れた声を上げてしまう。紫峰の首に手を回し、紫峰の体幹《たいかん》を両足で締《し》めつける。

「痛くない？」

一度揺するのをやめて、紫峰が美佳の背中を撫でる。

「だい、じょうぶ。……紫峰……さ……っ、んんっ」

美佳がそう言うと、ゆっくりと腰を動かしながら首筋に舌を這《は》わせる。首筋を撫でていた柔らかい舌が、鎖骨へと移っていく。それから大きな手が美佳の胸を揉み上げて、先端を口に含みながら、もう片方の手で腰を強く引き寄せる。

「……っん……っぁ」

紫峰の口が美佳の胸から離れて、顎《あご》を軽く食《は》んだあと、唇に行きつく。ついばむようなキスを交わし、紫峰がため息のような息をつく。

「気持ちいい」

唇を少し舐《な》めながらそう言う姿は、視覚的に色っぽい。

「美佳は？」

そんなこと聞かなくてもわかっているじゃない、と思いながら、美佳は紫峰の首筋に顔を埋《うず》める。自ら腰を少しだけ動かすと、微《かす》かに紫峰が笑った。

美佳の動きに応《こた》えるように紫峰が動く。湯の浮力で簡単に身体が持ち上がるからか、下から何度も強く揺らされた。美佳は風呂でなんて抱き合ったことはなかったし、こんなに気持ちよくなって濡れた声を出したこともなかった。

けれど紫峰はきっと風呂で抱き合ったことがあるのだろう。ここまでの経緯にどうにも慣れた感じが否めない。そしてふと我に返って思うこと。紫峰には結婚直前まで、付き合っている人がいたことだ。嘘はつきたくないから、と正直に結婚前に告白された。きちんと別れて美佳と結婚するのだと、そう言った。実際、美佳と付き合い始めてから、他の女性の影を感じたことはまったくない。

『ナカムラトウコっていうんだよ、美佳ちゃん。美人でスタイルがよくて、階級も俺らより上なんだ』

紫峰の友人を問い詰めて教えてもらった紫峰の元彼女。

「美佳？」

耳に届く、低く甘い声。いつもと声色が違うのは、紫峰が美佳で感じているからだ。

乱れた髪を耳にかけられて、首を引き寄せられる。

「余裕あるな。考え事？　こんなにゆっくりじゃなくてもいいのかな？」

勘がいい紫峰には、美佳が集中していないことなどお見通しだったようだ。首を捕まえられたまま、緩く腰を揺らされる。片方の腕は美佳の腰を固定していたが、首に回されていた手が這《は》うように上がってきて美佳の顎《あご》をとらえた。

「口、開けて」

言われるままに口を開くと、そのまま噛《か》みつかれるようにキスをされた。唇を痛いくらい吸われて、腰を突き上げるように動かされる。

キスをしながら強く動かされるので、息がつらくなる。息継ぎをしても酸素が足りなく

ている。

まるで美佳の中には紫峰が初めからいるような、そんな緩く甘い快感をずっと与えられて、目の前がチカチカする。紫峰の抱き方はいつも情熱的で、そして丁寧だ。

さっきまで頭の片隅にあった、ナカムラトウコの名前もなにも考えられなくなった。

「も、無理……む、り……ダメ……っ！」

身体の中をかき回されるような感覚。言葉という言葉は、まったく意味をなさなくなり、紫峰が美佳を呼ぶのも、どこか遠いものに感じた。

「なにがダメ……？」

紫峰は意地悪だ。忙《せわ》しなく息をする美佳を見て、同じように忙《せわ》しなく息を吐きながらも微《かす》かに笑う。

「いじ、わる……っん」

「それは美佳だろ？　いつも狭くて、耐久力を試されているみたいだ」

紫峰は美佳の頬に唇を寄せて、後頭部に手を回す。もう片方の手は腰を抱き寄せて、強く腰を動かしている。

「……っぁ、あ！」

「……美佳」

小さく呻《うめ》いて、一度動きを止めてから、わずかに腰を揺らす。紫峰の腰の動きが止まると、美佳は自分の身体の中に熱いものが広がるのを感じた。

「しほ、さん……」

美佳が紫峰の名を呼ぶと、優しく背を撫でられた。

紫峰が美佳の中で果てるのは初めてだった。今までよりも紫峰を身近に感じる。

「中で出したけど、嫌だった？」

呼吸を整えながらそう言う紫峰の声を耳元で聞いて、美佳は首を横に振る。

本来なら子供を作る行為。中で受け入れたら、妊娠する確率は高い。紫峰は美佳とそうなってても構わないと思っているのだと、それだけ美佳との未来を考えているのだと思えた。

「今度は、ベッドで抱いて……紫峰さん。ゴムはしなくていいから」

「もちろんそうするつもり」

紫峰はキスをして身体の繋《つな》がりを解《と》く。美佳の中にいた紫峰がいなくなると、言いようのない喪失感を感じた。

「なにも着けない方が、美佳の中を感じられてよかった。本当によかったよ」

紫峰の言葉に顔が熱くなるのを感じて、美佳は湯船から上がる。シャワーを軽く浴びて、紫峰の視線を感じながら、そのまま浴室を出た。

紫峰も風呂から上がり、タオルを巻いたままベッドへ行く。

ベッドの上でゆっくりと抱き合って、避妊なんかしないで紫峰を受け入れた。

やっと本当の夫婦の営みをしたような気がする。

この日、美佳は初めて紫峰のすべてを受け入れたのだった。

4

美佳の中に自身を解放して、その背中を撫でていた紫峰は、久しぶりにした美佳との行為を反芻《はんすう》していた。

どうしてこんなに好きになったのか、と思いながら、美佳と出会った時のことを思い出す。美佳と会う前日、紫峰は当時付き合っていた彼女と会い、ホテルで食事をした。そして、その彼女のために、ホテルの部屋をとっていた。もちろん、目的は抱き合うこと。久しぶりに会ったその人と、抱き合うのは自然なことだった。男と女が付き合う過程で、その行為は当たり前だと思っていた。

紫峰はその人と結婚を考えていた。愛しているとか、そういう感情は抜きにして、二年間付き合ってきた同い年の彼女とは、そうするのが自然なことに思えた。

なのに、美佳と会ったその日に、彼女よりも美佳とずっといたい気分になった。なぜか、自分はこの人と結婚すると、直感的に思ったのだ。付き合っている彼女との結婚生活は想像できなかったのに、美佳との結婚生活はなぜだか簡単に想像できた。

美佳と初めて会った見合いの日のことを思い出しながら、美佳の身体を抱きしめる。

紫峰は見合いの日、大きな失態をした。それは決して許されることではなく、本来ならば美佳が怒って当然という類《たぐい》のものだった。けれど美佳は今こうして自分の腕の中にいる。

自分の隣に美佳がいるこの幸福は、紫峰が見合いをすると決めた瞬間から始まっていたのだ――

「『今日一日で、最高何回できるか試してみない？』って言ったこともあったわよね、ミカ」

久しぶりに会った彼女は、自分が覚えていないフレーズを言い出した。彼女の名は中村瞳子。警察官のキャリア組。

「そうだっけ？」

「そうよ。ミカってば、すぐ忘れる。結局どれくらいしたっけ？」

「覚えてないけど」

紫峰の返答に、瞳子は不満そうな顔をしてため息をついたが、目の前の料理が美味しいためか、さほど怒っていないようだ。彼女がホテルで夕食を食べたいと言っていたから、紫峰は今日のために一週間前から予約を入れていた。

「明日は何時から？」

首を傾げて聞く瞳子には、仕事の時には見せない愛嬌《あいきょう》がある。紫峰はそういうところが好きだった。

「非番だよ」

「私も。今日はゆっくりできるね」

「僕はゆっくりできない。明日は見合いだ」

「え？　お見合い？」

ワインを口に運んで、目の前の彼女を見る。紫峰はそうだけど、と素っ気なく答えてナイフとフォークを再度手にとった。気のない話し方になったのは、その見合いを苦々しく思っているからだ。

見合いを勧められた時、父には、付き合っている彼女がいる、と言った。が、父は兄と弟が結婚していて、次男の紫峰が結婚していないことに対して思うところがあったらしい。彼女がいても結婚しないのなら、一度その人と会え、と強く言われたのだ。

「断れなくて。しょうがないから一度会ってくる」

紫峰は悪いとは思いながらも、恋人に真実を話した。

本当に気は進まないけれど、それでも会わなかったら父もそして母も黙ってはいないだろう、と感じていた。

「……そう。……ねぇ、私とのこと、考えている？」

互いに三十六歳。結婚をしていて子供がいたっておかしくない。だが、彼女は上昇志向も強く、女ながらに異例のスピードで警視まで昇進していて、仕事を優先していた。

「考えているよ、瞳子。ただ、会うだけだ」

「本当に？」

「でなきゃ前日に瞳子と会ったりしない。上に部屋もとってるんだ」

瞳子はやっとホッとしたような表情を見せて、にこりと紫峰に笑いかけた。普段気が強いが、紫峰の前では女の顔になる。その時の瞳子は可愛げがあった。スタイルもいいし、美人なところが紫峰は気に入っている。紫峰のことを名前で呼ばず、苗字の三ヶ嶋から取って「ミカ」と呼ぶところも可愛い。

「今日一日で、最高何回できるか試してみる？」

瞳子の言葉を借りて紫峰が言うと、瞳子ははにかんだ。

「明日、大丈夫なの？」

「大丈夫。本当に会うだけだから」

紫峰は余裕の笑みを見せた。

気持ちが揺らぐことなんてない。紫峰は二年付き合ってきた、このキレイで可愛いところのある瞳子と、本当に結婚を意識しているから。

「嬉しい、ミカ」

料理は途中だったけれど、そんなものは互いにどうでもよくなって、中断して予約してある部屋へ行った。

シャワーも浴びずに、すぐに抱き合ってキスをする。瞳子の細くて長い足が紫峰の足に絡まるのは、かなり扇情的《せんじょうてき》だった。そこまではよかったのに、耐えるように瞳子の足が紫峰の腰を強く挟んだ瞬間、腰に硬い膝《ひざ》が当たった。痛くて、気持ちがやや冷めてしまった。萎《な》えることはなかったが、紫峰はなかなかイけなかった。

結局たった一回の行為で、瞳子はぐったりしてしまった。きっと仕事の疲れもあったのだろう。そのままシャワーも浴びずに寝てしまった。紫峰にとって今日の行為は達することはできても疲れただけで、軽くシャワーを浴びてそのまま眠りについた。

翌朝、鈍い頭を振りながら、チェックを済ませてひと足先にホテルを出た。出がけに、部屋の中にいた瞳子に、また連絡するから、と言って軽く手を振り、ドアを閉めた。

「なにをしているんだか」

家に帰ってもう一度シャワーを浴びて、そしてスーツを着替えて、と段取りを考えるだけで頭が痛かった。

この時の紫峰は、もう少しで運命の人が現れるとは、まったく思いもしていなかった。

# 5

見合いの場所であるホテルに着くとすぐに、紫峰の姿を認めた父親から声をかけられた。

「早いな紫峰。いつもお前は遅刻しない」

笑みを浮かべて頷《うなず》く父に、当たり前だ、と返した。

「したらいけないでしょ。ゴリ押しして見合いを勧めたのは誰？」

紫峰の父、三ヶ嶋峰生《ほうせい》が勧めた見合いの相手は、峰生が昔世話になって以降、ずっと交流があった警察官の娘だった。会うだけでも会ってみろ、と再三言われて承諾《しょうだく》したのを、父は忘れているらしい。

本当は、昨日瞳子と会うつもりはなかった。だが、二週間以上会っていなかったので、瞳子がどうしても会いたいと言い出した。瞳子と会うのなら、寝たい。瞳子を不安にさせたくはなかったけれど、次の日の見合いのことを話すことになるだろうというのは予想がついていた。自分と抱き合った翌日に見合いに出かけるなんて、酷《ひど》いと思われることも承知の上だった。溜まっていた性欲を発散させたい気持ちが強かったのだ。

それに、今回の見合いは、ただ一度会うだけだと高を括《くく》っていた。昨日の行為で多少疲れているが、別にどうでもよかった。どうせ、先方から断りが入って終わりだと、そう思った。

　今日の見合いはそういうものだ、と。

「いい娘さんだよ。断るとしたらかなり惜しいが、単なるきっかけだと思って会え」

　紫峰は三人兄弟《きょうだい》の二番目だ。三歳上の兄の峰隆《ほうりゅう》はすでに結婚していて、子供が二人いる。そして三歳下の弟の峰迅《ほうじん》にも、一人子供がいる。二人とも二十代半ばで結婚した。父と母からいつも言われるのは、いい人はいないか、ということ。兄と弟は警察のキャリア組。紫峰だけノンキャリアだからなのか心配しているようだ。

「……どんな人？　写真も見てないけど？」

　写真がある、と電話で言われていたが、忙しくて見る暇がなかった。父から可愛い人だ、と言われているので、容姿は悪いわけではないのだろう、と想像している。

「堤美佳さんという人だ」

「名前は聞いたよ」

　うんざりしながら紫峰は言った。都知事の旅行に付き添い、やっと昨日帰ってきたばかりだ。そしてその夜、瞳子と会って食事とセックス。疲れはかなり限界にきていた。

「ＳＰは忙しいか？」

「やりがいはあるけどね。ただＶＩＰと旅行に行くと、疲れるかな」

　峰生はにこりと笑い、先方はもう来ているから、と紫峰を促《うなが》した。

峰生の隣に並んで歩く。峰生は紫峰の仕事になにも口を出さない。兄や弟に対してもそうだが、とくに紫峰にはなにも言わなかった。兄と弟とは別のノンキャリアの道を紫峰が選んだことを、父は喜んだ。やりたいだけ頑張れ、と応援してくれた。

「堤美佳さんはな、結構な才女だぞ。フランスとアメリカに留学して、翻訳家になっているし、それだけではなく小説家としても活躍しているそうだ。おまけに華道と茶道の名取《なとり》。自立した女性だ。たぶんお前より収入が多いと思うぞ」

「へぇ、それはすごい」

すごいと口では言いながらも、そこまですごいと思っていない。仮に結婚したとしても、養ってやる必要はないわけだ、と毒づいたにすぎない。どうせ家にこもっているような女、オタクに決まってる。そんな人と、性格が合うわけない。もしかしたら性生活の不一致もあり得るかもしれない、と下世話なことにまで思いを巡《めぐ》らせる。とにかく、父の言う堤美佳は、紫峰の好みから外れている。紫峰はしっかり持った、洗練された女性が好みだから。

「お父さん、ちょっとトイレに行くから、先に行って」

「わかった。待ってるぞ」

別に用を足したいわけではなかったが、会いたくない気持ちが増し、対面を少しでも先延ばししたかった。洗面所で手を洗っていたら、首筋に赤い痕《あと》があることに気づいた。ネクタイを締《し》める時、よく鏡を見なかったので、今まで気づかなかった。

「これくらいなら大丈夫か」

首を傾げなければキスマークは見えない。紫峰はそのまま、トイレを出た。

直後に、誰かとぶつかった。

「あっ！」

「すみません」

そこにいたのは着物姿の女性。その拍子に彼女の簪《かんざし》がシャランと音を立てて落ちた。

赤い着物に、赤い牡丹の花簪《はなかんざし》。金属の飾りが控えめに下がったその簪《かんざし》を見て、趣味がいいな、と思った。紫峰はそれを拾い上げる。

「すみません、よく落ちるんですよ。何度も挿し直しているんですけど」

やや面長で目は大きくも小さくもない、けれど笑うとどこか愛嬌《あいきょう》のある女性だった。薄めの口元には、趣味のいい色の口紅が引いてあった。古風な感じに髪を結っていて、それもとても似合っている。とにかく好感の持てる雰囲気だった。

「挿し方が甘いんでしょうね」

紫峰はそのままうしろに回って、簪《かんざし》を挿してやる。グッと強く挿し込まないといけない、と母親が言っていたことを思い出して、痛くないように気をつけながら力を込める。その時に見えたうなじが白くてキレイで、紫峰は思わず目を奪われる。

「あ、あの、すみません。こんなことまで、ありがとうございます」

礼儀正しく、深々と頭を下げる。今時、こんな風に丁寧に頭を下げて礼を言う人がいるだろうか。躾《しつけ》が行き届いている。どこのお嬢様だろう。着物の着こなしも品がいい。

「いえ」

紫峰は首を振った。そうすると、着物姿の女性はまた頭を下げて礼を言い、レストランの方へ歩いていってしまった。着物姿なのに歩きなれたその姿は、本当に珍しかった。

「今時、まだああいう人もいるんだな」

紫峰も同じようにレストランに向かって歩き出し、ふと想像する。振袖の着物だったから、彼女も見合いなのかもしれない。

そう思いながら行き着いた考えは、彼女が見合い相手ではないかということ。

紫峰は思わず早足になって、赤い振袖姿の彼女を追いかける。けれど、紫峰はすぐに歩を緩めた。峰生と彼女が向かい合って座っていたからだ。紫峰は足を止めた。峰生が紫峰に気づいて手を上げる。

赤い振袖の彼女が振り向いた。そして、少し驚いた顔をしたあと、気を取り直したように唇と瞳に笑みを浮かべる。手はもちろん前に合わせて、頭を深々と下げて礼儀正しく。

その拍子に紫峰が挿した簪《かんざし》が揺れて、白い手が簪《かんざし》にそっと触れる。紫峰が挿してくれた、ということを言いたいのだろうか。笑みを浮かべた瞳は小さくなっているけれど、それが可愛らしかった。

　胸と息が詰まって、心臓の鼓動が速くなる。いい大人のくせに、馬鹿みたいに内心慌てていた。もちろん、それを顔に出すことはなかったけれど。

「結婚、するのか？　この人と」

　紫峰の呟《つぶや》きは誰にも聞こえなかっただろう。ただ独り言を言ったにすぎないが、紫峰は小さく首を振った。瞳子の顔がよぎって、馬鹿なことを、と思い直す。けれども、すぐ目の前にいる赤い振袖の彼女が気になってしまう。

　紫峰は席に着いて、改めて相手の顔を見る。白い肌に、少しだけそばかすが浮いている。けれどそれは、愛嬌《あいきょう》を損なうことはなく、キレイな肌をしていた。きっと瞳子のように素晴らしいスタイルはしておらず、背も百六十センチもないくらいと小さいだろうが、仕草や振る舞い、そしてなにより笑顔になぜだか惹《ひ》かれる。伏目《ふしめ》がちにしている瞳を覗《のぞ》き込みたくなったが、失礼だと思ってやめた。やけに緊張して、紫峰は急にネクタイが苦しくなった。

　こんなことは初めてだ。初対面の相手に、こういう感情を抱いたことは、これまで一度もなかった。

『こうやって会ったのもなにかの縁でしょうけど、他の方がいらっしゃるなら、どうぞそちらへ行ってくださいね』

『……？』

『首にキスマーク、ついてますよ』

彼女の視線が注《そそ》がれていたのは、紫峰の首筋。見えないだろうと気を抜いていたのが悪かった。本当に、しまった、と思った。

笑みを浮かべた見合い相手は、目を細めて可愛く笑う。そして、気にしないでください、と言った。気にしないわけないだろう、と思いながら、紫峰はキスマークがついている方の首を隠すように、手で覆《おお》った。

『三ヶ嶋さん、私の方からお断りしておきます。私の父との義理で会ってもらったんですから』

義理、という言葉を聞いて、確かにそうだと思った。紫峰も乗り気じゃなくて、前日は恋人と会っていたくらいだったから。けれど今は性格が合うわけないとか、オタクな女に決まっているとか、そんなことばかり考えていた自分が恥ずかしい。

なぜなら、美佳に心が惹《ひ》かれているからだ。理由なんて説明できない。ただ心が感じた。だから、紫峰は美佳の申し出にＮＯを出す。

『いえ。僕ともう一度会ってください。できれば、この痕《あと》が消えた頃に』

首にキスマークがある男など、普通の見合い相手なら断るに決まっている。紫峰も多分に漏れずそうされると思った。神に祈りたい気分でそう言うと、美佳は微妙な笑みを浮かべていた。その表情が示すのは、この出会いがどうでもいいと言っているような、そんな印象のものだった。

だが、紫峰はどうにかして美佳との関係を繫《つな》ぎ止めたかった。

『会ってくれますか？』

会ってほしいことを強調して言うと、目を伏《ふ》せて美佳は返事をした。

『……はい』

キスマークが消えた数日後、約束通り、美佳は会ってくれた。初めて二人だけで会うその日、どこに行こうかかなり迷ったが、映画を見ることにした。面白いアクション映画で、美佳も喜んでくれた。映画を見たあとに、もう一度美佳と会う約束をして、次はドライブに誘った。まるで一日旅行のような気分で、食事をしたり途中で店に寄ったりしてドライブデートを楽しんだ。美佳は話題が豊富で、話は尽きなかった。笑う仕草が可愛くて、何度もじっと見てしまい、その度に視線を逸《そ》らされたが、それでも紫峰は嬉しかった。

一度目よりも、二度目に会った時の方が、美佳に惹《ひ》かれている自分に気がついた。なにが起きたわけでもないし、ましてドラマチックな出会いをしたわけでもないのに、なぜか心奪われた。紫峰の好みとはまったく違うが、優しく大らかでよく笑う美佳を見ていると、強く惹《ひ》かれてしょうがなかった。

三度目のデートの頃には、美佳は自分と会うことに慣れた様子だった。三ヶ嶋さん、と呼ぶその声を聞いて、早く紫峰と名前で呼んでほしいと思うくらい、紫峰は美佳が欲しくなった。

こんな出会ったばかりの、しかも見合いの相手。どうかしているんじゃないか、自分には瞳子がいるじゃないか、と紫峰は本当に言い聞かせた。瞳子と結婚を考えていたのに、この切り替えの早さはなんだ、と自分の不誠実さが嫌になった。

それでも美佳と会うと、その罪悪感さえ吹き飛んで、この人と一緒にいたい、と強く思った。

美佳と三度目に会ったその夜は、瞳子と会う約束をしていた。何度も自問自答した結果、紫峰はやはり美佳に強く惹《ひ》かれていて、恋をしているのだと結論を出した。その日、美佳を早い時間に家に帰すと、瞳子と会うために着替えて、瞳子の好きなレストランに出かけた。紫峰は瞳子と別れることを決めていた。

美佳が自分のことを特別好きなわけではないのはわかる。けれど好感を持ってくれていることはわかっていた。年齢は二十九歳、そろそろ結婚しなければならない年齢、というのを気にしている。

大きな事件があったため、しばらく会えない日が続いていたので、瞳子は嬉しそうに笑っている。

いつもなら瞳子と会うと、紫峰の心は騒いだ。だが今は、一度は結婚を考えていた瞳子を目の前にしているのに、かえって美佳を想像してしまう。瞳子と比べれば、美佳の見た目は平凡だ。大して美人ではないし、笑ったら目が細くなる。痩《や》せてもいないし、頬は丸くてふくよかだ。優しい笑顔と女らしい身体つきの美佳。二の腕を掴《つか》んだ時の、ふわりとした感触は心地よかった。

今まで付き合ってきた女性とはまったく違う。それでも、キレイでスタイルもよく、自分を好きだと言ってくれる瞳子よりも、美佳が気になる。紫峰は食事が終わったところで、思い切って言った。

「話がある」

「なに？」

瞳子に、にこりと微笑まれ、紫峰は気が引けた。きっと期待しているのは、結婚の二文字だろう。けれど、やはり美佳の顔がちらついて、今言わなければ、と決心する。

「君とは結婚を考えられない。だから、もう付き合えない。瞳子、ごめん」

お気に入りのレストランで、好きな食事を食べていた瞳子の顔が、一瞬にして曇った。期待していた言葉とは、まったく逆の言葉を聞いたのだから当然か。

「どうして、ミカ。私とのこと考えているって、そう言ったじゃない。私達、もう付き合って二年よ？　年も一緒。もう、三十六なのに」

悲しそうな顔になっていくのを見て、紫峰は心が痛んだ。瞳子の言う通り、二年も付き合ってきて、今さらこんなことを言い出すのは、誠実ではない。それでも、心変わりをしてしまった。本当に、たった数回会っただけの人に。

「考えていたけど、どうしても考えられなくなった。僕はこの前見合いした人と結婚したい。いや、すると決めた。瞳子、本当にすまない」

そう言うと、瞳子は紫峰を見て笑った。まるで呆れたような笑みだった。

「どんな人なの。私より美人？」

瞳子が、自分の容姿に自信を持っているのは知っている。紫峰もキレイだと思う。センスもよくて、仕事も順風満帆《じゅんぷうまんぱん》。そのすべてが滲《にじ》み出ていて、美しさに繋《つな》がっている。

「普通だ。瞳子と比べるなら顔立ちも平凡。僕より収入は多くて、しっかりした人。教養深くて、控えめな感じ。どうしてだかわからないけど、とても惹《ひ》かれている」

瞳子が少し声を出して笑う。顔を上げると、なにそれ、と笑うのをやめた。

「収入、ミカより多いなんて逆玉のつもり？　私より美人じゃないのに、それでも結婚するなんて、どう見てもお金目当てに見えるけど。ミカがそういう理由で人を選ぶなんて、思わなかった」

お金目当て、というところで紫峰はカチンときた。

美佳は控えめな人だ。紫峰の首にあるキスマークを見ても動揺せず、冷静に断りの返事をした。それに、とてもしっかりしていて、自立した仕事も持っている。美佳とのコミュニケーションの端々から、放っておいても一人で生きていけるような、そんな強ささえ感じた。別に自分を人生において必要とはしていない、と言われているようで寂しかったくらいだ。

それに決して、お金をちらつかせるとか、そういうことをするタイプではない。

「瞳子、僕のことは馬鹿にしてもいいけど、彼女を馬鹿にするな。収入が多いのは、彼女の努力の賜《たまもの》だ。二年間付き合った瞳子のことを大事に思っているから、面と向かって別れてほしいと言おうと思った。もし慰謝料が欲しいと言うなら、弁護士を通して請求してくれて構わない」

瞳子の顔が歪《ゆが》み、涙が頬を濡らした。紫峰はそれを見て、いたたまれない気持ちになる。ズルズルと二年間も付き合って、ともに三十六歳。瞳子のことはきちんと考えていると、そう言ったのは紫峰だった。それを聞いて嬉しそうに笑った瞳子の顔を、今でも覚えている。

けれど、美佳に出会ってしまった。紫峰だって、美佳のような女性に惹《ひ》かれるとは思わなかった。付き合ってきたのは瞳子のような、洗練された外見の人ばかり。美佳は洗練された、という雰囲気ではない。けれど、どこかホッとする雰囲気と、柔らかそうなふくよかな身体に惹《ひ》かれる。それになんと言っても、美佳を見ると心が騒いだ。

「訴えるなんて、格好悪いことするわけないでしょ？　馬鹿じゃないの？　私はキャリアなのよ」

テーブルの上に乱暴にナプキンを置き、瞳子は席を立つ。紫峰に歩み寄った瞳子に思い切り頬を張られた。乾いた音が響く。きっと瞳子の手も痛かっただろう。それくらい小気味いい音がした。もちろん二人は注目を浴びた。

「ここのお金はミカが払って。さよなら、ミカ。あなたと付き合ったの、間違いだった!」

去っていく瞳子の背中を見送って、紫峰は大きくため息をついた。だが、紫峰は同時にホッとしていた。これで美佳にうしろめたい思いもなく、結婚しようと言える。まだ出会って、一ヶ月半程度。そのわずかな時間が、瞳子と過ごしてきた二年に勝《まさ》ってしまった。

テーブルの上の伝票をとると、紫峰も立ち上がる。さっさと支払いを済ませて、携帯電話を手にとった。

しばらくコール音が鳴って、美佳の女性らしいソプラノの声が耳に届く。瞳子に張られた頬はまだ痛かったが、それも忘れるくらい美佳の声を聞くとホッとした。

「美佳さん、紫峰です」

次に会ったら、結婚してほしい、と紫峰は言うつもりだった。

「この前、見合いをしたレストランで、食事でもどうですか?」

最初に立ち戻って、出会いの場所から。

あなたと二人で生きていきたいと、伝えようと思った。

# 6

「僕と結婚してくれませんか？」

こんなにも緊張するとは思わなかった。たったこれだけの言葉を言うのに、食事が終わって三十分も費やした。

「……は？　あの……？」

食後のエスプレッソを飲んでいた美佳は、鳩《はと》が豆鉄砲を食らったような顔をして紫峰を見ている。そうして何度か瞬《まばた》きをして、エスプレッソのカップを置いた。

「どうしてですか？」

なぜとか、どうして、と聞かれるとは思っていなくて、即答できなかった。「考えさせてください」と言われたら「早めに返事をお願いします」と返すことと、あとは「考えられません」と言われたら「お願いです、考えてください」と返すことしか考えていなかった。

「君が好きだからに決まってるでしょう」

言ったあとで自分の言葉に赤面しそうだった。それを隠そうと、口元に手を当てて視線を逸《そ》らす。落ち着け、と自分に言い聞かせて、ひとつ大きく息を吐いて美佳を見ると、さっと目を逸らされた。ずっと自分の百面相を見られていたのか、と恥ずかしくなりながら、しばしの沈黙。

「私……、美人でもないし、スタイルもよくないですけど……三ヶ嶋さんがいいと言うのなら」

いい、と言うのならなんだ？　その先が知りたくて紫峰は、食い入るように見つめて待った。ほんの数秒なのに、やけに長く感じた。

「お受けします」

美佳は紫峰を見つめて、きっぱり言った。その顔が少しだけ赤い気がして、思わず息を呑む。

紫峰は肩の力を抜き、大きく安堵《あんど》の息を吐いた。

「ありがとうございます。まさか、そんな風に言っていただけるとは思っていなくて……」

「それは、こっちの台詞《せりふ》です。こんなに嬉しい日はない」

紫峰が笑うと、今度こそ本当に赤くなって美佳は俯《うつむ》いた。

この人を幸せにしたい、と心から思った。

美佳にプロポーズを受けてもらったあとは、早く美佳を手に入れたいという気持ちがより強くなった。彼女に結婚する意思があるのだと思うと、早く実現させたくて仕方なかった。

父と母に報告したら、息子の突然の言葉に戸惑っていたが、よかった、と喜んでくれた。まずは結納の準備を整えなくちゃ、と母が言い、結婚するのは今年の末くらいだろう、と父が言った。けれど、紫峰は納得できなかった。早く美佳が欲しくて、一緒に暮らしたくて、何ヶ月も待てないと思った。

「今年の末なんて先すぎる。だったら、先に籍を入れたい。結納もしないし、結婚式はあとでいい」

紫峰の言葉に、母が目を吊り上げる。

「馬鹿ね紫峰！　相手のお嬢さんは三人姉妹の末っ子でしょ？　きちんとしないと、先方に失礼よ。向こうのお母様は娘さんの結婚式を見たいはずだから」

それはわかるけれど。今手に入れないと、気が済まない。美佳が紫峰のことを好きで結婚するというわけではないのだから、早めに手を打ってしまいたかった。もしも美佳の前に他の男が現れて、気が変わってしまったら耐え切れない。

「結納も結婚式もしてもいいけど、早く。せめて夏には結婚したい」

紫峰の言い分に母はため息をついた。父は頷《うなず》きながら、まぁいいじゃないか、となだめる。

「いいじゃないか、じゃないわよ！　紫峰はあなたそっくり！　決めたら譲らないんだから。顔も性格も、どうしてここまで似たのよ」

これはいつも言われる台詞《せりふ》。うんざりしながら紫峰は足を組んだ。その態度はなによ！

と母に言われるが、紫峰も遠慮なく言い返した。

「だからなに？　父親なんだから、似るのはしょうがないだろ。あんまり怒ると、シワが増えて般若《はんにゃ》みたいな顔になる、怖い」

「なんですって⁉」

母が血相を変えて怒る。それをなだめるのはいつも父だ。まぁまぁ、と言って母を見る。すると母も落ち着きをとり戻し、大きくひとつ息を吐いた。それでもまだ、まったくもう、とぶつぶつ言ってはいるが。

「紫峰はやると決めたらやり遂げるだろう。これまで仕事ばかりだったのに、せっかく結婚すると言っているんだ。子供の希望を叶えるのも親の仕事。きちんと式をさせたいなら、私達が探せばいい。美佳さんはいい人だ、そのお母さんもいい人だった。お前も知っているだろう？」

「それがわかっているから、失礼はしたくないの。いつもにこにこしていて、可愛い人だわ。紫峰が今まで紹介してくれた、骨っぽいお嬢さんよりも、私は好感が持てるし。それに、礼儀正しくて、頭もいい。だから紫峰、略式でもいいから結納は済ませるわよ。美佳さんに早く結婚したい、っていうのは伝えてるの？」

骨っぽいというところが気になったが、事実なので言い返さなかった。

「言ったよ。彼女は承諾《しょうだく》してくれたし、美和子《みわこ》さんも許してくれた」

美和子、というのは美佳の母の名前だ。美佳にプロポーズした日に、プロポーズの報告と、早く結婚したい旨を伝えた。美和子は、涙ながらに娘をよろしく、と言っていた。

「早いのね。そこまでお父さんと似てるなんて怖いわ。ＤＮＡかしら？」

「お母さんもスピード婚？」

「お母さんはお父さんと出会って二ヶ月後には結婚してたわ。プロポーズされて、その日にお母さんの両親に、結婚させてください、って挨拶《あいさつ》に行くなんて言い出したから、初めは引いたけど」

美佳と出会ってから、まだ一ヶ月半。これからいろいろ準備に時間がかかるのだから、そんなに早くはないと思うが。

「引いたとか言って、結婚式の時は嬉しそうだったじゃないか。今さらなにを言ってるんだ」

「あれはウエディングドレスがよかったの。今年で夫婦も四十年目よ？　いいじゃない、細かいことは」

あーだ、こーだ、と言い合っている両親にうんざりして、紫峰は足を組み替えた。なんだかんだ言っても、この二人は仲がいい。今も名前で呼び合っているのだから。峰生さん、由紀《ゆき》、と呼び合う両親を、高校生の頃は気恥ずかしく思ったものだが。

「二人とも、喧嘩しないでくれるかな。これから結婚するのは僕なんだけど」

紫峰が言うと、そうね、と二人は冷静になった。ひとつ咳払いをして、峰生が紫峰に言う。

「紫峰、美佳さんは尊敬する刑事だった人のお嬢さんだ。しかも、一番可愛がっていた末の娘さん。早く結婚したいだろうが、略式でもいいから結納はしなさい。それと結婚式場は、なんとかするから」

別にしなくてもいいよ、と言おうとしたら今度は、母の由紀がそうね、と手を叩く。

「式場だったらきっと大丈夫よ。私のお茶友達に、ホテルの支配人の奥様がいるの。日程の無理を聞いてもらえるか問い合わせてみるわね」

母は一流ホテルに名を列《つら》ねるホテル名を口にした。そんな派手にしなくてもいい、と紫峰は心の中で思ったが、こういうことでは由紀は紫峰の言い分を聞いてくれない、というのをよく知っている。ここで口を挟むと、かえってややこしいことになるので、うんざりしながらも黙って聞いていた。

『結婚は家同士の問題だからなぁ』

これは弟の峰迅が結婚する時、兄の峰隆が言った言葉。確か峰迅の時は、どこの式場でするか、ということで両家が少し揉めていた。由紀はホテルでしたがったが、先方は日本古来の神前式をしたがった。結局、当事者である峰迅の妻の望み通り神前式にするということで、事態は収まった。

「お父さん、僕の結婚式にも峰隆と峰迅の時みたいにお父さんの元部下とか呼ぶわけ？」

「当たり前だろう。今の警視総監は父さんの元部下だし、紫峰にとっても上司だ。急なことだから、来れない場合もあるだろうが、招待状は私の元部下すべてに送る。ああ、それから、美佳さんにこちらですべて進めていいか、聞いておきなさい。不快に思って、破談になったら大変だ」

断りを入れる前にすでに話を進めているじゃないか。どれだけたくさんの警察官のお歴々《れきれき》がくるのか、と考えただけでも気が重い。紫峰の直属の部下達は緊張して頭を下げっぱなしだろう。峰隆と峰迅の結婚式だってそうだった。もしかしたら自分は警視庁のお偉方に顔を覚えられてはいないから、そういうことをスルーできるんじゃないかと少し思っていた。紫峰は兄弟《きょうだい》の中では影の薄い存在で、峰隆と峰迅を知る父の知人達から、もう一人息子がいたのか、といつも言われるのだ。

それは気楽でいいと思っていたのだが、今回は否応なしに頭を下げることになりそうだった。

「それは言っておく。最後に改めて聞いてもいい？」

「なんだ？」

紫峰は峰生と由紀の方を向き、姿勢を正す。

「美佳さんと結婚する。超がつくほどスピード婚だけど、結婚していい？」

なるべく早く、と逸《はや》る気持ちでプロポーズした。美佳の気持ちが変わらないうちに結婚したい。自分の気持ちが熱いうちに、というのもある。見合いで知り合って付き合い、そして結婚が一年後や二年後だったら、いくら紫峰が美佳のことを好きでも、結婚の二文字が遠のく気がした。

好きだから、早く自分のものにしたい。瞳子の時のようにズルズルとした関係には、美佳とはなりたくなかった。

「いいわよ、そんな。好きな人に出会っても、その人とこんなに早く結婚したいと思えるなんて、そうそうないでしょう。よかったわ、紫峰。お母さん、本当に嬉しい」

父も同意して頷《うなず》いた。

紫峰もよかったと思う。美佳に出会わなければ、きっと瞳子と結婚していた。瞳子と結婚していたら、きっと仕事ですれ違い、いくら互いに思っていても、関係を続けるのが難しい状況に陥《おちい》っていたかもしれないという気がする。

美佳も不規則な生活ではあるが、それはなぜかカバーできるような気がした。単に気がするだけかもしれないが、真実はこれから知っていけばいい。

「とにかく、結納からよ」

由紀が念を押す。

紫峰はうんざりしながらも、はいはい、と答えるしかなかった。

# 7

結納の日どりが決まったのは、それからすぐのこと。ホテルの式場に運よく空《あ》きが見つかり、急遽《きゅうきょ》結納のひと月半後に結婚式をすることになったからだ。早く結婚したい、少なくとも夏までには、と自分が言い出したものの、きっと準備で冬くらいになるだろう、と思っていた。しかし、父と母の行動は速く、招待状からなにから紫峰と美佳があまり関わらなくても、やってくれた。

定年退職した警察官とその妻だから暇なのよ、と二人は言い合って準備を進め、美佳の母親はそれに恐縮しながらも前向きに協力してくれた。

そして結納を無事に済ませた。略式どころか、ほとんど結納金と婚約指輪を渡すだけで終わってしまった。通常は結婚の三ヶ月か半年前に行うらしいが、式場と日どりが決まってはそうも言っていられなくなり、プロポーズから三週間弱でここまできた。

「本当にすみません。こちらですべて進めさせていただいて」

紫峰の母、由紀が頭を下げた。

「いえ、本当にありがとうございます。私は一人ですから、結局三ヶ嶋さんに頼ることになってしまいました」

美佳の母、美和子も頭を下げる。紫峰はそれを見て確かにここまで速かった、と美和子に申し訳なく思う。それは美佳に対してもだった。

美佳はこの日のためにかなり無理をして、翻訳の仕事を上げたらしい。昨日は丸一日寝ていたらしいが、体調が心配だ。顔色が悪くないことを確認して、紫峰はホッとした。今日の美佳は、落ち着いた青色の付け下げの着物を着ている。やはりこれも彼女によく似合っている。

「どうぞ召し上がってください」

出されたのは寿司の盛り合わせで、由紀と峰生はいただきます、と言ってすぐに手をつけた。続いて紫峰もそれに手をつけたが、食事なんてどうでもよかった。美佳とは結納の日を伝えた時以来、しばらく会っていなかった。紫峰の仕事が多忙だったのもあるが、なにより美佳が忙しかった。そんな経緯があって、紫峰はすぐにでも美佳と二人になりたかった。美佳を抱きたいと思っていた。こんなに積極的に誰かを抱きたいという気持ちになったのは初めてだ。

これまで美佳と会った回数は、たった四回。結納を迎えた今日で五回目。こんなにすぐに、よく結婚を承諾《しょうだく》してくれたと思う。目を細めて笑う美佳の顔を見ていると、その着物の下の身体へと想像が広がる。十代や二十代の若い男でもあるまいし、とは思うが、それでも柔らかそうな大きな胸の辺りを見ていると、触れたい気持ちが強くなる。

「三ヶ嶋さん、今日は渡したいものがあるんです。部屋にあるんですけど、あとで……」

「今でもいいですよ」

食事中に中座するのは失礼だと思う気持ちもあるが、すぐにでも美佳の部屋を見てみたかった。

「食事が終わってから」

にこりと笑った顔に制された気がして、紫峰は引き下がった。食事のあとでもいつでも見れる、そう思ったが内心はため息が止まらない。瞳子の部屋に初めて行った時には、こんな思いは抱かなかったというのに。

食事が終わって席を立つと、美佳は二階にある自分の部屋へ案内してくれた。白と薄いピンクで統一された部屋だった。フリルとかそういう飾り物はなく、いたってシンプル。整理整頓ができた部屋だった。

「キレイにしている」

「三ヶ嶋さんがいらっしゃるから、昨日掃除したんですよ。これです」

渡されたのは細長い箱だった。包装紙に包まれたそれは、大方中身が想像できた。前にもこうやって同じようなものを何度かプレゼントされたことがある。

「ネクタイなんですけど、母と帯を買いに行った時に買ったんです。シンプルな紺系が好みと聞いたので、ストライプのネクタイにしました。よければ使ってください」

思った通りの中身だが、素直に嬉しかった。初めて美佳からもらうものだからだろう。

「ありがとう。大切にします」

「いえ。私の方こそこんなキレイな指輪と結納までしていただいて」

「急いで用意したので、普通の指輪だけど」

いえいえ、と手を振って美佳は左手を見た。ダイヤモンドが七粒並んだシンプルな指輪。美佳にはプレーンな形の指輪がいいと思った。シンプルすぎるかもしれないと思っていたが、本人が気に入ってくれているようなので、紫峰はホッとした。

「ありがとうございます、本当に」

美佳の、その豊かな頬が笑顔でふんわり丸くなる。紫峰が頬に思わず手をやってしまったのはしょうがないこと。その頬は想像通り柔らかく、ふわりとしていた。その感触に誘われるように、食事で口紅が落ちた唇に、自分の唇を近づける。弾力のある唇に軽く触れて離し、もう一度食《は》むようにキスをした。

「ん……」

わずかに漏らした美佳の声が可愛らしかった。紫峰は手を胸へと移動させる。着物なので感触はさほどわからないが、それでも豊かで柔らかい感じは伝わってきた。

「あの、三ヶ嶋さん……」

「美佳さんを抱きたい」

ストレートに言うと、彼女の頬が赤くなる。

「でも、下に……、ご両親も」

「だったらあとで場所を移動する？」

赤い顔を上げて、美佳が紫峰を見ていた。その顔に煽《あお》られて、着物の中に手を入れる。

着物の上からよりも、さらに柔らかい感触を得られた。

「ん……っ」

制止するように、小さい手が紫峰の手を掴《つか》む。

「結納が終わった。婚約指輪も渡した。美佳さんは僕と結婚するんでしょう？」

頷《うなず》くその顔が少しだけ目を伏《ふ》せる。紫峰は美佳を抱きしめて、帯の結び目に手をかけた。

こんなに強引で嫌われやしないかと思う気持ちと、抱きたいと思う気持ちがせめぎ合う。

けれど、抱きたいと思う気持ちの方が断然強い。

「あの、下にいるご両親に変に思われるんじゃあ……」

美佳が緊張したように大きく息を吐き出すと、豊かな胸が上下した。

「嫌だったら、やめます。選んで」

強引だと思うが、嫌だったらやめても構わない。明後日《あさって》は結婚式のドレスを決めること
になっているが、紫峰はＶＩＰの警護が入っていて、一緒にいられない。しばらくまた、

会えない日が続くのだ。

今、美佳を抱かなかったら、次に抱くのは結婚後になってしまうだろう。

美佳は紫峰から少し離れると、ドアを開けた。その動作で嫌だったのだろう、と紫峰は感じて髪をかき上げる。大きくため息をついて、帯の乱れたうしろ姿を眺《なが》める。わずかに帯が解《と》けているのに気づき、直してやろうと手をかけた。

「お母さん、お母さん！」

帯を直そうとして伸ばした紫峰の手が空《くう》を切る。足音が聞こえて、階下に誰かきたのがわかった。

「どうしたの、美佳」

「三ヶ嶋さんにアルバム見せているから。しばらくここにいるね」

「そう、わかった」

美佳はドアを閉めた。ドアの前に立ったまま、しばらくうしろを振り向かなかった。

紫峰は無言で乱れた帯を解《と》いた。衣擦《きぬず》れの音を立てながら、帯をすべて取り去って、その下の紐《ひも》もうしろから抜いた。お見合いの場で目を奪われた白いうなじに唇を寄せてそこを食《は》む。それから美佳の胸に触れて、合わせ目から手を入れる。

腰紐《ひも》をすべて外したら、付け下げの着物の裾《すそ》が床につき、あとは袖《そで》を抜くだけになった。

「美佳さん」

紫峰は再度美佳のうなじに口づけて、肩から着物を床に落とした。襦袢《じゅばん》に手をかけたところで、美佳があの、と声を発した。

「姉が、この前きて」

小さな声だったので、紫峰は聞き返した。

「え？」

「この前、姉がきて、避妊のあれを置いて行ったから」

美佳が恥ずかしそうに言ったので、ああ、と思い当たる。これからすることに、確かに必要なものだ。美佳とはしばらく二人でいたいと思う。しばらくそういうことはしないという選択肢もあるが、とにかく美佳を抱きたかった。そんな逸《はや》る気持ちになっている自分が、紫峰はおかしかった。と同時に、気を遣わせてしまっていることをすまなくも思った。

それでも、抱きたい気持ちが抑えられない。

「どこに？」

「つ、机の引き出しの一番上」

パソコンが置いてある机には、引き出しが三段あった。美佳から離れて一番上を開けると、確かにそれらしい小さな箱が入っていた。少しはだけた襦袢《じゅばん》姿の美佳がこちらを見ている。

「これ？」

美佳が恥ずかしそうに小さく頷《うなず》く。ドアの前に立ったままの美佳に近づき、その身体を抱き上げると、小さく驚いたような悲鳴が上がる。

「あの、重いですから」

「重くないよ」

シングルベッドに身体を横たえると、何度も瞬《まばた》きをして紫峰を見た。

「声、下に響く？」

紫峰はネクタイに手をかけながら、美佳の身体の上に膝立《ひざだ》ちでまたがる。

「多少は」

「わかった」

小さな箱を枕の横に置いて、ジャケットを脱いだ。シワにならないよう床に置いて、スラックスのベルトを緩めてシャツを引っぱり出す。そして、美佳の襦袢《じゅばん》の合わせ目を開き、胸に顔を埋《うず》めた。

「あっ……」

小さな声を出して、美佳は顔を背《そむ》ける。首筋に唇を落とすと、今度は大きく息を呑む音が聞こえた。紫峰は下着のホックを外して柔らかい乳房に唇を寄せる。身体を少しだけ弓なりに反《そ》らし、美佳はこらえるように唇を噛《か》んだ。

はだけた襦袢《じゅばん》と肌の白さ。仕草もとても扇情的《せんじょうてき》で、紫峰をますます興奮させた。

「三ヶ嶋さん？」

淡い色の唇をキスでふさぎ、紫峰はやや強く、けれども優しく美佳の身体を愛撫《あいぶ》した。こんなに興奮したのは、初めてかもしれない。

ベルトとネクタイを締《し》めてジャケットを着ると、何事もなかったかのように見える。シャツの腕部分にできてしまったシワはジャケットで隠れるし、幸いなことにジャケットにはシワが寄っていなかった。

紫峰に背を向けて、ベッドで横になっている美佳は、襦袢《じゅばん》だけは身につけているものの肩から背にかけて大きくはだけている。そんな美佳の姿を見ていると、もう一度その上にのりたい気分になった。ベッドに座り、紫峰が肩まで毛布をかけてやると、美佳は少しだけ肩をすくめる。

「ごめんなさい」

「なにが？」

それ以上なにも言わない美佳の頭を撫でた。きちんと結い上げてあった髪の毛が、少し乱れている。美佳は紫峰がかけた毛布をさらに頭まで被《かぶ》って、身体を丸くする。

「私、太ってるし」

太っている、という言葉に、紫峰は思わず苦笑した。丁度いい。ふわりとしていて抱き心地がよかった。

「太ってないよ」

紫峰が言うと、また毛布を引っ張り上げる。その仕草が本当に可愛いと思う。思えば初めて寝たあとで、こうやって恥じらいを見せる女性はいなかった。その仕草が余計に紫峰を煽《あお》っていることになど、美佳は気づいてないだろう。

「一昨日《おととい》の疲れが出て、眠ってしまったことにしておこうか？」

美佳の腕の辺りを撫でて言うと、布団の中で頷《うなず》いた。美佳の部屋にきて、一時間が経過している。性急に愛し合って、心地いいのは束の間だった。紫峰はもっと美佳を感じていたかった。

「美佳ぁー、紫峰さん」

階下から呼ぶ声が聞こえて、美佳が驚いて起き上がる。紫峰を見て、慌てて毛布を引き上げた。その唇に軽くキスをして、紫峰はにこりと笑う。

「すごくよかった。ありがとう」

美佳が赤い顔をして首を振る。その頭を撫でて、紫峰は部屋を出た。

「あら、紫峰さん。美佳は……？」

美佳の母、美和子が不思議そうな顔をしている。

「話しているうちに、眠くなったみたいで、寝ています」

まぁ、と驚く美和子に、紫峰はわざと苦笑した。

「すみませんね、紫峰さん」

「いえ、疲れていたんでしょうから。大変だったんでしょう、原稿」

そうなんですよね、と美和子も苦笑する。

階段を降りてリビングに行くと、少し顔の赤い峰生がいた。帰りは自分が運転するのだなと思いながら、食事の時に座っていた椅子に座る。

「紫峰、帰りは運転頼む」

「わかった」

父に笑顔で返して、母を見るとこちらも顔が赤かった。二人ともお酒が好きだから仕方ない。紫峰は美和子が湯飲みに注《つ》いでくれたお茶を受け取る。

「ありがとうございます」

「いいえ。本当に美佳、寝ちゃってすみませんね」

苦笑する美和子に少しだけうしろめたい気持ちになった。

まさか娘さんとエロいことをしてました、とは言えない。けれど、思い出すと心地よい美佳の内部を思い出して、動悸《どうき》がした。

「紫峰、飲んでないくせに、少し顔が赤くない？」

母に指摘されて、そうかな、と返す。赤くてもおかしくはなかった。それなりのことをしたのだから。

それからひと月以上、美佳と会えない日々が続いた。

久々に会ったのは結婚式当日。衣装選びに付き合えなかった紫峰は、白いドレスに身を包んだ美佳に、思わず顔がほころんだ。と同時に、少し痩《や》せていることにも気づいて、痩《や》せることはなかったのに、と心の中で少し残念に思う。

そこで聞いたのは結納の日のこと。思わず肩をすくめた。

「結納の日、二人でなにをしていたか、母にバレてしまって」

紫峰達が帰ったあと、美佳はやはり疲れていたらしく、そのまま寝ていたらしい。そこへ美和子が入ってきて、はだけた襦袢《じゅばん》姿で寝ている姿を見られてしまったらしい。

「……やばいな。怒られた？」

「冷たく怒られた。婚約したんだから、まぁいいけど、って言われた」

よくよく聞いてみると、しばらくは冷たくされたらしいが、逆に安心もしていたらしい。

互いに好きで結婚するのだとわかったから。

「今時の若者は、とか言われた？」

「言われた」

美佳が苦笑するのを見て、紫峰もつられる。

「ごめん、美佳」

ううん、と首を振って、そして美佳が紫峰の手を握る。

「私達、今時の若者だし」

美佳の手を握り返して、互いに笑う。

美佳はきっと自分の年齢を気にして結婚を決めたんだと思う。だが、嫌いなら身体を許したりしないし、こうやって笑いかけたり、まして結婚なんてしないだろう。

紫峰はそれでよかった。美佳が笑って隣にいれば、きっと幸せになれると確信している。

恋する気持ちはあとからでもついてくるから、と。

これはきっと運命だと、そう思って紫峰は美佳と神の前で永遠を誓った。

君が好きだから結婚したんだ、と美佳に言い続ける日々が始まりを告げた。

8

最後の客役が茶碗を置き、それを見て美佳は少しだけ息を吐いた。

「おしまいをどうぞ」

「おしまいいたします」

おしまい、と言われる片づけのようなものは、茶会の最後にやることだ。茶菓子を食べて、最後に音を立てて茶を飲み切る。美佳は名取《なとり》なので、たまにこうして教室で教えている。最近はまったく教室に顔を出していなかったので、今日は久しぶりの訪問だった。

茶道教室にくると気持ちが落ち着くし、集中力も上がるような気がする。

おしまいが終わって、片づけも終わり、たすきがけの紐《ひも》を解《と》いて、着物の袖《そで》を直した。

「美佳さん、お久しぶりね。最近まったくいらしてなかったから。結婚したからかしら」

こちらも茶道の名取《なとり》の三河《みかわ》。壮年の上品な女性で、いつも講師として茶道を教えている。自身は社長夫人という身分だ。

「いえ、先生。いろいろ仕事が忙しくて。少し落ち着いたので、また時々顔を出します」

そう？　と首を傾げた相手は、上品に笑う。

「けれど、旦那様は警察の方だったわよね？　忙しい方の奥様なのに、出てきていいの？　私の主人は忙しくないから、こうやって好きなことをさせてもらっているけれど」

そう言われると、美佳は戸惑うが、紫峰に言えば、きっと行ってきなさい、と答えが返ってくるだろう。今日も久しぶりに行こうと思う、と言ったら気をつけて、とだけ言われて仕事に出かけて行った。いつもの行ってきますのキスは忘れずに。

「そうですよね。夫に聞いてから出てきます」

そうね、と言われて、世間の奥様というものはこういうものなのだろうと思う。かといって美佳は専業主婦ではないし、自分の行動に対する許可を夫からもらわなければならないという感覚になんだか馴染めない。普段は小説を書いたりコラムを書いたり、翻訳の仕事を細々としている。紫峰とすれ違うことも多々あるが、仕事を辞めようとは思わないし、やめなさいとも言われない。

帰り道、今日三河に言われたことを思い出して、紫峰のサポートをしていくには、やはりこうやって外に出ていくことも少し控えた方がいいのかなと、ぼんやり考えながら空を見上げた。

「だいぶ涼しくなったなぁ」

季節はもうすぐ十月。紫峰と結婚してもう三ヶ月近く経つ。

『美佳さん、子供はまだかしら？』

紫峰の母、由紀に言われたこと。結婚していれば、当然の成り行きで子供はできるだろう。けれど、紫峰は美佳に言ったのだ、もう少し二人でいたいと。美佳もそれに賛成した。

もう二十九歳で、あまりのんびりしすぎると高齢出産になる年齢。けれど、そういう気持ちを多分にわかっていながら紫峰は結婚してくれたはず。子供はもう少し先でいいと切り出したのは紫峰だけど、美佳だって紫峰と二人でいたいと思っていた。

「二人で、ね」

今までの恋はなんだったのだろうと思うほど、紫峰に惹《ひ》かれている。けれど、その気持ちでも負けてしまうくらい紫峰は美佳のことを好きだ、と言ってくれる。そんな風に言われるような容姿でもなく、普通のそこら辺にいるような女なのに、どう見てもモテそうな紫峰がどうしてこんなに好いてくれるのか。嬉しい半面、ちょっと気が引ける。

今のところの問題は、子供はまだか、と周りに言われることくらいで、夫婦喧嘩はまったくしない。

平和に暮らしているけれど、なんだか不思議な感覚だと思いながら、美佳は少しきつい帯を叩いた。


夕方、紫峰から電話があった。この時間に電話がかかってくるのは珍しい。

『美佳？　ああ、今日はなにもない日？』

「どうしたの？」

『松方が、美佳の料理を食べたいって言って聞かないから、うちに連れて行ってもいいかな？』

その電話の向こうから松方の、美佳ちゃんよろしくー、という声が聞こえる。今日は二人とも早めに帰れるらしい。紫峰の申し出に、美佳はかなり焦《あせ》った。

「紫峰さん、大したものないよ？　それに掃除、二日くらいしてない！」

三日前原稿を上げたばかりで、家の中は雑然としている。きっと床にはホコリが溜まっているだろう。

『じゃあ、松方には遅くきてもらう。十九時半くらいでいい？』

十九時半、ということは、タイムリミットは一時間半。

「な、なんとか」

『僕も早く帰るから』

「紫峰さんもゆっくりしてきて。私、掃除とかしてるから。ね？」

『掃除？　それは僕がするよ、……って松方うるさい。掃除くらいしてるさ』

夫に掃除をさせる、ということを同僚に知られてしまった。美佳は慌てて、いいよ、しないで！　と言うが、はいはい、と言って電話を切られる。

「どんな悪妻だよ。紫峰さん、部下の人に突っ込まれてたし」

自分に突っ込みを入れながら反省した。とにかく、買い物しておかなければ、と美佳は財布を持って家を出た。ゆっくり帰ってきたから、家に着いたのは十七時を過ぎていた。現在の時刻はもう少しで十八時。紫峰が帰ってくるのに二十分もかからない。自宅の最寄駅まで徒歩三分、そこから電車で五分。そして駅から警視庁まで徒歩五分。

「なににしよう。松方さんって、刺身好きだったっけ？　っていうか、今日はもう煮物作ってあるし。あ、お酒。かなり飲むよね、あの人。ビールないから、買ってこないと」

美佳はブツブツ言いながら近くのスーパーに走った。

スーパーに着くと、周囲の視線がやけに気になる。そうだったと、留袖姿《とめそで》の自分を思い出す。今日はもう外に出ないだろうと思って、そのまま炊事をしていた。足下は草履《ぞうり》だし、肩にはたすきがけにした紐《ひも》をつけたまま。どこの奥様だ、と思われているかもしれない。

紫峰は着物姿が好きなので、これで出迎えようと思ったのが間違いだったのか……

「さっさと買って帰ろう」

一番美味しそうな刺身と、六缶入りのビールを二つかごに入れる。

「あとは、……あ、肉料理がない」

すりおろした生姜《しょうが》を、冷凍していたのを思い出す。豚肉の生姜《しょうが》焼きにしようと美佳は思いついた。献立が支離滅裂だ、と思いながらも会計を済ませ、スーパーをあとにする。時刻は十八時半を回っている。

鍵を開けて家の中に入ると、すでに紫峰の靴があった。掃除機の音が聞こえて、急いでリビングのドアを開ける。

「おかえり、美佳」

にこりと笑う紫峰の手には掃除機があった。ちょうどかけ終わったところだったのか、スイッチを切っている。すでにスーツからチノパンと黒のシャツに着替えていた。そして周りを見れば、どこもかしこも片づけられていて、美佳はガックリする。

「私がするのに……」

「掃除くらいいい。美佳だって仕事してるだろ」

今日は仕事ではなく、趣味の時間だった。本当なら、きちんと掃除をして食事を作って、そして夫を迎えるつもりだった。

「……やっぱり今日、行くんじゃなかった……」

そう呟《つぶや》くと、紫峰はなにも言わずに美佳を見る。その横を通り過ぎて、美佳は買い物袋を台所に置き、少しだけ乱れた着物を直す。たすきがけの紐《ひも》をもう一度結び直し、冷凍庫を開けて生姜《しょうが》を手にした。

「美佳、僕は一人暮らしが長いし、掃除だって洗濯だってできる」

冷蔵庫を探る美佳に、掃除機を片づけながら紫峰が言った。それは確かによくわかる。洗濯も上手だし、どちらかといえば紫峰の方が片づけ上手だ。けれど、美佳よりも、紫峰の方が忙しいと思う。美佳は不規則な仕事だけれど、書いてしまえば終わり。多少の語学力はいるけれど、好きな仕事なので気楽なものだ。

「茶道は行ける時にはどんどん行けばいい。僕は美佳の着物姿が好きだ」

それは知ってるけれど、それとこれとは話が違う。

「だって私、同僚の人の前で掃除を頼むような悪妻だし」

結婚してまだたった三ヶ月。紫峰と出会ってからだって一年も経っていない。

互いに知らないところが多いはずなのに、紫峰はそれでも構わないという調子で、美佳に好きだと言う。美佳も結婚してからはとくに、紫峰に強く心惹《ひ》かれている。

「掃除は別に気にしないで。離婚前の松方だって、ああは言っていたけどかなり家事をしていたんだ。美佳は教養深いし、料理も上手。お茶もお花も名取《なとり》だろう？　十分良妻だと思うけど」

紫峰を見上げて思うのは、褒《ほ》め上手だということ。美佳の心をこんなにも簡単に浮上させてくれるのだから、紫峰はすごい。

「美佳、僕は掃除が好きだから、気にしないで美味しい料理を作ってくれる？」

紫峰はにこりと笑って、そしてリビングの方へ行ってしまう。そこまで言ってくれるのなら、と美佳は紫峰に片づけを任せることにした。

「紫峰さん、ありがとう」

美佳の言葉に振り向いて、紫峰は首を振った。

「いいえ」

職業は少し特殊だが、美佳は本当に普通の平凡な女だ。結婚したら甘い雰囲気だとか、優しい旦那様と過ごすことに、確かに憧れていたけれど。まさか自分の憧れ通りになるとは思わなかった。紫峰のような素敵な人が、自分の夫になるなんて思ってもいなかった。

紫峰への思いを深めながら、美佳は豚の生姜《しょうが》焼きにとり掛かった。作り置きのすりおろした生姜《しょうが》があったので、すぐに料理は完成した。皿に盛りつけていると、インターホンが鳴る。美佳が手を拭きながら出ようとすると、紫峰に手で制されて笑みを向けられた。

「美佳、出るからいいよ」

紫峰が言ってくれたので、急いで皿に料理を盛りつけてテーブルに並べる。松方の声が聞こえてきたところで、最後の刺身を並べ終えた。ひと安心して来客を待っていると、玄関の方から松方の声に混じって女性の声が聞こえる。

「松方、どういうことだ？」

紫峰の少しばかり尖《とが》った声が聞こえて、美佳は廊下を覗《のぞ》く。廊下からでは様子が見えなかったので、玄関に向かった。

「やぁ、美佳ちゃん」

大きな身体に犬のような目をした松方が、美佳に笑いかけた。そのうしろには背の高いキレイな女性がいる。ミディアムヘアで、わずかにウェーブがかかった柔らかそうな髪の毛。染めているのだろう、黒色よりやや赤みがかった茶色だった。

「こんばんは、今日は急に来てすみません」

しっかりした話し方の人だ。キャリアウーマン風にパンツスーツを着こなすその人は、美佳に頭を下げて、にこりと笑いかける。

「あ、いいえ。どうぞ、上がってください」

美佳が上がるよう勧めると、紫峰は不機嫌そうに息を吐いて、さっさとリビングへ向かって行く。美佳は首を傾げて、松方とその女性にスリッパを出す。リビングへ案内すると、すでに紫峰は椅子に座っていた。

「美味しそう。これ、みんな作ったんですか？」

キレイな顔がほころぶ。思わず見とれるくらい美しい。美佳とは真逆な細身の長身で、おまけにグラマラス。スタイルのいい女性を前に、自分もこうなれたら、と美佳は思う。こういう人だったら、紫峰の隣にいても似合いそうだ、と。

「座ってください」

二人が席に着いたのを確認すると、美佳はご飯をよそって、まずは二人の前に置いた。そして紫峰の前に茶碗を置いて、自分の茶碗も置き、座る。

「えっと、松方さん、この方は？」

丁寧に美佳が聞くと、松方が答えるより先に女性が自己紹介する。

「中村瞳子です。初めまして、美佳さん」

名前の響きに覚えがあった。

「……ナカムラトウコさん」

思わず松方の顔を見ると、彼の表情が強張《こわば》った。

「ミカと松方とは同じ時期に警察学校に入ったの。ミカは、あ、美佳さんもミカだった」

苦笑するような、はにかむような笑顔が可愛い。

「私、三ヶ嶋のことミカって呼んでたの。松方は警察学校からの同期だけど、ミカは大学時代からの付き合いで、一緒の学部だったの」

「東京大学の法学部、ですか？」

「そう。この仕事に就いてからは、ちょっと疎遠《そえん》になっていたけれど、三年くらい前にサークルの同窓会で、運命的な再会をしたの」

鮮《あざ》やかに塗られたローズの唇が笑った。

「サークルの同窓会？」

「そう。大学で同じサークルだったの。在学中はただのサークル仲間だったけど、卒業して十年以上経って再会して。それがきっかけで付き合ったの。……美佳さんと結婚する直前くらいまで」

美佳を見てもう一度笑って唇を開く。

「数ヶ月くらい、付き合ってる時期がかぶってたと思うわ、私と美佳さん」

「松方、美佳に瞳子のこと話していたのか？」

美佳の反応でわかったのだろうか。紫峰は的確に松方に探りを入れる。やや低く咎《とが》めるような声で紫峰が言うと、松方が目を泳がせて、うんまぁ、と言った。

中村瞳子という人の話を聞いたのは結婚式当日。なんとなく気になって、きっと知っているだろう松方に美佳が聞いたのだ。見合いの日、紫峰にキスマークをつけたのは誰だろう、と気になっていたから。そうして知ったのは、美佳と見合いをした時に、付き合っている恋人がいたということ。そしてその彼女と結婚を考えていたということ。瞳子と別れてまで結婚するんだから、美佳のことがよほど好きなのだ、と松方は言った。だがその日、白いドレスに身を包んだ美佳はどこか気持ちが晴れなかった思い出がある。

「それで、今日連れて来たわけは？」

硬い声で紫峰が言う。美佳は紫峰に微笑んでみたが、彼は笑い返してくれなかった。

「さっきたまたま会って、三ヶ嶋の家に行く、って言ったら一緒に行きたいって聞かないからさ」

ははっ、と笑ってご飯をかき込む。きっと楽しい食事会になるはずだったのに、今は少し険悪ムードだ。

「あの、ビール買ってきてます。飲むでしょ？　松方さん、紫峰さんも。あ、中村さんもお好きですか？　ビール」

美佳が笑って尋ねると、瞳子も少し硬い表情で笑って、返事をした。

「いただくわ」

美佳は瞳子の目の前に缶ビールを置いた。缶ビールを前に、目を瞬《しばた》かせてなにかを待つ瞳子を見て、ふと気づく。

「あ、コップお使いになります？」

瞳子は少しだけ笑い、松方は横から声をかけてきた。

「俺はいいよ、美佳ちゃん」

美佳が松方の前に缶ビールを置くと、そのままプルトップを起こして飲みだした。紫峰の前にも同じように缶ビールを置いて、美佳も自分のビールを開ける。瞳子はそれを見て、自分のビールのプルトップに手をかける。しかし上手く開けることができず、カチンカチンと音を立てている。

「美佳、コップ持ってきてやって」

紫峰がそう言って、瞳子のビールのプルトップを開ける。それを見て、美佳は言われた通りに、立ち上がってコップを取りに行く。瞳子の前に置くと、紫峰がそれにビールを注いだ。まるで、わかっている、という感じでそういうことをする紫峰に、美佳は少しだけ腹が立った。けれど、相手は美佳よりも付き合いが長く、恋人だった人。今は美佳が妻だが、瞳子だって今も彼の近しい人に違いない。情とか、そういうものがあって当たり前だ、と割り切った。

「ありがとう、ミカ」

嬉しそうににこりと笑った瞳子は、紫峰にまだ恋をしているようだった。紫峰を見る表情が違う。

妻の美佳なんて、目に入らないというくらい。

「……それで？　なんでここにきたかったんだ？」

「わかるでしょ」

「わかりたくないな」

紫峰の言葉に答えることなく、コップのビールを一気に飲み干すと、瞳子はにこりと笑った。

「すごいのね、ミカの奥様。いつも着物を着ているわけ？」

美佳を見て意味深に笑う。どこか自分が蔑《さげす》まれているような感じを受けた。

瞳子は紫峰の元恋人。美佳と会う前日にも会っていた人で、紫峰の首にキスマークを残した。見合いの席でそういうものを見せられて、紫峰は美佳との話を断る気満々だと思った。そのつもりで話をしていたし、美佳はそれでもよかった。紫峰は素敵な人だから、誰か隣にいてもおかしくはないと思えたから。けれど予想に反して、紫峰は美佳に結婚してほしいと言ってくれた。紫峰はしっかりした人だと美佳は思っている。だから、美佳と結婚すると決めた時には、きっとどっちつかずな態度はとっていなかっただろう。

瞳子はいきなり別れを告げられたのかもしれない。美佳と紫峰が結婚するまでの期間はたった四ヶ月程度。デートを重ねた期間は一ヶ月半程で、残りの期間は結婚式のためにほとんどの時間を費やした。もし、美佳と紫峰が出会わなかったら、きっと紫峰は瞳子と結婚していただろう。

「いえ、いつもは……。今日はお茶を習いに行ったので」

「着替えればよかったのに」

そんな風に返されるとは思わなかったが、美佳はにこりと笑った。

「ちょっと、時間がなくて」

美佳は笑っているが、瞳子は笑っていない。それに気づいて、思わず笑いを引っ込めると、今度は瞳子がにこりと笑った。

「料理も美味しいし、お茶を習いに行ったりと、すごくいい奥様なのね。私じゃきっとこうはいかなかった……。ねぇミカ、本当にこの人のことを好きで結婚したの？　普通の人だわ。ミカが今まで付き合った人と、全然違う。ミカが付き合う人は向上心も強くて、自分に自信を持っていて、それにスタイルのいい人。着物なんて絶対着ないような、そんな人ばかりだったのに」

美佳は瞳子の言うことを黙って聞いた。確かにそうかもしれないが、美佳と紫峰は結婚した。瞳子に悪口を言われる筋合いはないが、美佳は苦笑するしかなかった。

「美佳さん、ミカと結婚したの、あとがないからとか言わないわよね？　二十九歳なんでしょう？　結婚を焦《あせ》る年齢だし、急いで結婚した辺り、あやしいんだけど」

美佳は少しだけため息をついた。当初はそういう理由もあった。けれど今は、きちんと紫峰を愛している。紫峰が笑いかけてくれるだけで嬉しい。同じベッドで寝るのはまだ慣れなくて、毎晩ドキドキする。おまけに紫峰は容姿がいいので、近くに顔を寄せられると、どうしていいかわからない。身体を求められた時には、見とれてしまってなにも言えなくなるほどだ。

瞳子の言っていることを否定できなくて、美佳はなにも答えられない。確かに瞳子の言ったことはほとんど当たっている。だから顔が上げられない。そうやって俯《うつむ》いていると、紫峰が隣にいる美佳の手を握る。少しだけ顔を上げて紫峰を見ると、紫峰は瞳子を見据えていた。

「いい加減にしろ、瞳子。今日は、美佳の料理を食べにきたんだろう？　美佳を侮辱《ぶじょく》するなと、前に言った。瞳子を選ばなかったのは僕だ。文句があるなら、今度聞く。今日はやめろ、いいな？」

紫峰が少し硬い声で瞳子に言う。いつもの穏やかな口調とは違っていた。

「俺も、美佳ちゃんを見るだけだって言ったから、連れて来たんだ。三ヶ嶋が美佳ちゃんのことを本当に好きだっていうのは、俺から見てもわかる。お前、過去なんだよ、中村」

松方と紫峰に言われて瞳子の顔が歪《ゆが》んだ。そんな姿は、人間味が感じられて、なんだか可愛かった。瞳子は立ち上がってバッグを持ち、玄関へ向かう。美佳も立ち上がって、そのうしろ姿を追った。

「美佳！　追うな」

紫峰は言ったけれど、美佳は追うのをやめられなかった。靴を履いて飛び出そうとしているところで、美佳も急いで草履《ぞうり》を履いた。マンションのエレベーターの前で、瞳子は必死にボタンを押していたがエレベーターがなかなかこない。

「もう、なんでこないのよ！」

拳《こぶし》でボタンを叩いている瞳子の目から涙がポロリと零《こぼ》れる。しばらくするとエレベーターが着いて、瞳子はそれに乗った。美佳も慌てて乗り込み、狭い箱の中で二人きりになる。

「なんできたの？」

「泣いてたから、ちょっと」

「同情されたくないけど。あなたの勝ちだもん、ミカの奥さんになったんだから」

ほろほろと涙を流す瞳子を見て、美佳は思わず言った。

「メルアド教えてください。えっと、私はほとんどパソコンでメールを返すんですけど。あ、でもメモとか持ってない……」

なぜこんな言葉が出たのか、と美佳は自分で突っ込みを入れたが、それでも瞳子を前にして、そう言わずにはいられなかった。瞳子は美佳のことを憎んでもいい。けれど、瞳子は美佳に対してそんな素振りをこれまで一度も見せなかった。今日のことは突発的なことで、きっと心底憎んではいないんじゃないかと思った。

美佳の言葉を聞いて、瞳子は一瞬睨《にら》んだが、やがてバッグの中を探ってメモ帳を出す。それにボールペンで書きつけて、美佳にメモを渡した。一階に着いたところで、瞳子はさっさとエレベーターを出る。

「必ずメールします！」

美佳が言うと、瞳子が振り返る。

「あなたって、変だわ。ミカも馬鹿」

ヒールの音がカツカツと聞こえて、すぐ側の角を曲がっていく。美佳はそれを見送って、エレベーターに乗ろうとした。美佳と紫峰が住んでいるのは十階で、そこからエレベーターが降りてくる。それに乗って降りてきたのは、松方だった。松方は美佳を見ると、ごめんね、と言った。

「美佳ちゃん、気を悪くしただろう？」

「大丈夫。もう帰るの？　松方さん」

「うん。美味しい料理も食えたしね。三ヶ嶋が許してくれれば、またくるよ」

苦笑して言ったのを、美佳も苦笑で返す。

「いつでもきていいからって言うように、紫峰さんに言っておきます」

「助かる」

大きな身体が肩をすくめて、じゃあ、と手を振った。美佳も頭を下げて手を振る。そのままエレベーターに乗って、十階を押した。紫峰はいったいどうしているだろう。

紫峰は滅多に怒らない。いつもは怒っても静かに怒り、決して感情的にならない。すぐに十階に着いて、美佳はエレベーターを降りた。部屋のドアを開けると、肩の力がガクッと抜けた。リビングには紫峰がいて、一人でビールを飲んでいた。美佳はなにも言わずに、向かいの席に座る。自分のビールを手にとって、美佳もそれを口に含んだ。

「追うな、って言った」

紫峰に尖《とが》った声を向けられるのは初めてだった。

「ごめんなさい」

美佳は頭を下げた。

「どうしてなにも言い返さない？」

「事実、だから」

紫峰は大きくため息をついて、美佳を見る。手にしていたビールを奪って、紫峰は自分の前に置いた。

「美佳はどうして僕と結婚した？」

それはいつも美佳が紫峰に聞いている言葉。君が好きだから結婚したんだと、いつも即答される。どれだけ愛されヒロインなんだと思うくらいの扱いを受けている。

美佳だって同じ気持ちだった。だからいつも紫峰から言われる言葉を、美佳も同じように口にした。

「紫峰さんが好きだからに決まってる」

美佳が言うと、紫峰は少しだけ声を出して笑った。

テーブルを挟んで紫峰の長い手が、美佳のたすきがけをしている紐《ひも》を解《と》いた。落ちてきた着物の袖《そで》をぐいと強引に引っ張られる。身体を寄せられて、紫峰の顔が近づいてきて美佳の唇にキスをした。

「僕が好きだから結婚したんだったら、二十九歳であとがないから結婚した、というのは事実じゃない。これからは誰になにを言われても、僕を好きだから結婚したんだと、そう言って。わかった？」

袖《そで》を離されて、美佳は椅子に座る。少し間を置いて頷《うなず》くと、紫峰が満足したように笑う。

この満足した顔を曇らせたくなかった。

「瞳子とは二年付き合って、ある程度なんでも知る仲になった。美佳とはまだ数ヶ月の付き合いだけど、これから一生付き合いたい。僕は、美佳との未来を生きたいから」

紫峰がそんなことを言ってくれるとは思わなかった。

未来を生きたいと言う言葉に、美佳の心が満たされる。どうしてこの人はこんなことを言ってくれるのだろう。美佳の心にはまだ曖昧《あいまい》な部分もあるけれど、ひとつだけ決めていることがある。絶対に離婚なんかしない、一生紫峰と寄り添って生きていこう、と。

「ありがとう。私も紫峰さんとは一生付き合いたいと思ってる」

笑みを浮かべて見上げると、紫峰も同じように笑っている。

いい人と結婚した、とつくづく思う。誰もがこんな幸福な結婚ができるわけではないだろう。出会ってたった数ヶ月で結婚して、結婚してもすれ違いの日々だけれど、こんなに心が満たされる。結婚して美佳の名前はどうにも語呂がいい名前になったけれど、それも素晴らしく思える。みんなに自慢したいくらいだ。

「紫峰さん、お風呂は？」

入りますか？　と聞いて、それが暗《あん》に誘っているのだということに紫峰は気づいてくれた。

「あとで」

「じゃあ私、着物着て汗かいてるから、先に入ってきます」

美佳がそう言って立ち上がろうとすると、紫峰が美佳の手をとった。

「それを脱がしたいから、風呂はあと。いいね？」

テーブル越しに手を握られたまま、紫峰は席を立って美佳の側に来た。その手に引かれるまま立ち上がると、紫峰は美佳に笑みを向ける。次の瞬間、キレイにベッドメイクなんかする暇はなかったことを思い出す。軽く整えただけのベッドからは生活の匂いがする。こんなことなら洗濯しておけばよかった、と思いながら紫峰の手が美佳の帯にかかるのを受け入れた。食事は残したままだし、洗いものも放ったらかしだ。片づけはまあ明日しよう。

紫峰と向かい合ったまま、美佳の着物の帯が解《と》かれると、一気に解放されたような気分になる。

「美佳の着物を脱がすのはこれで二度目」

思わず笑って、そうだったと思い出す。

顎《あご》に手を添えて上を向かされると、しっとりとした唇が重なる。

ゆっくり、けれど自分のひとつ残らずすべてを求められているように感じる紫峰との行為。

ベッドに横にされると、いつものように胸が高鳴って痛いくらいだった。

紫峰の名を呼び、自分を抱きしめる紫峰の身体に腕を回した。

9

紫峰から見た美佳の身体は、女らしくて可愛いと思う。松方がいつも美佳の胸をデカイと言うが、実際に美佳の胸はかなり豊かだ。結婚して、いや結婚前から少しずつ痩《や》せ始めていたが、それでも胸の大きさは変わらない。本人は垂れているから、と気にしているけれど、そんなことはないと思う。キレイな形をしているし、触り心地がいい。とくに顔を埋《うず》めると、安心する。

もう少し強く抱きたいと思う気持ちもあるが、紫峰は美佳に酷《ひど》いことはできないし、痛い思いもさせたくない。少しもどかしさは感じるが仕方ない。

「前に、私の胸って風俗の女みたいって言われたことあるんだ」

一度抱き合って、息を整える小休止の時間。紫峰は美佳の胸から顔を上げたが、すぐにそこへ顔を埋《うず》める。背を抱き寄せると、さらに深く美佳の胸の谷間に顔が埋まる。

「それで？」

誰が、と言いたいところだったが我慢する。こうやって美佳の胸に顔を埋めた別の男に、小さな嫉妬をしながら。

「紫峰さんもそう思う？」

「風俗に行ったことがあるって前提？」

紫峰が苦笑して言うと、そういうわけじゃないけど、と美佳は言葉を濁《にご》す。

「男の人って、一度は行ったことがあるって、どこかで聞いたことあるし」

美佳の胸に触れて軽く上下させると美佳は、あ、という可愛い声を上げた。

「僕も例に漏れず、って？」

胸から顔を上げて美佳の顔を見る。視線を合わせたまま背中を撫で上げて、手を首筋へ移動させた。

「残念ながら、行ったことがないから比べようがない」

「本当に？」

「本当。松方は行ったことがあるらしい。たぶん今もお世話になってるんじゃないか？」

離婚してしばらく経つ松方は、独り身で、恋人もいないのだからしょうがないとは思うが。

「でも、美佳が同じようなことをしてくれたら、気持ちいいと思う。ローション塗って、上にのって身体でマッサージ。美佳の身体は柔らかいから」

「太ってるからね」

美佳の表情が少し硬くなる。どこが太っているのか、と紫峰は不思議に思う。痩《や》せてはいないが太ってもいない、丁度いい身体。胸の大きさで太って見えるのかもしれないが、自分にとってはまったく気にならない。

「太ってない。ダイエットもしなくていい」

紫峰が言うと美佳は俯《うつむ》く。本当の気持ちを言っているのに、と思うが、こういうところは付き合ってきた、どの恋人にもあった。紫峰は恋人達の身体について、どうこう言ったことはない。それぞれに好きだったし、不満もなかったからだ。けれどいつも、ダイエットをしたり、食事を制限したりして、みんな痩《や》せようとしていた。男と女の考え方の違いなのだろう。

紫峰はとくに美佳の身体が好きだった。今まで付き合った恋人とは違い、白くてふくよかで柔らかいところがとくに。女性の身体がこんなに抱き心地のいいものだと、初めて知った。

紫峰はもう一度美佳の胸に顔を埋《うず》めて、そこに口づける。唇を移動して、淡い色の先端を吸った。何度も強く吸い上げて噛《か》むと、高い声が漏れる。それから濡れた音を立てて唇を離し、胸の谷間を通って、唇を下へと移動させた。

「紫峰さん……んっ」

美佳の足に手をかけて持ち上げる。その大腿《だいたい》に唇を這《は》わせて、きわどいところの肌を吸った。

「痛……いっ」

それから血が出る寸前まで噛むと、美佳の柔らかな肌に歯型が浮かび上がった。きっと内出血のように青くなるだろう。美佳の肌を噛んだのは初めてだった。というか、女性の身体に噛みついたこと自体初めてだ。

少し潤《うる》んだ美佳の瞳に煽《あお》られて、もう一度胸に唇を寄せた。同時に美佳の中心に手を這《は》わせて、上下に愛撫《あいぶ》する。

「も……う、やぁ……紫峰さ……んんっ！」

少しだけ中に指を入れると、美佳の身体が弓なりに反《そ》る。その瞬間に深く指を入れて、指を増やす。感じすぎるのか、逃げたいのか、美佳は身体をずり上げて高い声を上げる。

「どこに行くの」

「だ、って……紫峰さん」

「僕が？　なんだ？」

美佳の中の指を曲げると、さらに甲高い声を上げ、顎《あご》を上向けた。弓なりになった背がベッドマットに落ちて、白い胸が何度も上下する。乳房は濡れて光っていた。

「イった？」

荒い息を吐く美佳の唇に意地悪く深いキスをする。息ができなくなった美佳は苦しそうな顔をするが、紫峰はその唇を追って離さなかった。

「苦し……いよ」

ようやく離してやると、赤い顔をして息を整えている。紫峰は美佳の額から鼻筋、唇から顎《あご》の先までゆっくりと滑るように手で触れた。

なぜここまで美佳の肉体は紫峰を煽《あお》るのか。そう思いながら、口角を上げる。

「今度は、僕をイかせてくれないと」

まだ息が整いきらない美佳はコクリと息を呑んだ。紫峰を見上げている美佳の身体を起こして、膝《ひざ》の上に乗せる。

「自分でする？　それとも僕が？」

にこりと笑って美佳の腕を自分の首に回させた。四角いパッケージを噛《か》み切って、それを自身に被《かぶ》せる。その様子を美佳は少しだけ見てから、さっと紫峰の顔に目を向けた。

「どうする、美佳」

やっと息が整ってきた美佳は、紫峰の耳元でささやいた。

「紫峰さん、して」

美佳の背中と腰を引き寄せて、彼女の身体を少しだけ持ち上げる。

「次回は美佳が自分でして」

いきなりではなく、美佳の中にゆっくりと自身を沈める。美佳の中は狭い。それでも少し紫峰に慣れたのか、初めての時よりは上手く紫峰を受け入れる。

「あっ、あぅ……しほ……さ……っ」

紫峰は自分の好きに動いた。初めはゆっくりと動いたが、美佳が動きに慣れてきたという様子が見てとれると、ペースを速くして強く突き上げる。美佳自身の体重がかかって、突き上げる度に深く紫峰を受け入れた。

「つらい？　ペースを落とそうか……？」

ゆっくり腰を回して、美佳に言うと、荒く息を吐きながら抱く腕に力を込める。

「紫峰さん、イけな……でしょ？」

舌足らずに言う美佳に笑みを漏らして、紫峰は少しだけ身体を離す。

本当は、自分も今にもイきそうだった。ただ我慢する美佳を見ていたいと、紫峰も我慢しているだけ。

「美佳はイきそう？」

美佳は一度小さく頷《うなず》いて、倒れ込むように紫峰の背と首に手を回してきた。

「じゃあ、イって美佳」

「ん、あっ……あ、紫峰さん……っ！　もう、イくから……っ！」

「美佳……っ」

美佳の爪が背中と首に食い込んだ。食い込んだ爪が紫峰の首を引っ掻《か》く。痛みを感じて、一瞬だけ息を止めたけれど、美佳の中にきつく締《し》めつけられて紫峰も達した。腰を激しく動かして、何度か突き上げる。

引っ掻かれた痛みを忘れるくらい、達した快感に目が眩《くら》む。こんな快感は美佳と以外にはなかった。今までの恋人達との行為は、ただの欲求のはけ口だったのかもしれないと思うくらいだ。美佳との繋《つな》がりを解《と》く時、まだ離れたくないとでも言うように内部に締めつけられる。だからいつも、すぐにもう一度繋《つな》がりたくなってしまう。

美佳を背後から抱きしめ、見下ろした。

「紫峰さん？　どう、したの？」

「いや」

首を傾げる美佳を見て、思わずため息が出る。紫峰はいつも、この瞬間にかなり迷う。次の日の仕事をとるか、自分の欲望に忠実になるのか。首の痛みが、もうやめておけ、と言っているようだったが。

　美佳の胸が呼吸と同時に上下して、魅力的に揺れる。どうして自分はＳＰなんてハードな仕事に就いたのか、と、この時ばかりは自分の選択が恨めしい。

「美佳」

　四角いパッケージをもう一度噛《か》み切って、その中身を自身に被《かぶ》せる。背後から美佳の豊かな乳房を上下に揉みしだき、そして美佳の足の間に身体を割り込ませた。

　結局、自分の性欲が理性に勝ってしまった、と紫峰は苦笑する。

「紫峰さん？」

「あと一回。このまま」

「も、一度？」

　舌足らずに話す言葉は、いかにも情事のあとのような、艶《つや》っぽい声色だ。紫峰は美佳の頭を撫でて、彼女の髪にキスをする。

「もう一度。このまま」

　横向きの姿勢のまま、紫峰は美佳の隙間を指で探した。指を挿し入れると、すでに紫峰自身を受け入れられそうな状態だった。ぐっと力を込めて自身を沈めると、美佳の隙間は紫峰をやすやすと受け入れる。

「んんっ、あ……っ」

明日は仕事、仕事、と心の中で紫峰は呟《つぶや》く。

そう言い聞かせて自分をセーブしようと努めるが、その努力も霧散《むさん》してしまうほど美佳の内部はよかった。

何度も、何度も、繰り返し突き上げる。

「頭が沸騰しそうだ」

いったいなにがどうしてこんなに好きになったのか。

何度突き上げても、突き上げても、足りない気がした。

ベッドに身体を投げ出し、今日の出来事を思い出して紫峰は思う。もう少し美佳は、自分や瞳子に腹を立ててもよかったのに、と。

## 10

「三ヶ嶋、どうしたんだ?」

「なにが」

「メチャクチャ元気そうだと思って。いつもと違うぜ」

「気のせいだ。そういうお前は、疲れてないか? 松方」

「ああ、その通り。昨日、サービスされすぎて。気持ちよかったが疲れた」

「気持ちよくて疲れたっていうのは、気持ちよくなかったんだ。風俗はもうやめておけ」

到着したエレベーターに松方と紫峰は揃って乗り込む。

「誰か抜いてくれればいいけどなぁ」

松方は栄養ドリンクを一気に飲み、はーっ、とため息をつく。

サービスされすぎて疲れて栄養ドリンク。まるでサラリーマンのオヤジのようだ、と思う。年齢的にはあながち間違いではないだろう。

「お前はいいよなぁ。素朴で可愛くて胸のデカイ美佳ちゃんがいるから。そういえば昨日はどうだった？　中村のことで美佳ちゃん、ヘソ曲げなかったか？　もしそうだったら悪かった」

目的の階に着き、エレベーターを降りる。紫峰は松方を見上げて首を振った。

悪いと思っているなら、連れてくるな、と言おうとしたがやめた。

「ヘソを曲げるとか怒るとか、そういうことはなかった」

いっそ怒ってくれたらよかったのに、と思う。責められてもおかしくない状況だったにもかかわらず、意外と冷静に美佳は対処していた。もっとやきもちを妬いたり、文句を言ったり、強い気持ちをぶつけてくれればいいのに。美佳は年下だが、きっと考え方は自分よりずっと大人なのだろう。

結局昨夜、瞳子と美佳が会ったことを気にしているのは紫峰だけのようで釈然《しゃくぜん》としない。

「え？　そうなのか？　元カノに会った時、女って大抵《たいてい》怒るだろう？」

「普通はな。瞳子は怒ってたか？」

松方は紫峰を見てため息をつく。

「俺、なんで中村に嫌われるのかなぁ。いつも中村の言う通りにしてるんだけどな」

「瞳子に嫌われたのを慰《なぐさ》めるために風俗？　相変わらずヘタレだよな、松方」

「うるさい。しょうがないだろう、中村はまだお前のこと好きなんだよ、三ヶ嶋」

紫峰はため息をつく。瞳子が紫峰のことを好き、というのは少なからず合っているだろう。

だが、それが恋愛感情かどうかはわからない。瞳子は、紫峰が自分と別れてまで結婚した、美佳の顔をただ見てみたかったのだろう。そしてなにか嫌味のひとつでも言いたかっただけ。言ってしまった今、瞳子はきっと後悔している。

「僕は瞳子の彼氏じゃない、美佳の夫だ。松方が瞳子のことを好きでも関係ない」

「……相変わらず、酷《ひど》い言いよう」

「僕が動いてどうなる？　自分で動けよ」

大きくため息をついた松方には目もくれず、紫峰は警護課第四係のドアを開いた。

「なぁ、ところでなんでそんなにスッキリしてるんだよ」

「うるさいな。自分で動いた結果だ」

松井がおはようございます、と言ったのにおはようと返す。

「自分で動いたって？　三ヶ嶋、おい」

「痛、つぅ」

「係長、ケガ、してるんですか？」

松井が心配そうに声をかけてきたが、それには答えなかった。

松方に首と肩の間辺りを軽く叩かれて、紫峰は低く呻《うめ》いてしまった。美佳に引っ掻《か》かれた傷が、まだ生々しく残っている。昨夜は少し、出血していた。背の高い松方が、紫峰の傷に気づいてパッと手を離す。

「動いた、って……あ、ああ、そういうこと。……美佳ちゃんに抜いてもらったのか。いいよなぁ」

誰にも聞こえないように松方は言った。実際、松井には聞こえなかったらしく、こちらを見て首を傾げている。抜いてもらったなんて言葉を使う松方を、正直殴りたい気分になったけれど、こいつはこういう奴だから、と諦めた。

「痛いから触るな」

襟《えり》を正すと、衣擦《きぬず》れして首の辺りが痛い。実は同じような傷が肩甲骨《けんこうこつ》辺りにもある。そちらはそんなに深くないが、首は強く引っ掻かれたので、少しの刺激でも痛みを感じる。

「そういうことって、どういうことですか？」

暢気《のんき》に聞いてくる松井は、わけがわからず曖昧《あいまい》な笑みを浮かべている。まだ若くて、鈍感なところがある。これでもかわいい彼女がいるらしく、紫峰はよく自慢話を聞かされる。

「大人の話だ。引っ込んでろ、松井」

紫峰が松井をたしなめる。その隣からおはようございます、と声をかけてきたのは第四係唯一の女性SP、坂野由香《さかのゆか》だ。

「あら、どうしたの？　松井」

「坂野さぁん」

情けない声を出している松井の横を通り過ぎて、紫峰は自分のデスクにつく。

「三ヶ嶋が首痛いって言ってるんだよ、坂野」

「どうしてですか」

「自分で動いた結果っていうか……」

松方が坂野にコソコソと耳打ちする。

「……はーん」

頷《うなず》いて一度、紫峰を見たあと、小さな声で新婚ですもんね、と言っているのがしっかり聞こえた。小さな声でも、自分のことになると大きく聞こえるものだ。

紫峰より五歳下の三十一歳。SPになって四年目で、優秀。お喋《しゃべ》りな松井と違って、静かな女性だ。けれど、やはり女。この手の噂話は好きらしい。

「お喋《しゃべ》りはよせ、松方、坂野」

苦し紛れに言った言葉に、自分でも苦笑いする。

「松方さん、坂野さん、俺、さっぱりわかりませんけど。教えてください、話見えないっス」

松井が坂野に泣きついていると、そこへ第四係最後の人物、大橋司《おおはしつかさ》が入ってくる。ＳＰ三年目の大橋は、天然な性格で顔はジャニーズ系。一部では「天然王子」と呼ばれている。和菓子とお茶と、なにより読書が好きな男だ。

「おはようございます。三ヶ嶋さん、今日は俺、焼肉行きたいです」

「いきなりなに言ってんのよ、大橋」

「俺、今日誕生日なんですよ。三ヶ嶋さん、知ってますよね？」

相変わらず宇宙的な会話を投げかける大橋に、紫峰はため息をついた。それに松方と坂野もつられる。ただ、暢気《のんき》で鈍感な松井だけはわけがわからない、と目を泳がせている。

「集合」

紫峰以外の四人が紫峰のデスクの側に集合した。そこで紫峰は四人を見渡す。

「今日の予定を言う前に、お前達に言っておく。まず松方、お前何年目だ？　いつまでもヘラヘラしてるから、僕は課長にお前のことで小言を言われる。風俗に行く暇があったら、報告書の不備をなくせ。印鑑を押し忘れるなんて、新人でもしないミスだ。馬鹿じゃないのか」

松方がキュッと口を引き締《し》める。風俗？　と、またしても松井が不思議そうな顔をしている。紫峰は次に坂野へ言葉を投げかける。

「坂野、君は女性でＳＰという仕事を立派にこなしていて、本当に感心する。だが、僕のことを噂するくらい口が暇なら、松井の指導をしろ。君は松井の指導係も兼ねているはずだ。なぜ君に任せているか、よく考えろ」

　はい、と坂野は返事をした。首をすくめる彼女の姿を見て、溜飲《りゅういん》が下がる。

「大橋、お前の誕生日なんて仕事には関係ない。職場で、そういう話を持ち出すな。脈絡のある話をしろ。いつも宇宙人と話しているみたいだ。いい年した大人なんだから」

　すみません、と大橋は頭を下げた。

「最後に松井。いつまでも新人気分でいるな。圧倒的に勉強不足。ＳＰはただ要人を守るだけが仕事じゃないってわかっているんだろうな？　ネクタイはいつも曲がって出勤。警護の準備はダントツで遅い。ＳＰになって何ヶ月が経つと思ってる。ただ僕は、どうでもいいやつにここまで言わない」

　一気に言うと、松方以下四人は、シュンとする。

　松方が紫峰の家にきた昨日。紫峰は昼間、上司の警護課課長に呼び出されていた。

　紫峰はこの第四係に異動するのが、とても嫌だった。坂野はまぁいいとして、他の三人は、松方を筆頭に、個性的すぎるからだ。以前第四係の係長をしていた尾崎《おざき》という人物は、体力も技術も申し分ない壮年の男だった。

第四係にくる前、紫峰は警備部警護課第二係の係長で、主に国会に出る国務大臣や衆参両議院議長達の警護をしていた。仕事も充実していたし、部下も優秀。課長から呼びつけられることなんて、まったくと言っていいほどなかった。

それがなぜ急に異動になったのかというと、尾崎が病気で入院したからだ。そこで人員の配置を換えざるを得なくなり、紫峰をはじめ数名が異動を余儀なくされた。

警護課に配属されて一年目の松井がＳＰに抜擢《ばってき》され、松方が第三係から第四係へ異動。そして、紫峰が第四係の係長になったのだ。

この異動前までの第四係はそれなりに均衡を保っていたのだが、松井と松方が加わったことで、いきなり特殊な人格の者ばかりが揃う形となった。

『三ヶ嶋君、第四係では上手くやっているかね。君は今まで、第二係を上手くまとめ上げていたし、君自身も優秀なＳＰだ。警部の階級も持っていて、次期課長はきっと君だろう。第四係の連中は個性的な面々が集まっているが、上手くまとめてほしい。彼らは、要人警護の技術はまったく問題ないが、それ以外のところでツメが甘い者が多い。小さなミスが、要人警護中の大きな問題に発展する可能性もある。わかっているだろうが、部下のミスは君のミスだ。とくに新人の松井は要注意かもしれんな。きちんと教育してくれないと困るよ？　君だって結婚したばかりで、職を失ったら大変だろう？　しっかり頼むよ』

仕事をクビになるような、大それたミスをすると思われている。苛立《いらだ》ちを抑えきれず、紫峰は上司に言い返した。

『お言葉ですが、私の部下達は優秀です。松方はキャリアも長いし、坂野は真面目で優秀。彼女の細やかな気遣いが、VIPの奥様方に評判です。大橋は勘が鋭く、周囲のことによく気がつきます。松井だってまだ荒削りですが、今後が楽しみな逸材です。書類上のミスも、今後徹底してなくさせます。さらに言わせていただきますが、仕事を手放したくないのは事実ですが、収入がなくなったからといって、結婚生活が破綻《はたん》することはありません。私の妻は私よりも収入が多いですし、私生活までお気遣いくださらなくて結構です。とにかく、第四係は心配いりませんので』

言い終えると課長の返事を待たずに丁寧に頭を下げ、紫峰は部屋を出た。

朝から昨日の課長とのやりとりを思い出し、せっかく昨日、美佳に鎮《しず》めてもらったにもかかわらず、またムカムカした気持ちを思い出す。

紫峰は物事をはっきり言う性質《たち》だ。松方に言わせれば「毒を吐いている」らしい。確かにそうかもしれない。けれど自分ではそれを悪いとは思っていない。言われっぱなしは性に合わない。

「でもさ、昨日の夜は美佳ちゃんに身体で慰《なぐさ》めてもらったんだからいいじゃないか。少しくらい課長に小言を言われ……ってぇ！　痛えよ！　なにすんだ！」

「美佳に慰《なぐさ》めてもらった」という言葉にカチンときた。プライベートと仕事を一緒にするな、と心の中で思った。思っただけでは収まらなくて、紫峰は予定表が挟んであるバインダーの角で松方の頭を叩いた。ガツッといい音がして、松方は頭を抱える。

「人が注意している時に茶々を入れるな。お前はいくつだ。三十六だろう。いい大人のくせに人のプライベートをペラペラ喋《しゃべ》りやがって。同期は同期でも僕はお前の上司。区別をつけろ、このバツイチが」

「今、グサッときた」

横で坂野が松方さん、とたしなめる。

「え？　じゃあ、首の傷って、奥さんがつけたんですか？」

そこでダメ押しのように松井が言った。先ほどのやりとりの意味がやっとわかったらしい。

「松井、引っこんでなさい！」

そこでまた坂野が制する。

「傷ができるほど、激しかったんですか？」

目を丸くして大橋が聞いてくる。

「大橋！　今俺が注意されたばかりだろう!?」

今度は松方が大橋をたしなめた。

紫峰が注意しても、坂野以外の三人は紫峰の言うことを聞かない。この第四係にきて以来、こんなやりとりはしょっちゅうだ。それが紫峰のイライラを募らせるのだが、本人達はまったくわかっていない。

ここは開き直るしかないのか、と思いながら紫峰は口を開いた。

「激しくて、なにが悪い？　大橋」

声を低くし、紫峰は凄《すご》みをきかせた。緊張したように大橋はいえ、と答えた。

「自分のパートナーに慰《なぐさ》めてもらって、なにが悪いんだ？　松方」

「わ、悪くないです」

目を泳がせて答える松方。そして同じように目を泳がせている松井に、紫峰はにこりと笑った。

「首の傷は、妻がつけたんだ。それがなにか迷惑をかけたか？　松井」

「い、い、いいえ！」

紫峰は手にしていたバインダーを、わざとバンッと派手な音を立てて置いた。四人の身体がビクリと反応する。

「今日の予定を言う」

つくづくうんざりした気持ちになり、警察官を辞めるか、と心の中で紫峰は呟《つぶや》いた。けれど、美佳にこの年で世話になるのは情けない、と思い直して、気持ちを仕事に切り替える。

予定を言い渡すと、四人は揃って頭を下げた。シンクロした動きに、気持ちが引き締《し》まる。次に言った言葉は、てんで不揃いだったけれど。

「すみませんでした」

「すみませんっした」

「すみませんです」

「すみません」

思わず笑ってしまい、四人の顔も少しほころぶ。

「すみませんくらい、揃えたらどうだ？　僕は課長に啖呵《たんか》を切ってきてしまったんだ。真面目に頼む」

「課長に、啖呵《たんか》!?」

松方が目を見開く。普段の垂れ目気味な目が少しだけつり上がっている。

「本当ですか、三ヶ嶋さん」

坂野も驚いたような顔をして、紫峰を見た。

「本当。第四係はみんな優秀だから、心配いらないと言ってきた」

四人を見て紫峰は微笑んだ。

「以上だ、準備にかかれ」

一斉に準備にとりかかる。紫峰も同様に支度を始める。

今日の紫峰の予定は急に入ったもので、帰宅は遅くなりそうだ。衆議院議員の春海空《はるうみそら》が、父であり元総理大臣でもある春海総一郎《そういちろう》と買い物に行くので同行しなければならなかった。

元外務大臣を祖父に、元総理大臣を父に持つ空は、衆議院議員補欠選挙で初当選し、三世議員として注目されている。民間会社に十年以上勤務したのち、父親の要望で政治家に転身した。祖父である春海総太《そうた》も、空の政治家への転身を望んでいたという。総太はすでに亡くなっているが、外交で手腕を発揮した有名な政治家だった。総一郎も法律の改定などに尽力した人物として有名な総理であった。春海空という三世議員は、祖父、父の実績もあり、期待と注目をされている。

春海家は総太、総一郎、空と三代続く議員家系で、その三人に共通するのはルックスがよいということ。空自身も容姿端麗で背が高く、若い女性に人気がある。ルックスは人気集めに最適な武器だが、最近はそれだけでなく力を発揮しているのも窺《うかが》える、将来有望な人物だ。

衆議院議員になって二年目で、先日行われた衆議院選挙にも当選。少し前に結婚したそうで、今日の買い物には妻も同伴するとのこと。

紫峰は警護対象のプロフィールや年齢などの情報を、毎回ひと通り頭に入れてから任務にあたるようにしている。ただ立っているだけがSPではない。普段は急な予定が入ることはないのだが、相手が元首相とあって、警察側は無下《むげ》に断ることはできなかった。買い物さえ自由に行けない身分に多少の同情はしつつも、急な仕事は人員の確保だけでも大変だから、不満もある。内心ため息をつきつつも、着々と準備を進めていく。

たぶん、順調にいって帰ってくるのは十六時くらいだろう。それから報告書をまとめ、部下達の報告を聞いたら、きっと帰れるのは二十時を過ぎる。

美佳は今日から新しい仕事にとりかかる、と言っていたので多少遅くても彼女が気をもんで待っているということもないだろう。

いつもの職場、いつもの仕事。どんな時も危機意識を持って職務にあたっているが、この仕事はいつなにが起こるかなんてわからない。いつものように完璧に警護をして、警護対象、つまりマルタイを家まで送って玄関に入るまで見届け、報告書を書く。心のどこかで、そんな変わらない一日を過ごして、無事家に帰れるものだと思っていた。同行した坂野も、きっとそうだっただろう。

だから、十六時までは、なにも不安はなかった。

マルタイのことを頭に入れながら、今日の職務を頭の中でイメージしたりしていた。

しかし今日は、いつものように任務を遂行できなかった。迎えに行った先はすでに物々しい雰囲気で、警護車両が先に何台か停まっていて警察の制服が見えた。ざっと見渡した限りでは人員は二人。紫峰の姿を確認すると、その二人は頭を下げた。

紫峰は首を傾げながら車を降りる。

「何事ですかね？」

坂野に言われたが、紫峰も状況が把握できていない。とりあえずマルタイの家に向かう。そこで見つけたのは、よく知っている人物。まだ二十代だが、紫峰より上の階級の女性だった。

急な予定だったので、打ち合わせもそこそこにしかできていないのは確かだ。けれど紫峰達以外の警護がつくなんて話は聞いていない。

「あの人、誰ですか？　美人ですね」

坂野がそう言ったので視線を向け、その、よく知った美人を見た。

女性はこちらに気づくと、親しみのこもった笑顔を向けてくる。長い髪をキレイにまとめ上げ、サイドを一部垂らしている。手を振って近づくその女性を見て、紫峰はため息をついた。今は仕事中だというのに、気安く手なんて振るな、と言ってやりたい。

「紫峰君！」

紫峰君、という呼び方に坂野は驚いた顔をしている。そして坂野がまじまじと紫峰を見るので、思わずため息が漏れる。

呆れ顔を隠さないまま、目の前の女性に紫峰は言った。

「月永《つきなが》警視、なぜあなたが？」

いる。

　紫峰の言い方に女性は怯《ひる》んで、何度も瞬《まばた》きをした。いけない、と言いたそうな顔をして

　昔から知っているその顔が、慌てて真面目な表情に切り替わる。

「……え、あ、三ヶ嶋警部、お久しぶりです」

「久しぶりというわけでもないでしょう。気安く手を振らないでください」

　気安く、と言ったからか、あからさまにシュンとしている。その表情を見ると、どうしても本気では怒れないな、と思う。彼女は昔から可愛がっていた妹のような存在だ。

「あの、どういうご関係ですか？」

　坂野が遠慮がちに聞いてくるので、ああ、と紫峰は目の前の女性を紹介した。

　警視、と呼んだ相手と気やすく話している状況は誰だって驚くだろう。

「月永如月《きさらぎ》、従妹《いとこ》で警視」

「従妹《いとこ》!?」と驚いたような声を出して、紫峰と如月を見比べる。

　如月の旧姓は三ヶ嶋だった。紫峰の父をはじめとして、警察官一家の三ヶ嶋家。ずっと側で見てきたからか、彼女も昔から警察官になりたいと言っていた。如月の実家は寺なのだが、その仕事を継ぐこともなかった。それどころか、普通の仕事を選ばず、周囲の反対を押し切って警察官になってしまった。警官になったあとも、しばらくは周囲から考え直せとうるさく言われていたらしい。結局は、仕事ぶりも素晴らしく、周囲も認めざるを得

なかったようだが。

「キャリア、ですか？」

坂野はきっと、紫峰に聞いたのだろう。けれどその言葉に答えたのは如月本人だった。

「ええ、一応」

坂野は遠慮がちではあるが好奇心を抑えきれないといった様子で、さらに質問を投げかける。

「私より年下ですよね？」

如月は紫峰よりも十歳年下の、二十六歳だ。キャリアだから、出世は早い。だが、それだけの実績をあげているのも事実。

警察官になるのを周りが止めた時、紫峰だけが賛成したので、以来、何事も相談は紫峰にしてくるようになった。結婚も早く、二十三歳の時だった。その旦那も紫峰のよく知る人物だ。

「警視になれたのは、キャリアだからです。私も、こんなに早くなれるとは思いませんでした」

相変わらずの物言いだと思った。けれど、表情が柔らかいので、誤解されることは少ない。それに、これでも勝気できつい性格が、結婚して少しは丸くなったのだ。

「今日はどうして警視が？」

如月は捜査一課の課長だ。その彼女が現場に出るのは珍しい。

如月は小さくため息をつく。

「上の要請です。私だって、なんでわざわざ、って思いました。元総理大臣とジュニア、そしてその奥様。……三人の予定、聞いてます？」

紫峰に逆に質問をしてきたので、それに答える。

「買い物だと言われました。急なことだったから、人員は二人しか割《さ》けませんでしたが」

紫峰の言葉に如月は顔を曇らせて、それが、と口を開く。

「急に買い物のあと、八坂《やさか》議員のお見舞いに行くって言い出したんです。八坂議員が何者かに発砲されてケガをしたのは知っているでしょう？　見舞いは中止するべき、って進言したんですけど、元総理が……どうしても話がしたいらしくて。春海総一郎が総理大臣だった時、八坂議員は副総理だった。二人は親友だと聞いています」

八坂議員が発砲されたのはつい先日のこと。テレビでかなり大きく報道されていた。少し前から八坂議員は某建設会社との癒着《ゆちゃく》がささやかれている。暴力団関係者との繋《つな》がりも噂されており、今回の発砲事件によって癒着《ゆちゃく》の信憑性《しんぴょうせい》が増していた。

釈然《しゃくぜん》としない顔をしている如月を見て、紫峰も、なぜ、という気持ちが消せない。しょうがない、と言えばそうなのだが。しかしこれも警察官の仕事のうちだ、と無理に自分を納得させる。

「見舞いにはジュニアも一緒に行きますが、用事があるのは元総理だけみたいです。八坂議員には疑惑もありますし、捜査一課も放っておけませんから」

発砲事件は捜査一課管轄の仕事なのだろう。まだ警察官になって五年目の如月は、初め地域指導課に配属された。そこでの功績が認められて、捜査一課に転属。それから検挙率の高さが認められて昇進した。だが、その如月とて警護は素人《しろうと》。紫峰は頭が痛くなるのを感じた。横を見ると、坂野も苦笑して紫峰を見上げている。

立派に指揮をとり、警視としての役割を果たしているとは思う。けれどやはり、警護については いささか不安が残る。上の要請とあれば仕方がないし、発砲事件を調べている捜査一課は、監視の意味も含んで今回出動しているのだろう。

「今日はよろしくお願いします、三ヶ嶋警部。SPのように訓練されていませんので、至らないところがありましたら、なんなりと言ってください」

「なにかあったらこちらの指示通りに動いてほしいのですが、よろしいですか？」

「はい、わかりました。部下にも言っておきます」

頭を下げると、さっさと行ってしまう。紫峰は嘆息《たんそく》して、如月のうしろ姿を見送った。

「強いですね」

「まぁね。あれでもかなり丸くなったんだ、結婚してから」

「結婚してるんですか？　官僚で、あの若さで」

紫峰の頷《うなず》きに、いいですね、とポツリと呟《つぶや》いたのを聞いて、そうか？　と返す。坂野は三十を超えた年齢だから、そう思うのだろうか。確かに女性は結婚するのに年齢を気にするのかもしれない。紫峰の妻、美佳がそうだったように。

思いにふけりながらも、立派な玄関のドアが開いたところで、紫峰は仕事のスイッチをオンにした。

「マルタイ出てきたぞ。お前は空の夫人の方について歩け」

坂野は頷《うなず》いて指示通り動く。そして紫峰は本日警護する三人の要人に会釈《えしゃく》をする。そして一番年かさである元総理を見て、紫峰は再度頭を下げた。

「初めまして、本日警護につく三ヶ嶋です。うしろについているのは坂野です。今日はよろしくお願いします」

総一郎はありがとう、と言ってにこりと笑った。好人物だという評判通り、やわらかな物腰だ。

「久しぶりです、三ヶ嶋さん。急な予定で申し訳ありませんが、よろしくお願いします」

久しぶり、と言ったのは空の方だった。一度か二度、警護についたことがあるので顔を覚えられたのだろう。握手を求められた相手に笑みを向けて、紫峰とそう年齢は変わらない相手に、握手で応《こた》えた。

「こちらこそ。全力を尽くします」

「買い物と見舞いなんて、本当に自分本位な都合で恐縮です。今日はありがとうございます」

謙虚な物言いの空も、父親と同様に好人物として有名だった。

「任務ですから。どうか気にしないでください」

空はにこりと笑って、ありがとう、と言った。話し方などをしっかり教育されている、そんな印象を受けた。驕《おご》ったところがないのは、民間の会社に長く勤めていたからか、と紫峰は思う。

三人を警察車両に案内すると、乗り込むのを確認してドアを閉める。

「坂野」

「はい」

紫峰は運転席に座り、坂野は助手席に乗った。

いつなにが起きてもいいように気を引き締《し》める。慢心《まんしん》が一番よくない。常に緊張感を持って、行動する。それが紫峰の仕事に対する姿勢だった。

なにもなければ、警護は十六時に終了する、と心の中で紫峰は呟《つぶや》いた。

いつもと同じように家に帰れることを、この時はまだ信じて疑わなかった。

## 11

買い物を済ませ、見舞いに向かうため再度車に乗り込もうとした時、総一郎が紫峰に話しかけた。

「すまないな、三ヶ嶋君」

総一郎は穏やかな声で謝った。

「いいえ」

「君も、月永君だったな……本当にすまない。こんなに急に、見舞いに行きたいなんて言い出して」

警察車両に乗せてドアを閉めながら、如月はいいえ、と答えて頭を振った。

国民の側に立った意見を言う優しい首相だと評価が高かった。

今でも国民に人気がある総一郎だが、選挙の時に時々マスコミに顔は出すものの、本人はすっかり楽隠居を決めこんでいる。あとは息子に任せると言っているが、結局はあちこちから声がかかる。きっとこの人は、政治とは一生縁が切れないのだろう、と紫峰は思う。

「大丈夫です。元首相や議員を警護するのが、私達の任務ですので」

紫峰が言うと、苦笑を浮かべた総一郎の息子、空が同じように頭を下げる。

「本当にすみません、ありがとうございます」

それにならって空の妻も、深々と頭を下げた。

「同年代で、私より先に当選した八坂は大切な親友なのだが……疑惑はきっと本当だろうね」

苦笑する総一郎を見て、なにも言えず紫峰は微笑みだけを返した。

疑惑は、ありがちな癒着《ゆちゃく》による取引。経済産業大臣と、その補佐をしていた八坂の、建設会社との癒着《ゆちゃく》だった。さらにその建設会社は、暴力団とも関係していると報道されていた。いろんな憶測が飛び交う中、八坂は撃たれた。暴力団の怨恨《えんこん》によるものだと、推測されている。けれど証拠がなく、八坂自身がなにも喋《しゃべ》らないので、捜査はやや難航している様子だ。

「それは公安が捜査中だと思います。バックにいるのは、きっと暴力団だけではないと、公安は踏んでいるのでしょう。秘密主義ですから、まったく情報は流れてきませんが」

如月が言うと、総一郎も空も苦笑した。

「政治に癒着《ゆちゃく》はつきもの、とは言っても僕は慣れませんね」

苦笑したまま答える空は、ため息が出るほどハンサムだ。悩む仕草までどこか魅力的に感じられる。実際坂野は、空の顔を見ながら、こっそりため息をついていた。

「しょうがない。慣れろとは言わないが、知っておく必要はあるかもしれん。政治というものは、綺麗事だけでは済まされない部分もあるからな」

空は頷《うなず》いて父を見ている。

政治の世界が光ばかりじゃない、というのは確かにそうだろう。警察の内部だってすべてが正義でできているわけじゃない。悪に手を染める警察官だっているのだから。

「それにしても、小さな病院だな」

漏らした総一郎の感想に思わず納得するほど、目的地の病院は小さかった。きっと百もベッド数がないような、それくらいの規模。とりあえず入院した、という方がしっくりくるような感じの佇《たたず》まいだ。それとも大きな病院だと、どこにいるかばれてしまうので、逆にこういうところを選んだのかもしれない。

「八坂も、余計なことをしなければなぁ」

総一郎の口から零《こぼ》れた本音に、紫峰は苦笑した。

三人を病院の中に先導しながら、紫峰は坂野を小さな声で呼んだ。

「どうしました？」

「この病院、かなり古い。安全確認をしてから中に入る。非常階段とか、出入り口とか、きちんと把握しておかないといけないからな。如月……いや、月永警視と一緒に三人の警護を頼む。僕もすぐに向かう」

「わかりました。もしもの時は、月永警視に指示をあおいでもいいでしょうか」

「もしもの時は、だ」

これまでにも何度か、警護中にもしもの場面は訪れた。坂野もそれを経験しているから聞いてきたのだろう。

「わかりました。先に中に入ります」

紫峰は頷《うなず》いて、坂野から離れる。坂野が中に向かったのを確認すると、捜査一課の刑事も中に入っていった。如月は紫峰を見て、なにか言いたそうな顔をしている。

「どうかしましたか？」

従妹《いとこ》とは言っても、今の如月は上司。敬語は忘れない。

「二人だから、敬語はよして」

如月が真面目な顔をして言うので、紫峰は肩の力を抜いて、如月、と呼んだ。それにホッとしたのか、笑顔を向けてくる。

「私、ずっとあの人と会ってない」

如月は遠慮がちに言うと、顔を俯《うつむ》けた。まったく、と紫峰は思う。如月が夫と喧嘩をするのは日常茶飯事。紫峰もよく知った相手だから話すのかもしれないが、最終的に謝るのは如月の方で、夫は何事もなかったように許して喧嘩は終わる。

「だからなんだ？　今は任務中だ」

呆れた口調で言うと、如月は顔を上げてお願い、と言った。

彼女の懇願する目に紫峰が弱いことを知りながら、そういう顔をする如月はずるい。三ヶ嶋家唯一の女の子。とくに紫峰に懐《なつ》いていたから、紫峰はなおさら彼女に弱い。

「私、刑事部だし。同じ警備部だったら、会うこともあるでしょう？　できたら謝ってたって伝えてほしいの……きっと、八坂議員を調べてると思うから」

「自分で言え」

突き放すような言葉を言ったからか、如月はハッとしたように顔を上げた。

自分で謝れないなら喧嘩をするな、と言いたかったが、紫峰はそれを呑み込んだ。目の前の如月が本当に落ち込んでいるように見えたから。さらに、謝っていたと伝えてほしい、と言われたのは初めてのことだった。

「如月、お前は今が仕事中だということを忘れてないか？　臨時とはいえ、元首相とその息子である議員、そしてその妻の警護を任されている。こんなプライベートなことを話している場合じゃない」

如月が一度目を伏《ふ》せて、そして、ごめんなさい、と言った。

「僕も月永とは顔を合わせていない。八坂を調べているのなら、なおさら会わないと思う」

「そうだね。ごめんね、でも……」

それでも言いたいことがあったのだろうか、顔を上げて紫峰をまっすぐに見て言った。

「もしも会ったらでいいの。叩けばワタもホコリも出てきそうな、そんな人を調べているから……仕事でほとんど帰ってこないの」

結局、紫峰はため息をつきながらも態度を軟化させる。

「もし、会ったらな。今は仕事に集中しろ、いいな？　如月」

無言で頷《うなず》いて、病院の中に入る。一度だけ振り向いた如月に、紫峰は微笑んでみせた。

ため息をついて、こんなプライベートなことを考えている場合ではないだろう、と紫峰は思う。自分は極力仕事中は、感情が揺れるようなことを考えないように努めている。そうしないと、警護に集中できなくなる。

如月の夫の顔を一瞬だけ思い出し、すぐに頭を切り替えた。


建物は予想以上に古く、外づけの非常階段があるのみ。その非常階段の前には鉄柵があり、鍵がかけられている。きっと患者の離院防止だと思うが、すぐには使えない脱出口のようだった。他の出入り口は職員用の裏口と、正面玄関、そして救急搬入口。ざっと調べただけだが、それくらいしか見つからない。

縦に長いだけの、五階建ての病院なので、逃げ道は少ない。

「こんな病院に入院するとは」

案の定、セキュリティも万全ではなかった。とりあえず脱出口は確認したので、正面玄関から病院内に入る。

『三ヶ嶋さん！　拳銃を持った男が……ババババッ、バンッ……ピ』

　急いで院内に突入しようとしたその頭に、うしろからガチリと硬い音がするものを押し付けられる。動きを止めて振り返ると、もう一人紫峰の横に立った男からも銃を向けられていた。

　周りを見ると、正面玄関だというのに病院のスタッフは誰もいなかった。外ばかりを見ていて、中を見ていなかったことを紫峰は悔やんだ。

　ここは病院で、誰でも出入りできる場所。だから、盗難事件なども多いのだが、こんな展開までは想像できなかった。

「歩け」

　紫峰は大きくひとつため息をつき、手を上げて歩き出す。横に立つ男を睨《にら》み、と同時にさり気なく銃の種類を確かめる。どう見ても、不正に輸入されたものだ。暴発する可能性の高い欠陥のある拳銃で、この手のものは素人《しろうと》か暴力団しか使用しない。

「それを撃つのはやめておけ。トカレフ、暴発率が高い拳銃だ。そんな安物を掴《つか》まされるなんて、命を落としてもいいのか？」

　拳銃を持った若い男は、一瞬顔を歪《ゆが》ませたが、すぐに気を取り直して迷いなく拳銃を突きつける。

「撃ってみろ。お前が死ぬか、僕が死ぬか……賭けようか？」

今度こそ怯《ひる》んだ、その隙を紫峰は見逃さない。

相手はどう見ても素人《しろうと》。拳銃も持ち慣れていないのだろう、その姿勢も構え方もなっていない。

紫峰は素早く銃を持った男の手を掴《つか》んだ。そのままねじりあげて相手に銃口を向けたところで、男は体勢を崩した。それを見逃さずに、紫峰は男を、うしろに立つもう一人の男に向かって投げ飛ばす。男は驚いて拳銃を落とした。はずみで発砲されなくてよかった、と紫峰は思いながら、落ちた銃をすばやく足で蹴って、遠くへやった。

「てめえっ！」

立ち上がった男の頭を、思いっきり両手で殴っている間に、もう一人の男が銃を拾おうとしたので、足を振り上げてキックを入れる。紫峰はなんとか、二人の男を昏倒《こんとう》させることができた。

「手が痛いだろ、まったく……」

肩で息をしながら、拾った拳銃の安全装置が外れていないことを確認して、スラックスのウエスト部分にねじ込んだ。そうして一人の男の片手に手錠をかける。そのまま手すりがある場所へと引っ張っていき、手錠を手すりにひっかけて、もう片方の手を繋《つな》ぐ。もう一人の男は、手錠がなかったので、紫峰は自分のネクタイを解《と》いて、うしろ手に拘束した上で手すり近くに転がした。

春海親子と空の妻、そして八坂議員。自分の部下の坂野に従妹《いとこ》の如月。残り二名の捜査一課の刑事の安否がわからない。銃声が聞こえたということは、誰かが傷を負っていることが考えられる。

ポケットの携帯電話をとり出し、紫峰は警視庁に電話をかけた。今の状況を手短に話して応援の要請を出す。そこまですると紫峰は、どうか、誰も撃たれていませんように、と祈る気持ちで目的地へ向けて階段をかけ上がった。

今日は、何事もなければ、十六時には警護も終了していたはずだった、と考えながら。

12

病院を占拠するとか、そういうことを犯人達は考えていなかったらしく、二階に銃を持った男達はいなかった。ただ、病院全体が静かで、看護師さえもいない。どこかで固まって人質にでもされているのだろうか、と思うほどだ。

目的の部屋の前に着くと、男の怒鳴り声が聞こえた。それに如月の声と、坂野の声が聞こえて、言い争っているのがわかる。

紫峰は自分の銃を構えながらドアノブに手をかけた。中に何人いるのかわからないが、ゆっくりと、相手に気づかれないよう細心の注意をはらいながらドアノブを回すと、一気に部屋に押し入る。

中には、一人の男がいた。銃を持っている。男の武器を観察すると、さっき紫峰を襲った男達とは違い、トカレフではなさそうだった。

素早く部屋全体を見回すと、ベッドの上の八坂議員をかばうようにして、如月が覆《おお》いかぶさっていた。腕辺りから血が流れているのを見て、彼女が撃たれたのだと確信する。幸い弾は急所から外れているようだった。

素早く銃を下ろした紫峰は、男を蹴り飛ばす。けれど男はしぶとく銃を離さない。紫峰は舌打ちして、坂野に叫んだ。

「マルタイを外に連れ出せ！　もうすぐ応援が到着する！　急げ！」

坂野は頷《うなず》いて、春海親子と妻、八坂議員を立たせて部屋を出る。しぶとく銃を持っていた男が、ドアをくぐる八坂に銃を向けた。それをさせまいと紫峰がその男の腕を捻《ひね》り上げると、はずみで銃口から弾が放たれた。

その瞬間、紫峰は左肩に熱さを感じた。けれど渾身《こんしん》の力で男を捻《ね》じ伏《ふ》せて首を絞めて昏《こん》倒《とう》させる。

男が倒れたのを確認して、紫峰は脱力したように座り込む。座り込むとさらに緊張が薄れて、急に痛み出した肩に手を当てる。ヌルリとした感触があり、左肩を見ると鎖骨の下辺りに傷を負っていた。

　ああケガをした、と思いながら浮かんだのは美佳の顔。

　こんなケガをして、美佳はなんと思うだろうか。きっと心配するだろう。なにもかも投げ出して、病院へ駆けつけてくれるだろう。その様子を想像して、思わず苦笑してしまった。

　部屋に残された如月もまた、紫峰の負った傷に目を見開いて近寄ってくる。右手を上げて無事だと主張すると、如月が泣きそうな顔で紫峰の名を呼んだ。

「紫峰君、弾は？　貫通してるの!?」

　如月が紫峰の身体を揺さぶるので、顔をしかめる。

「貫通してる。動かすなよ、痛い」

　背部からも出血している。紫峰の意識がしっかりしていることがわかり、如月はホッとした顔をして、手近にあったシーツを割いて紫峰の肩を止血した。

「如月こそ、大丈夫なのか？」

「私は平気。かすっただけだもん。それより、出血が酷《ひど》い！」

「まさか撃たれるとは思わなかったな」

　大丈夫だ、と言いながら、如月に男に手錠をかけるように指示することは忘れなかった。

　なんだか息が苦しくなってきた。

「如月、美佳に連絡してくれ。このあと病院に運び込まれるだろうから」

「わかったから、ちょっと、紫峰君！　しっかりして！」

頭がボーッとする。

そのまま紫峰は意識を手放した。

美佳に大丈夫だ、と言う場面を想像しながら。

## 13

誰かが呼んでいる声が聞こえる。

夢現《ゆめうつつ》でそれを感じて、大きく息を吸った。息を吸って思ったことは、ああ生きている、ということ。

「紫峰さん！」

声が聞こえて、先ほどから紫峰を呼んでいた声は、美佳のものだとわかった。意識がまだ混濁《こんだく》している中、視線を巡《めぐ》らせると白い天井が見える。さらに視線を左に向けると、涙ぐんだ美佳の顔が見えた。嗚咽《おえつ》をもらしているその姿は、泣きじゃくるという表現が一番しっくりくるようなものだった。大粒の涙が美佳の豊かな頬を伝い、何度も白い手がその涙を拭っている。

「美佳」

自分の声が変にくぐもっていることに気づき、口と鼻の辺りに透明のマスクが当てられていることを知る。そこで、ああ、そうか、と思う。自分が置かれている状況を把握した。ここは病院なのだ、と。

「ごめん……撃たれた」

「喋《しゃべ》らないで」

美佳は首を振り、泣きながらもにこりと笑う。涙を拭って、そして紫峰の名を呼んだ。

「左側の鎖骨下動脈の損傷だって。手術中輸血もしたし、状態も悪かったらしいわ。……でもよかった、生きてる」

死にそうな目にあった気がしなかった。確かに撃たれた時は痛かったが、まさかこんな重症だとは思わなかった。今も痛みはあるが、それよりも目の前の美佳が泣いているのを見ることの方がつらい。きっと、すごく心配をさせたのだろう。紫峰の想像通り、なにもかも投げ出してここにきたに違いない。

すまないと思いながらも、美佳がこうやって泣きながら自分のところへきてくれたことが、紫峰は嬉しかった。こんな状況なのに、彼女が自分を思ってくれていることが嬉しくて仕方なかった。

「肺も損傷していたって……本当によかった。病院に搬送されたって聞いて、……本当に驚いた」

さらに大粒の涙が美佳の頬を伝う。それを拭ってやりたかったが、腕が思うように動かない。身体が重くて、腕を上げることさえできない。その腕を優しく抑えるようにして、美佳が紫峰の手を握った。

「動かないで。明日には、一般病棟に移れるって言うから……今日は、もう面会時間も過ぎたし、帰るね」

どうにかもう片方の腕を布団から出すと、美佳が紫峰の手を両手で握りしめる。紫峰よりも小さいその手は、涙で濡れていた。

「美佳……好きだ。心配かけて、ごめん」

聞こえただろうか、と思いながら美佳を見る。

すると美佳は瞬《まばた》きをして、紫峰の手を握る手に力を込めた。今度こそいつもの笑顔で紫峰を見る。

「私も好きよ。早く傷を治して、そして……」

耳元でそっとささやかれた言葉に、思わず笑みが零《こぼ》れる。それを見た美佳は、ホッとしたように嬉しそうに微笑んだ。白く柔らかな手が紫峰の頬に軽く触れて、そしてゆっくりと離れていく。紫峰はどうにか右手を軽く振り、少し寂しさを感じながら背を向けてベッドから離れる彼女を見送った。そのまま目を閉じると、眠気が急に襲ってきてどうにもならなくなった。痛みもあるが、眠りたくてしょうがなかった。

　美佳が振り返って紫峰を見た時には、すでに紫峰は深い眠りに落ちていた。

## 14

　一般病棟に移って数日。美佳は毎日のようにきてくれている。紫峰はすでに自力で起き上がれるようになっていたし、退院の話も出ていた。あとは自宅療養をして、外来に通えば大丈夫だということだった。一般病棟の個室に移されてからは、退屈な日々が続いた。テレビを見てばかりで、時間の流れがものすごくゆっくりに感じる。

　同じく銃で撃たれた如月だったが、幸いかすり傷程度だったようだ。今はもうほぼ完治に近い状態で、相変わらずバリバリ仕事をこなしていると、見舞いにきた如月の同僚から聞いた。如月は発砲事件以来、さらに忙しくなり、見舞いにはこれないそうだが、とても心配しているとその同僚は紫峰に教えてくれた。

「紫峰さん、起きたりして大丈夫？」

　たぶんノックをしたのだろうが、紫峰は美佳がきたことにまったく気づいていなかった。

美佳はいつも十三時半くらいにきて、紫峰の洗濯物を持って帰る。

「そろそろ退院なのに、起き上がれないなんて言えないだろう？」

「そうね」

洗濯した寝間着を棚に収納しながら、美佳が答える。

「美佳、仕事は？」

聞くと、思い出したように、ああ、と言って椅子に座った。

「しばらくやめたの。紫峰さん、入院しているし……原稿していたら、お見舞いにこれないでしょ？」

「そんな、二日か三日くらい、大丈夫だ」

「紫峰さんが仕事に復帰したら、また始めるから」

美佳は笑顔で応《こた》えて、洗濯物を整理する。

自分のケガが原因で、美佳に仕事を休ませるのは嫌だった。美佳の仕事は、美佳の感性なしではつくれない、代わりのきかない仕事だ。だからこそ、自分の都合で美佳の仕事を妨げたくないと思っていた。なのに要らぬ心配をかけて、そして美佳の手を煩《わずら》わせている。

「美佳、悪かった」

「なにが？」

「仕事を休ませてしまって。僕は大丈夫だから、始めてもいいよ？」

紫峰が言うと、美佳は首を振った。どうして首を振るのか、と思う。もうすぐ退院だし、身の回りのことは自分でできるのに。

「仕事するよりも、紫峰さんの側にいる方がいい」

少しだけ俯《うつむ》いて、笑みを浮かべる美佳に紫峰はどうしても触れたくなった。少し痩《や》せたような気がするその頬に、軽くキスをする。

「ありがとう」

また恥ずかしそうに笑って、美佳は首を振った。その顔を引き寄せて、今度は柔らかい唇にキスをする。久しぶりに、本当に久しぶりに触れた唇は、とても柔らかくて、紫峰はずっと離したくないと思った。思わず深くなるキスに、美佳が微《かす》かに声を漏らした。

唇を離す音が聞こえるくらい深く美佳の唇を味わって、もう一度ついばむようにキスをする。

「これ以上したら、その気になりそうだ」

紫峰が苦笑しながら言うと、美佳もつられて苦笑した。

「早く、帰ってきて」

「帰ったら、即行かも」

紫峰が言うと、美佳が笑いながら首を振る。

「それはだめ。きちんと私の料理を食べて、そしてゆっくりお風呂に入って、それからじゃないと」

ね？　と言う美佳に、紫峰は笑って応《こた》えるしかない。我慢がきくか、正直言って自信がない。

しばらく黙っていると、普段はあまり自分のことを話さない美佳が、自分の思いを語りだした。

「私ね、紫峰さんと結婚したの、正直に言うと三十歳になる前に結婚したかったからっていうのもあるの。不純すぎるって、思われても仕方ないけれど」

躊躇《ためら》いがちに、遠慮がちに、美佳は俯《うつむ》いて話を続ける。

そのことに気づいていた紫峰は、黙ってそれを聞いていた。

「それだけで結婚したんじゃないけど、私の心の大部分はそれだった。母を早く安心させたかったたっていうのもあるし。でも、結婚してから、どんどん紫峰さんを好きになっていく自分がいて……本当に好きになって」

顔を上げた美佳は、まっすぐに紫峰を見た。

「今回大ケガしたでしょ？　知らないかもしれないけど、手術もすごく時間がかかった。撃たれた場所も急所だったし……この人、私を置いて死んじゃうのかな、って思った。だってね、手術することになって、同意書を書いたの。家族だから同意書を書いてほしいって言われて」

美佳は少し涙ぐんでいる。瞬《まばた》きをするとその目から、一筋涙が流れた。それを紫峰が手で拭い、美佳の頬に触れる。

「私ね、紫峰さんのお仕事、ちゃんとわかってなかった。今の紫峰さんの仕事、すごくやりがいがあるんだろうって思うし、辞めてほしくない。ただ、私がいること、忘れないでね。私が紫峰さんのこと好きだってことだけ、忘れないで」

美佳が言った言葉を、紫峰は当たり前じゃないか、と思いながら聞いていた。

君こそ、僕がすごく君のことを好きなんだということをわかっているのか、と問いかけたかった。

これまでも美佳は、自分のことを好きだと言ってくれていたけれど、確かに今まで、美佳が本当に自分のことを好きなのかということに、紫峰は少し自信を持てないでいた。けれど、ケガをして、美佳が紫峰に対する思いを吐露《とろ》してくれたことで、本当に自分のことを思ってくれているのだということを、今、本当の意味で紫峰は実感できた。

「紫峰さんがもし百歳まで生きるなら、私は九十三歳でいいわ。それでちょうどいいでしょ？」

美佳との年の差は七歳。一緒に逝《い》きたいという、美佳の言葉は紫峰の胸に幸せに響いた。

「君を、今ここで抱きたくなった」

ええっ!?　と裏返った声を出しながらも、美佳は明るく笑った。

「可愛いことを言うから、欲しくなった」

美佳の腕を両手で掴《つか》むと、彼女はそれを外して紫峰を見た。

「だめよ、患者さんでしょ？」

互いに笑って見つめ合う、ただそれだけのことがこんなに楽しいなんて。

美佳と出会う前に付き合っていた瞳子と結婚していたら、はたしてこんな風に笑い合えていただろうか？　美佳と結婚したから、大ケガをした今も、こうやって笑っていることができる、そんな気がしてならない。

どんな瞬間にも幸せを感じることができるのは、美佳とだけだろう、と紫峰は確信していた。

15

一ヶ月の入院と二週間の療養ののち、紫峰は仕事に復帰した。美佳の心配をよそに、大丈夫だと言って紫峰は出勤していった。警護の職務にはまだあたらないが、係長としての事務作業が溜まっているらしく、あまりのんびりもしていられないということだった。

本当に心配で、玄関先まで見送りに出た美佳に、当の紫峰は、ひらひらと手を振って出ていった。

美佳は閉まったドアを見ながら、療養のためとはいえ、長く休んでいた紫峰に、なにも手土産《みやげ》を持たせなかったことに気づいて慌てる。そんなことをする必要はないのかもしれないが、美佳の気が済まなかった。なにか思いつくものをすぐに持っていこう、とあれこれ考えるが、時間はみるみる過ぎていく。そのうちに、今から自分にできることといえば、料理くらいだということに気づき、美佳はお弁当を作り始めた。

迷惑かもしれないと思いながらも、ご飯にシャケと手作りの肉味噌を詰めたおにぎりを作る。次に卵焼きを焼いて、肉団子を詰めて、と三段の大きな重箱はあっという間にいっぱいになった。しかし、これだけでは男性が多い職場では足りないだろうと考えて、もうひとつ三段の重箱を引っぱり出してきて、さらにおかずとおにぎりを詰めた。

「……こういうことして、いいのかな」

ふたつの完成した重箱を前に、美佳は改めて悩んでいた。紫峰に迷惑はかからないだろうか、と唸《うな》っていると、ふいに電話が鳴った。

電話の相手は華道の師匠からだった。今日、少し顔を見せてほしいということだったので、わかりました、と答えて美佳は電話を切る。

重箱を見てため息をつき、やっぱり差し入れを持っていくのはやめようと思い、師匠のもとへ出かける用意をする。いつも着物を着ている師匠に合わせて、着物を着始める。一枚目の襦袢《じゅばん》を着てから、もう一枚の襦袢《じゅばん》に半襟《はんえり》をつけて、それを着る。それから腰紐《ひも》を結び、着物を羽織る。帯は本文庫にして、リボンのようになっているだらりの部分を少し長くする。藍《あい》色のレトロな柄のお出掛け用の着物に、帯は同じような色を締《し》めた。そして最後に髪の毛を編み込む。鏡で姿を確認し、少し首を傾げてみる。

リビングに戻ってしばらく考え、やはりこの重箱を届けようと思い直し、電話をかける。

数度のコールで華道の師匠は出た。

「すみません、美佳です。夫の急な用事で少し遅れます」

あらそうなの、と答える声を聞いて、すみません、と美佳は謝る。

あっさりといいわよ、と言われて美佳は電話を切った。

風呂敷に包んだ重箱を二つ持って、玄関に置いた。外はまだ肌寒いので、着物用のコートを羽織って、草履《ぞうり》を履く。差し入れのことで頭がいっぱいだったため、着替えるのをすっかり忘れていたことに、美佳は駅の近くで気づいた。

「あ……こんな格好で、きちゃった」

帰って着替えると昼に間に合わないと思い、仕方なく駅に向かって歩く。

この時は別にいいか、と思いながら電車に乗った。

美佳の家から駅までは徒歩三分。電車で五分、降りてから徒歩五分で警視庁に着く。おにぎりを詰めすぎたかも、と考えながら目的地を目指す。紫峰の職場のすぐ近くまできて、改めてこんな風に差し入れにくる妻がいるのだろうか、と弱気になる。止まりそうになる足をなんとか前に進めて警視庁までたどり着くと、その大きさにクラリとした。

「警備部警護課、ってどこにあるんだろう」

紫峰の職場がどの棟にあるのかわからないので、美佳はとりあえず、とそのうちのひとつに入った。着物姿の美佳を館内の人達は不思議そうにジロジロ見ている。誰かを捕まえて場所を聞こうと目を泳がせていると、そのうちの一人が話しかけてきた。背の高い、若い男だ。美佳はすみません、と頭を下げた。

「警備部警護課……えっと、第四係に行きたいんですけど」

「失礼ですが、なんの御用ですか？」

無表情で聞かれて、美佳は自分が不審がられていることに気づき、二つの重箱を示す。

「これを、夫に届けに行きます」

「中身はなんですか？」

「お弁当です」

弁当、と言って眉をひそめられる。重たい重箱が余計に重く感じた。

「警備部警護課の誰ですか？」

若い男の表情を見て、美佳はやはり届けてはいけなかったのだと、そう思って顔を上げる。

「……あの、すみません。もう……結構ですから」

美佳は笑顔で頭を下げ、踵《きびす》を返す。しかしそこで、待ってください、と若い男から止められて振り返る。

「誰か聞いているんです。答えられないんですか？」

この人はきっと警察官なのだろう。ここは警視庁で、美佳が持ってきた重箱さえも疑われている。美佳自身も怪しい人物だと思われているのだろう。

「美佳さん、じゃないかな？」

低い声が美佳を呼んだので振り向くと、思わず目を丸くしてしまう。偶然にしてはできすぎているような、そんな出会い。

「峰隆さん、驚きました」

低い声の持ち主は紫峰の兄、峰隆だった。にこりと笑う顔が紫峰と似ている。美佳はホッとして峰隆を見た。峰隆は大荷物だね、と美佳の荷物を見る。きちんと制服を着ている峰隆は、キャリア組で階級も上の方だと、紫峰から聞いていた。その峰隆から話しかけられている美佳を見て、男はやや恐縮したように言った。

「三ヶ嶋警視正、お知り合いですか？」

峰隆は、ちらりとその男を見て、ため息をつく。

「この人の身元は私が保証する。大丈夫だから仕事に戻りなさい」

峰隆が言うと、男は一礼して去っていく。それで、と峰隆が美佳を見る。

「紫峰に差し入れ？」

「あ、はい。今日から復帰したので、同僚の方達に、お弁当を持ってきたんですけど……。帰った方がよさそうですね」

重箱を少し持ち上げて苦笑すると、そんなことはない、と峰隆が言った。

「せっかく重たい荷物をここまで持ってきたんだ。警護課だろう、案内するよ」

峰隆は重箱のひとつを持ち、恐縮する美佳を置いて歩き始める。峰隆について歩いていくと、警護課はすぐ近くにあったようだ。エレベーターに乗り込んだところで、峰隆がもうすぐだと言って美佳を振り向く。峰隆は優しい笑みを向けて美佳を見ている。

「紫峰が結婚すると聞いた時、どんな女性と結婚するのか、と興味を持った」

え？　と美佳は首を傾げた。

「そうなんですか？」

自分は弟には似合わないと言いたいのかもしれない。そう考えたらやや心が沈んだ。

「これまで紫峰が付き合ってきた女性は、清楚な感じよりも上昇志向の強い派手なタイプが多かったから、てっきりそういう女性かと思ってた」

美佳は苦笑せざるを得なかった。紫峰が結婚する直前まで付き合っていた中村瞳子は、紫峰よりも上の階級の警察官。キャリア組だった。

「私が平凡だと、言いたいんでしょう？　紫峰さんと以前付き合っていた人なら、私会ったことありますから」

峰隆がおや、というような顔をして、美佳を見る。

「私は美佳さんが悪いとは言ってない」

美佳が顔を上げると、峰隆がにこりと笑った。違うんだよ、と言うその声は紫峰とどこか似ている。

「キャリアを優先する女性より、自立していてしかも女性らしい可愛い人を選ぶとは、ってね。しかも話してみれば、かなりいい人で、教養深い。私は、結婚に一番に賛成したよ、美佳さん」

そう言って、また歩き出す。そこだと指さした場所には警備部警護課第四係と書いてあった。相変わらず着物姿の美佳は視線を集めていたけれど、第四係に着く頃にはまったく気にならなくなっていた。峰隆にありがとうございます、と言って頭を下げる。

大きくひとつ深呼吸をして、第四係のドアに手をかける。入っていいものか、と考えたが、入らなければ弁当を渡せないと勇気をふりしぼり、思い切ってドアを開ける。もちろん視線は着物姿の美佳に集中した。中に入ると、紫峰が驚いた顔をして立ち上がる。紫峰の他に部屋の中にいたのは四人。そのうちの一人は松方だった。

「美佳？　どうした？」

美佳に歩み寄る紫峰に、他の四人は驚いているようだった。美佳は気を取り直して紫峰に話しかける。

「お弁当、持ってきたの。お昼までだでしょ？　みなさんで食べてもらおうと思って」

二つの弁当を少し持ち上げると、そのうちのひとつを紫峰が受け取ってくれた。

「驚いた。なんで着物を着てるんだ？」

「華道の師匠さんから電話がきて、ここに寄ってから行こうと思って。紫峰さん今日から仕事でしょう？　お休みが長かったし、同僚の方にもご迷惑をおかけしたおわびがしたいと思って。迷惑だったかな？」

美佳は紫峰を見上げる。紫峰は苦笑して、いや、と言った。苦笑した紫峰を見て、迷惑だったのかもしれないと、美佳は少しだけ落ち込む。だが、きてしまったものはしょうがない、ともうひとつの弁当も紫峰に差し出した。

「三ヶ嶋さんの奥さんですか？」

若い男が美佳に話しかけてきた。美佳より年下に見える男だった。美佳がにこりと笑って頭を下げると、相手はうわぁ、と感嘆《かんたん》して満面の笑みを浮かべる。

「ちょっと、マジで、うわぁ。松方さん、見たことあるんですよね？　清楚ですね！　可愛い」

その評価に美佳は首を傾げてしまう。可愛いとはあまり言われたことがなかったので、紫峰を見て思わず苦笑する。その若い男は女性にたしなめられたが、態度を改めようという感じではなかった。美佳は挨拶《あいさつ》をしていないことに気づき、改めて四人に向かって頭を下げた。

「すみません、いきなりきてしまって。三ヶ嶋の妻です。よかったらみなさんでお弁当を食べてください。お口に合うかどうかわかりませんけれど」

もうひとつの重箱は松方が手を出して受け取る。

「サンキュー美佳ちゃん。これだけの弁当、時間かかっただろう?」

「そんなことないです。昨日の残りも詰めてあるし」

「それにしても、着物でくるとは思わなかったなぁ。可愛いよ、美佳ちゃん」

松方の言葉にも少し苦笑を返して、美佳は頭を下げた。

「では、帰りますので。紫峰さん、お仕事頑張って」

紫峰に笑いかけると、紫峰も美佳を見て笑みを浮かべる。ありがとう、と言ってくれたことが美佳は嬉しかった。

本当は迷惑だったかもしれないな、と考えながら紫峰の仕事場を出る。

そういえば、食べたあとの重箱はどうしようと、美佳は一度うしろを振り向いた。そこまで考えていなかったことを反省しつつ、今度また取りにこようか、と思った。

美味しく食べてくれればいいな、と思いをはせながら美佳は駅に向かって歩き出した。

16

「紫峰さん、お仕事頑張って。……いいなぁ、美佳ちゃん」

　美佳が去っていったドアを見ながら松方が言った。紫峰は松方を軽く睨《にら》む。それに気づくと、松方は緩く笑って紫峰を見た。その仕草に紫峰は呆れ、舌打ちしそうになる。

「三ヶ嶋さんの奥さん、めっちゃ素敵ですね」

　坂野も松方と同じくドアの方を見ながら言った。坂野は感嘆のため息をつく。

「着物ですよ？　しかも、その着物の柄がまた可愛い。奥さん自体も可愛いし、お弁当も作ってくれるし」

　自分の妻を褒《ほ》めちぎる坂野を見て、紫峰は首を振りながらまた、ため息をつく。その横からいつもは反応が薄い大橋まで続ける。

「女らしいっていうか、ふんわりしているというか、あんな人だと思いませんでした。三ヶ嶋さん、厳しいし、仕事できるし、もっとこう強い感じの女の人かと思っていたから」

　紫峰は重箱を松井のデスクに置きながら、軽く息を吐く。少し照れくさいが、自分の妻が褒《ほ》められるのは悪い気がしない。むしろ、そうだろう、と同意したいくらいだった。

「中身、見てもいっすか？」

松井が嬉しそうに重箱を凝視している。紫峰はやれやれと思いながら、いいぞ、と言った。

「すっげ！　うまそー！　三ヶ嶋さんが奥さんのことを自慢するのわかります！」

「自慢してるか？」

紫峰は首を傾げたが、してるじゃないっすか、と松井が言ったので、そうなのだろう。

「三ヶ嶋、嬉しくないのかよ。美佳ちゃんが持ってきてくれたんだぞ？　おい」

肘《ひじ》で松方に突《つつ》かれて、嬉しそうな顔をしているじゃないか、と紫峰は思わずムッとする。

今日の出来事は嬉しさもあるが、美佳の行動に対する驚きが大きかった。美佳はあまり大胆な行動をとるタイプではないから。

松井が開けた弁当の中身を見て、美味しそうな料理の数々の中に、美佳らしさを見つけて紫峰は微笑む。

「美味しそうだ。美佳らしい」

紫峰がそう言うと、ちょっと聞きました？　と坂野が言った。

「美佳らしいって、嬉しそうに笑ってますよ？」

自覚はなかったけれど、頬が緩んでいたらしい。

「惚気《のろけ》ですね、惚気《のろけ》！　いいなぁ、俺も彼女に作ってもらいたいなぁ」

松井が言うと、坂野が頭をバチンと叩く。

「そんなこと考えてないで仕事覚えなさいよ。三ヶ嶋さんは病み上がりだし、今日は復帰一日目だから、奥さんが気を遣ってお弁当を持ってきてくれたのよ？」

坂野から言われて、ああそうか、と紫峰は思った。なにも考えていなかった紫峰は、ここで初めて菓子折りなどを持ってくればよかった、と思った。美佳の気遣いに感服する。本当に、よくできた妻だと。

「もう飯時だし、食べようぜ」

紫峰の右肩を軽く叩いて、松方が言った。今日は警護者がいないため、指示があるまでデスクワークだ。すでに正午を過ぎているので、紫峰も松方に同意する。

「私、お皿とお箸《はし》、持ってきます。お茶はセルフですよ」

坂野が立ち上がって準備にとりかかり、松井は嬉しそうに弁当のふたを全部開ける。

それを見ながら、紫峰は密かに微笑んだ。

うまい、と言って食べる部下達に満足しながら、自分も美佳の料理を口にする。本当に美味しくて、紫峰は美佳のことがまた好きになった。

## 17

「美佳さんの旦那さんって、三十六歳ですよね？　一番充実している年齢ですね」

ふたたび仕事を始めた美佳は、担当編集者が言ったことに、そうね、と返すしかなかった。美佳よりひとつ年下の担当は未婚で、まだ仕事をしたいと思っているらしく、言葉の端々にその意思が感じられた。

一通りの会話に笑顔で応じ、打ち合わせが終わって担当を見送ったところで、一人ため息をついた。

カレンダーを眺《なが》めて少し苦笑し、自分の部屋に戻ってパソコンの前に座る。

紫峰は右肩の傷がようやく塞がったところで、抜糸をして退院。それから二週間後、美佳の心配をよそに彼は仕事に出かけて行った。

退院する時、しばらくは激しい運動はだめだと、美佳の目の前で紫峰は注意されていた。もしかしたら夫婦の性生活についての注意かもしれないと思ったら、恥ずかしくて顔が赤くなりそうだった。けれど紫峰はそう思わなかったらしく、なんともない顔でそれを聞き流していた。

紫峰の入院中、今君をここで抱きたい、と言われたことがあった。なんでもない顔で受け流した美佳だが、本当はかなり動揺していた。病室で、ということを想像したら恥ずかしくてしょうがなかった。もちろん入院している時は、なにもしなかった。それが当たり前なのだが、病院で紫峰に会って一人家に帰ると、なんだか苦しくなった。

いつもため息をついて、本当ならば隣にいる温かい人がいないことを認識する日々。紫峰が思ったよりも早く退院できたから、それは意外と早く解消されたけれど、ただ隣にいて、なにもせずに眠る毎日が今も続いている。そういうことを、紫峰は考えていないのだろうか。昨日の夜も普通に二人で眠りにつき、今日の朝も普段通りに彼は出勤して行った。ここまで考えたところで、恥ずかしくなって、美佳は頭を振る。

こうやって紫峰のことを改めて好きだと自覚した今、あやふやな気持ちを残したまま、紫峰のことが好きだと言っていた過去の自分を反省する。

もう、どれくらい紫峰と抱き合っていないのだろう、と美佳は指を折って数えてみる。入院期間は一ヶ月。退院して二週間後には仕事に出て、それからさらに一週間が経っている。美佳から抱いてとは言えないし、まだ傷が癒《い》えていなくて、痛いのかもしれない。

紫峰の傷は左鎖骨下動脈損傷と肺挫傷というものだった。動脈が傷つけられていたため出血が多く、手術中に輸血もした。また、肺に傷がついていて、肺の中に血が溜まり、肺そのものが潰れていた。だから肋骨の間から管を挿入し、肺を膨らませる機械をしばらくつけていた。そんな紫峰の痛々しい姿に涙が出た。本当に、死ぬかもしれない、と思ったものだ。

けれど、今は元気に出勤しているし、若いせいかみるみる回復した、と主治医が言っていた。まだ警護の仕事は再開していないらしいけれど、無理はしてほしくない、と美佳は思う。

無理はしてほしくないと思うけれど、美佳も健全な二十九歳の女性だ。今までの人に対して、美佳の方から抱かれたい気持ちになったことはなかったが、今は紫峰の温もりが欲しいと思っている。

紫峰はわかっていないのだと、心の中で美佳はすねてみる。

紫峰が警察病院に運ばれたと聞いた時、胸が潰れるほど心配した。自分を独り残して逝《い》ってしまうのではないかと悲しくなった。

紫峰に仕事を辞めてほしいとは思わない。仕事にやりがいを感じているのは、隣にいて十分にわかるから。

ただ自分の気持ちをわかってほしい。身体で存在を確かめて愛し合って、生きている温かみを感じたい。

美佳は紫峰を本気で好きになっている自分を、ひしひしと感じた。

## 18

料理に集中していたら、美佳は紫峰が帰ってきたことに気づかなかった。リビングのドアを開ける音がして、ようやく気づいて、少し慌てる。いつもは玄関まで迎えに出ているのに、今日はできなかった。

「紫峰さん、ごめんなさい。気づかなかった」

紫峰が撃たれたあの日から、もうすぐ二ヶ月が経とうとしていた。紫峰は元通り元気で、体調は万全に見える。

「いいよ。今日はなに？」

紫峰はいつも玄関まで迎えにこなくていい、と言うが美佳は迎えに行きたかった。美佳がしている仕事は基本的に自宅作業で、ずっと家にいるばかりの時もある。そんな美佳だから、せめてそれくらいはしたい、と思っているのだ。

「今日は、筑前煮と豚肉とニラとモヤシを炒めたもの。最近お魚ばかりだったから、今日はお肉にしたの」

美味しそうだ、と言って紫峰は寝室へ着替えに行く。寝室のクローゼットには、起きてすぐに着替えられるように、紫峰の着替えが置いてある。ちなみに紫峰と美佳の部屋は別々にあって、美佳は自分の部屋のクローゼットに服を置いている。

スーツからラフなチノパンとシャツに着替えた紫峰がキッチンに顔を出す。私服姿の紫峰は、年齢よりもかなり若く見える。スーツ姿の紫峰ももちろんカッコイイ。そんな紫峰を見ていると、平凡な顔立ちでおまけにやや太っている自分を、どうしてこんな人が好きになってくれたのだろう、といつも美佳は思う。比べるものではないが、美佳が今まで付き合ってきたどの人よりも、紫峰は素敵だ。

だから美佳は身体で、この人の存在を確かめたいと、強く思うのかもしれない。自分の夫がこんな素敵な人だということが、いまだに夢なんじゃないかと心のどこかで思っているのかもしれない。

美佳の上にいる時、紫峰は美佳のことしか考えていないというような顔をしている。少し苦しそうにしながらも、美佳を見てにこりと笑う。好きな人が、自分と繋《つな》がっている時に、ああいう顔をしてくれるのは幸せだと美佳はつくづく思う。

想像するな、と自分を叱咤《しった》して、美佳は目の前の料理に集中した。もうすぐでき上がるというところで、紫峰が美佳のうしろに立つ。

「もうできる？　手伝おうか？」

「あ、大丈夫。紫峰さん座ってて。今並べるから」

食器を出して盛りつけて、テーブルに並べる。お茶を出して最後に箸《はし》を置くと、満足して美佳は頷《うなず》いた。

「美佳はいつもきちんとしてる。料理も美味しいし」

食べ始めてすぐに、美味しい、と紫峰が言った。紫峰が目の前で笑ってくれる、それだけで幸せだ。

「美佳、風呂は沸いてる？」

「うん、沸いてるよ」

美佳は料理に手をつけながら言った。

「美佳の料理を食べて、ゆっくり風呂に入って、それから……だったっけ？」

紫峰の言葉に美佳の箸《はし》が止まる。どこかで自分が言った台詞《せりふ》。

『帰ったら、即行かも』

『それはだめ。きちんと私の食事を食べて、そしてゆっくりお風呂に入って、それからじゃないと』

なに食わぬ顔をして食事を口に運ぶ紫峰を見ていたら、恥ずかしさで顔が赤らんでいくのを感じた。

「覚えてたの、って顔だ。君が言ったのに」

ご飯を呑み込んでから、本当は、と紫峰がつけ足して美佳を見る。

「帰ったら即行だと思ったけど、前に玄関でやって青痣《あおあざ》ができただろ？　だから、これを食べて風呂に入るまで、我慢しようかと」

美佳はその言葉を聞いて、俯《うつむ》いて笑うしかなかった。紫峰としたい、とは言えなかったけれど、自分も早くしたいと思っている。

「今日、病院に行ったら、本格的に仕事に復帰しても構わないと言われたんだ。それなら〝激しい運動〟も大丈夫だって僕は喜んだけど、美佳は違う？」

美佳は軽く首を横に振って、そうね、と微笑んだ。

本当は紫峰に抱かれたくてしょうがなかったのに、いざ言われると、本音が言えなくなってしまう。けれど、紫峰が言っていたように、風呂に入ってそれから、というところまでは、美佳も待てそうにない。

「本当はね……」

ん？　と紫峰は首を傾げる。その紫峰を見て、すぐに視線を逸《そ》らして、美佳は言った。

「本当は、食事もお風呂も、どうでもいい……っていうか」

美佳は恥ずかしさを紛らわすように笑い、視線を外したまま言葉を続ける。

「生きてるのは知ってるけど、本当にあの時心配したし、いっぱい泣いたから……だから紫峰さんを早く身体で実感したいって、ずっと……」

美佳が言い終わらないうちに、紫峰に腕を引かれる。テーブル越しなので強くは引かれなかったが、美佳の腕をとったまま椅子から立ち上がった紫峰は、美佳の隣にきて両手で美佳の顔を包み、唇を奪う。

「んんっ……ん」

「美佳……」

強く唇を押し付けられ、紫峰の舌に唇を舐《な》められる。そして歯列を割って、紫峰の舌が美佳の口腔《こうこう》内へ侵入してきた。唇の隙間から、水音が聞こえてきて、美佳は耳を塞ぎたいほど恥ずかしくなる。久しぶりにする行為のためか、すごく卑猥《ひわい》な音に聞こえる。それでも身体はもっと紫峰を求めていて、美佳の心臓は早鐘を打ちだした。

ちゅ、と音を立てて唇が離れると、美佳は酸素を求めて喘《あえ》いだ。もちろん鼻で息をしていたが、間に合わないほどぴったりと紫峰と唇が重なっていたから。

紫峰は美佳の前にひざまずいて、美佳の座る椅子を自分の方に向けた。美佳の上着の中に手を入れて、背中に触れ、それから手が上へと滑ってくる。

「紫峰さん、あの……」

もう片方の手は、美佳のスカートの中に入って、ショーツに手をかけている。少しだけ脱がしたところで、片手では取り去ることができないと気づいたのか、胸の辺りをさまよっていたもう一方の手もスカートの中に入れて、ショーツを脱がされた。左足を持ち上げられて、ショーツを左足の方だけ抜かれると、紫峰が美佳を見上げる。そして両手を美佳の服の中に入れて、豊かな胸を揺らしてきた。服の上から胸に顔を埋《うず》められ、軽く歯を立てられる。
「紫峰さん……っ」
美佳の足を広げて、その間に紫峰が膝《ひざ》を立てる。片方の手が美佳の大腿《だいたい》を軽く撫でてい
たかと思うと、足の間に忍び込んできた。触れられた瞬間に吐息が漏れる。美佳は足の間
を触っている紫峰の手を掴《つか》む。
「紫峰さ、……待って」
紫峰は待ってくれなくて、美佳の身体を急速に高める。胸を揺らしていた片手も外して、
紫峰は自分のチノパンのボタンを器用に外した。美佳の左足を持ち上げたまま、紫峰の顔
が近づいてきて唇を食《は》むようなキスをされた。けれど、すでに美佳の全身の力が抜けてし
まっていたので、すぐに唇は離れてしまう。美佳の身体に力が入らなくなっているのは、
紫峰自身が美佳の足の間の隙間をノックして、少しだけ美佳の隙間を埋めたから。
「あ……っ、あっ」
大きな質量の紫峰自身が、美佳の中にゆっくりと入る。最後は待てないというように、
早急に押し入ってきて、身体が重なる。紫峰が大きく息を吐き出したのがわかって、美佳
も一瞬止まった息を吐き出した。
「……っ、美佳」

椅子がギシリと音を立てる。こんな風にされたのは、美佳にとって初めてだった。紫峰は美佳を見てにこりと笑い、ごめん、と言う。美佳が首を振ると、大きな手が美佳の頬を包む。

まだシャワーも浴びていなくて、食事も途中。それでも構わないと思うほど、美佳も紫峰が欲しかった。

「君とだと、抑えが効かなくて困る。……肩に腕を回してくれるか？」

美佳が言われた通りに紫峰の肩に手を回すと、両足を抱えられる。そのまま持ち上げられて、繋《つな》がった部分がより深くなった。美佳は思わず高い声を上げた。

「や……っ、あ……しほ、さ……っ」

持ち上げられたかと思うと、すぐに横にされて背に柔らかい感触が伝わる。深く繋《つな》がった部分に意識が集中し、思わず目を瞑《つむ》っていたが、美佳はどうやら抱きかかえられたまま寝室に連れてこられたようだ。一度繋《つな》がりを解《と》かれて、美佳は切ない声を上げた。視界の端で、紫峰が四角のパッケージを噛《か》み切っている。紫峰は美佳とする時、ほとんど避妊をする。まだしばらくは二人きりで過ごしたいと言っているから。

紫峰の仕草や表情から、美佳を本当に求めていることはよくわかる。こうやって忙《せわ》しなく自分を愛そうとしてくれる彼を見るのが、美佳は好きだ。

紫峰は、反射的に閉じてしまっていた美佳の膝《ひざ》を割って、自身を美佳の中に埋める。性急に入ってくるそれに、美佳は思わず息が止まってしまうかと思った。けれど、その性急さが愛しい。

中にすべてが埋まったあと、紫峰は一度目を閉じて、ため息とともに一度動きを止める。その仕草がまた、美佳の心を満足させる。

また服を着たまま愛された。久しぶりの行為は、苦しいほど気持ちいい。

美佳は身体を起こされて、紫峰の膝の上に座るような体勢に変えられる。より深く紫峰を呑み込んだ美佳の身体は、仰《の》け反《ぞ》りそうだった。けれどそれを許さないように、力強い腕が背と腰にしっかりと回される。逃げられないほどの快感と、息苦しさ、そして愛しい気持ちが高まっていく。

「ずっと、したかった」

耳元で紫峰から言われて、美佳は力が抜けていた両腕を、ようやく紫峰の背に回すことができた。美佳は二回頷《うなず》いて、紫峰の首筋に頬を寄せる。何度も頬をすり寄せて、好きだと言った。

「紫峰さん、好き……っ」

紫峰はそれに満足したように、美佳の耳元で笑った。それから、ゆっくりと身体を揺すり、美佳の身体を上下させる。

心地よくて、気持ちよくて。

美佳は何度も高い声を上げた。

19

目が覚めると、紫峰は明るい日差しに目を細める。少しだけぼやけている視界を感じて、ベッドの横のチェストに手を伸ばした。カサリと音がして、なにが置いてあるのかと一瞬気にしたが、目当てのものがあったので、とりあえずそれを手にとってかける。やっと視界がよくなった。黒縁の四角型の眼鏡は、あまりスタイリッシュとはいえない、紫峰の家用の眼鏡だ。

チェストの上を見ると、四角いパッケージが乱雑に数個置いてある。体勢を変えて、うつ伏せになり腕を立てる。手で枕の間に触れると、いくつもの破られたそれが散らばっていた。何度目にした時のだろうと思いながら、使用済みのものを指でつまんで数える。

「一、二、三、……四、五」

ゴミとなったそれを拾って、ベッドサイドのゴミ箱に捨てた。ゴミ箱も、もう少しでいっぱいになるくらいにティッシュの山ができている。

久しぶりとはいえ、どれだけやればいいのだろう、と紫峰は自分で自分が恥ずかしくなる。

「最低、五回はしたわけか」

もっとしたような気がする。散らばっていた空《から》のパッケージは、きっと何回目かの行為のあと、捨てるのが面倒で投げておいたもの。二回目までは、きちんとゴミ箱に捨てた気がする。紫峰は一人呟《つぶや》いて、またため息を漏らした。

横に眠るのは、心身ともに健康な女性。出会ってからみるみる細くなる身体の、その乳房だけは変わらず大きい。ダイエットはしていないと言うが、だったらなぜ細くなるのだろうと紫峰は思う。このふくよかな身体が柔らかくて好きなのに。

「子供ができたら、どうしようか？」

コンドームでの避妊が万全じゃないということは知っている。以前、なにもしないで抱き合ったこともあるが、その時は安全日だったためか子供はできなかった。昨日は安全日ではなかったが、なにもしないで一度繋《つな》がった。深い快感を得る前に、一度それを解《と》いて避妊具を自身に被《かぶ》せたけれど。

「もう少し二人でいたいけどね」

きっと子供ができたらできたで嬉しいだろう。けれど、横で眠っている身体を愛せなくなる期間があるのはまだつらい。だからもう少し二人でいたい。

美佳の身体は、抱き合うことにあまり慣れていなかった。初めてではなかったけれど、あまり男に抱かれたことがないということを、初めて繋《つな》がった日に紫峰は感じた。もしくは、これまで美佳が付き合ってきた男が、ただ自分の快感を追うために抱いていたかのどちらか。もし後者なら、バカなことをしたな、とその男達に言ってやりたい。

あまり慣れていない美佳を抱くのは、紫峰にとって悦《よろこ》びだ。

美佳は人目を引くほどの美人ではないかもしれない。スタイル抜群、というわけでもないと思う。けれどそのすべてが安らぎを与えてくれるし、なにより美佳の笑顔にはなにものにも代えがたい魅力がある。初めて会った時の直感通り、紫峰は美佳のことがどんどん好きになり、手放せなくなっている。

美佳の顔に触れて、起きそうな気配がないのを確認した紫峰は、そっと胸に顔を埋《うず》める。そのまま抱き寄せて、頬をすり寄せた。ふわりとした感触が、紫峰の身体に当たって心地いい。そうしているうちに、美佳が紫峰の頭に手を回して髪の毛に触れる。

「紫峰さん……なに？」

抱き寄せたことで起きたのだろう、美佳は紫峰の首筋にもう一方の手を回した。

「なんでもない」

「また……するの？」

美佳の言うことに苦笑して、首を横に振った。胸に顔を埋《うず》めたまま首を振ったので、美佳が呻《うめ》いた。顔を上げると、美佳が紫峰を抱きしめる手を解《ほど》く。

「しないけど、触らせて」

今度は美佳の首元に顔を埋《うず》めて、豊かな胸に手で触れる。紫峰の腕に美佳の手が絡んで、重いため息を吐いた。柔らかい胸は、手で触れても心地いい。

「あ……ん」

美佳の甘い声が聞こえて、紫峰は顔を上げる。薄めの唇に指で触れて、親指を唇の隙間に挿し入れる。自然と美佳の唇が開いたので、歯列を割って中に指を入れた。

「口、開けて」

紫峰が言うと、美佳の唇が少しだけ開く。そこに唇を寄せて軽くついばんで、そして深く繋《つな》げる。

「ん……」

離して息を吸い、また繋《つな》がってをしばらく繰り返して解《ほど》く。美佳の唇は少しだけ赤く光っていた。唇だけでなく、顔もやや赤くなっていて、それがそそる。

「しないの？」

「しないよ」

少しだけ笑って、紫峰はまた美佳の首元に顔を埋《うず》める。片方の手で、美佳の豊かな胸を揺らして、その触り心地を堪能した。

「やめて、紫峰さん」

美佳が紫峰の手を退《ど》ける。美佳が抵抗するのは珍しく、紫峰は首を傾げた。

「どうして？」

美佳はだって、と目を伏《ふ》せる。その表情が紫峰の気持ちをさらに高ぶらせる。紫峰は美佳の足の間に手を移動させた。

「や、紫峰さん……っ」

きつく閉じていた美佳のそこに、紫峰の手が直接触れることはなかったけれど、彼女の気配でなんとなく紫峰は察した。

「美佳、したい？」

昨夜、無理をさせたので今日はなにもしないつもりだった。だが美佳の態度で、紫峰の身体もその気になっている。

「私に、聞かないで」

顔を伏せた美佳の頭を引き寄せて、髪の毛に口づける。

美佳の身体を仰向けにして、その上に紫峰は覆《おお》いかぶさった。

「だったら、美佳の身体の反応通りに動こうか」

美佳が大きく息を吐く。紫峰は上下するその胸に顔を寄せる。

チェストの上にある、まだ封を切っていないパッケージに手を伸ばしながら、紫峰は美佳の身体を開かせた。

20

美佳がふと、ため息混じりに口を開いた。

「お義母さんにね、子供はまだなの？　って聞かれた」

ドライヤーで美佳の髪の毛を乾かしている時に言われた言葉の意味が、紫峰はすぐにはわからなかった。

「なに？」

「だから、子供はまだ？　って聞かれるの」

ようやく理解できた紫峰は、ああ、と短く返事をした。美佳の髪の毛が乾いたので、ドライヤーを切る。美佳が紫峰を見上げて、紫峰さんは？　と聞く。

「子供、まだ欲しくない？」

「……美佳が欲しいなら、僕は構わない」

まだ二人でいたいが、美佳が望むなら作りたい、と紫峰は思う。けれど、その返事が不満だったようで、美佳は頬を膨らませた。

「そうじゃなくて、紫峰さんは？　本当はどうなの？」

「困るな、そう言われると」

二人でいたいのは紫峰の希望。子供は作ろうと思えば、すぐにできそうな気がする。

「二人でいたいと思うけど、君との子供もいずれ欲しい。母が君にそう言うなら、僕が母に言っておく。二人で話し合って子供を作る時期は決めますって」

「紫峰さん、私と二人でいたいの？」

「美佳に子供ができたら、僕が構ってもらえなくなるかもしれないからね」

美佳は笑って、なにそれ、と言った。その笑う頬に、紫峰が手を添える。美佳は笑っているけれど、紫峰にとっては深刻な問題なのだ。

「子供ができたら、きっとしばらく美佳を抱けないし」

「……どんだけ、愛されヒロイン？」

苦笑いを浮かべて言った美佳の言葉に、紫峰もなにそれ、と答えた。

「私、これだけ自分が愛されるなんて思わなかった。結構、友達から聞いてたの。ウチの旦那は私を愛してくれない、とか、盛り上がっていたのは結婚式までだった、とか。私もそうなると思ってた。結婚式が終わったら、私も仕事を辞めてとか言われたりするのかな、とか、出会いから結婚まで期間が短かったし、素っ気ない態度とられるのかな、とか。私が不純な動機で結婚を決めたのに、本当にこの人は私のことを愛してくれるのかしら、って。……でも、紫峰さんは私に誠実だった。私のこと、いろんな意味で求めてくれて、仕事も続けていいって言ってくれる。褒《ほ》めてくれるし、優しくもしてくれる。私よりもいい人がいたかもしれない、って時々不安になるくらい」

美佳がこれほど饒舌《じょうぜつ》に語ることは少ない。控えめなところも好きだが、面と向かって言われて紫峰も嬉しい。紫峰はとにかく美佳のいろんなところが好きだし、これほどまでに日々好きな気持ちが増していく自分が、自分でも不思議なくらいだった。

今までこんな気持ちになったことがあるだろうか。今まで付き合った人と美佳がどう違うのか。体温だって、身長だってそうそう変わりない。服装や趣味も似たり寄ったりだし、美佳だけがすごく特別というわけではないはずなのに。

「紫峰さんがこのままでいたいなら、私もその方がいい。なんだか、こうして一緒にいたら、自然と子供ができそうな気がするし。……お義母さんには私が言う。子供が向こうからくるのを待ちます、って」

にこりと笑った美佳を見て、紫峰はその額に自分の額をくっつける。

「どうしよう、またしたくなった」

「お風呂、入ったばかりですけど」

美佳がおかしそうに笑う。けれど紫峰は本気で、笑っている美佳を抱きしめる。

「そう、がっつく年でもないんだけど」

十代や二十代じゃあるまいし、と紫峰は思いながらため息をついた。美佳の背中を撫でると、紫峰の胸に美佳が頬をすり寄せる。

「まだ私達、新婚だから」

ふふ、と笑う美佳と視線を合わせ、紫峰はそのままキスをした。軽いキスを何度か交わして、美佳の身体を抱き上げる。紫峰の首に手を回して応《こた》える美佳の耳元に、紫峰は言った。

「新婚だからじゃない」

相手が美佳でなければ、こうはならなかったと思う。この愛しい存在に、紫峰はこれまでとは違った自分を引き出されるばかりだ。

「じゃあ……どうして？」

「君が好きだからに決まってる。ただそれだけ」

紫峰の言葉を聞いて、美佳がふわりと笑った。

美佳の身体の重みを腕に感じ、紫峰は幸せを噛《か》みしめる。

紫峰はふと、美佳にプロポーズをした時の台詞《せりふ》を思い出す。

『僕と結婚しませんか？』

『あの……どうしてですか？』

『君が好きだからに決まっているでしょう』

同じ台詞《せりふ》を繰り返す自分がおかしいと思う。

けれど、何度も言いたくなる。いつも答えは初めの頃と変わらない。

美佳と結婚した理由も、そしてまだ二人でいたい理由も、なにもかも、答えはたったひとつ。

美佳が好きだからに決まっている、ただそれだけ。

# Happy Wedding

## 1

結婚すると返事をした直後から、美佳の怒涛《どとう》の日々が始まった。

まずは結納から、と紫峰に言われて、きちんと手順を踏んでくれるのだと思い、嬉しかった。二十九歳だから、早く決めたかった結婚。三十歳前には結婚したいと思っていた。

実際ふたを開けてみると、プロポーズを受けてから結婚式まではわずか二ヶ月ちょっと。結納も、結婚式もその間に準備をする。あまりの展開の早さに、相当面食らった。

『ダメですか？　ダメだったら、ホテルをキャンセルします。でも、早く僕のところへきてほしいから』

見合いをして、結婚してほしいと言ってくれたのは、三ヶ嶋紫峰という人。変わった名字で、変わった名前。けれど、響きもその字面《じづら》もすごくキレイで、名は体を表すの言葉通り、顔立ちもすごくいい。黒い目はキレイな形をしているし、鼻立ちはスッと通っている。

長身で均整のとれた体型。職業は警察官、SPをしている。SPというと、ガタイのいい大柄な感じを想像するが、彼はそういう感じではなく、スマートで涼やか、という言葉が似合うタイプだ。

『早く僕のところへきてほしいから』

毎回リピートされるこの台詞《せりふ》。こんなことを言ってもらえるほど、こちらは美人でもなければ、スタイルがいいわけでもない。やや太めという部類に入るような、そんな冴《さ》えない女なのである。

そんな自分が今、ドレスの波の前に立っている。

ついこの前まで、家にこもってパソコンと向き合うばかりの日々を送っていた。それが急にこんな華やかな場所に連れてこられて戸惑う。

「美佳さん、好きなデザインはある？　ささ、選んで？」

紫峰の母は目元が紫峰とよく似た、正統派の美人だ。しかもお洒落《しゃれ》で洗練されている。美佳の母もお洒落好きではあるが、どこか普通に見えるのは、美佳と似た容姿のせいか。母もどちらかと言うとぽっちゃりした感じ。体型も美佳と似ている。

「できれば、露出は少ない方が……」

「美佳さん若いのに……今時のウエディングドレスは、肩も出ているし、胸もきわどいところまで開いているのが普通よ？　きっとどれも可愛く着られるわ」

紫峰の母はにこりと笑って、似合いそうなのをいくつか選んでみて、と美佳を促《うなが》す。美佳の母も、さっそく選びにかかっている。

「露出の多いドレスは、ダメだってば……」

美佳は太めだし、腕だって細くない。袖《そで》があるドレスとか、ケープがついているドレスにしたいと思っていた。一歩遅れて美佳もドレスを見始めると、すでに紫峰の母はいくつかのドレスを選んで、美佳に見せてきた。その表情はにこにこしている。

「美佳さん、時間がないんだから、どんどん試着していきましょう」

選んできたドレスが積み重なり、小さな山ができている。

どれも、露出の多いものばかり。これから義理の母になる紫峰の母を見て、美佳は嫌とは言えなかった。

「……着てみます」

笑顔でそう答え、試着室へ入る。中に入ってから、ため息をついたのは内緒だけれど。

## 2

結婚を決めた途端に忙しくなった、と言っていた紫峰には、結納後、本当にぱったり会えなくなってしまった。その代わりにメールや電話は頻繁《ひんぱん》にあって、美佳がドレスの波にもまれた今日も、電話がかかってきていた。

「今日はドレスを決めに行ったんだけど、無理でした」

『どうして？』

「三ヶ嶋さんのお母様が選んでくださるドレス、みんな私には露出度高くて……」

『ドレスって、そういうものだと思ってたけど、違うんだ？』

　確かにそういうものですけど、と思いながら自分の体型を気にしている美佳は、少し笑っただけ。

『一日や二日で決まるものでもないし、時間はあまりないけど、気に入ったのを着てほしい。母には言っておく』

「いいです！　大丈夫！　ちゃんと私が決めるし、大丈夫、本当に」

　美佳は焦《あせ》って紫峰に言う。紫峰の母にへそを曲げられては堪《たま》らない。これから長く付き合う人だから上手くやっていきたい、と美佳は電話口で首を振った。

『わかった。挙式用のドレスと、あとはお色直し用のドレス？　ああ、でも、美佳なら着物かな？』

　確かにそれも考えたが、美佳は母から言われてやめることにした。

「着物は着ないことにしました。ドレスにします」

『そうなんだ……残念だな。見合いの時に着ていた着物、すごく似合ってたから』

着物は毎日のように着てるじゃない、と母に言われて、美佳はそれもそうだと納得していた。実際、お茶やお花の教室の時には着物を着て出かけることが多いし、いつでも着られるといえば着られる。ドレスを選ぶ母の嬉しそうな顔を見て、美佳は着物を着るのはやめることにした。

「あんな赤い振袖、もう着ませんよ」

『可愛かったよ。着慣れた感じがしたし、姿勢もよくて。食事する時も所作がキレイだった。今時珍しい、と言うのも失礼だけど、僕はすごく感動した』

紫峰はそんな風に初対面の時の自分を見ていたのか、と美佳は、恥ずかしいような、嬉しいような気持ちで、思わず笑みを浮かべる。しかも、可愛い、と言ってくれた。考えてみたら、男性からそう言われたのは初めてなんじゃないか。

「三ヶ嶋さん……、ありがとうございます」

美佳が顔を俯《うつむ》けてそう言うと、電話口で紫峰は笑っているようだった。

『ねぇ、美佳。そろそろ、三ヶ嶋さんはやめない？　僕は下の名前で呼んでるのに、君は呼んでくれないんだ？』

そうだな、と納得はするが、すぐにはできないと心の中で思った。

『君も、三ヶ嶋さんになるのに』

確かにそうなのだが、紫峰の言葉に心臓がドクンと鳴る。

堤美佳から、三ヶ嶋美佳になる。そして、あのカッコイイ紫峰が、自分の夫になるのだ。

「そ、ですね、はい。わかりました」

言葉に少しだけ詰まりながらそう言うと、紫峰は美佳に言った。

『最近本当に忙しくて、会えないけど、一度くらいは衣装合わせに顔を出すから』

「無理しないでくださいね」

『君と会いたいのに、会えないのってつらい』

自分はこんなことを言われるキャラじゃないのに、と美佳は赤面する。

「もうすぐ結婚式だから、きっと会えるようになります」

『SPの仕事は、予定が変わることが多いから怪しいものだよ。一度君を抱いたから、余計に会いたくなってるのに』

一度君を抱いたから。

結納の日、両親達の目を盗んで、美佳の部屋で初めて二人は繋《つな》がった。紫峰は優しく美佳の身体に触れて、熱く愛撫《あいぶ》した。美佳は久しぶりの行為で戸惑いが大きかったが、あれこれ悩む暇もないほど紫峰の行為に翻弄《ほんろう》された。両親達に気づかれないように、声を出さないようにと必死で耐えるのが精一杯だった。

「それを言うのは、反則ですよ。お仕事だし、しょうがないです。私も、新しい仕事が入っているし」

新しい仕事、というのは嘘。とっさに言ってしまった。紫峰に会いたい気持ちは美佳も同じだったが、恥ずかしくて早くこの話を終わらせたかった。

『だったら余計に会えないいな。明日も早いし、もう寝るよ。おやすみ、美佳』

「おやすみなさい……し、紫峰さん」

紫峰が微《かす》かに笑った。そして、おやすみ、と返してくれたあと電話は切れた。

美佳は熱くなった顔をパタパタと手であおぐ。大きく息をついて、カレンダーを見る。

早くドレスを決めなければ。

結婚式は一ヶ月後に迫《せま》っている。

3

しばらくドレスの波と戦っていた美佳は、どうにか自分の希望通りの白いドレスを見つけた。繊細なレースのパゴタスリーブ。腕の動きに合わせてレースの袖《そで》が揺れるそのドレスは露出も少なく、お気に入りの一着だった。紫峰と出会って、なぜか少しずつ痩《や》せてきた美佳は、思っていたよりもワンサイズ小さいドレスを選べた。

ベールは、レース素材のドレスと合わせて、レースの縁どりが施《ほどこ》され、ラインストーンがちりばめられたものにした。マリアベールと言うらしい。キレイなベールをかぶると、まるで自分がお姫様になったような気がした。

袖《そで》がないドレスも一応試着してみたが、鏡に映った自分の腕の太さに、美佳はため息をついてやめた。細ければもっとさまになっただろうにと悲しくなった。

紫峰と衣装を選びたかったが、結婚式に合わせて仕事のスケジュールを調整しているらしく、美佳と時間を合わせることができないでいる。

美佳は少し寂しいなと感じた。お互いに準備は着々と進めているけれど、結婚ってこんなものだろうか、と不安を感じる。

「これってきっと、マリッジブルーだ」

一人ごちて、ため息をつく。仕事はしばらくお休みをすると、出版社に言ってある。そういえばこの前、お見合いをしましたよね？　と聞かれて頷《うなず》くと、担当者はにっこり微笑んで了承してくれた。こんなに早くいろいろなことが進むとは思っていなかった美佳は、結納の直前まで仕事に追われていた。なんとか仕上げて超特急でドレスを選びつつ、招待状を作った。一生に一度のことだし、少しでもオリジナルな演出をしたい。そう思いながらも結局、なにもいい案が浮かばず、担当のホテルスタッフに任せることにした。

結局、式の当日まで紫峰とは会えそうになく、細かいあれこれを話し合うことができていない。

美佳がようやく結婚式の衣装を決めた頃には、紫峰はとっくに決めていた。お色直し用のドレスを考えている時にそう聞かされて、男の人はすぐに決められていいなぁ、と思った。紫峰はマットグレーのスーツを着るという。

紫峰とは電話で話すけれど、それ以外はなにもない。

『仕事で会えないけど、結婚式で君がキレイになった姿を見られるから楽しみだよ』

美佳はそれを聞いてまた、ため息をついた。自分なんて本当に平凡な、どこにでもいるような女。だから、紫峰のような素敵な人にそう言われると、本当に自分がどうしてこんなに愛されヒロインのように扱われるのか不思議になる。会えないのは寂しいけれど、紫峰の言葉を聞いて心が満たされた。

出会いから結婚までの期間が短いから、本当にこれでよかったのか、と考えないこともない。これからずっと一緒に生活していく相手を、もう二十九歳だし早く結婚をしないと、と焦《あせ》る思いに任せて勢いで決めて、上手くやっていけるのだろうか。

もちろん美佳は紫峰に惹《ひ》かれているし、納得して結納をした。だからこそ、紫峰が求めるままに身体を重ねたことを後悔していない。むしろ、それを思い出すと胸が熱くなるくらいだ。

「会えないって、こんなに不安になるんだ。……本当に、私のこと好きなのかな……あの人」

結婚を決めた人だからだろうか。前に付き合っていた人には、こんな感情を抱かなかった。心のどこかで結婚しないだろうと思っていた相手だからか、付き合いの後半の時期に、自分がなにを考えていたかさえ思い出せない。それでも、別れた時は悲しかった。あの悲しみは、もう味わいたくない。

紫峰はこれまで付き合ってきた人とはまったく違い、美佳のことを気に入ってくれて、短期間でプロポーズしてくれた。こんな経験、初めてだ。その気もなかった縁談で出会った、思いもかけないくらい素敵な人。まさか自分を選んでくれるとは思わなかった。ため息が出るのは、きっとマリッジブルーのせいだと美佳は自分に言い聞かせる。

4

「お前、本当に……結婚するんだなぁ」

紫峰は職場で招待状を渡した同期の松方に、しみじみとそう言われた。松方はその場で招待状の封を開き、中身を確認して何度も瞬《まばた》きをしている。

「へえ……いいところで結婚式挙げるんですねぇ、三ヶ嶋さん」

部下の坂野が招待状をじっと見る。

「二人とも、信じられないとでも言いたいのか？」

パソコンに向かいながらそう言うと、いいえ、と言ったのは坂野だった。

「三ヶ嶋さんって、カッコイイのにその年まで独身だったから……結婚に興味がないのかと思っていました」

部下の坂野が、係長は選《え》り好みしてんのよ、と自分のことを陰で言っていたのを紫峰は知っている。部下のそういうところはお見通しだ。別に選《え》り好みしていたわけではなく、ただ単に仕事をしていたらこんな年になっただけ。これまで付き合ってきた女性との結婚を意識したことはなく、なんとなく別れた相手もいる。けれど、最近まで付き合っていた彼女とは、いい加減結婚をしなければ、と意識はしていた。同い年で、大学時代からの知り合い。洗練された美人な警察官のキャリアだった。

「三ヶ嶋って、直感で結婚なんか決めそうにないけどなぁ。じっくり付き合って相手のいいところも悪いところも認めて納得してから決める、って感じ？」

さすが長年の付き合い。松方は紫峰のことをよくわかっている。

美佳と結婚する直前まで付き合っていた瞳子のことは、すべてを認めて納得していた。だからこそ結婚を考えていたし、見合いの前だって、きちんとそう伝えていた。瞳子こそ、これから先の未来を一緒に歩いていく相手だと、紫峰自身も思っていた。

「でも、いきなりだもんなぁ……。そんなによかったか？　この、堤美佳さん？」

紫峰がしたくもなかった見合いで感じたのは、この人と結婚するのかもしれないという予感。

かもしれないは、結婚したいに変わっていき、瞳子と別れることにした。自分でも酷《ひど》いことをしたと思っている。二年も付き合って、結婚を考えていると言っておきながら、見合い相手と結婚するから別れてくれ、だ。

「よくなかったら結婚しないだろう」

淡々と答えると、松方がため息をついた。美佳のどこがいいのかなんて一言では言えない。雰囲気も、笑顔もとても惹《ひ》かれるものがあって、ずっと一緒にいたいと思った。

松方のため息の理由もよくわかるが、紫峰は放っておいた。

「キレイな人ですか？　三ヶ嶋さんの彼女ってそんな気がします」

坂野の質問に、厳密に言うと、彼女ではないのだが、と思いながら紫峰はまた大きく息を吐く。

「答える必要はあるか？」

「聞いてみたいだけですよ。こんなこと、確かに上司に聞くのは失礼かな、とは思いますけど……。なんとなく、スタイリッシュな美人かなぁ、と」

二年間付き合った彼女はその部類だったと思う。

「普通だよ。しいて言うなら古風な人。茶道と華道の名取《なとり》で、着物がよく似合う」

紫峰は画面上の文書をチェックして、印刷ボタンをクリックした。顔を上げると、黙って仕事をしていた大橋までがこちらをじっと見ている。

「なんだ？」

いいえ、と先に声を出したのは坂野だった。

「お嬢様、ですか？　話を聞いてると、そんな感じが否めないんですけど」

先ほどから自分の話を聞いていなかったのか、と思いながら紫峰はその言葉を呑み込んだ。

「だから、普通の人。お嬢様でもなんでもない」

まさか部下達に、こんな根掘り葉掘り聞かれるとは思わなかった。ため息をついて、プリントアウトした書類を手にとり、確認をし始める。書類作成の仕事は難なく終わったが、結婚式間近だというのに厄介な警護対象者の護衛の仕事はなかなか片づかない。

最近ずっとテレビに出たり、選挙活動をしている元大臣。辞任後に人気は下降したものの、まだ議員バッジはつけている。その人物が、地方行脚《あんぎゃ》だと言って、遠くは沖縄まで行くと言い出したので、それに同行させられていた。

「結婚式まで、あと二週間……って、こんな時期にならないと招待状って準備しないものだっけ？」

「そんなものじゃないだろうな。お前に渡したのが遅かっただけ。勤務は調整してやるから」

「他部署の奴には早く配ってんのかよ？」

「ひと月前には渡した。ウチの係の仕事がどうなるかわからなかったから、お前にはなかなか渡せなかったんだ」

なんだよ、とため息をついてあまりいい顔をしない松方の横で、いいなぁ、と言うのは坂野。

「私も呼ばれたかったですよ。結婚式って、自分はしなくても見るのは好きなんですよね。こんな仕事をしているから、男には結構奇異な目で見られがちなんですけど、私だって人並みに結婚式には憧れを持っています」

係長の奥さん見たいし、と小声でつけ加えた坂野の言葉には答えず、紫峰は書類に印鑑を押した。

「どんな人ですか？　詳細を聞きたいですね」

どんな人ですか、と聞かれるのは何度目だろう。次の書類にかかりたいのに、と思いながら一応答えてやった。

「……だから、本当に普通の人。別に美人でもないし、背も百五十センチ台と小さめ。スレンダーというタイプでもない、普通の体型の女性だ」

美佳を一言で表せと言われたら、普通という言葉が当てはまる。

別に美人でもなく、痩《や》せているわけでもない。けれど、可愛い顔をしているし、抱きしめると感触が心地いい。百七十九センチの紫峰とでは、ずいぶん身長差もあるけれど、腕の中にすっぽり納まるちょうどいい大きさだ。この前まで付き合っていた彼女は長身で、キスがしやすいところが気に入っていた。けれどキスをする時、美佳が少し背伸びをする仕草も可愛い。

「坂野、さっきからお喋《しゃべ》りばかりだが、自分の仕事は終わったのか？　喋《しゃべ》ってばかりいるだけなら、勤務態度評価にそう書くしかないが」

「て、手は動かしてます」

「だったらいい。松方もいつまでも招待状を眺《なが》めてないで、報告書を書けよ。お前が一番手を動かしてない」

　松方を見て言うと、招待状を置いて座り直し、わかりました、と言った。同期が部下だというだけでもやりにくいのに、松方はいつもこの調子。上司からの評価があまり高くない彼に、紫峰はいつも頭を悩ませていた。もっと僕にいいことを言わせてくれよ、といつも紫峰は松方に対して心の中で思っている。

「俺も見てみたいです、三ヶ嶋さんの奥さんになる人。報告書でき上がりました。よかったら写真でもいいので見せてください。っていうか結婚式に俺も呼んでください」

　笑みを浮かべながら大橋が報告書を持ってくる。

「呼ぶのは松方だけだ。第四係が手薄になるだろう。写真は無理だな、僕だって持ってない」

「奥さんになる人なのに、ですか？　俺、彼女の写真、絶対写メりますよ？　三ヶ嶋さんも写メってくればいいですよ」

確かに写真のひとつも持ってないのは珍しいのかもしれない。美佳と紫峰は出会って間もなく結婚を決めたし、結納後は忙しくて会う暇もないから、なかなか撮るチャンスがなかった。会えない分、できるだけメールと電話は欠かさないようにしているけれど。

「言うことはよくわかった。暇なのか？　大橋」

「俺ですか？　はい、暇になりました」

大橋はヘラッと笑って見せた。黙っていればいい男なのに、と紫峰は思う。

「そうか。だったらトレーニングでもしてこい。まだマルタイに会うまで時間がある。ずっとここで座って、携帯でもいじるのか？　そんなことしていたら、お前の勤務態度も評価を下げるが」

パチパチ、と大橋は何度か瞬《まばた》きをしたあと、小さくはい、と答えて自分のデスクに戻って、またデスクワークを始めた。

視線を巡《めぐ》らせると、坂野と松方が紫峰の方を見ている。

「なにか言いたいことでも？」

紫峰が言うと、坂野は首を振った。松方は、声を出して笑う。

「いやぁ、松井はいつ戻ってくるのかなぁ、って」

「一週間第二係だと言っただろう？　なにを聞いてるんだ」

いつもこうだ、と思いながら紫峰はパソコンに文字を打ち込む。

第四係は個性が強い。坂野は一人でいる時には真面目だが、松方や大橋と一緒になると、それに引きずられてしまうのが玉に瑕《きず》。松方も大橋も決して不真面目というわけではないが、協調性に欠けている。みんなそれぞれに優秀なのだが、誤解されやすいところのある厄介な連中だ。

そこまで考えたところで、紫峰は大橋の言葉を思い出した。美佳の写真。

紫峰だって写真くらいあってもいいと思うが、なによりも当の美佳と会った回数自体、それほど多くない。さっきはどんな人ですか、と聞かれて普通の人と表現したけれど、まだ知らない部分も多い。

こんなに知らないことだらけの相手と、どうして結婚を決めたのか、と紫峰はいつも自問する。

美佳の笑うと目が細くなって可愛いところや、着物姿、ひとつひとつの仕草や話す速度も気に入っている。会う度に、不思議と惹《ひ》かれる自分がいた。なにより、美佳といるとすごく落ち着く。沈黙の時間や、たまに合う視線や、そんな些細なことが紫峰の心を騒がせる。

紫峰が結婚を決めたのは、美佳とずっと一緒にいたいと思ったから。好きだから。それ以外はないと思う。

考えてみれば、二年付き合った彼女とは、美佳といる時のように気分が落ち着くことはなかった。今となっては、恋人同士の行為自体も、あるべき当たり前の行為だし、と欲求とは別のところで考えてしていたのかもしれない。

結納の日、一度だけ美佳と抱き合った。自分が急に言い出した誘いを、嫌がられなかったことに紫峰は本当に安堵《あんど》した。安心感からか、美佳の身体を激しく求めてしまった。それ以来、紫峰は美佳が恋しくてしょうがない。会えないせいか、最近は、そんなことばかり考えてしまう。

美佳の柔らかい胸の感触も、紫峰を締《し》めつける中も、背に回した腕も、そして耐えるように声を抑える仕草も、すべてが恋しくて仕方ない。

仕事中なのにこんなことを思い出してしまい、紫峰は慌てて目の前のパソコンに集中する。

このモヤモヤを抱えたまま結婚式まで我慢できるのか、と自分で自分が不安になった。けれど紫峰のスケジュールは詰まっていて、美佳に会いたいとは思ってもきっとそれは叶わない。というか、最近は満足に家に帰ってさえいない。

「新居って、もう住んでるのか?」

おとなしく机に向かっているかと思っていた松方は、さっそく招待状の返事を書いていた。出席に丸をつけて、紫峰に手渡す。なにも今しなくてもいいのに、と紫峰は思ったが、仕方なく受け取る。

「まだ二人とも荷物を運んだだけだ」

その荷物の中には新しく買ったダブルベッドがある。美佳もすでにそれを見たらしく、新婚って感じがします、とメールを打ってきた。

紫峰は最初ツインベッドにしようかと思っていたが、美佳がダブルベッドにしようと言ったから、それに従った。なんでも美佳の希望は叶えてやりたい。

「三ヶ嶋、結婚するって感じじゃないよなぁ、本当に」

そう言って仕事の準備をする松方を見ても、紫峰はなにも言わなかった。

紫峰も内心、そうだと思っていたから。

結婚式が間近なのに、仕事で会えない紫峰のことを、美佳はどう思って過ごしているのだろうか。紫峰は初めて、警察官という融通のきかない仕事を恨んだ。

「今日も例の警護対象でしょうけど、またいきなりどこかに行くとか言ったりしないでしょうか？　そうなったらかなり迷惑ですね」

坂野がそう言うのを聞いて、ため息をついた。

「昨日のキャバクラには、俺も入ってみたかったですけどね」

調子よく大橋が言ったのに対して、のってきたのは松方だった。

「あ、俺も！　離婚して女っ気なくってさ！」

笑いながら話す二人に、紫峰は軽く苛ついた。

「二人とも、そんなこと話して……でも、私もちょっと興味あるかな？」

それに参加する坂野は、明らかに感化されてきている。

三人のやりとりにますます苛つきが増して、紫峰は席を立った。先ほど成した書類の束をまるめて棒状にしたものを手に、三人の方へ歩み寄る。それぞれの頭を書類で叩いて、紫峰は腕を組んだ。

「キャバクラ通いは、仕事が終わってからにしろ。仕事から外すぞ、お前達」

松方が痛いぜ、と言って紫峰を見る。

「俺、離婚して女いないし、ちょっと冗談を言っただけじゃんかよ」

「離婚したのはお前の責任だろう？　黙って仕事しろ、バツイチが。お前はキャバクラより風俗だろ？」

酷《ひど》い、と言ってうなだれる松方から、大橋に目を移す。

「大橋、お前は、仕事よりもキャバクラが気になるか？　女にうつつを抜かしてマルタイを守れないようなことがあったら、よくて降格、最悪クビもありうるんだぞ」

大橋は端整なその顔を歪《ゆが》ませて紫峰を見る。

「坂野、真面目で勤務態度も抜群だと思っていたが、その評価をくつがえしていいんだな？」

坂野はマジな顔になって首を振る。

「とにかく、黙って仕事しろ。仕事がはかどらないのが、一番嫌いだ」

デスクに座って、辺りを見渡す。

黙々と仕事をしている三人を見て、ようやく静かになったと紫峰は満足した。

第四係のメンバーがもう少しきびきび仕事をこなしてくれたら、もっと美佳に会う時間を作れたんじゃないか、と、そんな気すらしてきて紫峰はうんざりする。

## 5

お色直しのドレスが決まった時、これでどうにか結婚式ができるのだ、と思い、美佳は心底ほっとした。式まであと二週間もない。

当日の靴を決め、アクセサリーも決まった。マリアベールに合わせて、髪にはドレスの色と同じ小さな花をつけることにした。

お色直しのドレスはブルーグリーンのもの。本当は露出を少なくしたかったのだが、勧められたのは背中が大胆に開いたものだった。

『結婚式は清楚に肌を隠していますし、背中がキレイで色白なので、思い切って背中を見せたらどうでしょう』

そう言って持ってこられたのはオーガンジーを幾重にも重ねたような、ふわりとしたドレス。大きく開いた背中のカット、周りには同色のバラがちりばめられており、トレーンのような大きなリボンもついている。スカートのうしろの部分も一部はレース仕様だ。

『美佳さん、いいと思うわ。確かにあなた色が白いし、背中もキレイだもの。太ってる？とんでもない、普通よ。最近痩《や》せたから』

紫峰の母に言われて、勧められるままに腕も背中も露出するようなドレスを着ることになってしまった。それだけでもため息ものなのに、最近は紫峰からの電話もぱったりこない。メールだけはくるので、いつもそれに応《こた》えるだけのやりとり。そのメールの内容で、紫峰は仕事で北海道にいるのだとわかった。

紫峰は本当に忙しいのだ、と美佳は最近いつも実感する。声を聞かなくなって一週間と少し。もう結婚式は翌日、というその時まで紫峰は仕事をしているらしい。式の衣装はすでに決まっている、と聞いていたから当日はなにも問題ないだろうけれど、美佳は少し不安になる。

結婚をする人。これから人生を歩んでいく人。

本当にこれでいいのか、と美佳は何度も考えた。紫峰は優しい。確かに会えないのは寂しいけれど、こんなに素敵で優しい人にはもう会えない気がする。声も好きだし、スタイルもいい。ただ、それだけで決めてしまっていいものなのか。

お見合いなんて人生の賭けよ、と言ったのは母。母も見合い結婚だった。娘には恋愛結婚をしてほしいと思っていたらしいが、今は母が誰よりも紫峰を気に入っている。

人生の賭けに、美佳は勝つことができるのか。紫峰がどんな人か、まだよくわからないのに、人生を賭けていいのだろうか。美佳の中でいくら考えてみても、答えなんか出ない。

結婚式は明日に迫《せま》っていた。紫峰からの電話はない。

ブライダルエステに通い、全身ピカピカに磨き上げられた美佳の身体。もう、あとには引けないところまできているのに、美佳は結婚したくない気持ちになっていく。

どれだけ自分は愛されヒロインなのだろう、と思うくらい紫峰は言葉をくれる。けれど、こんな大事な時期に会えない時間が続くと、少し不安になってくる。

もう明日は結婚式だから寝よう、と美佳は思い直してベッドに入ったが、すぐには眠れなかった。結局、美佳が眠りについたのは、夜中になる頃だった。

## 6

結婚式は十一時開始。最低でも二時間前には来てほしいと言われていた。

美佳は白で統一された清潔な部屋に通され、準備を始めていた。美容スタッフがすでに待機していて、美佳が行くとまず髪の毛を整えてくれる。化粧もキレイにされて、いつもとはまったく違う自分になった気がした。そしてドレスに袖《そで》を通す。

「少し、詰めた方がいいようですね……痩《や》せられましたか？」

「え？　そんなことは……」

試着した時はぴったりだったのに、と思いながらも、美佳は確かにウエストの辺りにかなり余裕を感じていた。なぜか紫峰と出会ってから痩《や》せていく。どこか病気だろうか、と思いながら友人に話したら、恋の病と勝手に診断をされた。恋の病、と呼べるほど紫峰に感情が向いているわけではないのに、と思いながらも、それでも時間が経つにつれて次第に紫峰に惹《ひ》かれているのも事実だ。

白いドレスをピンで留め、再度椅子に座る。当初の予定通り小さな花を髪全体に飾って、最後にベールを被《かぶ》せられる。鏡の中の美佳は、どこからどう見てもキレイな花嫁になっていた。こんなにキレイになれるのか、と自分で自分に驚く。マスカラを塗った睫毛《まつげ》はキレイにカールしているし、エステに通った肌は輝いている。

最後に手袋をはめて、控室で待つように言われた。用意だけで一時間半以上かかっていた。スタッフが部屋から出ていくと、美佳もひとつため息をついて控室に向かう。控室のインターホンが鳴り、美佳の母が入ってくる。

「美佳、キレイよ。これで肩の荷が下りるわ」

美佳のベールに触れて、母がにこりと笑う。結局、美佳は結納後まったく紫峰に会えなかった。不安な気持ちもあるが、ここまできたからには、もうあとには引けない。

「お母さん、ありがとう。お世話になりました」

美佳が頭を下げると、母は首を振って本当に嬉しそうに笑っていた。それを見ていたら、涙が込み上げてきたが、ぐっと我慢した。

「三ヶ嶋さんも用意できてたわよ。すごく素敵だった。よかったわね、美佳。あんなに素敵で立派な旦那様で」

美佳は少しだけ笑った。素敵で立派な旦那様。確かに紫峰はそうだろう。

「そうね。私、ラッキーかも」

そうして笑ったものの、美佳は心の中ではため息をついていた。

もし紫峰に結納後一度でも会えていたなら、美佳はこんな思いを抱えてはいなかったのかもしれない。本当に仕事だったのか、と変な想像をしないわけではなかった。紫峰は見合いの時に、首筋にキスマークをつけていたから。その人と結局別れられなくて、今日までできていないだろうか、と不安が拭えなかった。

インターホンが鳴って、今度は母がドアを開ける。母は顔をほころばせて相手を中に招き入れた。

「あ……」

美佳が立ち上がると、相手は何度も瞬《まばた》きをしてこちらを見ている。そして笑顔を向けて、美佳のすぐ側までくる。

「美佳、驚いた。すごくキレイ。……少し痩《や》せた？」

紫峰から聞かれて頷《うなず》くと、気を遣ってくれたのかなんなのか、母は控室から出ていった。

改めて紫峰を見ると、やや光沢のある、マットグレーのスーツを着こなしている。美佳は小さく息を吐いた。紫峰を見るとドキドキする。

この人が自分の夫になるのだと思うと、それだけで美佳は今までの不安を忘れてしまっていた。

「美佳、ダイエット禁止」

「は？」

「痩《や》せなくても、可愛いのに。もうこれ以上痩《や》せないで」

そう言って紫峰は美佳の頬に触れて、笑みを向ける。痩《や》せなくても可愛いなど、美佳は今まで言われたことはなかった。

「太ってた方がよかったですか？」

「美佳は、太ってないと思う。最初から」

普通だと思うよ、と言って紫峰は美佳のベールに触る。

「今まで会えなくて本当にごめん。最近は電話もしていなかったから、不安だった。君はきちんと僕と結婚してくれるだろうか、って」

目の前の素敵な紫峰が、ため息をつく。

思いは同じだったのだろうか、と美佳は思う。美佳が感じていたことを、紫峰も感じていたのか、と。

「式が終わったら、籍を入れに行こう。美佳がよければ」

紫峰は美佳をじっと見ている。答えを待っているようだった。

美佳はすぐに答えなかった。その沈黙が、紫峰の目を伏《ふ》せさせた。こんな顔をするのは美佳の前でだけだろうか？　本当にこの人と結婚していいだろうか？

けれど、ここまできて結婚しないとは美佳も言わない。

「紫峰さんは、私と結婚するの嬉しい？　幸せ？」

「もちろん」

即答した紫峰は、美佳の頬に触れて優しく笑った。

「結婚前に会えなくて、寂しかったです。紫峰さんは？」

「寂しいどころじゃなかったよ。仕事を恨んだし、僕が美佳を望んでいても、美佳はそうじゃないのかもしれないとか、本当にいろいろ不安になった。……今も、籍を入れに行こうと言ったのに、返事をくれないから、内心焦《あせ》ってる」

紫峰はストレートで素直な人。そして優しくて、しっかりと自分を持って、きちんと仕事も真面目にしている。おまけに目の前の紫峰は、いつもの倍カッコイイ。こんな人が自分の返事ひとつで焦るなんて信じられない、と思いながら美佳は紫峰に笑みを向ける。きっと大丈夫。この人とだったら幸せになれる、と改めて思った。

「籍、入れに行くの、楽しみです」

紫峰の表情がホッとしたものに変わる。そして、大きく息を吐いた。

「よかった。ありがとう」

嬉しそうな笑みを美佳に向けたところで、またインターホンが鳴った。紫峰がそれに出ると、ホテルのスタッフが式の時間なので用意してほしい、と言っているのが聞こえた。わかりました、と答えて、紫峰が美佳の方を振り向く。

「美佳、あとで」

紫峰は美佳の手をとり、一度繋《つな》いで軽く握る。そうして離したあと、一度微笑んで背を向けてドアから出ていく。美佳も控室を出て、チャペルへ向かった。うしろが長いドレスなので、歩く度に重さを感じる。

到着したチャペルのドアの前。美佳には父がいないので、代わりに紫峰の父が父親役をすると申し出てくれた。

「キレイだね、美佳さん」

「ありがとうございます。すみません、父親役なんてお願いしてしまって」

美佳が言うと、紫峰の父、峰生が首を振る。

「堤さんが本当はこうしたかっただろうけどね。美佳さん、結婚が眼中になかったウチの次男に、結婚を決意させてくれてありがとう」

「そんなこと……」

「私は、紫峰が一番心配だ。上の息子と下の息子は、キャリアだからたぶん命の心配は少ないと思うが、紫峰はSPだからね。現場に出たいと言ってノンキャリアの道を選んだ紫峰を、私は誇らしく思っている。でも、どんな年になっても、息子は息子で、危険な仕事についているとと心配なことも多い。君のお父さんのことは私も残念に思っている」

美佳の父は警察官だった。事件の現場で、銃で撃たれて亡くなった。亡くなったあとは階級が上がって、それで終わり。もちろん犯人は警察官を殺した、ということで重い罪に問われたけど、やるせない思いが家族には残った。

「あいつを側で、支えてやってほしい」

峰生が父親の顔をしていた。美佳は子供の親になったことはないが、この表情はよくわかる。息子を本当に心配して、愛している顔だと。

「はい」

返事をすると、すぐに扉が開く。

バージンロードの両脇には多くの参列者。みんなこちらを見ていた。美佳は少しだけ顔を伏《ふ》せて、また上げる。

その視線の先にいる紫峰は、美佳をまっすぐに見て待ってくれていた。

美佳はバージンロードを歩き、紫峰のもとへ近づく。

紫峰の手と自分の手を重ねると、本当にこの人と、これからの人生を歩いていくのだと、美佳は実感した。

緊張していた美佳は、牧師の言うことなんか耳に入らなくて、誓いの言葉をいろいろと言われたあと、慌てて返事をした。少し上ずった声になってしまい、それがとても恥ずかしかった。紫峰はどう思っているだろう、と思って彼の顔を見る。美佳の視線に気づいた紫峰は、美佳に微笑んだ。

指輪の交換を告げられて、紫峰が美佳の手袋をとる。初めて見るピローの上にのせられた指輪は、八角形をしていた。シンプルでどこかお洒落《しゃれ》だ。一粒だけの小さなダイヤモンドが光っている。美佳の指に紫峰がはめたあと、今度は美佳から紫峰の左手の薬指に同様に着けると、彼は自分の左手の薬指と美佳を見てまた微笑んだ。

「誓いのキスを」

打ち合わせ通り、頬にキスをされて、本当に結婚したのだと実感がわいてきた。迷いながらの結婚だったけれど、きっと幸せになれる、と思った。会えなかった期間もあったし、スピード婚という流行にのっかる形になったけれど、そんなことはどうでもいい。

美佳は紫峰に望まれたのだ。だからこんなに早く結婚をしたのだと、自分に言い聞かせた。

紫峰の父親にもよろしく、と。側で支えてやってほしい、と言われた。穏やかで優しい紫峰の父を見て、きっと穏やかな結婚生活を送れる、と美佳は思った。仕事は辞めなくてもいい、むしろ続けてほしい、とまで言ってくれた紫峰。こんなに自分に合った条件の人も、こんなに素敵でカッコイイ人も、この先絶対現れない。

きっと、絶対に、好きになれるはず。ずっと愛していけるだろう、と美佳は強く感じていた。

## 7

披露宴を終えて控室に戻り、美佳は躊躇《ためら》いながらもブルーグリーンのドレスに着替えた。うしろが腰の辺りまで開いているので、下着はそれに合わせてヌーブラを着用した。髪の毛は同じ色の小さな花で飾り、リボンと真珠の飾りをつけている。自分で決めたものながら、派手だなぁ、と鏡を見て笑った。

こんなドレスを着て、周りがどんな反応をするだろう、紫峰はどう思うだろうかと美佳は少し心配になった。彼は太ってないと言ってくれたが、これだけ露出したドレスを着ていると不安になる。少し重い気分で控室を出て、写真撮影に向かう。控室を出ると、紫峰はすでに着替えて美佳を待っていた様子だった。

「制服？　……そういえば、言ってましたね」

メールでお色直しの時は警察官の制服を着ると言っていた。けれど、美佳は自分のことでいっぱいで、そのことをすっかり忘れていた。

ネイビーカラーの制服にきちんとネクタイを締《し》め、上着には階級章もつけている。その制服は、紫峰によく似合っていた。美佳は制服なんて見たことがなかったから、やけにドキドキしてしまう。

「美佳のドレス、すごい。背中が見えてるし」

「でしょう？　なんか、恥ずかしい。紫峰さんのお母さんが勧めてくださったんです。それに、ホテルのスタッフの方にも、ドレスなんだから背中を出してもおかしくない、って背中を押していただいて。変ですか？」

美佳が言うと、紫峰は微笑んで首を振る。そして背中にそっと手を回し、美佳の耳元で小さく言った。

「悩殺される。このまま会場に行きたくないな」

うしろでカシャリと音がして、写真を撮られたのだとわかる。

「いい表情だったので」

カメラマンがにこりと笑って紫峰と美佳を見た。

美佳は改めて紫峰の全身を見た。もともと紫峰の顔はどこか育ちがよさそうな、上品な感じで整っている。髪の毛も目も真っ黒で、それがとても好印象だった。すらりと背も高い紫峰がきっちりと制服をまとう姿は、本当にカッコイイ。

写真を撮りに外へ向かう途中、美佳は気になってずっと紫峰のことをチラチラ見ては見惚れていた。

「美佳？」

紫峰がこちらを見て、どうかしたのか、という表情を向けた。美佳は一度、なんでもないの、という合図に首を振る。でも、きちんと今の気持ちを伝えたくて、ふたたび紫峰を見上げて言った。

「紫峰さん、素敵です。制服姿に悩殺されます」

美佳が言うと紫峰が声を出して笑った。彼のこういう表情を見たのは、美佳は初めてだった。

そうして思い出したのは、美佳の部屋で紫峰と抱き合った時のこと。

この悩殺されるくらいカッコイイ紫峰が美佳の上で腰を使って、目を閉じて感じていたことを思い出す。たった一度だけのことだったが、それが妙にリアルに思い出されて焦《あせ》る。

制服姿の紫峰と、このままの格好でそうなることを想像してしまった。

だめだ、と美佳は首を振る。

「美佳？」

なんだか本当に不謹慎なことを考えてしまったように思えて、美佳は紫峰の顔が上手く見られなかった。

けれど、制服姿の紫峰を見ると、そればかりが頭の中でチラつく。自分でも欲求不満なのか、と思うほどだったので、美佳はそのあと、紫峰を極力見ないように心がけた。

写真を撮る間も気になって、思わず美佳は伏し目がちになってしまった。紫峰がその美佳に視線を合わせようとしたり、俯《うつむ》く姿をじっと見ていたり、という写真が、あとから見たら数枚残っていた。なんだか雰囲気のある写真だと周囲の人から言われて、これはこれでよかったのかな、と美佳は一人嬉しいため息をついた。

写真を撮ったあとは、披露宴会場に向かった。

友人も姉二人も、親族も祝福してくれた。紫峰側の参列者は、彼の兄弟《きょうだい》も、その友人や紫峰が世話になった人達も、警察官僚ばかりだった。紫峰の従妹《いとこ》と紹介された女性もそうだった。

紫峰が父親や兄弟や親しい仕事仲間と話している間、美佳は紫峰の友人の松方と少しだけ話す機会があった。

「三ヶ嶋が選んだ人って、どんな人か見たかったんだよね」

にこりと笑って話すその人は、紫峰よりも背が高くて、がっちりした体型。少し垂れ目気味で、大型犬のような人懐《なつ》っこい感じだ。紫峰の部下だと言っていたから、この人もSPなのだろう。

「三ヶ嶋は普通の人と言ってたけど、すごくカワイイ人じゃないか」

松方の言葉に上手く返せなくて、美佳は目を伏《ふ》せて笑うしかなかった。

「おまけに色白で、背中もキレイだし、俺はとくに上半身に惹《ひ》かれるかな」

物言いがストレートだな、と思って美佳は苦笑した。やや太っているからというのもあるだろうが、美佳の胸は確かに大きい。面と向かってそう言われると、少し嫌な気分になることもあるのだが、苦笑した美佳に眉を上げて笑った彼の表情には、どこか好感が持てた。

「それにホッとする感じで……三ヶ嶋が彼女を振ってまでも好きになった相手って、こんな人なんだなぁ」

美佳はひとつ瞬《まばた》きをして松方を見る。

見合いをした時、紫峰の首についていたキスマーク。

「すみません、こんな人で」

努めて笑って言うと、松方は、あ、と言って首を振る。

「いや、君のことを悪く言うつもりはまったくなかった。ああ、ゴメン、本当に」

「いいえ。私、本当に普通だから。紫峰さんカッコイイから、隣にいて恐縮します」

「……三ヶ嶋は、警察学校の時からの付き合いだけど、その頃からモテてた。あの容姿だし、頭もよくて、SPとしても優秀。出世はしたくないと言っていたけれど、実際はもう警部だしな」

そう言って肩をすくめる松方を見る。美佳には階級のことはよくわからないから、頷《うなず》くことしかできない。けれど、松方の口ぶりでは、紫峰の年齢で警部という階級にいるのは、結構いい方なのだろう。

「紫峰さんは、この間まで付き合っていた人が……いたんですか?」

美佳がそう聞くと、松方は微妙な顔をした。この人は、嘘がつけないらしい。付き合っていた人がいただろうことは予想していたから、さして驚かなかった。

「どんな人ですか?」

美佳は密かに興味を持っていた。そして今でも疑問に思うのだ。どうしてその人ではなく、自分を選んでくれたのかということを。

「……言ったら、三ヶ嶋に殺されると思うけど……」

「その時は私が止めますね」

美佳が笑ってそう言うと、松方はため息をついて話し始めた。

「中村瞳子っていうんだ。すごく美人でスタイルもいい、仕事ができるバリバリのキャリア」

ナカムラトウコ、という名の響きにリアルさを感じる。すごく美人でスタイルもいい、と聞き、美佳の疑問はますます深くなった。

どんな男性でも、キレイな女性がいいに決まっているのに、紫峰はなぜ自分を選んだのか。

「でも、その彼女と別れてまで結婚することを決めたんだから、その、君のことが本当に好きなんだと思う」

美佳を気遣うように、松方はそう言った。

「紫峰さんは、その人と結婚は考えていたんですか？」

「さぁ、どうだろう。俺にはわからないけど……というか、俺は三ヶ嶋から結婚すると聞いた時、てっきり中村とするんだと思ってた。でも違う人だったから、すごく興味があったんだ。三ヶ嶋は真面目だし、だからなんというか……いや、すみません。せっかくの祝いの席なのに、こんな話はするべきじゃないな」

申し訳なさそうに頭を下げた松方は、はにかんだ笑みを浮かべてもう一度謝った。そしてすごすごと自分の席に戻って行って、もう美佳の方を見ようとはしなかった。確かにこんな時にする話ではなかっただろう。こちらを見ないのは、松方なりの反省かもしれない。

紫峰を見ると、まださっきのメンバーに囲まれて話し込んでいた。

さっき本人にも言った通り、制服姿の紫峰は悩殺されそうにカッコイイ。

こんな人の隣に、これまで誰もいい人がいなかったわけはない。そんな紫峰が、たまたまお見合いの席で出会った美佳と、こんなスピード婚を決めた。その陰で泣いた人がいるという事実に少し胸が痛む。その相手は、美人でスタイルもよくて、仕事もできるような人。美佳とは正反対の人。

松方の言う通り、結婚式の場で、こんなことを考えるべきではないかもしれないと思いながらも、美佳は改めてどうしてこの人は自分と結婚しようと思ったのだろう、とまた考える。

話を終えたらしい紫峰が、美佳を見つけて笑みを投げかける。

美佳もそれに応《こた》えるように微笑み、少し目を伏《ふ》せた。

『式が終わったら、籍を入れに行こう。美佳がよければ』

『寂しいどころじゃなかったよ。仕事を恨んだし、僕が美佳を望んでも、美佳はそうじゃないのかもしれないとか、本当にいろいろ……』

挙式の前に紫峰が言った言葉を思い出し、美佳は自分に大丈夫、と言い聞かせる。

紫峰は美佳を選んで、今日この場に立っているのだから、と。

8

披露宴のあと、小さな菓子を配りながら、二人は招待客達を見送った。最後の招待客が見えなくなって、ようやくホッとする。

最初は躊躇《ためら》いながら着たドレスだったけれど、美佳は脱ぐのが惜しくなっていた。ドレスを着ていると、まるで魔法にかかったような気持ちになる。露出している部分が多いのはやはり恥ずかしいけれど、もう少しこのままでいたいような微妙な気分。

「ようやく落ち着いたな」

深く息を吐く紫峰を見上げると、ネクタイを緩めたいのか、首元に手をやっている。

「これで二次会があったら、気づまりするところだった」

美佳を見てそう言ったので、同意した。美佳は久しぶりに会った友人達とまた交流することができて嬉しかったが、紫峰は家族ぐるみで付き合いのある官僚達に囲まれ、ずいぶん窮屈そうだった。あの状態が長時間続くのは、確かに紫峰がかわいそうだ。

写真は撮り終えているし、あとはドレスを脱いで帰るだけ。

「今日は、新居に帰るんですよね？」

一応美佳が聞いてみると、紫峰は首を振った。

「スイートルームを予約してあるから、今日は泊まろう」

スイートルームと聞いて、美佳は少し驚いた。普通の部屋でもある程度の値段はするであろうこのホテルの、スイートは如何《いか》ばかりの値段か。

「このまま、明日もゆっくりしよう」

紫峰から言われて、美佳は笑顔で頷《うなず》いた。

笑顔で応《こた》えながらも、先ほどの松方から聞いた言葉が脳裏をよぎる。

紫峰に恋人がいたのは過去のこと。今はきっと美佳だけを見てくれているはず、と頭の中で渦巻いている考えを打ち消した。

今晩は二人きりの時間を思い切り満喫しよう、と美佳は思い直す。

「では、新婦様はこちらへいらしてください」

「え？　あの？」

ホテルのスタッフに手を引かれて歩きながら、紫峰の方を振り返る。

「控室ででき上がりを待ってるから」

紫峰は美佳に、にこりと笑って手を振った。あとはドレスを脱ぐだけなのに、でき上がりってなんだ？　と美佳は首を傾げる。

連れて行かれたのは、衣装の支度をする部屋。そこには一着の振袖がかかっていた。柄は黒地に大きな牡丹がちりばめられたもの。

「ドレスを脱がれたら、下着だけ着てお待ちください」

「え？　これは？」

「新郎様が用意されたものです。披露宴のあとで着替えられるよう準備をするようにと承《うけたまわ》っておりましたが……ご存じありませんでしたか？」

「……はい」

「じゃあ、サプライズですね」

ふふ、と笑うホテルのスタッフ達は美佳に早くドレスを脱ぐように促《うなが》す。そして着物用の下着を着た美佳は、さっさと襦袢《じゅばん》を着せられて、そして着物を着つけられる。用意されていた着物は引き振袖で、帯は古典柄の鶴に菊。その組み合わせは、着物を着慣れた美佳にもセンスがいいな、と思わせるものだった。

「これは、その、夫が選んだものですか？」

夫、と初めて口にして美佳は、まだ籍も入れていないのに、と自分で自分にツッコミを入れて少し照れる。

「そうですね。こちらのアドバイスもお伝えしながら決めていただきました。着物が似合う、古風さも持ち合わせた可愛い人だと、おっしゃっていましたよ。花嫁様なので赤もお勧めしたのですが、赤はお見合いの時に着ていらしたんでしょう？」

「ええ」

「ですから、黒をお勧めしました。着物の柄がモダンなので、帯は古典柄をお勧めしたのですが、すぐにこれがいいと決めていらっしゃいました。確かにこの着物、よくお似合いです」

着々と支度が整っていくのを見て、美佳は感嘆《かんたん》のため息をついた。髪の毛を解《と》かれて、大きな赤い牡丹の花と、少し大きな銀色のビラ簪《かんざし》を飾られる。化粧も直されて、でき上がった自分を見た美佳は、重いため息をついた。

紫峰は着物姿の自分を見たかったのだろうか。こんなことを内緒で進めているなんて思ってもみなかった。こういうことをしてくれたのが嬉しくて、紫峰に会ったらなんと言おうか、と美佳は支度を整えながら頭を巡《めぐ》らせた。

控室に入ると、紫峰が立ち上がって美佳を出迎える。まだ制服のままだった紫峰は、美佳を見て笑みを向けた。

「紫峰さん、これは……」

「ごめん、美佳。どうしても君の着物姿が見たくて、ちょっとサプライズで準備した。思った通り、すごくいい」

「言ってくれたら、披露宴で着物を着たのに」

「仕事で会えなかったのに、そんなわがままは言えないと思って。そうしたら悩殺ドレスを着ていて驚いたよ。すごく似合ってたから、美佳の新たな一面を見られたようで嬉しかったよ」

美佳は自分が大事にされていないのではないかと感じていた。松方が言った、ナカムラトウコという人の存在が気になって、少し不安になっていた。でも今、目の前にいる紫峰は美佳に笑いかけてくれている。どういういきさつがあったかを考えるのはやめて、自分と結婚を決めてくれた紫峰を信じようと美佳は思った。

これからずっと紫峰を愛して、一緒に歩いて、幸せな家庭を築いていきたいと強く思った。今、彼と並んでここに立っている幸せを、美佳は本当の意味で実感した。

「美佳、なんで泣くの？」

美佳の目には、いつの間にか涙が溜まっていた。慌てて近づいてきた紫峰の胸に手をやって、美佳は自ら身体をすり寄せた。

紫峰が制服のポケットからハンカチを出して、美佳の頰を拭う。

「化粧が崩れるよ？　着物、嫌だったかな？」

美佳は首を振って、紫峰を見る。

「紫峰さん、どうしてこんな嬉しいことをしてくれるんだろう、って……そう思って。胸がいっぱいになったの」

紫峰は、なんだよかった、と言って美佳に笑みを向ける。そうして、美佳の頰に触れて言った。

「僕は君が好きだから。胸がいっぱいなのは、僕の方だよ、美佳」

制服姿の紫峰と着物姿の美佳でもう一度写真を撮った。

横に並んで立っていると、披露宴の前よりもさらに紫峰に惹《ひ》かれている自分を美佳は感じた。この人なら大丈夫、と何度も何度も心の中で繰り返す。

きっとこの人は美佳に、君が好きだから、と言い続けてくれるだろうから。

# 9

写真を撮り終えたところで、美佳が着物を脱ぐのが惜しいから、一晩借りられないかとホテルのスタッフに申し出ていた。せっかく選んでくれたものだから、もう少し着ていたい、と彼女に言われて、紫峰の胸が高鳴る。

ホテルのスタッフは快《こころよ》く了承し、明日の朝、着物をこれに入れて返してほしい、と黒いバッグを美佳に手渡した。彼女は笑顔でそれを受け取っていた。

警察官の制服と引き振袖姿で館内を歩いていると、さすがに二人は注目を集めた。それでも美佳は、部屋に入ってしまえば誰にも会わない、と言って、さほど気になっていない様子だった。

エレベーターに乗り、ボタンを押す。移動の間中、紫峰は隣にいる美佳が気になって仕方なかった。キレイに化粧をして、着物を着ている美佳を見ると、心が落ち着かない。密室状態のエレベーターの中は、時間がやけに長く感じた。

目的の部屋に着いて鍵を開けると、紫峰はようやく少し落ち着いた気持ちになれた。けれど、それも束の間、美佳に笑みを向けられると、久しぶりに目の前にいる愛しい人に、身体が反応しそうになる。というか、披露宴で背中がやけに開いたドレスを着た美佳を見た時から、その白い背中に手を這《は》わせたい衝動に苛《さいな》まれていた。美佳を抱いたのは一ヶ月半前。結納の時に一度きり。高ぶる気持ちを、紫峰は必死で紛らわせた。

美佳はというと、この部屋すごい、と言って無邪気に部屋の中を見回している。紫峰に背を向けた美佳の白いうなじが目に入る。見合いの席で初めて見た時の衝撃がフラッシュバックする。着物の襟《えり》もとから見える女性のうなじは、これまでにも見たことがある。けれど、美佳のうなじは別らしい。見入るくらい、キレイなそれに、紫峰は思わず唇を近づけた。

美佳の両肩に手を置いて、白いうなじの中心にキスをする。美佳は身体を硬くして、少し肩をすくめる素振りを見せた。

「紫峰さん、あの……」

躊躇《ためら》いがちに言う美佳の声を聞きながら、耳のうしろにキスをした。

「着物、まだ着ていたい？」

しっかりと締《し》めてある帯の下、臀部《でんぶ》に手を這《は》わせる。そこを撫でてから、今度は着物の上から足を撫でた。それから片方の手を美佳の胸元に滑らせて、着物の合わせ目に手を入れる。

「……あ」

小さく声を漏らした美佳が、ひとつ大きく息を吐いた。寝室にたどり着く前に、紫峰は我慢ができなくなってしまっていた。美佳の小さく甘い喘《あえ》ぎ声を聞いて、ますます気持ちに拍車がかかる。それでも、美佳の返事を聞くまでは先に進んではいけない、と自分に言い聞かせ、紫峰は合わせ目に入れた手を引く。

「美佳？　帯を解《と》いてもいい？」

両手で帯に触れて、結び目に手をかける。

「今から、するん、ですか？」

緊張したように聞く美佳の耳に、直接言った。

「悩殺されている、って言っただろう？　着物姿にも、すごくそそられてる」

「ど、どこが？」

上ずった声で聞く美佳に応《こた》えるように、うなじに舌を這《は》わせた。どこか甘い味がする。首をすくめた美佳の様子に満足した紫峰は、今度は耳のうしろにも舌を這《は》わせる。

「や、紫峰さん、あの……」

「解《と》いていい？　君を、一ヶ月近く我慢してた」

美佳を想像して、寝つけなかった日もあった。そんな日の翌朝は、いつも身体が反応していて、そんな自分に驚いた。たった数ヶ月前に会ったばかりの人を、どうしてこんなに愛しく思うのか。恋人を想像して、一人でするなんてことは、これまでしたことがなかったのに。

「ベッド、で……」

紫峰はそのまま美佳を抱き上げる。

「紫峰さん、ちょっと、重いから！」

「大丈夫」

「この着物も、私の体重も！」

構わず紫峰は、ベッドルームに向かう。

「僕はSPだよ、美佳」

ベッドルームについて美佳を降ろすと、彼女は紫峰を見上げていた。

「美佳一人を抱き上げるくらい、どうってことない」

身体を引き寄せて、唇を重ねると、美佳は吐息を漏らした。唇を割って舌を入れると、甘い声を漏らして紫峰にしがみつく。彼女の背に手を回して、帯の結び目に手をやった。複雑に結んであって、解《と》くのが意外と大変だった。

「ちょっと苦労しそう」

紫峰が言うと、美佳は笑って解《と》くのを手伝ってくれた。一瞬目が合うと、美佳は恥ずかしそうに目を伏《ふ》せる。その仕草が紫峰を興奮させる。

ある程度帯が解《と》けると、あとは簡単だった。肌襦袢《じゅばん》一枚になった美佳を横たわらせて、合わせ目を開く。それから自分の上着も脱いでネクタイを緩め、美佳の胸に顔を埋《うず》める。

「紫峰さん……ゆっくり……」

心配そうに見上げる美佳に、紫峰は不敵な笑みを浮かべる。

「保証できないな」

一度顔を上げ、なるべくゆっくりするけど、と言い、ふたたび美佳の胸に顔を埋《うず》める。

けれど、唇で貪《むさぼ》るように愛撫《あいぶ》した時から、きっとゆっくりするのは無理だと紫峰は心の中で思っていた。美佳の胸が紫峰の舌を押し返すように、反応を示した時には、すでにもう美佳の身体に溺《おぼ》れていた。

## 10

紫峰の手が美佳の着物を性急に脱がせていく。

美佳はもう少し着物を着ていたいと思っていたが、部屋に着くとすぐに、紫峰からうなじにキスをされた。気づいた時にはあっという間に抱きかかえられて、ベッドまで運ばれていた。

「あっ……」

ゆっくりする、と言ってくれた紫峰だったが、まるで美佳の胸を食べるように愛撫《あいぶ》した。美佳は思わず声を漏らす。

それから紫峰は襦袢《じゅばん》をはだけさせ、美佳の胸に触れてから腹部を撫でる。さらに手が下にさがり、ショーツの中に入り込む。

紫峰に触れられるのはこれで二度目。まだ裸を見られるのは恥ずかしい。なのに紫峰は、美佳の身体中に、余すところなく触れてくる。

思わず反《そ》った美佳の背中を、紫峰の大きな手が撫でる。それからなだめるように首を撫で、しなやかに胸の谷間を滑って、片方の胸を柔らかく掴《つか》まれる。その間にも彼の唇は、腹部から足のつけ根にかけて、くまなく愛撫《あいぶ》している。

左足を少し抱え上げられて、ショーツが脱がされる。美佳は足の間に紫峰の視線を感じて、恥ずかしくなり目を閉じて顔を横に向けた。

ここでようやく紫峰が自分のシャツを脱ぐ気配を感じた。美佳が横を向いたまま目を開けると、紫峰の上着がベッドから滑り落ちていった。

「……っん」

美佳の隙間の入り口に、紫峰の舌の柔らかい感触が当たる。思わず美佳は背を反《そ》らして、身体を上にやる。

「美佳、逃げないで」

身体を起こして、逃げようとすると、紫峰の腕が美佳の足をホールドした。男の力でそうされては逃げられなくて、美佳は困り顔で自分の足の間に視線をやった。紫峰と目が合う。

「や、紫峰さん……」

「どうして？」

躊躇《ためら》いもなくそこへ顔を埋《うず》められ、柔らかい感触が美佳の官能を刺激する。声も、吐息も、とめどなく漏れて、苦しいくらいだった。その間も紫峰の手は美佳の襦袢《じゅばん》やショーツをすべて脱がせるように動いて、その感触だけでも肌から快感がわき上がる。

こんなのおかしい、と美佳は思う。今までこんなことはなかった。紫峰と出会う前に付き合った人もいたし、こういう行為が初めてというわけではない。

ただ、ここまで熱心に、ここまで優しくしなやかに、本当に美佳が欲しいという感じで余すことなく触れられたのは初めてかもしれない。

まるで美佳を食べるように、紫峰の唇が肌を食《は》む。

こんな感覚も知らない。舌での愛撫《あいぶ》もまったくされたことがないわけではない。けれど、紫峰のそれは触れ方のせいか、これまで感じたことのないような快感に襲われる。

「も、だめ……っ、しほ、さん……っ」

美佳は背を反《そ》らして、達した。美佳は忙《せわ》しなく呼吸しているのに、紫峰は愛撫《あいぶ》をやめてくれない。もう嫌だ、と思うくらいに感じてしまい、鼓動がどんどん速くなる。顔を上げた紫峰が手で口元を拭って美佳を見る。美佳はただ唇を開いて、呼吸を繰り返すことしかできなかった。

紫峰のスラックスのベルトはすでに外されていて、ジッパーも下ろされていた。下着ごとそれらをずらすのを見て、興奮している紫峰自身が目に入る。

足を抱え直されて、美佳はこれからされることを想像した。

「まって……紫峰さん……まっ……ぁん……っ！」

待ってと言ったのに、紫峰は聞いてくれなかった。

「待てるわけない……美佳」

紫峰が美佳の中に深く入り込んでくる。軽く身体を揺すりながらさらに奥まで入ってくる紫峰自身に、美佳は息を詰めて声を上げる。美佳の片方の胸を掴《つか》んで優しく揉みながら、紫峰が腰を揺らす。

さっき達したばかりの美佳の身体は、指先まで快感が沁《し》み渡っていた。快《よ》すぎて苦しいなんて、初めての経験だった。紫峰は身体を揺らしながら、吐息混じりに美佳の名を呼ぶ。それに応《こた》えることなんてできなくて、美佳は紫峰にしがみついていた。

「美佳……、そんなに締《し》めないで」

紫峰が困ったような声を出して、腰の動きを止めた。そうして美佳の唇に小さくキスをして、ゆっくりとまた揺らす。

「快《よ》すぎる、困るな……すぐにイキそうだ」

快感が強すぎて、意識が飛びそうになる。紫峰が腰を揺らしている時間が、すごく長く感じた。

「はやく、イ……って」

「どうして？」

「だ……って、紫峰さん……私」

紫峰の腕を掴《つか》むと、強く突き上げられ、仰《の》け反《ぞ》る。

「早くイって終わらせろって？　酷《ひど》いな、美佳……それでも、もう一度するよ？」

紫峰は美佳を見て、色っぽく笑った。

この行為をもう一度、と考えただけで、美佳は怖気づいて首を横に振っていた。

「好きなんだ、美佳」

耳元でそう言われて、美佳は首をすくめた。けれど紫峰は、もう一度繰り返す。

「好きだ、美佳。もっと抱かせて、もっと、感じさせて」

唇を舐《な》められ、そして今度は深く唇を合わせ、舌を絡めとられる。

泣きたいくらいの快感。美佳は紫峰に手を伸ばした。きっと、目からは涙が流れていただろう。

こんなに求められて、これから大丈夫なのだろうか、と少し心配になる。

けれど美佳は、これから紫峰と歩いていくことにもう不安を感じてはいなかった。きっと紫峰は、一生美佳を求め、愛し続けてくれるだろう。

「ずっと、こんなじゃ、もたな……っ」

「……そう？　じゃあ、体力つけるために、毎日でもしようか？」

そうして紫峰は得意そうに笑い、美佳にまた腰を打ちつける。

声を抑えるとかそういう余裕はなくて、身体を揺らされるまま、美佳はその度に声を上げた。

紫峰の動きが止まった時には、美佳は何度も達したあとで、かなり脱力していた。

紫峰はゆっくりと一度瞬《まばた》きをして、美佳を見つめて微笑んだ。

「そんな顔……しないで……っ」

その仕草がとてもセクシーで、美佳はそれだけで肉体的にも精神的にも達してしまった。

甘い、痺《しび》れるような疲れが、美佳の爪の先まで浸透した。

## 11

目覚めたら、すでに日が落ちて暗くなっていた。

点《つ》いている明かりは、枕もとのシェードランプのみ。

うしろに温かい身体を感じて、美佳が顔だけ振り向くと、紫峰はまだ眠っていた。美佳の身体を引き寄せるように腕が動いて、その顔が美佳の首に埋まる。彼の規則的な呼吸を感じて、なんて静かに眠る人だろう、と思った。美佳が少し身体を動かすと、離さないとばかりに紫峰の腕に力がこもる。

「起きているの？」

紫峰に言うけれど、返事はなかった。

美佳はため息をついて、少し強引に紫峰の腕から逃れる。ようやくキレイな形の目蓋《まぶた》が開き、黒い目に自分が映った。

「美佳」

まだ眠そうなその声が美佳を呼んで、また身体を引き寄せられる。けれど、美佳はそれをすり抜けて起き上がった。紫峰は寝転んだまま美佳を見て微笑み、一度瞬《まばた》きをしてからまた美佳を見上げた。

「なんで逃げるの？」

だって、と心の中で言うと、紫峰はまるで美佳の声が聞こえたように笑った。

「もうしないから、きて」

昨晩、紫峰には二度も三度も抱かれた。いや、四度かもしれない。何度も達した身体は、ぐったり疲れていて、目を閉じると力を充電するように、すぐに眠りに落ちてしまった。

「やりすぎだと思います」

「そうかな?」

「そうです。だって、こんなに……することないと思う」

紫峰は優しく笑って髪の毛をかき上げた。そうして身体を起こして、美佳の頬を大きな手で包む。

「君相手だから、つい頑張りすぎた。ごめん」

紫峰はそう言って、美佳に不意打ちで小さなキスをした。

前の彼女のことや、これからの生活に対する心配や不安、美佳の考えていたことなど、すべて吹っ飛ぶくらい、濃厚に愛された。

「でも、まだ、お腹いっぱいじゃないいんだよね」

そう言って笑う紫峰の腕が美佳に伸びた。美佳はあっさりと紫峰に捕まる。

「や、紫峰さん……私、お腹空《す》いてます!」

美佳が言うと、紫峰は美佳の上に乗りながら言った。

「もう一度したら、ルームサービスをとるから」

だからもう一度させて、耳元でそうささやかれ、唇を奪われる。昨晩よりは少し熱が治まったようだけど、十分濃厚なキスだった。

本当に、美佳が心配するようなことはなにもないとでも言うような、そんな紫峰の愛し方に戸惑う。けれど、これだけ自分を愛されヒロインにしてくれる相手ならば、きっとこの先も大丈夫だと、美佳は思った。

紫峰の身体に包まれるように抱かれ、美佳は抵抗せずに受け入れる。

「好きだ、美佳」

耳元に聞こえるのは、何度も聞いた台詞《せりふ》。

そこで思い出したのは、今日は籍を入れに行くのではなかったのか、ということ。

紫峰の身体に溺《おぼ》れながら、今日はいいか、とその考えを打ち消した。

紫峰がその予定を思い出したのは、翌日になってから。

美佳を好きなあまりに忘れてしまっていた、と赤面するような言葉を言って照れ笑いを浮かべていた。そして二人で役所へ向かった。

三ヶ嶋美佳、という組み合わせがいいような悪いような、なんとも語呂のいい名前が、我ながらおかしくて笑ってしまった。

紫峰は役所へ向かう道中、用意してくれたマリッジリングのデザインの意味を教えてくれた。

八角形のそれを、少し変わったデザインだなと美佳は思っていた。紫峰に聞くと、わざわざ注文して八角形にしてもらったのだと言う。

「数字の八は末広がりで縁起がいい数字だから。これからの美佳との結婚生活も、末広がりで幸せになれるように、と思ってデザインしてもらった」

紫峰がマリッジリングに込めた思いが嬉しくて、美佳は感動して涙がこらえ切れなくなる。

どんな経緯で結婚したにせよ、どんなことがあっても、一生、紫峰についていこう。美佳はこれからの人生にそう誓った。

# 君と見合いをするまで

## 1

「こんな時に言うのもなんだけどさ、三ヶ嶋」

紫峰は顔を上げて、相手を見る。飲みに行こうと誘われて、同期入庁で今は自分の部下でもある松方と居酒屋にきていた。本当はもう一人くるはずだったが、仕事の都合がつかなかったらしく、今日は二人で飲むことにした。

「なんだ？　松方」

松方は言いにくそうに、いや、あのさ、と言って大きくため息をつく。

「結婚したばかりで言うのもなんだけどさ」

「……だから、なんだ？」

紫峰は事実、まだ結婚したばかり。結婚して一ヶ月弱、その相手とは、出会ってまだ五ヶ月ほど。どうしてもその人が欲しくなり、性急にプロポーズした。

「なにか、僕の結婚に対して言いたいことがあるわけ？　意見か？」

松方が言いたいことに、紫峰はだいたい察しがついている。

「意見というか、聞きたいこと」

「聞きたい？　なにを？」

「三ヶ嶋さぁ、この間まで中村と付き合ってたよな？」

中村というのは、紫峰が結婚の直前まで付き合っていた恋人、中村瞳子のことだ。背が高くてスタイルもよく、洗練された雰囲気の美人。職業は紫峰と同じ警察官で、階級は紫峰より上の警視、いわゆるキャリアだ。

大学時代の友人に誘われて、同窓会のような飲み会に行った時に、同じ学部だった瞳子と久しぶりに会った。警察に同期入庁した瞳子とは、警察学校に入ったばかりの頃に少し顔を合わせたくらいで、キャリアの道を進んだ彼女との接点は、その後ほとんどなかった。

連絡先を交換したのが始まりで、一緒に遊びに行ったり、二人で食事をしたりすることが増えた。

仕事をきびきびとこなしながらも、ふとした時に無邪気な笑顔を見せる彼女に心惹《ひ》かれた。紫峰から付き合おうと申し込んだら、思っていた通り笑みを浮かべて承諾《しょうだく》してくれたのを覚えている。

瞳子は大学時代から紫峰のことを、苗字の三ヶ嶋からとって「ミカ」と呼んでいた。そんな風に呼ぶのは瞳子だけで、再会して久しぶりに聞いたそれが可愛いと思った。

「それがどうした？」

「いや……中村と別れて結婚するほど、今の奥さんの方がよかったのかなぁ、と思って。中村とは、結婚、考えてなかったのか？」

「……聞かれると思った。いつ聞かれるかと思ってたけど、意外に遅かったな」

紫峰は松方から視線を逸《そ》らしてビールを飲むと、大きくため息をつく。

「松方が瞳子のことを好きだったたって知ったのは、付き合ってしばらく経ってからだった。つい最近まで彼女と付き合っていたのに別の女と結婚するなんて、って松方が不快に思うのも無理はない」

「いや、不快とかじゃないよ。俺、美佳ちゃんのこと好きだし。いい子だって思うよ。最初に会った時は、三ヶ嶋は、どうしてこの子を選んだんだろう、って思ったけど、今はなんとなく納得できるよ。ただ、いい年になってから二年も付き合ってきたんだから、中村は結婚を考えてたと思うんだよな。けど、いきなり別れを切り出して別の人と結婚、なんて。中村ともいい関係だと思ってたし……。なに言ってるのか、自分でもよくわからないんだけど、なんで中村じゃダメだったのかなって思って……ごめん、まとまりなくて」

紫峰は頬杖をつきながら松方の質問に答えた。

「まぁ、長い付き合いだし、言いたいことはわかるけど」

悪かったな、と言ってビールを飲む松方を見て、紫峰は言った。

「確かに言う通り、お互いいい年だったし、付き合ってしばらく経った頃から瞳子と結婚は考えていた。でも、踏み切れなかった」

「美佳ちゃんとは、あんなにあっさり踏み切ったのに？」

低い声で不満そうに松方が言う。

松方が瞳子のことを好きだった、と紫峰が知ったのは、瞳子と付き合って二ヶ月ほど経った頃だった。少し複雑な気持ちになったけれど、当時、松方はすでに別の人と結婚していたから、思うところはあっても付き合いを続けた。その直後、松方は妻と別れてしまったのだが。

「美佳とは、初めて会った時から結婚したいって思った。なぜだかわからないけどね。踏み切った理由はそれだけ」

ただそれだけ、ただの予感。

キレイな人か、と聞かれればそうではないし、スタイルがいいか、と聞かれても恐らく違うと答えるだろう。

可愛いか、と聞かれれば頷《うなず》く。美佳のクシャリとした笑い方は、とても愛嬌《あいきょう》があって可愛い。紫峰が惹《ひ》かれた部分でもある。

けれど自分を惹《ひ》きつけた彼女の魅力は、そんな外見的なものではない。もっと本能的な部分で強く惹《ひ》かれたのだ。

「……マジ？　中村と付き合った二年は、なんだったんだよ？」

瞳子と付き合った二年間。

確かに好きだったのだから、なんだったのかと聞かれても困る。自分から告白して、嬉しそうに承諾《しょうだく》してくれた瞳子の顔は今でも思い出せる。

互いに三十を超えた年齢だし、なにもなかったわけじゃない。キスだって、もちろん身体の関係だってあった。初めて身体の関係を結んだのは、付き合って一ヶ月近く経った頃。誘ったのは瞳子の方だった。

紫峰も、そろそろ瞳子とするだろう、してもいいだろう、と考えていた頃だった。今思えば、なんて淡白だったのかと思う。

美佳と初めて抱き合った時は、したくてしたくて堪《たま》らなかった。結納の日、両親が近くにいることも気にせず、美佳の部屋で抱き合った。抱き合っていた時間は、一時間もなかったかもしれない。すぐに達してしまったし、もっと抱きたい気分になった。そんな状況で、寸暇《すんか》を惜しんで愛し合いたい気持ちになったことが、これまであっただろうか？

「本当に、瞳子と結婚しようと思ってた。もし父から見合いを強引に勧められなかったら、もし勧められても行かなければ、瞳子が妻だったかもしれない」

見合いの前日、瞳子と会ってセックスをしておきながら、次の日に会った美佳に惹《ひ》かれてしまった。

別に好みでもなんでもなかったけれど、話し方や話す速度、仕草や目を伏《ふ》せた時の表情が可愛くて、もう一度会ってみたい、と思った。

「……中村は美佳ちゃんに比べれば、まぁ良妻になるとは思えないけど。罪悪感、あったか？」

「なかったら人間じゃないだろ。もちろんあったさ。でも、惹《ひ》かれた相手を我慢して別の人と結婚するのは嫌だった」

そうだな、と言ってビールをまた飲んだ松方は、大きくため息をついた。

「ごめんな、こんなこと聞いて。この話はここまでにする」

「別に、構わない。瞳子から見れば、僕は悪い男だ」

瞳子から見れば、そう。

紫峰は嫌な男で悪い男。慰謝料を払え、と言われることもあるこの時世に、瞳子はそれもしなかった。彼女の性格やプライドの高さが、そういうことをするのは許さなかったのだろう。

瞳子のことを好きだった松方が、彼女に同情するのは当たり前のことだ。誰でも一度好きになった女性には、幸せになってほしいと思うものだろう。

本当に、紫峰は瞳子が好きだった。これは嘘じゃない。

学生時代から知っている瞳子は、聡明でしっかりとした芯のある女性だった。

紫峰は瞳子と出会った頃のことを回想した――

## 2

大学を卒業して十二年経った頃、実家に一枚の葉書がきた。適当に所属していたサークル仲間からの同窓会の誘いだった。久しぶりに仲間と会うのもいいなと思い、紫峰は出席に丸をつけて返信した。

東京大学法学部のメンバーで構成されたサークルだったから、法曹界に属している者が多い。今では自分で起業してベンチャー企業の社長をしている者もいる。ただの遊びのようなサークルだったが、メンバーには未来のビジョンがしっかりしている者が多かったから、早くから将来進む道を決めていた紫峰にとっても居心地のいい場所だった。

同窓会当日、紫峰が二十分遅れで到着すると、すでにほとんどの人が集まっていた。

「三ヶ嶋、遅い！」

大学時代よく遊んでいた木内《きうち》は、少し見ない間に老けていた。昔は少し童顔に見えるくらいだと思っていたのに、と考えたが、もう卒業して十二年も経っているのだという事実に改めて気づく。

「久し振り、遅くなった」

「やー、三ヶ嶋君ってば変わらなーい！」

黄色い声、と表現した方がいい声は、高松《たかまつ》。可愛い顔立ちで背も小さくて、サークルの男達にモテていた。

「高松も変わらない声だな」

「ひっど！　変わらないのは声だけ？　オバサンになったって言いたいわけ？」

頬を膨らませるその仕草も変わらない。紫峰にはよくわからないが、きっとこういうところが男の心をくすぐるのだろう。

目の前に置かれたビールをあおり、紫峰は辺りを見回す。

「結婚した？　木内」

左手の薬指にリングがあるのを見つけ、紫峰は隣に座っている木内に話しかけた。

「そうなんだよ、一昨年《おととし》ね。子供もいるぞ」

「私もいるよ、私に似てる可愛い女の子」

聞いてない、と思いながらも、高松にもそうか、と相槌《あいづち》を打つ。

「三ヶ嶋、遅かったなぁ」

紫峰にうしろから声をかけた、がっしりとした体型のこの男は高久《たかく》。学生の頃から、こいつは堅実な生き方をしそうだな、と思わせるやつだった。

「高久は、検事だったっけ？」

「そうだ。さすがに、鈴木《すずき》みたいに偉くはなってないけどな。……鈴木沙彩《さあや》、お前の元カノだよ」

ああ、と思い出して苦笑する。

「もう十年以上会ってないな。沙彩、出世した？」

「出世というか、東京地検特捜部だ。気が強くて、負けず嫌いだったし、さすがだろ？」

紫峰はもう一度苦笑して頷《うなず》いた。

大学四年の後半から、警察学校を卒業するまで付き合っていた人。仕事が忙しくてすれ違いも多くなり、自然消滅してしまった。互いの生活のズレを修復する術《すべ》はあっただろうが、紫峰はそれをしなかった。メールをする回数が自然と少なくなり、紫峰から電話をしなくなったら、相手もしてこなくなった。当時は、こういう終わり方もあるんだなと、とくに感慨もなく受け止めていた。

付き合おうと言い出したのは、沙彩の方だったと思う。同じ大学の同じサークル、同じ学部。同じテリトリーにいた、可愛くてキレイな女性。それ以上でもそれ以下でもなく、彼女に運命的なものを感じたことはなかった。

「さすがというか、当たり前というか。沙彩らしいと思う」

「別れるの、早かったよな？」

「でも、一年くらいは付き合ってた」

そうかぁ、と呟《つぶや》いて、高久は学生時代を懐《なつ》かしむような目をした。

「今、彼女は？　結婚してないんだろ？」

紫峰は、そっちこそ結婚していないくせに大きなお世話だ、と思いながらため息をつく。

「仕事が忙しいし、いないな。一年近く、いないと思う」

「モテる男が、そんなに？」

高久が嘘だろ？　と言ったのに対して、紫峰は本当だ、と返す。

相手はあり得ない、と首を振ったが、事実だから仕方ない。

「仕事が不規則だし、とくにＳＰは身の危険もある職業だから」

ノンキャリアで入って、ある程度順調に階級を重ねたと思う。ＳＰ志望で養成所に行き、現場に出るようになって十年近くが経つ。

「身体、締まってるもんな」

「資本だから」

紫峰が言うと高久が笑う。高久は、でもさ、と言ってまた話し出した。

「俺、お前は検事になるって思ってた。司法試験、在学中にパスするくらいだったし。教授も期待してただろ？」

在学中に司法試験を受けたのは、教授に勧められたからだった。だが、紫峰の父は警視総監だったし、兄もそれにならって警察官になっていた。二人の姿を見ていて、紫峰は自分も警察官になろうと、在学中から決めていた。悩んだことと言えば、キャリアの道を進むかノンキャリアの道をいくかくらいのものだ。ただ学歴だけの男だとは言われたくないと思っていた。

結局、紫峰はノンキャリアを選んだ。周りから特別扱いされることもないし、なにより現場に出ていけるので、こちらを選んで正解だったと思う。とくにSPになってからは、それを強く感じる。

「そういえば、僕が検事にはならないと言ったら、沙彩はかなり怒っていた。警察官になったのも別れた原因だな。おまけにノンキャリだから」

紫峰が笑うと、高久は豪快に笑った。

「ノンキャリで、今はどの階級？」

「警部だ」

「やっぱりお前、すごいな。三十四歳のノンキャリで警部、って結構いいんじゃないか？」

「さぁ？　よくわからない」

目の前に置かれたグラスをとってビールを飲むと、視界の端に同じ警察官になった女がいた。

「話を聞くなら、キャリアの中村に聞けば？」

警察官キャリアの中村瞳子。同じサークルにいた背の高い美人で、サークル内で一番モテていた女。頭がよくて、しっかりしていて、それでいて明るく気どらない性格だったことがモテた理由。紫峰が付き合っていた沙彩と瞳子は、サークル内でも学内でも、常に注目を集めていた。

「中村ともさっき話した。今はフリーらしい」

「へぇ、美人なのに。キャリアになって、性格がきつくなったのかな」

「変わらなかったぞ。明るくて、誰にでも優しいところは」

警察学校の同期でもある二人だが、ここ十年くらい、まったく接点がなかった。

高久と話しながら飲んでいると、瞳子が声をかけてくる。高久の言う通り、昔と変わらなかった。

彼女は学生時代と同じ、独特の呼び方で話しかけてきた。

「ミカ、久しぶり。同じ警察官なのに、会わないよね」

「そんな呼び方するのは君くらいだ、中村」

「可愛いじゃない。三ヶ嶋、の方が呼びにくいもん」

にこりと笑った唇にはしっかりと口紅が塗られている。嫌味のないキレイな色だ。

大人の女性らしいメイクと、仕事帰りであろう黒っぽいスーツ。職務中はきっちりと結っていないと邪魔になると聞く女性の髪だが、今はおろしている。緩くかけたパーマがとても似合う。

「忙しいだろ？」

紫峰が聞くと、そうね、と頷《うなず》いた。

「忙しい。けど、やりがいはある。高久君ともさっき話してたけど、やっぱり仕事は楽しい」

紫峰を挟んで高久に言って、昔と変わらない笑顔で笑う。

「中村は変わらないよなぁ、三ヶ嶋。まぁ、お前も変わらないけどさ」

「確かに、ミカって変わらない。でも、嬉しいなぁ。男の人にそう言われると、女は嬉しいのよ」

大学卒業してから十年以上経っているのだから、変わらないわけはない。それなりに年を重ねたし、経験も重ねたわけだから。変わった今の方が魅力的になっていると思うのに、と紫峰は首をひねった。

あっという間に時間が過ぎ、そろそろお開きにしようということになった。

久しぶりに高久と会って話せたし、サークルの友人達にも会えた。それぞれに年齢を重ねて地位を築いているが、根本的なところは変わらない。紫峰は今日この場にきてよかったと思っていた。帰りがけ、高久や木内と改めて連絡先を交換する。

警察官の、内輪だけの付き合いが多かったから、こういうことが新鮮に思えた。職場以外の友達と会うのも、いいことだと感じていた。

「私とも、交換しよう?」

瞳子が笑みを浮かべて紫峰に言った。

「そうだな」

軽く応じて、赤外線で互いの連絡先を送信する。受信すると、瞳子、とだけ名前が表示
され、それをそのまま登録をする。

「ミカ、フルネームなのね」

「普通そうだろ?」

「登録の名前、変えてやる。ミカ、と」

無邪気に笑って画面を見せる姿は、彼女らしいと思った。

「ねぇ、ミカ? 今、彼女いる?」

瞳子は一度目を伏《ふ》せ、それから紫峰をじっと見る。その目には、まったく邪気がなくて、
色恋抜きの話をしているように見えた。

「いない。忙しくて」

「私も。警察官って、なってみてつくづく思うけど大変よね」

「でも、やりがいはある」

「そう!」

声を出して笑った紫峰を見て、彼女も紫峰を見て笑った。

「だったら気軽に誘える。今度、ご飯一緒に食べない？」

バッグを持ち直しながらそう言った瞳子は、もう一度目を伏せてから紫峰に笑顔を向ける。

「いいよ。今度誘って」

本当に軽く応じた。誘ってくれるなら、行くつもりで。

「本当に誘うよ？」

「身体が空《あ》いていれば、いつでもいい」

楽しみ、と言って向けられたキレイな顔。

洗練された美人という表現が似合う彼女は、数日後、本当に紫峰に電話をしてきた。そしてその日のうちに会うことになって、紫峰の知っている店に二人で出かけた。

数回食事を重ねるうちに、紫峰は瞳子のしっかりした性格も、明るいところも学生の頃と変わっていないと感じた。

食事に行くといつも、瞳子は紫峰をじっと見て、そして目が合うと途端に逸《そ》らす。その仕草から、紫峰は少しずつ瞳子の気持ちに気づいていった。紫峰もまた、瞳子のことを好ましく思っていたから、それは嬉しいことだった。

しっかりした考えを持ち、警察官のキャリアとして真剣に仕事と向き合っている姿勢も好きだと思えた。

　瞳子と出かけるようになって二ヶ月近く経った頃、紫峰はこの人と付き合いたいと思うほど、彼女を好きになっていた。だから、ドライブの途中、車の中で紫峰から告白した。

「付き合わない？　瞳子」

　ちょうど信号で止まったところで、瞳子を見る。

　瞳子は嬉しそうに笑って、そして紫峰を見た。

「今日言ってくれなかったら、私から言おうと思ってた。ミカ、私のこと意識してるくせに、いつまでも言わないから」

　そうして付き合うことになった瞳子とは、二年間続いた。

　楽しかったし、時々喧嘩らしいこともしたが、すぐに関係は修復できた。

　自分のベストパートナーだと思っていた。きっとこの人となら上手くいく。年齢も三十代半ばにさしかかっていたし、瞳子が結婚したいと思っていることも知っていたから、将来について二人で話し合ってもいた。

　幸せにできるとは思っていたが、これでいいのか、どこかで常に考えている自分もいた。

　瞳子ほどの人はもう現れないと思っていた。思っていても、でも、という気持ちが紫峰の中にはくすぶっていた。

　いつもと同じデートは、その変わらなさに安心できたし、しばらく会えない時が続いても、紫峰のマンションに瞳子がきて、会えなかった時間を最速で埋めるような濃厚なセックスをして満たされた気分にもなれた。互いに大人で、高め合うことを知っていたから、身体の相性にも行為自体にも満足していた。

「付き合っている人はいるのか？」

久しぶりに実家に帰ると、父がソファーを指差し、話があるから座れと言った。

父の質問に紫峰はいる、と答えた。

「結婚は？」

「考えてるけど」

「けど、なんだ？」

今日は突っ込むな、と思いながらため息をついた。すでに警察官を引退している父は、自分の趣味に忙しくしていた。それ以外は、つまり暇。兄も、弟も結婚しているから、あとは紫峰の世話を焼くだけだと思っているのかもしれない。

「暇なの？　今日はよく突っ込む」

「親は、いつでも子供の幸せを願うものだ。このまま独身もいいかもしれんが、結婚して得る幸せもあるからな」

父を見て、紫峰は呆れて笑った。

「ちゃんとするよ。今の彼女と」

「薦《すす》めたい人がいる。一度会わないか？」

「会わない」

きっぱりと言ったが、父は引き下がらなかった。

「今の人と別れろとは言ってないだろう。ただ、一度だけ会ってくれ。とてもいい子だから」

「いい子なんて、そこら辺にいっぱいいる」

「古い知り合いの娘さんなんだ。殉職した警察官の娘さんでね、末っ子のその子だけ家に残っていて。フランス語と英語の翻訳……だったかな？　しっかりした職業も持っている人だ」

紫峰はため息をついた。

要するに結婚しないなら見合いをしろ、ということを父は言いたいのだ。見合いなんてしたくもないし、自分には瞳子がいる。瞳子がいるのに、そういうことはしたくないと思った。それに、その気がない紫峰が見合いに行っても、相手の女性に失礼だと思う。

「断るとわかっていて、会うのは失礼だと思う」

「結婚に決心がつかないなら、会うだけでもいい。本当に、いい子なんだ。母親思いで、教養もあって、女らしい」

職業は持っていても、ただ家にいるだけのお嬢様に興味はない。

「だからそんな人、僕の好みじゃないから」

「会ってみないとわからない」

父が笑みを向けてきたので、紫峰はもう一度ため息をつく。

「ゴリ押しするね」

「本当にいいお嬢さんだから。もう先方に言ってあるし、会わないうちに断る方が失礼だ」

そんなところまで話が進んでいるのか、と思いながらソファーに背を預ける。

「暇だね、確信犯だ」

「引退して、時間だけはたくさんある。紫峰、本当にいい子なんだ。ちょっと年は離れているけど」

「まさか年上？」

だとしたら四十過ぎだ。紫峰が恐る恐る聞くと、父は笑いながら、いや年下だよ、と言った。

「二十九歳……だったかな。それなりにいい年だけど、紫峰よりは七歳年下だ」

「そんなに離れてるなら、話も合わないだろうね」

「だから、会ってみなければわからないだろう？」

よくよく話を聞いていると、父はもう相手の女性と会うようにセッティングしているらしい。

「会うだけだよ」

紫峰がそう言うと、父も満面の笑みで繰り返す。

「会うだけだ」

そこまで言うと、父は大きな声で、紫峰が見合いをするって言ったぞ、と母に知らせた。

「やっと紫峰がその気に？　嬉しい」

その気になってないけど、と心の中で思いながらも、口に出さなかった。紫峰は今日何度目かわからないため息をついて、会うだけだからな、と心の中で固く誓った。

見合いの前日、瞳子と久しぶりに会う機会ができた紫峰は、彼女にきちんと見合いを勧められたことを伝えた。紫峰なりの誠意のつもりだった。

当日、待ち合わせ場所に現われたのは、ごく普通の女性だった。

けれど、その人との出会いは紫峰にとって、運命の出会いと言っても過言ではなかった。

3

「おかえりなさい」

笑った美佳の顔は、目が細くなって可愛い。

「ただいま、美佳」

いつも笑顔でお帰りなさいと迎えてくれるこの女性とは、父がゴリ押しした見合いで知り合った。

当日美佳は赤い振袖を着ていた。あとから聞けば、その格好が恥ずかしかったと言っていたが、よく似合っていたと紫峰は思う。出会った瞬間から、惹《ひ》かれていた。

けれど紫峰は、その見合いで大失態をおかした。瞳子と抱き合った際につけられたキスマークが首元に残っていたのだ。美佳にそれを指摘され、紫峰は慌てた。けれど彼女はにっこりと笑みを浮かべ、冷静な大人の対応を見せた。

そう、美佳はいつも冷静というか落ち着いている。

「松方さんと一緒で、楽しかった？」

「普通かな」

美佳は首を傾げて、リビングのソファーへ向かう紫峰を見る。紫峰がソファーに座ってブリーフケースを置くと、その横に美佳が座った。

「普通だったの？」

「今日はあまり楽しくなかったかな」

「どうして？」

聞かれて紫峰は、曖昧《あいまい》な笑みを浮かべる。

話の内容は、美佳と結婚する前に付き合っていた瞳子のこと。美佳と見合いをしたその日も、美佳と会っている時も、彼女との恋人関係は続いていた。二股と世間では言うだろう。美佳に惹《ひ》かれ、プロポーズをすると決めてからは、瞳子との関係はきっぱりと断ち切ろうと別れを切り出した。

　自分は悪い男だ、と紫峰は思う。でも、美佳に会ってしまった。

もし、父からゴリ押しされても見合いを受けなかったら。今隣にいるのは、きっと瞳子だった。

「美佳がもしかしたら隣にいなかったかも、って話をしたから」

　美佳は瞬《まばた》きをして紫峰を見て、そして笑う。

「どうして笑うの？　そんなことで楽しくなるの？」

　おかしそうに笑う姿を見て、紫峰はどうして笑うのか、とあまりいい気分がしない。美佳のいない人生なんてあり得ない。笑い事ではない。

「美佳には笑い事かもしれないけど、僕にとっては笑い事じゃ済まされない」

　紫峰がそう言っても、美佳はまだ笑っていた。ごめんなさい、と笑いをこらえた声で言い、それから紫峰の方をじっと見た。

「紫峰さんは、お父様に言われて私と会ったでしょ？　私も母から言われて、紫峰さんに会った。……お互いに大切な親からすごく勧められた。無下《むげ》に断るなんて選択肢、どうやってもきっと選ばなかったと思う。だから、私が紫峰さんの隣にいないわけがない」

　美佳は、ちょっと強引なこじつけだったかな？　と言って目を伏《ふ》せて笑い、照れくさそうに髪の毛を触る。

確かに強引さはあったけれど、でも紫峰も納得できた。大切な親から薦《すす》められた相手。美佳に会って、すぐに惹《ひ》かれた。そんな二人が結婚するのは、最初から決まっていたことかもしれない。

紫峰にとって美佳と結婚することは、運命だった。

「そうだね」

紫峰はそう言って、美佳の頬を手で包む。

そして、唇にキスをする。自然と深くなるのを抑えられなかった。そのまま美佳の身体を引き寄せて、優しく彼女の背を撫でる。

「しほ、さん？　あの……よかったら……ベッド、で」

美佳は紫峰がしようとしていることがわかったようで、キスの合間にそう言った。

「今、欲しい」

息を呑み込むようにキスをして、乱れた息遣いで耳元にささやく。美佳の甘い吐息を感じて身体をさらに引き寄せ、その豊かな胸を両手で上下に撫でる。

「ベッド、がいい」

「どうして？」

互いに息が上がった状態になりながら短い会話を交わす。紫峰は美佳の唇にもう一度軽くキスをした。

「今日、シーツきれいにしてるし、マットレスも、外に干したから……」

美佳が笑みを浮かべて、紫峰の唇に軽くキスを返す。

「ソファーじゃ、その……集中できない、でしょ？」

「そうだね」

紫峰も美佳の言うことはもっともだと思い、彼女の身体を抱き上げる。

「ちょっ！　紫峰さん、重いから！」

「美佳くらいだったら、軽いよ」

軽いわけない、と最初は抵抗を見せた美佳だったが、そのまま紫峰がキスをすると、なにも言わなくなる。軽めのキスを繰り返して、きちんと閉まっていなかった寝室のドアを押して中に入った。美佳をベッドに降ろし、紫峰はそのまま覆《おお》いかぶさった。

「紫峰さん、シャワー、しないと」

拒《こば》むように手で紫峰の身体を押し返す美佳の腕をとり、ベッドに押し付ける。

「美佳の匂いが消える」

美佳の首元に自分の顔を埋《うず》めて、大きく息を吸った。耳のうしろから甘い匂いがする。

彼女はいつも耳のうしろに、軽くワンプッシュだけ香水をつける。結婚前から変わらない、毎日の習慣と言っていた。

「この辺りにも、つければいいのに、香水」

美佳の服の上から胸に触れ、それから服をたくし上げて下着のホックを外す。

「胸だと、あからさまに匂うかと思って。軽く、ちょっとわかる程度、が……っん」

胸に唇を寄せてそこを吸うと、美佳が甘い声を上げる。この行為をする時の美佳の声は、熱っぽくて、紫峰の心をくすぐる。少し躊躇《ためら》う仕草を見せるのも、紫峰にもっと声を出させたいという思いを強くさせる。

「これくらい近づかないと、今は香水の匂いもわからない」

耳のうしろに唇を這《は》わせて、顎《あご》のラインを通って唇にキスをする。紫峰は自分の上着を脱いで、ネクタイに手をかけた。それから片手でシャツのボタンを外していく。

そこまで自分の準備を整えると、今度は美佳のスカートの裾《すそ》から手を入れて、下着をずらす。それからスカートのファスナーを下げようとすると、美佳が腰を少しだけ浮かせた。

「上も脱がせていい？　起き上がって？」

頷《うなず》いた美佳は、自分で起き上がる。紫峰が上着に手をかけると、腕を上げて協力してくれた。そうして下着を完全に取り去る。美佳の足を引き寄せるが、彼女が身体を腕で隠していて見えない。

「どうして隠すかな？」

「私だけ裸。紫峰さん、脱がないの？」

「脱ぐよ」

シャツの残りのボタンを外して脱いで、スラックスのベルトとボタンを外して、ジッパーを下げる。そうして美佳の唇を奪いながら、紫峰はゆっくり身体を倒していく。

「紫峰さん……っあ」

スラックスをすべて脱いで、美佳の身体の中心に触れる。足を開かせて、そのまま上にかぶさると、美佳の開いた足が紫峰の腰辺りを締《し》めつけた。美佳の身体の隙間に触れると、すでに中は潤《うるお》っていた。

美佳が下着の上から紫峰自身を下から上へと撫で、紫峰の下着を下げる。美佳は、紫峰のすでに反応しているそれに触れたあと、今度は紫峰の腰を撫でた。

「そうやって触れられると、感じる」

「……っ、紫峰さんの方が……さ、わってる」

胸に触れるとそこに唇を寄せて愛撫《あいぶ》し、脇腹をたどって、美佳の足の間に行きつく。優しく触れてから、唇を寄せて愛撫《あいぶ》する。紫峰が美佳の足を抱えると、彼女の胸が大きく上下した。

それだけで堪《たま》らない気分になって、紫峰は自分の心に忠実に、腰を美佳へと進める。

「う……っん」

美佳の中は温かい。狭い中に包まれていると、胸の鼓動がうるさくて苦しい。もっと奥まで入りたい、と思って腰を動かす。

「あ、あ……っん」

美佳の噛《か》み殺した甘い声が聞こえて、それが余計に紫峰を煽《あお》る。美佳のシーツに投げ出された手に自分の手を重ねて、何度も美佳の身体を揺らす。

「……気持ちいい」

息を吐きながら紫峰が言うと、美佳の目が開いて紫峰を見る。美佳は恍惚《こうこつ》の中で、手を離して、と言った。言われるままに紫峰が手を離すと、美佳の手が抱きしめて、と言うように伸びてくる。

腰を揺らすのをやめて、美佳の手に導かれるままに紫峰は身体を近づける。すると美佳は、紫峰の腕の下から手を入れて抱きしめてきた。

「もっと、紫峰さん」

美佳の背に手を回して抱き上げ、彼女の身体を起こして、座って正面から抱きしめるような体勢をとった。

「そんなこと言うなら、頑張るよ?」

「ゆっくり、もっと、して?」

美佳の額に自分の額をつけて笑う。美佳のその表情は、紫峰を満足させた。いつもそう、紫峰は美佳に敵わない。

「動くよ」

早く動きたい気持ちを抑えて、美佳の言う通りゆっくり動く。抑えれば抑えるほど、美佳が欲しくて堪《たま》らなくなる。もっと、ゆっくり、と言って笑う美佳は余裕そうに見える。

「君はいつも、余裕、だ」

紫峰は息を吐きながら、ゆっくり下から突き上げる。声が途切れがちになってしまうのは、息が上がっているから。時々美佳も自分から腰を揺らして紫峰の動きに応じてくれる。その仕草に、紫峰はまるで自分の耐久力を試されているようだと感じた。

「余裕？　……そんな、ことない。ゆっくりしないと、紫峰さん、に……ついていけない」

そう言ってまた腰を揺らした美佳の、その動きに堪《たま》らなくなる。

美佳にキスをして、きつく抱きしめる。

「もっと動いていい？」

堪《たま》らないから、と紫峰が言うと、美佳は首を振った。

「もう少し、待って。お願い」

お願い、と言われては聞くしかない。美佳に心底惚れている紫峰が、美佳のお願いを断れるわけがない。

こうやって自分が焦《じ》らされている間も、美佳は紫峰より余裕に見える。

紫峰はいつも美佳の手の上で踊らされている。

らえる。


「待てないよ、美佳」

彼女の肩に唇を寄せて軽く噛《か》み、豊かな胸を揉み上げる。

「イキ、そう？」

「イキたくて、堪《たま》らない。もう少しでイけるのに、美佳は酷《ひど》い」

大きく息を吐き出して、息を詰めて目を閉じる。美佳の首元に顔をすり寄せて必死にこ
らえる。

「動かせて。もっと、速く」

美佳の手が紫峰の腰から背中の中心へと上《のぼ》り、何度もそこを撫でてくる。

「動いて」

美佳のその言葉を合図に、すぐにベッドに押し倒して身体を揺らす。

組み敷かれた美佳が甘い声を上げ、身体を揺らす度に豊かな胸が揺れる。その光景がま
た紫峰の官能を刺激する。

何度抱いても、美佳との行為はいつも熱くなる。新婚だからとか、そういうことは関係
なく、きっと紫峰は一生、こうして美佳に夢中になるのだろう。

いつも、美佳が愛しい。美佳が欲しい。

「あ、紫峰さん……っ」

甘い声で名前を呼ばれると、堪《たま》らない。応《こた》えるように美佳の身体を突き上げる。

父から言われて会った人が、こんなにも大切な人になるとは思わなかった。

こんなに、心地よい行為を与えてくれるとは思わなかった。

今までの恋愛経験など、すべてくつがえすほどの出会い。

美佳と出会えた奇跡に、紫峰は心から感謝をした。

4

翌朝目を開けて隣を見ると、いつも通り、美佳はいなかった。

「二回、長い時間をかけて抱いたのに、元気だ」

一人で呟《つぶや》いて大きく息を吐く。

昨日の行為の快感や余韻が残っている紫峰の身体は、起きたくない、と言っているのに、美佳はこんな日の朝も早起きだ。

時計を確認して、余韻《よいん》に浸《ひた》っている場合じゃない、と起き上がって下着を身につける。

昨日は行為のあと、きちんと二人でシャワーを浴びたけれど、身体の熱が冷めなくて、あれからもう一度美佳を抱いた。その後は、そのまま眠ってしまってシャワーを浴びてない。

だが、風呂に入る時間はなさそうだ。

仕方なく紫峰はそのままクローゼットを開ける。シャツとスラックスを身につけて、洗面所へ行く。顔を洗って髪の毛を整えて、それからネクタイと上着を手に、リビングへ向かった。

ちょうど美佳が、テーブルに朝食を並べるところだった。基本、美佳が作る朝食は和食。味噌汁の出汁《だし》は紫峰の実家と同じような味で、すぐに美佳の味に慣れた。テーブルについて彼女の様子を眺《なが》める。

女らしくていい子。父の言った通り、美佳という人は、母性に溢《あふ》れた人だった。しかも、それだけではなく、すごくしっかりしていて、職業もきちんと持っているし、おまけに、夫の紫峰を立てる気立てのよさも兼ね備えている。

「美佳、よく早起きできるね」

「紫峰さん、朝ごはん食べないと力が出ないでしょ」

「だるくない？　余韻が残っていて僕は起きられなかったけど」

紫峰が言うと、美佳は自分もテーブルについて微笑んだ。

「残ってるけど、今日も紫峰さんに無事に仕事を終えて帰ってきてほしいから。頑張って起きたの」

冷めないうちに食べて、と美佳に言われた通り、紫峰は箸《はし》を取って食事を始める。

「仕事、行きたくないな。君と結婚してから、いつもそんな気持ちになる」

紫峰が言うと、美佳は笑って目を伏《ふ》せる。

「私も、行ってほしくない時、ありますよ。紫峰さんが、好きだから」

美佳は味噌汁をひと口飲んで、紫峰を見て笑う。

もし、美佳と会わなくて瞳子と結婚していたら、こんな穏やかな朝はなかっただろう。忙しい瞳子が、朝食を作るだろうか？　きっちりとした性格の彼女のことだ、作るには違いない。ただ、作るとしても、もっと簡単なものだと思う。

こんなに仕事に行きたくないほど、前日の夜に愛し合うことができただろうか。次の日にもまだ余韻が残るほど、もう一度抱きたい衝動に駆られるほど、情熱的に愛せただろうか。

「紫峰さん、シャワー浴びなくてよかった？」

「時間がないから。美佳の朝食は抜きたくないし」

食事を食べ終わると、そろそろ出勤しなければならない時間になっていた。

箸《はし》を置いて片づけようとした紫峰に、そのままにしておいて、と美佳が言う。彼女に礼を言って、紫峰はネクタイを締《し》める。上着を着て、昨日ソファーの横に置きっぱなしにしたブリーフケースの中身を確認し、そのまま持って玄関に向かう。

「行ってらっしゃい、気をつけて」

いつも見送りの時、気をつけて、と言ってくれるのは、紫峰の職業を心配してだろうか。

美佳に気をつけて、と言われると紫峰は嬉しかった。初めて聞いた時、もう一度言ってほしいとお願いしたくらい。

「ありがとう、行ってきます」

紫峰は美佳の言葉に応《こた》えて家を出る。

いつもの時間、いつもの道を辿《たど》って仕事場へ向かう。

家を出るまでは、行きたくない気持ちが強かったが、美佳に気をつけてと言われて外に出ると、不思議とやる気がわいてきた。

歩く道すがら、スケジュールや、第四係のメンバーのことを考える。

素晴らしい妻と出会ったことで、紫峰の毎日は輝きを増していく——

5

昨日は悪かったな、と謝ってきた松方に、紫峰は首を振った。

「気にしてない」

「でもさ、言うべきことじゃなかった」

「でも事実だろ？　松方の気が済んだならいい」

紫峰がきっぱり言うと、松方はため息をついた。

「お前、基本的なところ変わらないけど、変わったよな？」

「どこが？」

「結婚って、そこまで心を広くするもんかね？」

首を傾げる松方に、紫峰は思わず笑った。

「心、広くなったか？」

「なったよ。前だったらきっとまだ怒ってた。っていうか、昨日美佳ちゃんにサービスしてもらったのかよ？」

いつもの松方らしく、下ネタっぽいことを言って笑う。

「お前はそういうデリカシーがないとこ、早く直した方がいいと思うぞ。さすがバツイチ」

「……やっぱ変わってない」

「人はそうそう変わらない。僕を変えたければ、お前も変われよ。いい人見つけて再婚でもするんだな」

うるさいな、と言った松方を見ながら、先ほど言われた「サービスしてもらったのかよ」という言葉を思い出す。

サービスというよりも、昨日は焦《じ》らされた。それから翌日まで余韻《よいん》が残るほど情熱的に愛し合い、心ゆくまで美佳の身体を味わった。

美佳のおかげで、心がすっきりしているのは事実だった。

美佳と結婚してよかったと思うのは、こういうところ。心に余裕ができたところ。

もしあの時、出会わなければ。

それを考えると本当に怖い。

心から愛せる存在を知り、紫峰は今までの自分の生き方さえ、変わっていくような気がした。

## 特別番外編　あなたが帰ってこない日は

『美佳？　紫峰だけど』

「紫峰さん、どうしたの？」

『ごめん、しばらく帰れないんだ。三日したら帰ってくるけど……』

「あ……お仕事なら、しょうがないです」

『本当にごめん、美佳。映画、楽しみにしていたのに』

二日ほど前、映画を見に行こうと言ったのは紫峰の方だった。仕事が落ち着いているから、と言われて嬉しかった。

「いいえ、紫峰さん。お仕事頑張って」

お仕事なら仕方ない、と思いながらそう返事をして、電話口で微笑んだ。

『いつも、ごめん』

「大丈夫よ、紫峰さん」

そう言って電話を切って、ふう、と小さくため息。

楽しみにしていた映画。恋愛映画だが、紫峰も見てみたいと言ったので、一緒に行くことにしたのだった。

「えっと、映画の時間は……」

映画の時間をネットで検索して、時間を調べる。

そう、結婚前はいつもこうして一人で映画に行っていた。

旦那様の名前は三ヶ嶋紫峰。職業は警察官で、出会いはお見合いだ。

三十歳を目前にし、降ってわいたようなお見合い。その相手は、父と同じ警察官であり、容姿を見たら目を見張るほどかっこいい人で。しかも、仕事ができるようで、すでに役職がついていた。

美佳は、絶対断られるな、と思いながらお茶を飲み、そしらぬ顔で話をしていた。こういう時人見知りがないから、楽だった。職業柄、人見知りしそう、と言われるがそうではない。

小説家という名がついたのはあとからのことで、最初は翻訳家だったのだ。

そんなインドアな仕事をしていて、ほぼ家から出ない日も続く毎日だ。だから、紫峰のようなカッコイイ人となんて、出会ったこともなかった。

なのに彼は美佳を気に入り、結婚してほしいと言った。

その理由というのが、「あなたが好きだから」だという。

それから、愛されヒロインになった美佳は、紫峰と結婚した。お見合いということもあり、出会いから早い期間での結婚だった。紫峰との生活は最初慣れなかったが、結婚してしばらく経った今では落ち着いていると思う。

なにより紫峰は、掃除も洗濯もしてくれる優しい夫だ。言うことはないくらいで、もしあったとしたら仕事が忙しいことだけ。

「前は、いつもこうだったなぁ。一人で映画を検索して、一人で観に行って、それから適当になんか買ってきて、家でご飯を食べながら、お仕事」

あとは、華道を習いに行ったり、茶道をして教えたり。

その帰りに服を買いに行ったりとかして、それなりに楽しい毎日を過ごしていた。

「今日は、映画の帰りに洋服を買って、久しぶりに友達に連絡をして……それから、デパ地下に寄ってご飯買って帰ろう」

そう思うと楽しくなってきて、さっそく用意を、と立ち上がる。

美佳は洋服を着て、それから化粧をした。

化粧をしたあとは、髪の毛を整えて、久しぶりにピアスもつける。

「よし！」

鏡を見て、最後にローヒールのパンプスを履いて、玄関のドアを出る。

「映画、先に観ちゃうけど、紫峰さんごめんね」と心の中で言いながら。

☆

「紫峰さん、お仕事頑張ってるかな？」

恋愛映画は最高だった。

キスシーンなんか、自分もしたことがあるくせに、ドキドキしたりして。

最後はもちろんハッピーエンド。

喫茶店で軽くお茶をしている時に、携帯電話にメールが届く。

久しぶりに友達に連絡をしたのだが、都合がいいらしく明日会えると言う。

楽しみだな、と思いながら残りのコーヒーを飲んで、会計をして喫茶店を出る。

次に向かったのは洋服のショップで、いろんな色の洋服が置いてあり、季節柄明るい色が多くて、着てみたくなってしまう。

「スカートでしたら、こちらも人気ですよ？」

店員に言われて、頭を下げる。こんな風に案内されるのは苦手だ。

軽く自分の身体に当ててみて、試着を頼む。

「試着していいですか？」

「はい、こちらをお使いください」

フィッティングルームに案内されて、服を試着する。以前はきっと入らなかっただろう、ウエストの細いスカート。結婚して痩《や》せたためか、スムーズに入った。

「私、太ってたしねぇ……結婚して痩《や》せたなんて、紫峰さん効果、すごいなぁ」

笑顔で自分の姿を見て、頷《うなず》く。

「これ、買おう。今度紫峰さんと出かける時に着て行こうかな」

フィッティングルームを出て、それからスカートを買う旨を伝え、支払いを済ませる。

その他の物も、と思いながらも、そんなに衝動買いはいけないな、と考え直し財布の紐《ひも》を締める。が、エレベーターを降りたところに紳士服売り場があったので、思わず立ち寄って、紫峰に似合いそうなシャツを一枚購入した。あとカッターシャツも買って、袋を一つにまとめてもらう。

購入を終えたあと、ため息をついて手荷物を見る。

「紫峰さんとこうやって、お買い物したことないかも」

今度、一緒に行きませんか？　と誘ってみようかと思いながら、楽しい気分で店をあとにした。

それでも時間が結構余って、どうしようかと思い、結局、書店へ行くことに決めた。

書店に寄るのも久しぶりだ。

実は結構漫画も小説も好きなので、軽く一時間から二時間は潰せる。

時には、待ち合わせをしている時に寄るのだが、そういう時は時間が足りなくてどうしよう、と思うくらい熱中して本を選んだり、表紙を見たりしている。

今日も同じように過ごすと、一時間ほど経っていたので、美佳は笑った。

「紫峰さん、こういうのにも付き合ってくれるかなぁ」

今度一回付き合ってもらおう、と思いつつ、書店をあとにして、最後はデパ地下だ。

デパ地下は相変わらず盛況だった。ベーグルや、お菓子もさることながら、デパートの惣菜は見逃せない。おにぎりなんかも美味しそうで、思わず購入してしまった。

そして家に帰ってくると、午後六時になろうとする時間だった。

「本当なら、もう夕食の支度にとりかかってるのよね」

今日はその心配もいらない。

そういえば掃除機をかけていないから、明日は必ずかけなきゃ、と思う。

「さて、仕事！」

デパ地下で購入した食事とお菓子を机に置いて、お茶を置いた。

「もう、これだけで太りそうだなぁ」

ふふ、と笑って、おにぎりをぱくりと頬張る。

「美味しい！　さすがデパ地下」

また幸せで、ふふ、と笑いながら仕事をする。

こういう『ながら仕事』は本当はいけないけど。

今日はいいや、と思いながら紫峰のいない一日目は終了した。

☆

二日目は友達と久しぶりに会った。今日はランチだ。

「美佳ってば、いつの間にか結婚してるんだもんね」

結婚式は挙げたが友達全員は招待できなかった。

だから、こうやって一人一人に会って、結婚した報告をするのは最近のこと。

でも、おかげで楽しい時間が持てるので、とても嬉しい。

「旦那さん、警察官だって聞いたよ？」

「そうなの。父のつてで、お見合いだから結婚まで早くて」

「お見合いかぁ……もう、そういうのした方がいいのかもねぇ、私も」

今日会った友人も、美佳もまだ一応二十代だが、すぐに三十歳になってしまうから、こういう話はつきものだ。

「私も一人だと思ってたんだけど……縁があったから」

「いいよね、美佳ってば。でも、警察官って、ちょっと心配じゃない？」

言われて、美佳は笑う。

「そうね。確かに、危険な仕事よね」

「殉死、なんてこともあり得るって……ねぇ？」

「そうね。それは、あり得る話かも。警察官の中でも、旦那さんはＳＰだから」

友達に言うと、目を丸くして、えー？　と言った。

「ＳＰってドラマの中でしか見たことないけど、本当に？」

「うん、本当」

言いながら、心から危険な仕事だと思う。

いつも身体を張っているのだから。

三日間のうちの二日目。紫峰は大丈夫だろうか、と思いつつ美佳はランチを食べる。

「へぇ、すごい人と結婚したね、美佳」

「そうね。すごく優しくて、素敵な人だから、時々こっちが引け目を感じちゃうけどね」

「写真ないの？」

そう言われて、紫峰と写真を一緒に撮ったことがないことに気づく。

「まだ、ないの。出会ってから結婚まで短かったからかな？」

そっか、という友達の残念そうな顔を見て、美佳は笑う。

「でも、いいなぁ、結婚できて」

「そう？」

「そうよ。私なんか彼氏もいないし。このまま一人かな、って思っちゃうもん」

それは美佳も思っていたこと。

降ってわいたようなお見合い話に、飛びついたわけでもなく、ただ会ってみようと思っただけで。その相手に求婚され、好きになるとは思いもしなかった。

紫峰はカッコイイ人で、十人並みの顔立ちの美佳にとって、もったいない旦那様だ。でも、その旦那様が美佳のことを可愛いと言うので、最近はあまり気にしないようにしている。

とはいえ、いつも褒《ほ》められたり、愛されたりするばかりで、返せるものはほとんどない。

そんな風に思いながら紫峰の帰りを待つ毎日だ。

「私も、一人だと思ってたんだけどな……縁って、わからないものだから」

「うーん……だね。まぁ、今の卑屈《ひくつ》っぽかったかなぁ。ごめんね、美佳」

首を振って、ランチを食べる。

このランチはリーズナブルなのに美味しい、という話で盛り上がった。

そして、昨日の恋愛映画の感想を言ってはまた盛り上がる。おもしろかったので強くオススメした。

そうしてランチをして別れて、一人でちょっとお買い物をする。

明日には紫峰が帰ってくるから、と思いながら食材を選んだ。

明日はおろそかにしている掃除をして、洗濯をして、料理を作って。

仕事も合間にしないと、と考えて、美佳は笑みを浮かべる。

「なんだ、紫峰さんがいない時も、いる時も彼のことを考えてばかりね」

愛されヒロインになったからこそできることかもしれないけれど。

紫峰が無事に帰ってきますように、と美佳は祈るばかりだった。

☆

紫峰が帰ってくる日になった。彼の帰宅時間まで、美佳は忙しかった。

まず掃除。

していなかったので掃除機をかけて、フローリングを拭いた。それからシューズボックスを片づけ、台所を綺麗にして一度拭き上げる。

片づけを一通り終えたら、洗濯。二日間していなかったので、それらを片づけ、外に干す。その後、冷蔵庫の整理をして、今日のメニューを考えた。

メニューを考えたあとは、自分の仕事。タイプを打ちながらああでもない、こうでもないと打ち込んでいるうちに時間は瞬《またた》く間だった。携帯電話を見るとメールが入っていて、午後六時には帰宅できると紫峰から連絡があった。

もう五時になろうとする時間で、いけない、と思いながらエプロンを身に着ける。

今日のメニューはジャコと梅の混ぜご飯と、マカロニサラダ。味噌汁と、白身魚のジェノベーゼソース焼きだ。

急いで野菜を切って、塩に浸《ひた》し、水気を切る。その間に味噌汁の具を切り、出汁《だし》を取って味噌汁を作った。マカロニサラダのマカロニもさっとゆでて、水気を切ったあとボールに入れ、野菜と一緒にマヨネーズで混ぜる。最後の白身魚を焼きながら鍋でご飯を炊き、どうにか整ったところでドアノブを回す音が聞こえた。

美佳は帰ってきた、と思って出迎える。

「おかえりなさい」

「ただいま、美佳」

そう言って帰ってきた紫峰は、やはりカッコイイ。でも疲れている様子だった。

「いい匂いがする」

「ご飯作ってたの。よかった、いいタイミングで帰ってきてくれて」

そう言って美佳はリビングのドアを開ける。すると、中に入ってきた紫峰が笑った。

「いいね。こうやって、帰ってきたら誰かがいて、ご飯ができているなんて」

彼は美佳を見て、彼女の頬を撫でる。

「そう言ってくれると、作り甲斐がありますね」

笑顔で言うと、紫峰が美佳の唇に軽くキスをした。

こういうキスは、いまだに慣れない。本当に美佳は愛されヒロインだ。

そんなものは小説の中だけだと思うのに、美佳はその本の主人公にでもなったかのように、愛されている。

「紫峰さん、いきなりキスって……」

「したくなったんだ」

そう言って、またキスをする。

「映画、キャンセルしてごめん、美佳」

「ううん、いいの」

美佳がそう続けても、紫峰はキスをして、抱きしめてくる。

三日ぶりの紫峰の体温を感じて、身体が熱くなる感じだった。

キスは少しずつ深度を深めて、息もできないほど。

「映画、一人で観に行きましたよ」

「そうか、残念。二回観ても構わない？　美佳」

唇のすぐ近くでそう言われては、頷《うなず》くしかない。

「ええ、いいですよ」

「ありがとう」

そう言って、紫峰はまた美佳を抱きしめる。抱きしめてキスをして最初から深く唇を合わせた。

「紫峰さん、ご飯は？」

いつもの台詞《せりふ》。

そして、いつもご飯を先に食べてほしいと思うけれど。

「疲れてるでしょう？」

「うん、でも、美佳が欲しい」

耳元で熱く言われて、身体をすくめる。

そうしていたら身体が宙に浮いた。寝室へと歩を進める紫峰を見て、美佳は困った顔をする。

「いつもご飯、先じゃないですね」

「だって、君の方が美味しそう」

素敵な紫峰の言葉に、どれだけだ、と心の中で独り言。

「紫峰さん、変わってる」

「そうかな。それでもいいけどな」

言いながら美佳をベッドへ下ろす。

すぐ美佳の上に覆《おお》いかぶさる紫峰は、美佳のエプロンを見てささやいた。

「エプロンしてベッドにいると、なんだかエロいね、美佳」

そんなことを言われると、すぐに外したくなってしまう。

「やだ、待って、外すから」

美佳がエプロンの結び目に手をやろうとすると、その手を取られる。

「それは、僕の役目だよ、美佳」

紫峰がエプロンの紐《ひも》をゆっくりと外す。そしてエプロンを脱がせた彼は、美佳の首に顔を埋《うず》めてきた。

「好きだよ、美佳」

ストレートな愛の告白に顔を赤らめながらも、美佳は彼の背中に手を回し、同じ言葉を伝える。

「私も好きです、紫峰さん」

紫峰がいなかった二日と少し。

有意義でもあったけれど、二人でいるのがしっくりくる気がした。

紫峰から与えられる熱に身体をゆだねながら、心から彼がいる今を噛みしめる美佳だった。

# 君が愛しいから

*Because I Love you*

# 1

三ヶ嶋美佳《みかしまみか》はその夜、自宅の仕事部屋でパソコンと向き合っていた。

美佳の職業は小説家兼翻訳家。そのため、一日の大半をパソコンの前で過ごすことが多い。

机の上の時計を見て、そろそろだな、と思いながら美佳は笑みを浮かべる。

もうすぐ夫が帰ってくる。

出がけに「今日は遅くなるから、先に寝てて」と言っていたけれど、美佳は仕事をしながら待っていたのだ。ただ「お帰りなさい」と言いたくて。

夫の名前は三ヶ嶋紫峰《しほう》という。彼と結婚したことによって美佳は、「三ヶ嶋美佳」という語呂のいい名前になった。最初は少し抵抗があったけれど、今は自分の名前を気に入っている。

美佳が結婚したのは、二十九歳で、周りの友人達よりも少し遅かった。職業柄、外出する機会が少なく出会いがなかったのも一因だが、それよりも生来の、のんびりした性格のせいだろう。

しかし、三十を目前に焦《あせ》った。けれど、なにをどうすればいいのかわからなくて悩んでいたところ、母からお見合いを勧められたのだ。

紫峰とは、そのお見合いで出会った。背が高く、顔立ちも整っている彼を見た時、美佳はすごくときめいたのを、今でもよく覚えている。今までの人生で、紫峰のようなカッコイイ人に出会ったことがなかった。

けれど、紫峰には当時、恋人がいた。あろうことかお見合いの日、美佳は彼の首筋にキスマークを見つけてしまったのだ。

見たと同時に美佳は「そうよね」と思った。こんな素敵な人にお相手がいないわけがない。いい男を間近で見られただけでもラッキーだと思い、怒りは湧かなかった。

美佳は、その場で縁談を断った。それで話は終わるものだと考えていたけれど、紫峰はなぜか引かなかった。半ば強引に次のデートの約束を取り付け、その後も熱心に美佳を誘ってきた。そうして何度目かのデートをした時、彼は恋人との関係を清算したと、きっぱり宣言したのだ。

美佳は紫峰とデートを重ねるうちに、彼のまっすぐな思いに惹《ひ》かれていった。

プロポーズの時、「どうして私と結婚したいの？」と問う美佳に、紫峰は「君が好きだからに決まっているでしょう」と答えた。その言葉は美佳の胸に響き、この人に一生ついていこうと決めたのだ。

今の幸せがあるのは、あの時お見合いをしたから。

美佳が物思いに耽《ふけ》っていると、玄関が開く音がした。

美佳は立ち上がり、帰ってきた彼を玄関まで出迎えに行く。

「お帰りなさい、紫峰さん」

午前二時。紫峰はここ一ヶ月ほど、いつも帰宅が遅い。電車で帰ることができない時間なので、最近は車で出勤していた。紫峰の仕事は、要人警護、いわゆるSPと呼ばれる特殊なもので、不規則な勤務形態だ。

「ただいま。仕事中だった？」

そう言いながら玄関で靴を脱ぐ紫峰の顔には、疲労が滲《にじ》んでいる。ネクタイが緩んでいるのは、帰りの車の中でそうしたからだろう。

「そう、仕事中。ご飯、食べます？」

美佳は言いながらキッチンへと歩き出す。けれど、残念なことに返ってきたのは「いらない」という返事だった。

「とにかく寝たい。ごめん、美佳」

寝室へ直行する紫峰を、美佳は見つめる。

結婚して一年以上。紫峰はいつも忙しそうだ。結婚記念日も一緒に過ごせなかったし、新婚旅行だって、流れに流れて行けていない。仕事柄、昼も夜もなく、休みも不規則だからしょうがないのだ。美佳はがっかりしながらも、仕事を再開しようと自室に向かう。

そしてパソコンに映し出されたアルファベットを眺めてため息をつく。今やっているのは翻訳の仕事だ。最近は小説に専念するために、翻訳の仕事はほとんど断っているのだが、今回はどうしても、と言われて引き受けた。明後日《あさって》までには仕上げなければならない。これが終わったら、次は雑誌のコラムを書いて、それから新作の小説の打ち合わせも控えている。

「紫峰さんだけじゃなく、私も意外と暇がないのね」

カレンダーを見つめていると、ドアをノックする音が聞こえた。振り向くと、ドアが開き、紫峰が姿を現した。

「美佳は寝ないの？」

「……あ、ごめんなさい。急ぎの仕事なの。もう少ししたら寝るから、紫峰さんは先に寝てて」

美佳が笑みを浮かべて言うと、紫峰は頷《うなず》いて、ため息をついた。それから美佳の側にやって来て彼女が座っている椅子を回転させる。そうして自分の方へ身体を向けさせると、美佳の頬と二の腕を撫でた。

紫峰はじっと美佳を見つめたまま、微《かす》かに笑う。

「仕事なら邪魔できない」

そう言って、美佳の前に腰をおろし、膝に頭をのせてきた。

先ほどまで腕を触っていた紫峰の右手は、美佳の指の間に差し込まれている。右手は手を繋《つな》いだまま、左手は美佳の腰のラインをなぞり、太腿を撫でる。その仕草がセクシーで、美佳は動けなかった。

「疲れた」

呟《つぶや》く声には艶《つや》があって、ドキッとする。紫峰の触れ方や、膝に頭を預ける様子を見て、もしかしてそういうことをしたいのかも、と考えた。

けれど今の美佳には、片づけなければならない仕事がある。応《こた》えたい気持ちはあるけれど、今はちょっとできない。でも疲れて帰ってきた紫峰がこうして甘えてきているのだ、彼の気持ちに添いたいと思い、微笑んだ。

「お疲れさま、紫峰さん」

美佳は繋《つな》いだ手に少し力を込めて握り返した。親指で紫峰の手の甲を撫で、それからもう片方の手で紫峰の頭も撫でる。すると彼が身を起こし、美佳の首に腕を回してきた。美佳の首筋を撫でる仕草は、明らかに誘っている。そのまま身体を引き寄せられた美佳は、自分から紫峰に顔を近づけた。キスをするのも久しぶりだ。

短いキスをする。それで満足したのか、紫峰は微笑んで立ち上がってしまった。もう少し深くキスをしてほしい、という思いが美佳の中にわき上がるが、紫峰は頭を切り替えたようで、すっと離れて言った。

「仕事の邪魔をして悪かった。また明日」

「……はい、また明日」

ドアが小さく音を立てて閉まる。その音が耳に残って、美佳はしばらく仕事が手につかなかった。早く仕上げなければ、紫峰との時間だって取れないのに。

時刻は午前二時半。ため息ばかりが零《こぼ》れる。こんなことでは仕事が進まない。

気を取り直してなんとか区切りのいいところまで進め、それからシャワーを浴びた。髪の毛を乾かしながら時計を見ると、午前三時を過ぎている。

「……紫峰さん……きっと明日も早い。七時に起きて、八時には家を出るはず」

今、美佳が寝室に行ったら、紫峰を起こしてしまうかもしれない。

そう思うと、寝室に入るのは躊躇《ためら》われた。そこで、ひと息ついて気合を入れ直す。

「やっぱり、仕事しよ」

美佳は自分の部屋に戻った。

紫峰がぐっすり寝入っているだろう明け方まで仕事して、それから少しだけ寝て、紫峰のために朝食を作ろう。そう思うと少しやる気が出てきて、今度は仕事がはかどった。この仕事が終われば、紫峰との時間が作れる。

美佳はそう思って頑張った。

☆

「もう少し仕事をする」と言った美佳を残し、紫峰は先にベッドに入った。

疲れていたが、明け方、なぜか目覚めてしまった。仕方なくヘッドボードの時計を見る。

「まだ五時……」

もう一度寝ようと思ったが、ふと思い立ってベッドを出た。

美佳の自室の前まで行くと、中から光が漏れている。「まさかこんな時間まで仕事を?」と思いながら扉をそっと開けると、美佳はパソコンに突っ伏して寝ていた。

首を痛めそうな体勢だったので、紫峰は心配になった。まだ夜は冷える季節だというのに、上着も着ていない。

「美佳」

身体を揺らすが、起きる気配はなかった。紫峰は仕方なく、美佳を抱え上げる。

それでも起きる様子はない。

「こんなところで寝るなんて。身体を痛めるぞ」

寝室へ運び、美佳をそっとベッドにのせて布団をかける。その横に紫峰も寝転んで、柔らかい彼女の身体を抱き寄せる。

紫峰は安心してふたたび目を閉じた。

☆

「あれ？　あ、え？」

起き上がると身体が軋《きし》んだ。肩と腕が、とにかく痛い。

「いった……」

美佳は顔をしかめた。どうにか起き上がって腕を上げると、やっぱり痛かった。

昨晩、机に突っ伏して寝てしまったようだ。でも、今美佳がいるのはベッドの上。誰がここまで連れて来てくれたのかは、明らかだ。

「痛い」

「そりゃ痛いよ、美佳。パソコンの上で眠ってた」

痛みに耐えながら背中を丸めていると、呆れたような声が届いた。見ると、寝室のドアに身体を預けるようにして紫峰が立っている。ジャケットは着ていないが、きっちりとしたスーツ姿。その立ち姿から、疲れは感じられなかった。

今日もカッコイイ、と思いながら、美佳は紫峰に聞いた。

「紫峰さん、ここまで運んでくれたんですね？」

「なんでか五時ごろ目が覚めてね。部屋をのぞいたら、君がパソコンに突っ伏して寝てた。あんなに身体を丸めて寝ていたら、肩や首を痛めて当たり前だよ」

美佳がふと時計を見ると、七時五十分を過ぎようとしていた。

「ご飯は？　食べた？」

「軽く。もう行くよ」

食事を作れなかったことに、がっかりした。疲れている紫峰を癒《いや》すために、朝食を作るつもりだったのに。自分が紫峰に世話をかけては、意味がない。

顔を上げると、紫峰が微笑みながら手招きしていた。美佳は首を傾げつつ紫峰の側に行く。なんだろう。

「うしろを向いて」

「うしろ？」

「いいから、うしろ向いて」

美佳はなんのことかわからなかったが、言われるままにうしろを向いた。すると紫峰の腕が脇の下辺りに伸びてきて、美佳を羽交い締めにする。

「おとなしくしていて。ちょっと痛いよ」

そう言った直後、紫峰の腕が美佳の肩をうしろに引っ張った。

「いっ！　痛いっ！　や、ギブ、ギブッ！」

「もう少し」

さらに力を込めて肩を引き上げられて、美佳は痛さのあまり大声で叫ぶ。

「紫峰さんっ！　放して！　痛い！」

紫峰は笑うばかりで放してくれない。

「頑張って」

肩がゴキゴキいいそうな感じだった。さらに、少し力が緩められたと思ったら軽く左右に揺らされて、これも痛かった。ようやく羽交い締めが解《と》け、最後に腕を強く引っ張られた。ゴキリ、と関節が鳴った気がした。

「痛っ！」

紫峰は、軽く背を撫でてくれた。

「治った？」

美佳はようやく、紫峰に向き直ることができた。彼はにこっと笑って美佳を見ている。

「痛かったです。やる前に言ってほしかった」

「ちょっと痛いって言ったよ？」

確かにそう言ったけれど……

「美佳、肩が凝ってるね。たまには運動しないと。あと、机で寝ないこと」

「ごめんなさい。でも……もうしないとは言い切れない」

美佳の言うことに少し苦笑して、紫峰は横を通り過ぎていく。寝室にあるクローゼットからジャケットを取ると羽織りながら美佳に言った。

「だったら、さっきのやつ、またやるしかないな」

ジャケットのボタンを留めて、それから美佳の髪の毛に触れて、軽く唇を重ねる。

「たまには仕事を休んで、身体も動かして」

肩を軽く叩き、紫峰は玄関へと向かう。

美佳は寝間着姿のまま紫峰を追いかけ、靴を履くその背に言った。

「行ってらっしゃい、紫峰さん。気をつけて」

紫峰は振り返り、美佳の頬を撫でる。

「今日も遅くなるかもしれない。先に寝てて」

紫峰は笑顔を見せて玄関を出る。

「行ってきます」

美佳は手を振って見送った。今日も遅くなる、という言葉にがっかりしながら。

美佳の生活も時間が不規則で、仕事が立て込んでくると変な時間に寝て、変な時間に起きてしまう。それでも紫峰と生活するようになって、少しは改善されたけれど……

ここ数日のように、お互いの生活リズムが合わず、あまり会話もできないことが続くと、ため息が出る。

「たまには二人でゆっくりしたい……なぁ」

その願いが叶うかどうかなんて、まったくわからない。紫峰は職業柄、夜中でもなにかあれば仕事に行く。それは仕方のないことだ。

あれこれ考えてもどうしようもない。美佳はとにかく自分の仕事を片づけようと決めた。まず目の前の原稿を仕上げなければ、ゆっくりもできないから。

紫峰のおかげで少し軽くなった肩を回しながら、身支度を整えるために美佳は洗面台に向かう。

そして自分の顔を見て、またため息。

「クマができてる。もう若くない証拠？」

美佳は今年で三十歳。もう決して若くない。

もっときちんとした生活ができるよう努力しなければ、と気持ちを新たにした。

愛する夫の前では、いつも綺麗でいたい。

## 2

「美佳先生、この度はすみませんでした」

美佳の担当編集者である早川光里《はやかわひかり》が、柔らかなウェーブヘアを揺らしながら頭を下げる。

彼女は先ほどようやく終えた翻訳原稿を、美佳の家に取りに来たのだ。

光里は以前は堤《つつみ》先生、と呼んでいたが美佳が結婚したのを機に、美佳先生と呼ぶようになった。

「間に合ってよかった」

美佳が頼まれていたのは、アメリカで有名な恋愛小説の日本語訳。

英語だったので、気負わず引き受けることができた。フランス語の依頼だったら、今回の納期ではちょっと引き受けられなかったかもしれない。美佳は英語とフランス語のどちらも操るが、英語の方が得意なのだ。

そうは言っても、英語だって駆け出しの頃はずいぶん苦労した。けれど真面目にコツコツ取り組んできたおかげで、今では信頼してくれる出版社も多い。

「……本当に急なお願いで申し訳ありませんでした」

「気にしないで、光里ちゃん。恋愛小説だったし、私も楽しみながらできたから。あとは、連載小説の執筆……これはもう少し時間があるのよね？」

美佳より少し年下の光里は、なぜだか顔を曇らせる。

「すみません、連載の方はまだ大丈夫なんですが、以前お話しした美佳先生の小説の二時間ドラマ化の件が本決まりとなりまして……あの、連載の方はスケジュールを調整しますので、近々ドラマの打ち合わせに出ていただきたいんです。実は……ドラマの担当は、営業部の戸田《とだ》と、企画部の菅野《すがの》なんです」

そう言って美佳を見つめる。

光里が美佳の担当になって四年経つ。二人で力を合わせて仕事をしてきて、今では親友のような関係を築いている。そんな光里が、心配そうに美佳を見るのは、しょうがないこと。営業部の戸田晴樹《はるき》。美佳よりも四つ年上の、仕事ができる人。今は、営業部の主任だっただろうか。

この戸田という人物は、三年前まで美佳が付き合っていた相手だ。本当に、彼のことが好きだった。けれど戸田は、美佳とは結婚を考えられない、と言った。

当時はかなりショックを受けて、言われた直後、美佳から別れを切り出した。結婚を考えられない相手と思われながら、隣で笑うことなんてできないと思ったから。

自分の容姿が普通で、スタイルもよくないことはわかっていた。かたや戸田は容姿もそれなりにいいし、仕事のできる男だったから、きっとモテたはずだ。

出会いは、彼が美佳の小説の営業担当になったことだった。必ず自分がヒットさせる、と熱心に語ってくれた。何度も打ち合わせを重ね、そして本が世に出て、それを美佳が手にする頃、彼から付き合ってほしいと言われたのだ。

正直、嬉しかった。美佳は戸田の仕事に対する熱意や、有言実行の男らしさに惹《ひ》かれていたから、すぐにOKした。

戸田と付き合い出した一年後に、光里は美佳の編集担当になった。だから、美佳が戸田と付き合っていた当時のことを、よく知っているのだ。

二年と少し付き合って、心も身体も戸田の方へ向いていたあの頃。別れるなんて微塵《みじん》も考えていなかった。このままこの人と結婚するのだ、と美佳はずっと思っていた。

「大丈夫。戸田さんも私も大人だし、もうお互いに結婚してるんだから」

戸田は美佳と別れた一年後、子供を授かって結婚したそうだ。それを聞いた時、美佳は正直落ち込んだ。自分とは考えられないと言ったのに、他の人とはこんなにすぐに決めるのか、と。当時は戸田を許せない気持ちになった。けれど、そんな美佳のささくれだった心も、時間が癒《いや》してくれた。ちょうどその頃、小説でヒット作を出すことができ、少しずつ自分に自信を持てるようになっていった。

そして一年後、二十九歳の時。結婚という二文字に本気で焦《あせ》りを感じ始めたその頃、紫峰と出会った。

「なにより、紫峰さんの方が素敵でしょ？」

美佳が茶目っ気たっぷりに言うと、光里は笑った。

「そうですねー。結婚式で初めてお目にかかった時は、かなり驚きましたよ。しかも、お色直しで、警察官の制服で登場するんですもん。ＳＰって聞いてびっくりしましたけど、カッコイイって思いました」

美佳の父が警察官だった縁で、紫峰とは出会った。

「で、ドラマ化の打ち合わせは、いつなの？」

美佳が聞くと、光里はバッグからスケジュール帳を取り出して確認を始めた。

光里がそうしている間、美佳はふと窓の外を見て、紫峰のことを考える。

昨日も一昨日《おととい》も帰りが遅かった。今日も遅くなるかもって言っていたな。

最近、一緒に食事をしていない。紫峰は外食が続いている。疲れている紫峰にバランスのとれた食事を、と思うのだが、美佳も忙しくてここしばらく準備できていない。

強い風が吹き、窓ガラスを揺らす。まだしばらく寒い日が続きそうだから、今度二人で食事をとる時は鍋にしよう……と思った。

3

光里と自宅で打ち合わせをした翌週、美佳はドラマの打ち合わせのために出版社に出向いた。

美佳の小説がドラマ化されるのは、これで二度目。美佳の作品は恋愛小説が多いが、今回のテーマはヒューマンドラマだった。

キャストは今話題の役者揃いで、制作者にも気合が入っている。

打ち合わせは約三時間ほどかかったが、なんとか滞《とどこお》りなく終えることができた。

「いいドラマにしましょうね」

帰り際、監督にそう言われて、美佳は笑顔で「そうですね」と答えた。

帰ろうとエントランスに向かう途中、戸田の存在に気づいた。彼もこちらをチラリと見ると、他の社員との話を切り上げ、やって来る。

「久しぶりだ、美佳」

「戸田さんも元気そうですね」

美佳がそう言うと、彼は苦笑して頭をかいた。

「結婚したんだっけ?」

美佳が頷《うなず》くと、戸田は笑みを向ける。

「三ヶ嶋美佳、になりました」

「なんか舌を噛みそうな名前だな。ところで三ヶ嶋さん、これから時間ありますか? もう少し打ち合わせしたいことがあるんですが」

「はい、どこでしますか?」

指定された喫茶店は、以前よく美佳と戸田が一緒に行った店だった。出版社から歩いて五分くらいの場所にあるその店は、お洒落《しゃれ》で紅茶が美味しい。

二人で喫茶店まで歩く。店に着いて案内された席に座ると、さっそく戸田はウェイトレスを呼んだ。コーヒーと一緒に美佳の好きなミルクティーも注文して、こちらに笑顔を向ける。

「紅茶でよかったよね、美佳」

彼が美佳のことを名前で呼ぶのは、しょうがないことなのだろうか。あえて訂正するのも、逆に意識していると思われそうで躊躇《ためら》われた。

美佳が運ばれてきた紅茶に口をつけようとした時、近くで選挙演説が始まったようだった。

「ああ、そういえば今日は、元総理大臣推薦の候補者の演説があるって言ってたな」

「そうなんですね」

「物々しい雰囲気で、護衛みたいな男達もいたぞ」

護衛と聞いて、美佳は思わず反応してしまった。もしかしたら紫峰だったりして。いや、そんな偶然はないか。

「ああいう護衛の人達って、ＳＰって言うんだろ？　この間も見たけど、顔で選んでるのかってくらい、イイ男ばっかりだったな。美人の女性ＳＰもいた」

紫峰も端整な顔出ちで、背が高く、スタイルもいい。細身だけれど日頃から身体を鍛《きた》えているだけあって、腹筋も腕の筋肉も相当なものだ。そういえば紫峰の部下も皆、美形揃いだ。顔で選ばれたと言われても頷《うなず》ける。そんなことを考えていたら、美佳はなんだかおかしくなった。

「どうしたんだ？　急に笑いだして」

無意識のうちに笑みを浮かべていたのだろう、戸田に指摘されて、美佳は我に返る。

「なんでもないです」

「そう？」と言うと、戸田は気にした様子もなくコーヒーを飲んだ。ひと口飲んで顔をしかめて、砂糖を追加する。昔から甘党の戸田は、コーヒーに砂糖を二つも入れていた。

「美佳は、幸せ？」

言われて、美佳は顔を上げた。戸田はにこりと笑って、こちらを見ている。

「幸せです。どうして？」

「俺はたまに早まったな、って思う時があるからさ」

美佳とは結婚できないと言った戸田。その一年後に他の女性と結婚したくせに、なにを言っているのか。

「奥さんのこと、好きじゃないの？」

「それなりに好きだよ。でも今は子供の母親って感じだな。俺の奥さんって感じは、あまりしない」

それなりに、という言葉に美佳は違和感を持った。けれど、その心に引っかかったものがなんなのかはわからない。

「美佳はこんな俺に対して、なんとも思わない？」

質問の意味がわからず、美佳は首を傾げながら問い返した。

「なんともって？」

「……俺はあの時、美佳との結婚は考えられないと言ったけど、まったく考えていないわけじゃなかった。別れ話になった日、本当は『あと一年待ってほしい』って言うつもりだったんだ。でも、美佳にもう別れる、ってきっぱりした態度を取られてかっとなって。勢いで別れてしまった」

そう言って美佳を見る戸田の目は、昔と同じだった。

確かに、当時はなにも思わなかったわけじゃない。でも、こうして自分も別の人と結婚しているのだから、今さらなにも思うことはない。時間は美佳を大人にしたのだ。

「あの時は、仕事とかでも揉め事が起きたりして、いっぱいいっぱいで……」

戸田の話を聞きながら、美佳は自分の左手の薬指に触れる。

仕事で揉めること、それは誰だってある。時にはプライベートに影響を及ぼすこともあるだろう。

紫峰の仕事は危険を伴うし、神経が擦り減るだろうに、紫峰はあまり、愚痴《ぐち》を言わない。

『帰ってきて、美佳の手料理を食べると落ち着く。いつもありがとう』

紫峰はいつも、そう言って微笑むだけだ。だから美佳は料理を頑張る。お風呂を沸かしたり、できる限りのことを整える。

「美佳はよく俺の愚痴を聞いてくれたよな。聞き上手で、俺はそこが好きだった」

付き合っていた頃も戸田は、そんなことを何度も言っていた。美佳自身が好きだとは、あまり言われた記憶がない。それでも美佳は、話を黙って聞く自分が好きというなら、それでも構わないと思っていた。

「奥さんはそうじゃないの？」

「今は子供で手一杯って感じ。そんな状態だから、相談もできない」

「でも言ってみないとわからないわよ。夫婦なんだから、話し合えばいいじゃない」

美佳が言うと、戸田はため息をついた。

「美佳は今の旦那に不満はないのか？　あるだろう、少しくらい」

不機嫌そうに窓の外を眺めながら戸田は言う。

「最近帰りが遅いから、早く帰ってきてほしいくらい、ですね」

ウソだろ、と戸田が呆れたように笑う。

「ウチの奥さんはもっと、いろんなこと俺に言うけどな。片づけしろとか、仕事のカバンをリビングに置いたままにするな、とか。掃除を手伝ってほしいとかさ」

「言わなくてもしてくれるんです。私の方が大雑把《おおざっぱ》なくらい」

こと整理整頓に関しては、美佳より紫峰の方が几帳面《きちょうめん》なのだ。

美佳がリビングに置きっぱなしにしていた書類なども、気づくと紫峰がファイルに詰めて、美佳の机の上に置いてくれていたりする。

「今の人に、出会えてよかったです。戸田さんも、きっと今の人がベストだと思います。私とは結婚できない、って言ったけど、今の人とはしているから」

「子供ができたからさ」

「それでも結婚しないって人はいます。でも、戸田さんはそうしなかった。奥さんのことが、それだけ好きで特別だったんですよ」

美佳の言うことに、戸田は笑った。

「大人だよな、君は昔から。それに、痩《や》せて綺麗になった。それって旦那のせい？」

「たぶんそうです。本当に素敵な人で、私にとってかけがえのない人」

「本当にしっかりしてるよな。元カレがこうして甘えても、優しく受け流して、おまけに旦那との惚気《のろけ》話までするなんて」

戸田が苦笑して美佳を見る。そして「打ち合わせは終了」と言って店を出ることになった。

美佳もそれに頷《うなず》いて席を立つ。

会計を済ませて店を出ると、演説の声は一層大きく聞こえてきた。

「……選挙が終わるまでの辛抱だな」

駅へと向かう大通りで、演説は行われていた。

「あ、俺がさっき言った美人。今日もいる」

選挙カーの下には数人のスーツ姿の男達。その中に一人、きっちりとパンツスーツを着た女性が確かにいる。

その女性は、紫峰の部下の坂野《さかの》だった。辺りを見回すと、他にも美佳の知っている顔があった。ということは、ここに紫峰もいるのだろうか。

「あ、やっぱりいた」

美佳が呟《つぶや》くと、戸田は美佳を見る。

「知ってる人がいたのか？」

美佳は頷《うなず》いてあの人、と紫峰を指さす。

「ふうん、イイ男だな」

「私の旦那様なんです」

「……は？　マジで⁉」

美佳が頷《うなず》くと、戸田は「えー！」と驚きの声を上げながら、マジマジと見つめてくる。

仕事中の紫峰を見るのは初めてで、嬉しかった。機密事項の多い仕事だから、こんな機会は滅多にない。

「警察官なのか……？　驚いたな」

「そう、警察官なんです」

「気づかないなぁ、こっちに」

「遠いし、無理だと思いますよ」

美佳が答えると、戸田はしばらく紫峰を眺めてから言う。

「マジでイイ男だな。本当に旦那？」

「……私が平凡な顔をしてるからって、失礼ですよ」

美佳がムッとすると、戸田は「悪かった」とすぐに謝ってきた。

カッコよくて素敵な紫峰。

今日は早く帰ってくるだろうか。

「俺はそろそろ会社に戻らなきゃならないけど、美佳はもう少しここにいるか？」

戸田から言われて頷《うなず》いて、その場で彼とは別れた。

戸田と久しぶりに話したら、もっと動揺してしまうのではないかと思っていた。けれど、なんともなかった。

「なるべく早く帰ってきてね、紫峰さん」

聞こえるわけはないが、口に出してみる。

それから美佳はしばらくの間、仕事をする紫峰の姿を遠くから見つめていた。

☆

仕事が一段落した美佳は買い物へ行き、食事を作って紫峰を待つつもりだった。けれど今日もやはり、紫峰の帰りは遅い。先に休むことにした美佳は、その時、眠っていた。

「ん……？」

背中や鎖骨、胸の辺りに温かい感触があり、美佳は目を覚ます。

「目が覚めた？」

美佳の身体に触れる、紫峰の手。紫峰以外に、こんな風に美佳に触れる人はいない。

紫峰は寝ぼけ眼《まなこ》の美佳の胸を揉み上げ、頂点を時々摘んで感触を楽しんでいる。

「紫峰、さん……っ」

優しく胸を揺らす彼の手に、思わず吐息が零《こぼ》れる。紫峰は美佳をうしろから抱きしめ、首筋を辿《たど》って肩甲骨にも優しくキスをする。

美佳は思わず、小さく声を漏らした。すると、美佳を抱きしめる紫峰の手に情熱がこもり、先ほどよりも強く胸を刺激される。

美佳は身体が疼《うず》き出し、堪《たま》らず背を丸めてしまっていた。

「身体を縮めないで、美佳」

耳元でそう言われて、美佳は紫峰の大きな手に自らの手を重ねる。

「待って……ぁ」

けれど紫峰はそんな言葉など聞いてくれず、抱きしめ直されて、美佳は眉を寄せた。久しぶりの感覚に、身体が翻弄《ほんろう》される。美佳の全身に快感が広がっていく。

大腿《だいたい》を撫でていた紫峰の手が、美佳の身体の内側へと伸び、下着にかかる。しとやかに閉じていた美佳の足の合間に滑り込んできた紫峰の指が、美佳のそこを撫でた。

美佳の潤《うるお》いでスムーズに指が動くのが恥ずかしい。

次の瞬間、指の一本が美佳の中に沈んでいく。その指は、美佳の敏感な部分を押すように出入りした。

「……っや」

横抱きにされたまま、美佳の中に入った指を緩慢《かんまん》に動かされる。あまりに強い快感から逃れたくても、紫峰がしっかりと美佳の腰を押さえているので叶わない。

さらに指を一本増やされ、美佳の我慢は限界だった。なんとか紫峰の手に触れて、必死の抵抗として軽く爪を立てるけれど、指の動きを止めてはもらえない。

「し、ほ……っさ……っあ」

こんな緩慢《かんまん》な快感は、かえってきつい。美佳の息が、次第に上がっていく。濡れた音を立てて中をかき回されながら、胸を揉み上げられるとくに堪《たま》らなかった。

「美佳、おとなしくして」

美佳の耳に唇を寄せた紫峰がささやく。

しかし美佳の口は自然と開いてしまい、声が漏れる。息苦しささえ感じる。

美佳にこんな思いをさせるのは、ただ一人。紫峰だけだ。

「寝込みを襲うなんて酷《ひど》い」と文句を言ってやりたい気持ちもあったが、美佳の身体は紫峰の与える刺激に素直に応《こた》えてしまう。

美佳は、自分の臀部《でんぶ》に硬いモノが当たっているのに気がついた。

紫峰自身はすでにしっかりと反応しきっていて、美佳の中へ入りたがっている。

美佳もすでに紫峰を受け入れる準備ができている。美佳は手を伸ばして、それを撫でた。

するとそれはさらに反応し、スウェットの上からでもわかるくらい、あからさまに主張する。

「いい？」

紫峰が短く、耳元でささやく。美佳はその声に酔いしれ、すぐに返事ができなかった。

すると紫峰は、焦《じ》れるように問いかけてくる。

「返事して、美佳」

美佳、と呼ぶ声も官能に満ちている。

「したい、美佳」

そんな風に言われると心臓が破裂してしまいそう、と思いながら大きく熱い息を吐いた。

「……きて、紫峰さん」

喉がカラカラで上手く声が出ない。消え入るような小さな声しか出なかったが、なんとか紫峰に届いたようだった。

紫峰は腰をさらに引き寄せ、美佳の足の間に足を割り込ませる。

少し足を開かされた状態で、紫峰の硬いモノが美佳の隙間を探った。何度か隙間を行き来したあと、美佳の潤《うる》んだ内部に紫峰自身がゆっくりと押し入る。

途端、自然と美佳の口から声が出た。

先ほどまでそこに入れられていた、指とは比べものにならない質量の大きさに、思わず息が詰まる。

「も……っや、紫峰さ……っ」

紫峰はたまにこうやって、美佳をゆっくりと抱く。そうされると美佳は焦《じ》れったくて、もどかしくて、つい「早く」と言ってしまいそうになる。

美佳はそんな緩やかな快感に、拳《こぶし》を握って耐えるだけ。

今日はうしろから抱かれているのでできないが、いつものように紫峰が美佳の上にいたら、彼を強く抱きしめていただろう。

「あ……っん」

やわやわと美佳の胸を揺らす手も、時々足の間に感じる愛撫《あいぶ》の手も、もどかしくて仕方ない。

紫峰は何度かゆっくりと横抱きのまま腰を打ち付けたあと、背中にキスをして美佳の身体をうつ伏せにする。紫峰は美佳に覆《おお》いかぶさり、さらに身体を揺する。

「美佳……っ」

堪《たま》らないような声が耳に届いて、紫峰も感じているのがわかる。

こうして紫峰に抱かれるのは久しぶりだ。切羽《せっぱ》詰まったように美佳を呼ぶ声を聞くと胸にくるものがあり、美佳の身体はさらに疼《うず》き出した。

紫峰の動きが少しずつ速くなる。ベッドの軋《きし》む音が部屋中に響く。よすぎて、苦しい。

「ん……っん、んぅ」

美佳の腰を持ち上げて、紫峰はさらに腰を強く打ちつける。

美佳はもう昇り詰めてしまいそうだった。

シーツを掴《つか》む手に力がこもる。

そんな美佳の仕草に気づいた紫峰が、美佳の手に自分の手を重ねてきた。手を繋《つな》がれ、美佳はますますこの快感から逃れる術《すべ》を失った。

そのまま腰を強く押し付けられた次の瞬間、美佳と紫峰は同時に達したようだ。紫峰は美佳の中に留まったまま動きを止め、重ねた手を強く握った。

紫峰の忙《せわ》しない呼吸を耳元で聞きながら、美佳は放心状態になっていた。しばらくすると紫峰が体勢を変え、美佳の中から出ていった。

美佳を仰向《あおむ》けに寝かせ、ふたたび覆《おお》いかぶさるように抱きしめる。美佳は紫峰の重みを感じ、満ち足りた気持ちが胸を占める。

それから紫峰はなぜかもう一度美佳の身体を横向きにし、背中に唇を這《は》わせてきた。唇と舌で下から上へとなぞり、ある一点に達すると少し痛みを感じるくらいに吸う。

「美佳……？」

紫峰が美佳の名を呼んだので、美佳は身体を回転させて満足した笑みを向けた。

「すごい汗。疲れた？」

「……疲れました」

「体勢がきつかったかな」

「そうですよ」と言おうかと思ったが、紫峰が優しく頬や頭を撫で、キスをしてくれたので言うのはやめた。紫峰はいつも、行為のあと優しい。愛情を感じさせる触れ方で、もう一度抱かれたいと思ってしまう。

美佳はまだ少し息が上がっているが、紫峰はすでに呼吸が整っていて、体力の差を改めて感じる。もう回復したと言わんばかりの様子でスウェットを直す紫峰を眺めながら、美佳は言った。

「……寝込みを襲うなんて」

美佳が抗議すると、紫峰は笑って美佳の頭を撫でた。そして身体を引き寄せて、少し強く抱きしめる。

「だって美佳、二週間ぶりくらいだよ？　それに二度も我慢できない」

一度目はいつだったのだろう。しばらく考えていた美佳は、紫峰が遅く帰ってきた日、少し甘えるような素振りで美佳の仕事部屋へやって来たのを思い出す。あの日はパソコンに突っ伏して寝ていた美佳を、寝室まで運んでくれた。

「我慢していたの？」

「したよ。君をベッドまで運んで、でも起こさずに抱きしめるだけにした」

紫峰がそんなことを言うなんてなんだか信じられなくて、美佳が内心驚いていると、唇を寄せられた。最初は軽くついばむようなキス。次第に深いキスに変わる。

それから紫峰は美佳の首筋に顔を埋《うず》めて、大きく息を吐いた。

こんな風に紫峰が甘えてくるのは珍しい。そんな彼の行動が嬉しくて、幸せだった。

「私も、寂しかったですよ。紫峰さんも私も忙しくて、すれ違ってる感じがしてた。こんな風に抱き合うのも久しぶりだったし。寝込みを襲われちゃったけど、よかった」

美佳が素直な気持ちを言うと、紫峰が首に顔を埋《うず》めたまま微《かす》かに笑った。

「美佳がこんな薄着で寝てるから、我慢がきかなかった」

紫峰はそう言って顔を上げ、もう一度ゆっくりとキスをしてきた。蕩《とろ》けるようなキスに溺《おぼ》れ、美佳はなにも言えない。

美佳は確かに寝る時、いつも薄着だ。布団の感触が好きだから、身につけるものは最小限にとどめて布団に包《くる》まる。そうすると肌が直接布団に触れ、とても気持ちいい。紫峰は「また薄着をして」といつも呆れているけれど、どうしてもやめられないのだ。

紫峰の「我慢がきかなかった」という言葉が嬉しくて、顔が熱くなる。愛されているという実感が込み上げる。こんな平凡な自分を、これほどまでに愛されヒロインにしてくれるのは、世界中探しても紫峰だけに違いない。

繰り返されるキスが気持ちよくて、次第に思考力を奪われていく。深いキスに応じていると、美佳の身体は少しずつまた熱くなっていく。

「……もう一度していいわけ？」

唇を離した合間に、紫峰が堪《たま》らない様子で言った。

すでに紫峰の下半身は、美佳の腹部を押し上げている。美佳は紫峰自身に、スウェットの上から触れた。すると紫峰が美佳の手を自分のスウェットの中へ導き、直《じか》に触れさせる。紫峰の大きな手が、そのまま美佳の手を上下に動かす。美佳はされるがままに、しばらくそれを繰り返した。

「さっきみたいに、ゆっくりされるのは苦しい。そうじゃないなら……」

「君の声が、聞きたかった。君の耐えるようなあの声が、すごく好きだ」

美佳は急に恥ずかしくなり、紫峰の胸に額を寄せ、赤くなった自分の顔が見えないようにした。そんな風に言われるとなにも言えない。

黙り込む美佳の胸に、紫峰が触れてきた。そのまま手が下におりて美佳の足を開かせる。紫峰が自分のモノから美佳の手を離して、シーツの上に縫《ぬ》いとめた。

反応した紫峰のモノは、抵抗なくスルリと美佳の中に入った。思わず声が漏れる。

すると紫峰が美佳の頬を大きな手で包み、優しくキスした。それから美佳の足の間に手を這《は》わせ、隙間に触れる。紫峰が指で触れると美佳のそこは濡れた音を立てた。恥ずかしくなって、思わず顔を逸らす。

「いや？」

「……っ、そうじゃなくて……またゆっくりするの？　紫峰さんがイッてくれないと、私、ずっと……っ！　っあ！」

「よすぎて苦しい」と続けたかったのに言葉にならない。紫峰は美佳の中にすべてを入れきり、一度身体を揺らしてから、美佳の髪を優しく撫でた。

「早く、ってこと？　それは無理」

紫峰がにこりと微笑む。その顔は、美佳の目にはどうしようもなく色っぽく映った。

「ベッドの上でくらい、君を思うままにさせて」

「なに、それ……っ」

紫峰は意味深な言葉を呟《つぶや》き、また緩やかな動きを繰り返した。

なにかを耐えるような紫峰の顔を見上げながら、美佳はとても苦しい時間を過ごす。

しっかりとしなやかな筋肉のついた紫峰の身体が上下する度に、声が漏れる。

身体が激しく脈打って、美佳に快感を知らしめる。

どうして紫峰は、自分をこんなに愛してくれるのか。

「君が好きだから」と言って微笑んでくれるのか。

仕事中はあんなにクールだった紫峰が、今は美佳の上でこんなに乱れている。

その事実が堪《たま》らなく愛しくて、恥ずかしくて、でも心地いい――

4

紫峰に激しく抱かれた日も、仕事だった。

出版社で戸田と打ち合わせ中だというのに、ボーッとしてしまっていたようだ。

「美佳、疲れてんの？」

美佳は慌てて笑みを浮かべ、その場を取り繕《つくろ》う。

「大丈夫です」

今日は久しぶりに茶道の師匠のところに寄って帰ろうと思い、着物を着ている。帯の締め付けが、少しきつい。

「そう、じゃあ、話を戻すけど、今回のドラマの件で、原作の小説も増刷をかけることになったから。そこで相談なんだけど、サイン会を開かせてくれないか。今回はうちの会社にとってビッグプロジェクトなんだ」

美佳はこれまで、人前に出てサインを書くなんて気が引けて、サイン会の申し出を断り続けている。

戸田は黙り続ける美佳に焦《じ》れて、ふたたび口を開いた。

「ぜひ協力してくれると嬉しい。君の小説は、多くの女性から共感を得ていて、新作が待ち望まれているんだ。それに、今書いているコラムも評価が高く、エッセイスト賞にノミネートされている。君は今をときめく人気作家だ。もっと自覚してくれると嬉しいと、常々思っている……」

「そう言っていただけるのは嬉しいけれど、家庭を第一に考えたいので……」

「それは旦那のため？　ＳＰなんて、不規則な仕事で大変そうだな」

「違いますよ。自分のため。私は、あの人が仕事から帰ってくるのを家で待っていたいんです」

「そんな風に着物を着てか？」

戸田は呆れるように笑った。それを見て、美佳は首を横に振って苦笑した。

「いつも着てるわけじゃないですよ。今日はちょっと寄るところがあるから。紫峰さんは、着物姿が好きだとは言ってくれるけど、いつも着ていたらクリーニングも大変です」

今着ている青い着物は取材旅行で購入したもので、とくに気に入っている。

着物姿の自分を見る、紫峰の目を思い出す。本当はずっと着ていたいが、やはり洋服の方が動きやすい。

「旦那の名前変わってるよな。どういう字を書くんだ？」

「紫の峰です。私も変わってるな、って思いました。お父様の実家が、お寺なんですって。お父様の名前もお兄さんの名前もそんな感じなんです」

戸田は「ふーん」と言って、手でもてあそんでいたボールペンをテーブルに置く。

「サイン会の件、くれぐれも頼む。君はもう少し積極的になるべきだ」

美佳は俯《うつむ》いて、ため息をつく。

「気負うことないよ。サインだって、凝ったものである必要はない」

美佳は笑みを浮かべた。自分に自信はないけれど、結婚して少し痩《や》せたし、以前よりは見られるようになっているはず。

「わかりました。サイン会の件、引き受けます」

美佳が言うと、戸田は「やった」と言って笑顔になる。

「ドラマ放送はまだ少し先だし、その告知が出てからサイン会をしたいと思っている。日程はまた連絡する」

美佳は頷《うなず》きながら戸田の話を聞いた。

いまいちピンと来なかったけれど、戸田は信頼できる仕事相手だ。だから美佳は執筆以外の部分については、彼の言うことに従おうと思っている。こういう販促活動について深く考えるのは苦手だ。

☆

美佳が打ち合わせを終えて出版社を出たのは、夕方近くになってからだった。

小さく嘆息《たんそく》して、眠いな、と思う。昨夜眠ったのは二時か三時。でも、紫峰に朝ご飯を食べてもらいたくて数時間後には起きた。

今日、昼から出勤した紫峰は、明日の朝まで勤務の予定だ。だから今日は早めに寝れるし、夕飯も簡単なもので済ませよう。

「紫峰さん、今頃どこで仕事してるんだろう？……それにしても、サイン会かぁ」

呟《つぶや》いてみると、さらに気が重くなった。そうは言っても、約束してしまったのだから果たすだけだ。

美佳は気持ちを切り替えようと思い、歩き出す。

足取りは、決して軽いとは言えない。美佳の身体に広がる疲労感は、昨晩紫峰から与えられたものだ。身体は少し辛いけれど、それも心地よく感じた。

5

お互いの仕事が忙しく、すれ違ったままの生活もようやく落ち着いた。

紫峰は自宅のリビングで、美佳を待つ。

先月は、耐え切れず寝ている美佳を起こしてまで抱いてしまった日もあったが、おかげでその後は一層仕事に身が入った。

そして迎えた今日からの連休。紫峰は美佳と京都旅行へ行くことになっている。

「美佳、終わりそう?」

「もう少し待って、紫峰さん。これが終わったら、行けるから」

紫峰はすでに準備万端だが、美佳はいまだにパソコンの前から離れない。

旅行前に終わらせるはずだった仕事が、まだ終わっていないらしい。昨日から自室にこもって作業しているようだが、まだ出かけられそうにない。

今回の旅行は、紫峰の父の提案により決まった。提案というか、気づいたら勝手に予約を入れられていたのだ。忙しい息子夫婦を気遣ってくれてのことだろうが、紫峰と美佳の予定を調整するのは案外難しかった。

「パソコンを持っていけばいいんじゃない？」

紫峰が言うと、美佳は自室からひょこっと顔を出した。泣きそうな顔をしている。

美佳のそんな顔を見たのは初めてで、よっぽど切羽詰《せっぱつ》まっているのだなと感じた。

「旅先にまで仕事を持っていきたくないんです。こんなことになるなら、もっと仕事をセーブしておけばよかった。ごめんなさい、もう少し待ってください」

紫峰は美佳が仕事を持っていくことを咎《とが》めたわけではない。家のことだって、いつもきちんとしてくれているし、仕事をする美佳も好きだ。けれど美佳は折に触れ、こういうことを言う。

「そんなに泣きそうな顔をしなくても。君を置いていったりしないよ？」

そう言っても、美佳は本当に泣き出してしまった。

「美佳、なんで泣く？」

美佳が泣いたところなんて、ほとんど見たことがなかった。紫峰は激しく動揺する。

「だって、せっかくの紫峰さんとの旅行。楽しみにしていたのに、当日の朝までこんなことになって……！」

涙を拭う美佳に向かって、紫峰は努めて優しく微笑み「待つよ」とだけ言って会話を打ち切った。

美佳の部屋からふたたびキーボードを叩くカタカタという音が聞こえてくるのを確認し、紫峰は呟《つぶや》きながらソファに身を沈めた。

「泣かせたのは、僕か？」

新幹線の時間まで、まだ余裕はある。紫峰は美佳と自分のスーツケースを玄関に運び、ふたたびリビングのソファに座った。テレビでも見て待っているか、と思っていたところで家の電話が鳴る。

紫峰はリモコンを置き、受話器を取った。

『美佳、原稿は終わったか⁉』

男の声が耳に届く。しかも今、「美佳」と呼んだ。

「妻にご用でしたか？」

「原稿」と言っていたから仕事関係の相手なのだろうが、声が少し低くなったのは仕方ない。今まで自分以外の男が、親しげに「美佳」と呼ぶのを聞いたことがなかったのだから。

あくまでも、紫峰の知る限り、ではあるが。

『あ、すみません。先生の旦那さんでしたか。失礼しました。先生の原稿の進捗《しんちょく》をお伺いしたく……』

慌てて訂正をする男に、紫峰は言った。

「失礼ですが、どちら様でしょうか？」

相手に悪気がないのはわかっているが、つい意地悪なことを言ってやりたくなる。そもそも、この男が先に名乗らないのが悪い。

『大変失礼いたしました。○○出版で営業をしている戸田晴樹と申します。これからも電話を差し上げる機会があるかと思いますので、以後お見知りおきください』

淀《よど》みなく答える口ぶりは、いかにも営業マンっぽい。

「妻はまだ仕事中です。もう少しかかると言っていました」

『あー……そうですか。では、先生に伝言をお願いできますか？　夜中でも待ちます、と』

用件を言い終え、電話を切ろうとした戸田に紫峰は伝える。

「あと数時間のうちには送ると言っています。妻は今から私と旅行なので」

電話を切った紫峰は美佳の部屋へ向かい、ドアをノックする。

「もう少しなの。もう終わるから、あと一行！」

焦《あせ》った美佳の声が聞こえてきたので、扉を開けて部屋に入った。

「今、営業の戸田氏から電話があった」

「戸田さん⁉　もう終わるから、あとで折り返す。光里ちゃんからは、かかってきてない？」

光里というのは、美佳の担当編集者の名前だ。いつも原稿を取りに来る、まだ若い女性。原稿を取りにきた彼女に紫峰も会ったことがあり、美佳の原稿を待つ間、二人でお茶を飲んだこともある。

それにしても、こんな風に威勢よく喋《しゃべ》る美佳は珍しい。美佳には美佳の仕事があるのだから、自分の知らない一面があるのはわかっている。けれど、あまりおもしろくない。

「知らない」

素っ気なく返すと美佳が驚いてこちらを見た気がしたが、紫峰は構わず部屋を出た。

リビングに戻り、ソファに座ってテレビをつける。

「人の妻を呼び捨てにするな。あの戸田とかいう男と美佳は、どういう関係だ？」

結婚する前の紫峰に、付き合っていた人がいたように、きっと美佳にもそういう相手がいたのだろう。身体の関係だって、美佳は紫峰が初めてではなかったし。年齢を考えれば、それはあり得ることだからとくに気にはしなかった。恥じらっていたし、あまり慣れてはいない様子で他の男の匂いも感じなかったから満足していた。それなのに、今になって美佳の過去が気になりだすとは。

「紫峰さん？」

リビングに来た美佳が紫峰の名を呼んだけれど、紫峰は美佳の方を向かなかった。我ながら心が狭いと思う。振り返らず、紫峰は答える。

「仕事、終わった？」

「終わったから、もう大丈夫。ごめんなさい、こんな日まで仕事して」

「別に気にしてない」

美佳の方を向かずにそう言うと、美佳が紫峰の隣に来て座った。

「紫峰さん、怒ってる」

「怒ってないよ」

「じゃあ、こっちを見て」

観念して美佳の方へ顔を向けた次の瞬間——美佳は紫峰にキスをした。

小さく音を立てて唇が離れると、今度は柔らかい身体に包まれる。

「ごめんなさい、待たせて」

機嫌が悪いとか、怒っているとか、そんなことは全部どうでもよくなった。

「新幹線の時間、大丈夫？」

美佳に抱きしめられながらそう問われ、紫峰は時計を見る。

「そろそろ出た方がいいかも」

紫峰が言うと、美佳はあっさりと身体を離した。

名残《なごり》惜しさを感じるが、でもきっと、これでよかった。これ以上ひっついていると、もっといろいろしたくなるから。

「紫峰さん、待っていてくれてありがとう」

美佳がにこりと笑うのを見て堪《たま》らなくなり、紫峰は美佳の身体を引き寄せて、もう一度唇を重ねる。

そのまましばらく、美佳から悩ましい声が漏れるまでキスを続けた。

# 6

新幹線の時間にも間に合い、無事旅行に出発することができた。

紫峰達は今、宿泊予定の宿の前に立っている。

「紫峰さん、ここ？」

「うん。僕は前に来たことがあるんだ……美佳？」

重厚感のある木格子の引き戸から中に入ると、趣《おもむき》のある庭が広がっている。相変わらず綺麗に手入れされている。満足した紫峰がうしろを振り向くと、美佳はまだ引き戸の前で呆然としていた。

「こんなところに来たの、私初めて」

ようやく敷地に足を踏み入れ、周りをキョロキョロ見回している。

今日泊まるのは、いかにも京都らしい祇園《ぎおん》の旅館だ。祇園《ぎおん》は観光地としても有名だが、一本路地を入ると、静かで趣《おもむき》のある場所が多い。

「ここに泊まるの？」

「ここじゃない。ここで受付を済ませて、離れの方に泊まるんだ」

「……あれ、別の家かと思ってた」

「露天風呂も内風呂も付いてるし、きっと寛《くつろ》げる」

紫峰は二度ほど、家族旅行でこの宿を訪れたことがある。

「紫峰さんって、すごいところ知ってるのね」

「僕じゃなくて父がね。ここの宿の主人と知り合いなんだ」

そう言って受付へ向かうと、女将《おかみ》が紫峰を出迎えてくれた。

手続きを待つ間、ロビーで抹茶と茶菓子をいただく。

繊細な細工を施《ほどこ》した美しい和菓子で、美佳はそれを皿ごと目の前に持ち上げて、しばらくじっと見ていた。

やがて女将《おかみ》がやって来た。どうやら準備が整ったようだ。

「おこしやす、紫峰さん。可愛い方連れはって。結婚しはったんでしたやろ？　お父様から聞いてますえ？　えらい、ええお嫁はん、て」

「妻の美佳です」

紫峰が言うと、美佳は姿勢を正して綺麗に頭を下げた。

「美佳です。今日はいい宿に泊まらせていただくことになりまして。よろしくお願いします」

「ご贔屓《ひいき》に。ごゆっくりなさっていってくださいｉ」

そう言って、女将《おかみ》は美佳に鍵を手渡した。

そのまま部屋へと向かうことにした。その時、女将《おかみ》が紫峰の腕を引っ張って耳打ちする。

「いつになったら結婚するのかって、お父様、悩んではったけど。あーんなお嬢さんを御所望やったん？　えらい礼儀正しい、躾《しつけ》の行きとどいたお嫁はん。ほんま、選《え》り好みしてはったんやねぇ」

美佳に聞こえないくらいの小さな声でそう言って、紫峰の肩をポンと叩いた。

数歩先を歩いていた美佳が、振り返って首を傾げる。

「どうしたの？」

「なんでもない」

紫峰は苦笑いし、美佳に歩み寄った。

確かに、美佳はよくできた妻だ。美佳が褒《ほ》められるのは気分がいい。それにしても女将《おかみ》は相変らずだな……

離れに着き、部屋の鍵を開けた美佳が歓声を上げたので、紫峰は嬉しくなった。

「すごい。っていうか、この宿、高そう」

窓の外に広がる見事な庭園を、美佳は眺めている。

「いつも予約でいっぱいらしいよ」

「やっぱり高いんだ？」

「二人で旅行するの初めてだし、これくらいはね」

「こっちの障子《しょうじ》を開けると、庭に露天風呂があるはず」

そう言って紫峰は障子を開ける。湯気で視界が曇る。

感激する美佳の表情に満足した紫峰は、座椅子に座る。

しばらく露天風呂を見ていた美佳も向かいの席にやって来たが、身体をテーブルの上に倒して目を閉じてしまった。

「ごめんなさい、紫峰さん。私すごく眠い……」

「昨日、徹夜だったしな。少し寝たら？」

目を瞑《つむ》る美佳の横顔を見ながら、先ほど電話をかけてきた男のことを思い出す。

美佳のことを呼び捨てにする、あの戸田という男。美佳にとって、どんな存在なのか。……

なんとなく、想像はついているのだが。

「お言葉に甘えて、寝てもいい？」

「露天風呂、一緒に入ってからね」

紫峰がからかって言うと、美佳は途端に目を開けた。ふにゃっと脱力した顔が色っぽい。

「一緒に？」

そう言いながら、畳に寝転がる。紫峰は押し入れから布団を出し、美佳に掛けてやった。

美佳は小さな声で「ありがとう」と言い、ふたたび目を閉じた。

「ねぇ、美佳。君はどれだけ僕に我慢させるわけ？」

本当に、いろいろと。聞きたいことも、したいこともある。けれど、疲れている美佳に無理をさせたくはない。

紫峰は寝ている美佳の頰を優しく撫でた。

7

美佳が眠ってしまったので、紫峰は一人祇園《ぎおん》の街へと出かけた。

時刻は十七時。夕食までには時間がある。

旅に出る前の二日間、美佳はほとんど不眠不休でパソコンに向かっていた。

疲れているのも無理はない。

彼女を労《いた》わりたい気持ちと、独占したい気持ちがせめぎ合う。そんな風に彼女の身体を第一に思いやってやれないのは、出がけに受けた戸田という男からの電話のせいだろう。

自分でも呆れるくらい、紫峰は嫉妬している。

モヤモヤした気持ちを抱えたまま街を歩いていると、簪《かんざし》を売っている店を見つけた。

たまに着物を着る美佳に、お土産《みやげ》を買おうと思い立つ。

店内をぐるりと見渡し、じっくりと吟味《ぎんみ》する。美佳にぴったりの、上品で控えめで、さり気ない可愛らしさのあるものを……

一人で店に来る男は珍しいのか、店の女将《おかみ》は親身に簪《かんざし》選びを手伝ってくれた。

そして納得のいく一本を選び、包装してもらって店を出る。気がつくと結構時間が経っていて、宿に着く頃には十九時を過ぎていた。

紫峰は急いで部屋に戻る。

「美佳、勝手に一人で出かけてごめん」

襖《ふすま》を開けながら紫峰が言うと、美佳は首を横に振る。

「私こそ、寝てしまってごめんなさい。もうすぐご飯ですって。どんな料理が出てくるのかな？」

嬉しそうに言われ、美佳が起きたら戸田のことを聞きたいと思っていた紫峰は、出鼻をくじかれた気分だった。

しばらく話していると、食事が運ばれてきた。

「湯葉、大好き」

美佳はそう言って、並べられた夕食をパクパク食べている。

「美佳の口に合ってよかったよ。朝から食べてなかったし、新幹線の中でも眠ってたから昼食も抜きだったしな」

別に嫌味を言うつもりはなかったのだけれど、美佳は小さな声で「ごめんなさい」と言った。

「そんなつもりで言ったんじゃないよ」

「でも、今日一日私は寝てばっかりで、せっかくの旅行を台無しにしちゃったでしょ」

「そんなことないよ」

紫峰が言っても、美佳はシュンとした顔をしている。

そんな美佳を慰《なぐさ》めようと、紫峰は先ほど購入したものを取り出した。

「僕は結構、有意義に過ごせているよ。美佳にお土産《みやげ》も買ったし」

「お土産《みやげ》？」

紫峰は綺麗に包装された箱を差し出す。

「簪《かんざし》、綺麗」

箱を開けた美佳が、感嘆《かんたん》の声を上げる。

花をかたどった金属製の簪《かんざし》。先端には珊瑚《さんご》と、シャラリと音を立てる飾りが下がっている。

「嬉しい、ありがとう」

ようやく笑顔を見せた美佳に、紫峰も笑みを向けた。この笑顔を見たかった。

けれど同時に、簪《かんざし》を買った時に考えていたモヤモヤした気持ちを思い出し、つい意地悪なことを言ってしまう。

「家を出る前に戸田って人から電話がかかってきただろ。その時、これから京都へ旅行に行くって言ったら、君は簪《かんざし》とかそういうものが好きだと教えてくれた」

「……戸田さんが？　そんなこと、言わないはず」

「どうして？」

「私の好きなものなんて、もらったことがないし」

「贈り物をもらうくらい、親しかったんだ。やっぱり。君のことを開口一番に美佳って呼び捨てにした」

美佳は簪《かんざし》を持ったまま、紫峰を見た。驚いた顔をしている。こんな風に美佳を試すような言い方、今までしたことはないから。紫峰自身も、こんな子供じみたことをしている自分が信じられないくらいだ。でも、口が止まらない。

「戸田晴樹って、君の元カレ？　で、今は仕事相手なんだ？」

別に責めるつもりはないし、怒ってもいない。

紫峰が続けると、美佳は簪《かんざし》を箱に入れて頷《うなず》いた。

「今はただの仕事相手。私には紫峰さんがいる」

美佳の返事を聞いて急に恥ずかしくなり、紫峰は話を切り替えた。

「美佳、ご飯を食べ終えたら、一緒に風呂に入ってゆっくりしよう」

「お風呂？　一緒に？」

「ダメ？」

紫峰が言うと、美佳は首を振った。

けれど彼女の表情は、硬く強張《こわば》っている。

ああ、美佳にこんな顔をさせてしまうなんて。

美佳に微笑みかける紫峰の顔も、引きつっていた。

8

「先に入っている」と言って露天風呂に行った紫峰を見送り、美佳は一人部屋で逡巡《しゅんじゅん》していた。

今日の彼は、なんだかいつもと様子が違う。

話の流れから察するに、出がけに戸田から電話があったことを気にしているようだが、あんな風に何度も蒸し返すなんて彼らしくない。

ともあれ、いつまでもこうしていても仕方ないので、美佳も風呂へ向かった。

服を脱いで扉を開けると、外気がひやりと美佳の身体を包んだ。

紫峰は湯船に浸《つ》かり庭の方を向いているため、表情は窺《うかが》えない。

美佳も浴槽に入ると紫峰がこちらを向いたので、笑顔を向けた。

紫峰の隣に座って、美佳は夜空を眺める。

「星が綺麗」

「そうだね」

何度見ても、引き締まった色っぽい紫峰の身体にはドキドキしてしまう。

「……悪かった。ごめん、美佳」

「なにが?」

「さっきのこと。僕だって前の彼女と職場が近いのに、自分のことは棚に上げて。彼が美佳のことを呼び捨てにしているのを聞いて苛立っていた。心が狭いな、僕は」

やはり戸田のことを気にしていたのか。そういえば、紫峰の元恋人も同じく職場の女性だった。紫峰の元恋人、中村瞳子《なかむらとうこ》は紫峰が美佳とお見合いをした当時、付き合っていた人だ。結婚当初は、少なからず彼女のことを意識していたが、今はもう過去のこととして気持ちに折り合いをつけられている。

「中村さんは紫峰さんのこと、下の名前じゃないけど苗字の『三ヶ嶋』をもじって『ミカ』って愛称で呼んでるね。そして紫峰さんは、それを許してる」

美佳が言うと、紫峰は言葉に詰まったように黙る。

「責めているわけじゃないの。私だってそんな二人の関係が羨《うらや》ましい時もある。でもね、紫峰さん――」

紫峰の肩に触れながら、美佳は続けた。

「過去のことは過去のこと。今さら変えられない。それに、私と紫峰さんには、これから一生分の時間があるのよ。たくさんの思い出を作っていける。私達の関係はまだ始まったばかり。このマリッジリングをはめてもらう時に、紫峰さんは私に永遠の愛を誓ってくれたでしょう？　病《や》める時も健《すこ》やかなる時も……って」

美佳は左手の薬指にはまる指輪に、愛しさを込めて唇を寄せる。

「私は一生、紫峰さんだけのもの。だって、奥さんになったんだもの」

戸田との恋は過去のもの。今は感傷もなにもない。美佳は紫峰に夢中で、もう他の男なんて目に入らないのだから。

「戸田さんには、一度きちんと話す。もう私のことを『美佳』と呼ばないでって。紫峰さんを悲しませるようなことはしたくないの」

紫峰はしばらく美佳をじっと見つめ、大きなため息を一つ吐いて言った。

「君には本当に敵わない。僕は大人げないな、いつも」

「それだけ、私のことを思ってくれてるってことですよね？」

「美佳は僕のものだ。君が愛しくて堪《たま》らない」

紫峰はおもむろに美佳を抱きしめた。肌と肌が直《じか》に触れ合う。その生々しい感触に、美佳は顔が熱くなった。

「……結婚してるのに、こんな風に嫉妬するなんて、自分でも恥ずかしいよ。もっと余裕を持っていられると思ってた」

紫峰が微笑んでそう言うので、美佳も同じく微笑む。

「私の心は、紫峰さんといつも一緒にあります」

「……そうだね。さっきは、あんな聞き方して、悪かった」

「気にしてないから」

「……恥ずかしいついでに、もう一つだけ聞いてもいいかな。君は戸田になにをもらったことがあるの？　気になって仕方なかった」

美佳は当時を思い出し、苦笑しながら言った。

「パソコン、マウスパッド、あとはアイマスクとか。仕事に関するものばかり」

「……じゃあ、美佳がいつも使っているあのパソコン、彼からもらったのか？」

「実はそうなの。ごめんなさい、黙ってて」

あれは確か、クリスマスプレゼントにもらったものだったはず。

美佳は機械に強い方ではないし、別れた相手からもらったものだとしても物には罪もないし……と考えて、使い続けていた。

「……僕が新しいモデルのパソコンを買ってあげるから、今のは処分してくれないか？」

今日の紫峰は、本当にどうしてしまったというのだろうか。けれど、美佳はなにか言うのはやめた。

「あと、君が本当に欲しいものをプレゼントしたい」

身体を引き寄せられて、軽く唇を重ねられる。

紫峰の意外な一面を知り、美佳は嬉しくなった。

「じゃあ、またこうやって綺麗に星が見えるところに行きたい」

紫峰は「星？」と言って、空を見上げる。先ほども同じような会話をしたのに、きっと紫峰は上《うわ》の空だったのだろう。「星が綺麗」と言ったら「そうだね」と答えたのに。でも、美佳のことで頭がいっぱいだったのだろうから、それも許せる。

「のぼせそうだから先に出てる。待ってるよ、美佳」

どこか含みのある視線を投げかけて、紫峰は立ち上がる。

引き締まった背中や腹部、魅惑的な腰のライン、そしてそれに続く下半身。あの身体にこれから抱かれるのだと思うと、悩ましいため息が出た。

美佳は湯船に顔を沈め、心の準備を整える。

「今日、するのかな」

先ほどの紫峰の目は、美佳が欲しいと告げていた。

考えているとのぼせそうなので、美佳も身体を洗って風呂を出る。用意されていた浴衣《ゆかた》を着て部屋に戻ると、すでに布団が敷いてあった。

布団の上に座っていた紫峰は、美佳が出てきたのを確認すると、静かに部屋の電気を消した。

美佳も布団の上に膝をつき、紫峰に呼びかける。

「紫峰さん、あの……」

次の瞬間、紫峰の大きな手が背に回ってきてキスされた。いきなり深く唇を合わされ、それだけで感じてしまう。

そうこうしている間に唇が離れて、今度は首筋に顔を埋《うず》められた。そのまま布団の上に押し倒される。

美佳の浴衣《ゆかた》の合わせ目から大きな手が入ってきて、下着を着けていない美佳の胸を揉む。それから先端を口に含み、濡れた音を立てて吸い上げる。

「あの……紫峰さん、話を……」

紫峰は口を離し、憮然《ぶぜん》として見つめ返してきた。小さな声で「まったく」と呟《つぶや》いて美佳の髪を梳《す》く。

「話しかけてくるなんて、余裕だね」

「そんなこと、ない」

「あるだろう？　君は僕に集中していない」

美佳の足を少し強引に開いて、自分の身体を割り入れてくる。そして膝から上へ這《は》うようにして、美佳の中心へ移動する。腰の辺りを何度か撫でられ、美佳は堪《たま》らず身体を震わせた。

美佳は今、浴衣《ゆかた》の下になにも着けていない。きっと風呂から上がったら、紫峰に抱かれると思ったから。

紫峰はそれを確認し、満足げな笑みを浮かべている。

「する気、ある？」

大腿《だいたい》と臀部《でんぶ》の辺りを行き来していた手が、下腹部を撫でる。でも、肝心なところに触れてくれなくて、美佳はため息をついた。

美佳も紫峰の浴衣《ゆかた》の中に手を入れて肩に触れて、軽く撫でる。そのまま肩口をはだけさせ、紫峰をじっと見つめた。

「紫峰さんも、私のこと抱く気あるの？」

挑発するように聞くと、紫峰は声を出して笑った。

それから美佳の首筋に顔を埋《うず》めて、鎖骨に舌を這《は》わせる。舌は次第に胸に移動して、また先端を口に含んだ。けれど今度は、ちゅっという音を立ててすぐに離し、下の方へと移動する。

美佳は自分一人だけ感じてしまうのが少し寂しくて、紫峰を制した。

「しほ、……さん。待って、しないで」

「……どうして？」

美佳の声に反応して顔を上げた紫峰の頬に触れる。

「紫峰さん、それはあとでして」

「あとで？　わかった、あとでするよ」

「それならあとで、たっぷりする」とでも言いたげな表情で笑い、美佳の足に触れてきた。最初は腿の辺りを上下するだけだった手が、ゆっくりと美佳の隙間へと忍び込む。紫峰が指で触れる度に、濡れた音が部屋中に響く。その音は、美佳を余計に扇情的《せんじょうてき》な気分にさせた。

中に入れる指を増やされ、美佳の背がしなる。

美佳がその行為に翻弄《ほんろう》され始めた頃、紫峰は胸への愛撫《あいぶ》を再開した。胸の頂《いただき》に唇で触れ、舌を這《は》わせ、口に含む。焦《じ》れったいほど緩慢《かんまん》な動作。

またゆっくりと抱かれ、あの苦しいほどの快感を与えられるのかと思うと、少し怖い気もした。

「ん……っん」

足を閉じたくても、紫峰の身体に遮《さえぎ》られて叶わない。だからといって、じっとしていることもできず内腿に力を込めると、紫峰の腰を挟む格好になってしまった。美佳が紫峰を欲しくてねだっているような体勢になり、羞恥《しゅうち》に身悶《みもだ》える。

「美佳、すごく濡れてる」

耳元で言われて、息が詰まった。

中に入った指を少し曲げられ、さらに刺激が強くなる。

美佳は思わず声を上げて、紫峰の肩を強く掴《つか》んだ。

紫峰の声を間近で聞くだけで、身体が蕩《とろ》けそうになる。美佳はこらえるように目を瞑《つむ》った。

「美佳」

呼ばれて目を開けると、口元にカサリとなにかを当てられる。

「噛んで」

避妊具のパッケージを当てられたのだとわかって、言われた通りに端をくわえた。紫峰は器用にパッケージを開け、中身を取り出す。

次の瞬間、紫峰は美佳の中に入れた指を、さらに深く押し込んだ。その衝撃で美佳は背をしならせ、一度イッてしまった。

放心状態で荒い呼吸を繰り返していると、紫峰が美佳の足を抱え上げた。

美佳はただ天井《てんじょう》を見つめていることしかできない。こんなに胸が苦しいままで紫峰が入って来るのだと思うと、自分がこれからどうなってしまうのか怖くなる。少し待ってほしいような、今すぐに来てほしいような……

けれど美佳の思いなどお構いなしに、大きなモノがゆっくり入ってくる。息を詰めると余計に苦しいけれど、圧迫感で上手く呼吸ができない。一度達したばかりの身体は、敏感になりすぎている。

「ぁ……っ」

紫峰の肩を両手で掴《つか》む。爪を立ててしまったかもしれないけれど、そんなことに構っていられない。

隙間をいっぱいに埋められ、一度だけ身体を揺すられた。堪《たま》らず息を吐くと、自分でも信じられないくらい甘い声が漏れて、恥ずかしくなる。

「気持ちいい」

そう言って、紫峰が美佳にキスをする。まだ口の端にくっついたままだった避妊具のパッケージを、紫峰は器用に口で挟んで取ってくれた。ようやく遮《さえぎ》るものがなにもなくなった美佳の唇に、紫峰が唇を重ね、深いキスをした。

美佳の身体には、心地よい疲労感が広がっていて、紫峰に差し入れられた舌にも応《こた》えられない。口の中をいいようにされながら、美佳の中にある紫峰自身がゆっくりと動き出す。それが堪《たま》らなくよかった。

「ふっ……っん」

身体を揺らされるスピードが徐々に速くなって、美佳の中はもうかなり濡れている。スムーズに動く紫峰自身が、それを物語っている。

「紫峰さ……んっ、イイ？」

尋ねると、紫峰が美佳の身体を抱き上げ、彼の膝の上に座る形にされた。繋《つな》がりがさらに深くなる。

「イイに決まってる。目が眩《くら》みそう」

紫峰は顔を歪《ゆが》めながらも、にこりと笑う。紫峰も息が上がっている。

紫峰は美佳の背と腰に手を添え、下から突き上げた。

美佳は目の前がチカチカしてきた。苦しいけど、もっと動いてほしい。

紫峰が美佳の身体を揺らす速度が速くなる。

「ん、あっ……っあ」

紫峰の首に手を回して、強く抱きしめる。

次の瞬間、美佳は弾けた。

「も、や……ぁっ……っ」

「美佳」

紫峰の動きが止まり、強く抱きしめられる。けれど美佳は紫峰が達する直前に絶頂を迎えていて、抱きしめ返すことができない。ぐったり脱力しながらも美佳の中で脈打つ紫峰自身を感じて、彼も達したのだとわかった。

紫峰はしばらくじっとしていたが、美佳の身体を優しく支えて布団に横たえてくれた。それからゆっくりと紫峰自身を抜く。その光景を目の当《ま》たりにして、美佳はごくりと唾を呑む。

紫峰は、脱げかけていた自分の浴衣《ゆかた》の紐《ひも》を解《と》く。彼もまだ少し息が上がっていて、露《あら》わになった胸が上下している。その様子が、どうしようもなく色っぽかった。

こんな紫峰を見るのは、これからは美佳だけなのだ。美佳以外は誰も見ないと思うと、そう考えるだけで、また紫峰が欲しくなる。

「そんな目で見られると、何度もしたくなる」

まだそんなに夜遅くはないはず。紫峰と愛し合う時間はたくさんある。

「して、紫峰さん」

美佳が言うと、紫峰はすぐに美佳の浴衣《ゆかた》の紐《ひも》を解《と》いた。そして合わせ目を開いて、美佳の豊かな胸に顔を埋《うず》めた。少し痛いほどに、何度も強く吸われる。きっと赤い痕《あと》が残るだろう。

紫峰の唇が下へと移動する。それから美佳の足を持ち上げて、内腿、そして足の付け根にきつくキスを施《ほどこ》していく。

「……っあ！」

紫峰が次になにをするのかわかっているけれど、恥ずかしくても止めたりはしない。美佳の予想通り、彼は美佳の足の間に顔を埋《うず》めて蕾《つぼみ》を舐《な》め始めた。美佳は眉を寄せて快感を受け入れる。

美佳は自分の下腹部へと視線を向けた。その場所に埋《うず》められた紫峰の頭を認めただけで、どうしようもない気持ちになる。水音を立てながら美佳の中心を攻める紫峰の髪にそっと触れた。

「きりがない、本当に。……っ、どうしてなんだか」

そう言って紫峰は、新たなパッケージを口で噛み切る。

美佳の中に、彼自身が早急に入ってきた。けれど紫峰は、すぐに動き出してくれない。

「本当に、君には敵わない」

美佳の頬を優しく撫でて、紫峰は優しい笑みを向けてきた。

「紫峰さん……、すごく、エッチな顔……っ」

緩く揺らされる。

「当たり前だ、君を抱いてる」

揺らされる身体、内部を満たす紫峰。

こんなに美佳の身体を欲しがって、感じている紫峰に嫉妬なんてさせられない。

今よりもっとたくさん、彼に愛を伝えなければ——

君が愛しいから。

9

夜中に目が覚めた美佳は、身動きが取れなかった。

いつものことだと苦笑して、紫峰の腕を横にやる。満足顔で寝ている紫峰は、とても幸せそうに見える。そんな姿を見ていると、美佳まで嬉しくなってくる。

布団を引き寄せて、紫峰の寝顔を眺める。そうしていると、結婚する前に姉が言った言葉を思い出した。

『警察官、とくにSPなんて、死の危険もある仕事でしょう？ 死ななくても怪我は付きものよ？ いつ流れ弾に当たっても不思議じゃない。考えなさい、美佳』

警察官だった美佳の父は、流れ弾に当たって死んだ。美佳が海外に語学留学していた時だった。

紫峰との結婚に母は賛成してくれたが、姉二人は最後まで反対していた。けれど最後には、なんとか認めてくれたのだ。

『美佳が、決めたことは譲らないの知ってるから。でも、覚悟はしておかないとダメよ？警察官の奥さんになるんだから。……幸せになってね、美佳』

紫峰が帰ってくる家で、美佳はいつでも笑顔で待っていたい。

隣で眠る紫峰の前髪をかき分けて、睫毛《まつげ》にそっと触れる。

「好きよ、紫峰さん。こうやって過ごせる時間を作ってくれた貴方《あなた》が、とても大事」

美佳は疲れていて、今日一日を潰してしまったけれど旅行は明日も続く。

紫峰の頭を軽く抱き寄せる。そうして美佳も目を閉じて、嫉妬なんてする暇もないくらい、惜しみない愛情を注《そそ》ごうと誓った。

☆

紫峰と熱い夜を過ごした翌日。少しだけ遅く旅館を出て、清水寺の近くにある、着物をレンタルできるお店に向かった。着付けと、髪のセットをしてもらい、待たせていた紫峰の前に出る。すると彼は、優しい笑みを向けてくれた。

「君はやっぱり着物が似合うね」

「ありがとう、紫峰さん」

美佳はお茶やお花のお稽古《けいこ》に行く時など、普段から着物を着ることがある。母のおさがりやら、自分で購入したものやらで、二十着近く持っている。嫁入り道具に大きな箪笥《たんす》を持っていったら、紫峰は目を丸くしていた。

今日選んだのはレトロな柄の、はっきりした黒地の着物。普段は淡い色のものを着ることが多いので、いつもとは違ったものを選んでみた。

「はっきりした色も似合うね」

「そう言ってもらえると嬉しい」

美佳が笑顔で言うと、紫峰は「行こうか」と言って手を差し出した。

「まずは清水寺から」

美佳は頷《うなず》いて紫峰の手を取った。

美佳にとって京都は初めてではなかったが、こうして愛する夫と過ごす京都はまた違った趣《おもむき》があった。美佳は、どうしても行きたい場所があり、思い切ってわがままを言ってみた。

「私、デザートが食べたいな。京都といえば、和のデザート」

「デザート？」

尋ね返す紫峰を、美佳は上目遣いで見つめる。

「食べたくない？」

「甘いものはちょっと苦手」

「お抹茶もある、美味しいところをリサーチしてきたの。紫峰さん、行きましょ？」

紫峰の手を引っ張ると、苦笑して美佳の言う通りについてくる。実は密かに京都の美味しいお店を調べておいたのだ。

清水寺から少し歩いたところにある店に入る。

定番のわらび餅と抹茶のセットを頼むと、紫峰は美佳に笑みを向けた。

「美佳、楽しそう」

「そう？」

「来てよかった。君がこんなに楽しそうにしてくれるのなら、もっと早く来ればよかったな」

美佳は彼の言葉に首を横に振った。

「私、今すごく楽しくて、幸せです」

笑顔で答えると「そうか」と言って、紫峰は美佳の手を握った。

「今、すごく心にきたな」

そう言って、さらに指を絡めて強く繋《つな》がれた。

「帰ったら、その着物、脱がせていい？」

店内には今、美佳と紫峰しかいない。けれど、あまりに大胆な発言に、美佳は瞬《まばた》きをして大きく息を吐いてからやんわりと制す。

「祇園《ぎおん》も行かなきゃ。八坂神社《やさかじんじゃ》も……あと、知恩院《ちおんいん》とか……。それに、疲れると思うし、今日はしません」

「僕は、脱がせていいかって聞いただけだけど」

紫峰が意地悪な笑みを浮かべて美佳を見る。

だから美佳は自分から手を離して、紫峰を軽く睨《にら》んだ。

「脱がせるだけなんですね？」

「脱がせないでしてもいいけど？　それに、実はまだ根に持ってるんだよね、彼のこと」

彼、と言うのは戸田のことだ。

「根に持ちすぎです。私はもう紫峰さんの妻なのに」

「君にとっての一番が僕だということはわかってるさ。でも、美佳を呼び捨てにしていたのが、おもしろくなかったんだ」

そんな話をしていると、頼んだメニューが届いた。紫峰はわらび餅を一つ、また一つと次々に口に運んでいくので、美佳は眉を寄せた。

「早く食べすぎ。味わって食べて、紫峰さん」

せっかくのデザートなのに、と思いながら美佳は苦笑いした。

「抹茶を飲みながら食べるとちょうどいいの。交互に口にしないと、苦味だけ感じますよ？」

美佳は茶道をたしなむので、抹茶の苦味には慣れている。けれど紫峰には飲み慣れないものだろうし、甘味と苦味の配分を考えないと、どちらも美味しくいただくことはできない。

紫峰はようやくわらび餅を食べる手を止めて抹茶を飲む。「苦い」と顔をしかめるのを見て、美佳は笑った。

「だから交互に、と言ったの」

「……悪かったね。いつまでも根に持って」

「いいえ。それだけ私を好《す》いてくれている、ということにしておきます」

けれど紫峰はその美佳の言葉に「違う」と言った。

「しておく、ではなくて、事実それだけ好きなんだ。その着物を今夜脱がせちゃダメと言われて、今も落ち込んでる。もしかしたら、泣くかも」

泣く、という言葉が紫峰のイメージと合わなくておかしくて、美佳は笑った。そして、紫峰の頼みを承諾した。紫峰は時々子供みたいなことを言う。

そんな風に紫峰から言われると、美佳は弱ってしまう。美佳だって紫峰から愛されるのが好きだし、幸せだから。紫峰の温もりが好きだから。

「約束だからね。帰ったら、今日も僕と寝ること」

「ウソは言いませんよ」

「着物は着たままがいいな。脱がせながらしたい」

「もう！　わかりました！　その話は終わりです！」

美佳は、わらび餅を頬張った。

「愛してるよ美佳」

にこりと笑うカッコイイ旦那様を見て、美佳は抹茶を音を立てて飲み干した。

「次は、知恩院に行きましょう」

「了解」

そう短く言うと、紫峰はさっさと立ってしまった。美佳も慌てて残りのわらび餅を口に収め、紫峰に追いつくと、紫峰は料金を支払うところだった。

「もう少しゆっくりしたいのに」

「君が行きたいところは、時間がある限り制覇《せいは》しよう。もちろん、デザートにも付き合うから」

そうして手を繋《つな》がれて笑みを向けられると、美佳はなにも言えなくなる。ちゃんと美佳の行きたい場所には連れて行ってくれるらしい。

「紫峰さんの行きたいところは？」

「君が行きたいところはどこでも行きたいかな」

カッコよすぎるし、優しすぎるし、その笑顔は反則だと思う。

「無理してない？」

「まったく。君と一緒ならどこでも行くよ。そういえば、東寺《とうじ》とかは行かなくていい？」

「行きたいです」

「じゃあ、時間がないからさっさと行動だ」

手を引かれて、美佳は笑みを浮かべる。

紫峰と過ごす、こんな日々は幸せだ。心から好きな人と一緒に旅行する幸せなんて、美佳は今まで知らなかった。すべて紫峰が教えてくれた。

美佳の心の中でまた「好き」という気持ちが膨れ上がった。

10

楽しかった京都旅行から帰って数日経ったが、美佳はまだよく旅行のことを夢に見る。

夢現《ゆめうつつ》でベッドに潜り込んでいた美佳は、自分を呼ぶ声に気づいて目を覚ます。時計を見ると、紫峰が出勤する時間になっていた。

「そのまま寝ていていい」

ベッドの上に腰を下ろした紫峰が、美佳を見下ろす。

「行ってきます、美佳。なにかあったら、メールして」

そうして紫峰は美佳の唇に、ついばむようなキスを落とした。頬を撫でて、髪の毛に触れてから紫峰はベッドから立ち上がり、寝室を出ていく。

美佳は近くにあるガウンをひっかけてあとを追うけれど、玄関のドアが閉まったところだった。


京都から帰って以来、美佳の仕事は忙しさを増している。

締め切りに追われて、徹夜続きの日々。どうにも気分が乗らなくて筆が進まず、ようやく昨晩、原稿を書き上げたところだった。

その後は充電が切れたように眠ってしまい、さっき起きたら机の上に新しいパソコンの箱が置いてあった。

『約束していた新しいパソコンです。元カレからもらったパソコンは、さっさと処分してください。僕は今からまた仕事です。あと二～三日で仕事のカタがつきそうです。美味しい料理を期待しています。

紫峰』

綺麗な字で書かれた置手紙を読んでから、パソコンの箱を開ける。

まさか本当に買ってくれるとは思わなかった。

「紫峰さん、本当に買って来たんだ。紫峰さんとお揃いのやつだ」

光沢のある赤のスタイリッシュなパソコン。

出がけにパソコンのことを言ってくれればよかったのに。

「古いパソコンは、紫峰さんが帰ってくる前にちゃんと片づけておこう」

そうしてパソコンの設定をしていたら、お腹が空《す》いていることに気づいて、なにか食べようと冷蔵庫を開ける。

「紫峰さん、帰ってきたら、私のご飯が食べたいって手紙に書いてあった。今日は腕によりをかけて作らなくちゃ」

まずは自分のお腹だと、美佳は作り置きのおかずを電子レンジに入れた。

温め直して食べるけれど、一人ではやはり味気なかった。

11

仕事を終えて帰宅しようとした紫峰は、誰かに下の名前で呼ばれ振り返る。

三十代後半にさしかかった今、仕事関連の人からこんな風に呼び捨てにされることはほとんどない。誰かと思って振り向くと、見知った顔。正直驚いた。

「急に会いたくなったの。元気だった?」

紫峰を呼び止めたその女性は、にこりと笑顔を向けてこちらを見ている。なぜ、こんなところで彼女に会うのか。

にこりと笑った左頰に、小さなえくぼ。そのえくぼが男心をくすぐると言ったのは、確か松方《まつかた》だったか。

「おかげさまで。沙彩《さあや》は？」

紫峰が聞くと、沙彩は顔を曇らせた。

鈴木《すずき》沙彩は二つ下の大学時代の後輩。大学三年のなかばから、三年以上付き合った人だ。付き合いの最後は互いに仕事が忙しくなってすれ違いが増え、結局自然消滅した。

「結婚したの？」

沙彩は質問に答えず、紫峰の左手の薬指を指差して言った。

「……なにしに来た？」

彼女は東京地検で働いている。こんなところで偶然会うはずはない。

「紫峰に会いに来たの」

「だから……」

「紫峰ってば相変わらず。本当に冷たい」

ふふ、といたずらっぽく笑うその顔は、紫峰が知っている彼女とは少し違い、すっかり大人の女性のものだった。

「付き合っている時は、優しくしていたと思うけど？」

「そうね。だからすごく好きだった」

沙彩は紫峰をじっと見ている。「どこか喫茶店にでも入って話したい」と言われ、紫峰は時計を確かめる。予定よりも早く仕事を終えることができたので、夕飯までに時間がある。なにか事情があって紫峰を訪ねてきたのかもしれないと思い、「少しならば」と応じた。携帯電話を取り出して、美佳にメールを打つ。

「誰にメールしてるの？」

「妻に。今日は早く帰れるって言っておいたから、きっと食事を作って待ってる」

そんな紫峰の言葉を、沙彩は驚きの表情で見つめていた。

「奥さんは、専業主婦？　紫峰らしくないお相手ね。紫峰は、キビキビしていてカッコイイ女の人が好きでしょ？」

紫峰は確かにこれまで、上昇志向の強い女性とばかり付き合っていた。当の沙彩も、今日の行動力からもわかる通り前向きで積極的だ。

「専業主婦じゃない。翻訳家で小説家だ」

美佳は、自分とは違った意味でキャリアを積んだ人だ。普段はあまりそんな姿を見せないが、陰では並々ならぬ努力をしてきたに違いない。だから、今の彼女の地位があるのだろう。

「すごいのね。なんていうペンネーム？　私も読んだことあるかな？」

「堤美佳。旧姓がそのままペンネームだ」

「……堤美佳⁉　嘘、本当に？　有名作家じゃない！」

「そうだな」

「はぁー、すごい」

紫峰は近くのカフェまで歩く道すがら、沙彩に美佳のことをあれこれ聞かれた。

店に着いたあとも、沙彩の質問攻めは終わらない。

お喋《しゃべ》りをやめない沙彩に、紫峰は少々うんざりしてきた。

「どうやって知り合ったの？」

「見合い」

「紫峰が、見合い？　信じられない、おかしい、それ」

おかしい、と言われても本当だからしょうがない。確かに美佳と会うまで、結婚にあまり興味がなかった。

「沙彩、いったい君はなにをしに来たんだ？」

紫峰が再度聞くと、沙彩は小さく息を吐いた。

「この前、学生の時のアルバムを開いたの。紫峰と一緒に写った写真もたくさん出てきて、すごく懐《なつ》かしかった。それで、あの時はよかったなぁって思い出して。そうしたら、夢にまで紫峰が出てくるようになったの。……あんなに好きだったのに、どうして自然消滅しちゃったのかな、って居ても立ってもいられなくて、会いに来たの」

「……当時は、お互いに仕事が忙しかったし、仕方なかっただろ」

「違うよ。紫峰にいつも忙しいから会えないって言われてた。私がメールをしても返事が来ない時もあったし、会いたいな、って言っても、応じてくれない時もあった。気を引きたくてわざとメールや電話をしなくしていたら、それで自然消滅しちゃったのよ。……忙しかったからじゃないから」

十年以上も前のことを、どうして今になって責められなければいけないのか。

「済んだことだろ？」

「私の中では終わってない。今になっても紫峰みたいに好きになれる人、私にはいないのよ」

沙彩に意味ありげな視線を向けられ、紫峰はあからさまにため息をついてみせた。

「話はそれだけか？　妻が待ってるから、帰る」

紫峰が立ち上がろうとすると、沙彩はテーブルの上に乗せていた彼の手を強く掴《つか》んできた。

「待って、紫峰。奥さんのこと……本当に好き？　見合いなんでしょ？」

「当たり前だ。だから結婚したんだ」

「どうして、そんなにらしくないことをするの？　好きなんて絶対ウソ。相手も、どう思って結婚したか、わからないじゃない」

これ以上、聞きたくなかった。

紫峰は左手の薬指にはめたマリッジリングをじっと見つめてから顔を上げた。すると沙彩の懇願《こんがん》するような瞳とかち合う。

「今さらかもしれないけど、諦められない」

「……そう言われても、僕にはどうすることもできない」

「冷たくされても好きなの。自分でも今頃どうして急に、って思う。でも、この思いは譲れないの」

「なにが言いたい？」

紫峰は、だんだんイライラしてきた。けれど沙彩は笑みを向けて、紫峰の手を親指で撫でてくる。

「これからも、会いに来ていい？」

「ダメに決まっているだろう。何度も言うが、僕にはもう妻がいるんだ」

沙彩に掴《つか》まれた手を外し、今度こそ立ち上がる。すると沙彩も立ち上がって、紫峰を追ってきた。

カフェを出たところでもう一度沙彩に捕まり、腕を掴《つか》まれた。

「なんと言われても、私は紫峰が好き。会うだけ……お願い」

紫峰はため息をついて、沙彩を見る。

癒《いや》し系の可愛い顔とは裏腹に、恋愛に関しては積極的で自分から迫るタイプだった。昔はそんなところも可愛いと思っていたが、今は自分でもおかしいと思うくらい、妻しか見えない。

「会ってどうする？　期待されても困る。不倫でもしたいと言うのか？」

紫峰は呆れた笑いを浮かべた。

「そうね。……紫峰が奥さんと別れないって言うなら、それでもいい」

「馬鹿なことを言うな。君はもっと賢い女だと思ってた。僕はそんなことしたくない。恋愛をしたいなら、結婚していない男をあたってくれ」

沙彩が目を逸らしたので、紫峰は掴《つか》まれていた腕を解《ほど》いた。

「私は馬鹿じゃない。ちゃんと考えた、考えた上で……っ」

「笑わせるな。もっとよく考えるんだ。自分のことを大切にしろ」

沙彩は唇を噛みしめる。

どうして急に、こんなことになってしまったのか。紫峰は早く家に帰りたかった。

「好きな人に、好きだというくらいで、なにが悪いの？」

「僕は妻を愛している」

紫峰は沙彩に背を向けて歩き出す。

去り際、彼女に名を呼ばれたが、振り向くことはなかった。

☆

沙彩を振り切って帰宅した紫峰は、リビングへと向かう。けれどそこに美佳はいなかった。

「美佳？」

美佳の部屋から話し声が聞こえるので、誰かと電話をしているのだろう、と思った。

部屋の前まで行くとドアが開いていたので、軽くノックして中に入る。こちらを見た美佳が笑みを向けてきた。

「じゃあ、また連絡します。戸田さんがよければ、よろしくお願いします。それでは、失礼します」

戸田、という名前に思わずピクリと反応してしまう。

「仕事の話？」

「そう。今度、サイン会することになっちゃって。その打ち合わせの電話だったの」

「戸田は担当なのか？」

「そうなの。……それよりも紫峰さん、パソコンをありがとう。古いものは処分したわ」

机の上には確かに、紫峰が贈った赤いパソコンがのっている。紫峰はそれに満足した。

「ご飯できてるから、食べよう？」

笑みを向ける美佳を引き寄せてキスをする。軽いキスを何度か繰り返してから、深く唇を合わせる。唇の合間から舌を入れて、身体をさらに引き寄せた。

「ん、ん……っ、し、ほうさん、ダメ、待って」

離れようとする美佳の唇を追って、紫峰はさらにキスを求める。

「なんでダメなんだ？」

「ご飯！　ご飯を食べましょう」

そう言って美佳は、紫峰の腕から逃れようとする。

「美味しいの、作ったの」

「メニューはなに？」

「茶碗蒸しと、焼き魚と豆腐と椎茸《しいたけ》の味噌汁。温野菜のサラダもあるの」

冷めるから早く食べよう、と急《せ》かす美佳に、紫峰は渋々腕を離した。美佳は少しホッとした顔をして紫峰を見ている。

「戸田とは、なんの電話だったんだ？」

「……あとで話します」

「今、話して？」

はぐらかされているようで寂しくて、紫峰は美佳の身体を引き寄せて甘くささやいた。

すると美佳は観念したようにため息をついて、紫峰の頬に触れる。

「紫峰さん、今度のお休みはいつ？」

「明後日《あさって》」

「じゃあ明後日《あさって》、戸田さんを家に上げてもいい？」

「なんで？」

きっと自分は今、あからさまに不機嫌な顔をしていると思う。美佳は少し気まずそうに、

「ごめんなさい」と言って事情を話し出した。

「私の家に置いている大量の資料が、どうしても必要なの。でも紫峰さんがいない時に戸田さんを家に上げるのは気が引けるし、だから紫峰さんがお休みの日に同席をお願いしたいの……」

「……仕事の件だけ？」

「本当に仕事の件だけだから」

美佳は困り果てた顔をしている。そんな顔をされると、紫峰は嫌だとは言えない。なによりも、そんなに狭量な男だと思われたくなかった。実際は狭量なのだけれど。

「いいよ、わかった」

美佳がほっとしたように笑う。紫峰は複雑な思いを抱《いだ》きながら、美佳の唇をついばんだ。

なんだか上手く丸め込まれてしまった気もするが、仕事なのだから仕方ない。

紫峰は美佳の首筋に顔を埋《うず》めて腰を引き寄せ、柔らかなヒップラインを撫でる。

「え、あの、紫峰さん……ご飯、食べましょ？」

紫峰の手を拒《こば》むように、美佳は腕を突っ張って離そうとする。

先ほどの沙彩のことといい、戸田のことといい、周囲はいつも煩《うるさ》いことばかりのように思えてうんざりした気持ちになる。

これで戸田が美佳に、今日の沙彩と同じようなことを言っていたらどうしてくれよう。

「美佳、貞操の義務、って知ってる？」

突然の紫峰の問いかけに、美佳は状況が掴《つか》めないようで首を傾げた。

「夫は妻以外と、妻は夫以外と関係を持ってはいけないこと」

「……私は紫峰さんだけですよ？」

「僕も君だけだ」

「どうして急にそんなこと言うの？」

いつもと違う自分の態度に美佳はなにか察したのか、抵抗をやめて紫峰の腕におとなしく収まってくれた。紫峰はその態度に安堵《あんど》し、美佳の背中を撫でる。

「……彼を家に上げるのは嫌だ。でも、仕事だからしょうがない。君が今から僕に抱かれるなら、おとなしく我慢する」

「……紫峰さん、ご飯はいらないの？」

「いるよ。先に美佳を抱いてから食べる」

美佳の顔がみるみる赤くなる。その態度を肯定と捉《とら》え、紫峰は服の上から美佳の豊かな胸を揉んだ。柔らかくて触り心地がいい。

「ご飯はいつもあと回し。そんなことばっかりするなら、私もう、ご飯作らないから」

ムッとした顔の美佳が、紫峰を見る。拗《す》ねた美佳が可愛くて、紫峰は思わず微笑んで彼女の首筋を撫でた。

「それは酷《ひど》いな」

「どっちが？　もう、紫峰さん……っ」

服の上から胸元に唇を這《は》わせ、軽く食《は》む。すると美佳の口から、ため息が漏れた。

どっちが年上かわからないくらい、美佳に甘えている。些細《ささい》なことですぐに嫉妬してしまうし、いつものペースが保てない。こんなことでは美佳に愛想を尽かされてもしょうがないとさえ思う。でも、止められない。

「僕のこと、嫌いになる？」

美佳の服の中に手を入れてそう言うと、美佳は紫峰に言った。

「好きじゃなかったら、こんなこと、させない。紫峰さん、私のこと、好き？」

「君じゃなかったら、食事を優先させられる」

そう言うと、ようやく美佳が笑った。ムッとした顔も可愛いけれど、美佳にはいつも笑っていてほしい。

机の上に美佳をのせて足を開かせると、美佳が甘い声を漏らす。

そんな姿に紫峰は身体も心も興奮し、美佳に溺《おぼ》れていった――

## 12

約束通り、紫峰が休みの日に、戸田と光里はやって来た。

「こんにちは、お邪魔します。すみません」

「こんにちは」

紫峰がにこやかに挨拶《あいさつ》をした。

「はじめまして、営業担当の戸田です。……カッコイイ、ですね」

「……は？」

「ああ、いえ」

首を傾げると、うしろから名を呼ばれる。

「紫峰さん、お茶の用意ができました」

テーブルの上に紅茶とお菓子のセットが置かれる。

「ありがとう、美佳」

笑みを浮かべた美佳に、なぜか紫峰も席を勧められた。どうして自分までここに座らなければならないのか。

「先に光里ちゃんと話すから、二人で……話でも」

戸田と話？　二人きりで？　冗談じゃないと思いながらも、美佳にお願いされると頷《うなず》かないわけにもいかない。紫峰は仕方なく席に着いた。紫峰はなぜか戸田と向かい合うはめになる。

先に口を開いたのは戸田だった。

「以前一度、堤先生との打ち合わせの帰りに旦那さんをお見かけしたことがあります」

「……そうですか」

「その時に貴方《あなた》が警察官だと聞きました」

「美佳から？」

「はい、美佳から……っと、すみません」

戸田は、口が滑ったという感じで焦《あせ》って謝ってくる。紫峰は余裕がある風に見せようと、笑みを浮かべて「聞いてますから」と穏やかに答えた。

「美佳と付き合っていたんでしょう？」

「……ええ、まぁ。でも、昔のことです。今は私にも、妻と子供がいます」

本当は、美佳を呼び捨てるのが気に食わない。癖のようなものだと頭ではわかっているが、別れて何年も経っていて、自分も結婚しているのなら節度を持って接してほしい。

「なぜ、今回貴方《あなた》が担当になったんですか？」

「堤先生が駆け出しの頃から何度か担当させていただいていたものですから、やりやすいだろうという上の者の判断です。……それより、先生は旦那さんに全部話しているんですね。それでも怒らず冷静で、仕事とはいえ私が家に来ることも了承してくださって」

「冷静ではないですよ。美佳の元カレですから」

「本当はこうしてお茶を飲んでるのも、嫌だとか？」

「そこまでは思ってませんが、あまり楽しいことではないですね。美佳の仕事でなければ、絶対会わなかったでしょうから」

戸田は曖昧《あいまい》な笑みを浮かべたまま頷《うなず》いて、紅茶を飲んだ。

楽しいわけがない。美佳がこの男と付き合っていたことを考えると、どうしようもない嫉妬の思いに駆られる。きっと、この男と寝たこともあるはずだ。自分だって過去に恋人がいたことはあるのに、そのことは棚に上げて勝手な思いを抱《いだ》く。美佳のこととなると周りが見えなくなってしまう。自分でも、本当に重症だと思う。

「先生とは、どうやってお知り合いになったんですか？　……すみません、なんだか、こう、先生と雰囲気が違うように感じて……」

「それはどういう意味ですか？」

「……先生は普通の方だから。それが先生のいいところでもあると思うんですけれど」

「美佳とは、見合いで出会いました。そうでなければ、きっと出会わなかったでしょうね」

さっきからなにを話しているのだ。美佳とのことを根掘り葉掘り聞かれるのは気分が悪い。

戸田は美佳のことを「普通」と言った。確かに美佳は美人というタイプではないが、愛嬌《あいきょう》があって可愛い顔立ちだ。物静かで控えめだが、きちんと自分の考えを持っている。それに、どっしりと構えているところがあり、あんなに肝《きも》の据わった女性は珍しいと思う。紫峰は美佳の内面について、決して普通なんて思わない。非凡な才能を持った、魅力的な女性だ。戸田はきっと美佳の本当のよさを理解していないのだろう。

「見合いをしてから四ヶ月後には結婚式を挙げました。僕が一目惚れしたんです」

「スピード婚です、ね」

「……なにか不都合でも？　言いたいことがあるなら、はっきりおっしゃっていただいて構いませんよ」

紫峰が言うと、戸田は苦い顔をした。

「正直、先生はまだしばらく独身でいるだろうと踏んでいました。でも、三ヶ嶋さんに出会った。……先生は包容力があって優しい人だから、三ヶ嶋さんみたいな危険を伴う仕事に就いている方とは、相性がいいのかもしれませんね」

「相性のいい悪いで結婚を決めたわけではないです」

「……そう、ですよね」

戸田は決まりが悪そうな顔をして、ようやく詮索《せんさく》をやめた。

「打ち合わせ、まだかかりそうですね」

紫峰が言うと、そうですね、と戸田が相槌《あいづち》を打った。

「いろいろと決めなければならないことが多くて。先生にはいつもよくしていただいていて、本当に感謝しています。たまに手料理を差し入れしていただいたりもして」

紫峰は手料理という言葉にカチンときた。どうしてこの男は、そんなことをわざわざ自分に伝えてくるのか。悪意があるとしか思えない。それとも、今でも美佳のことが忘れられないとでも言うのか……どちらにしても冗談じゃない。

「そんな怖い顔をしないでください。先生は貴方《あなた》が帰ってくるのを家で待っていたいんだと言って、ずいぶん仕事をセーブしているんですよ。そんな風に愛されている貴方《あなた》が、正直羨《うらや》ましいです。俺が先に出会っていたのに、と思うと、本当にもったいないことをしました」

ペラペラとよく喋《しゃべ》る。この男はいったいなにを言いたいのだ。こうまで言われて黙っているほど、紫峰はおとなしい性質《たち》ではない。

「美佳は僕と出会わなかったとしても、きっと貴方《あなた》とは結婚しませんでしたよ。プレゼントにパソコンなんて渡す男とは」

「聞いたんですか？」

「仕事の延長で付き合っていて、仕事の相手としか見ていなかったんじゃないですか？二度と会うなとは言いませんが、意味深な言動はやめてほしいものです。それとも、僕にケンカを売っているんですか？」

「……いえ、まさか。ただ貴方《あなた》が羨《うらや》ましくて。謝ります」

戸田が頭を下げたが、紫峰は許すつもりなんかなかった。

「そうですね。いい大人なのだから、もう少し言動に注意するべきだ」

紫峰がそう言ったところで、光里と美佳がリビングへやって来た。

「紫峰さん、もう少し待っててね」

美佳が目を細めて笑う。

ようやく打ち合わせも終わりが見えてきたようだ。

今日は散々な一日だ。けれど、戸田と話したことで、紫峰はさらに美佳への思いを強くした。

早く打ち合わせを終えて、二人になりたい。

今日は残りの時間すべて、美佳を自分の腕の中に閉じ込めて過ごしたい。

☆

長かった打ち合わせを終え、美佳が仕事部屋で片づけをしていると紫峰がやって来た。無言で美佳をうしろから抱きしめる。

紫峰の抱きしめ方はどこか甘い雰囲気で、案の定、次の瞬間にはベッドに押し倒されていた。

紫峰が美佳の身体を求めている。仕事部屋に置いているベッドは美佳の仕事が立て込んできた時に仮眠をとるためのシングルベッドで、二人で寝るには狭い。

紫峰の息遣いを、すごく近くに感じる。

「美佳……」

「紫峰さん、まだ、明るい」

「なにか問題？」

首筋に感じる夫の吐息が、美佳の肌をザワリとさせる。

紫峰は美佳を週に二回は抱く。一月に一回の生理のあとは、苦しいくらい求められて、イカされる。夫婦ってこんなに愛し合うものなのだろうか。ちょっと不思議に思うくらいだ。

「美佳、好きだ。……いや？」

美佳が一番好きな言葉を、紫峰が呟《つぶや》く。

「どうして私と結婚したの？」と尋ねた時も、決まって返してくれる言葉だ。

一番安心できて、一番照れて、一番心にきて、一番愛されていると感じる言葉。

美佳の膝の辺りに押し付けられた紫峰の下半身は反応していた。

美人ではなく、どこにでもいる平凡な顔の美佳。スタイルがいいわけでもない。そんな美佳に、スタイルがよくて背も高くて顔立ちも整っていて、到底釣り合いがとれていないと思える紫峰が興奮していると思うと美佳の胸も高鳴る。

なんでも持っていて、なんでも手に入れられそうな紫峰なのに、美佳の昔の恋人に嫉妬して、こんな風に身体を求めてくるなんて。どれだけ今の自分は愛されヒロインなのか。

「あ……紫峰さん」

明るいから、と拒《こば》んでいたはずなのに、身体はすぐに解《ほぐ》れて紫峰の思いに応《こた》えてしまう。

美佳は観念して紫峰の背に手を回し、紫峰の愛を全身で受け止めた。

13

サイン会当日。

洋服の組み合わせや髪形など、迷いに迷った結果、美佳は結局着物で行くことにした。

書店の一角。長机に向かい、美佳はサインを書いて読者と言葉を交わす。

「思っていたよりお若い方で可愛くて驚きました。小説、いつも読んでます」

「ありがとうございます。これからもよろしくお願いします」

可愛いと言われるようになったのは、紫峰と結婚してからのような気がする。

残り時間はあと二十分。ずっと座っているにもかかわらず、普段あまり大勢の人と接する機会がないからか、美佳はかなりぐったりしていた。営業の戸田は、そんな美佳の様子を察し、「あと少しだ」と小声で励《はげ》ましてくれる。

会も終わりに差し掛かり美佳が少し安堵《あんど》していた時、一人の女性がやって来た。

「よかった、間に合って」

「来てくださってありがとうございます」

「私、堤美佳さんの本にも興味があるんですが、なによりも紫峰の奥さんっていうのに興味があって今日は来ました」

突然、夫の名前を告げられ、美佳は驚いて顔を上げる。すると、にこりと可愛く笑う美人が立っていた。キャリアウーマン風のスーツがとても似合っている。

「……え？」

「サイン会が終わったら、少しお話しできませんか、三ヶ嶋美佳さん。私、紫峰の元カノの鈴木沙彩です。向かいの喫茶店で、待ってますから」

そう言って颯爽《さっそう》と名刺を渡し、その美女は去っていった。

美佳は残りのサイン会を上《うわ》の空で過ごした。鈴木沙彩と名乗った女性が気になって仕方ない。

話とはなんだろう？

ようやく会はお開きになり、美佳はほっとする反面、名刺を見てふたたびため息をついた。


「まさか本当に来るとは思わなかった」

言われた通り、喫茶店へと向かった美佳を見た沙彩が、驚きに目を丸くしている。

「いえ、あの、お返事ができなかったので、ずっと待っていらしたら悪いと思って。お話ってなんでしょう？」

「紫峰の奥さんと、じっくりお話してみたかったの」

「……普通すぎてがっかりしました？」

言われるであろう言葉を美佳は先回りして言った。

「そうね、綺麗だとは思わないけど、なんか惹《ひ》かれる気持ちはわかるかも。良妻、って感じね」

「ありがとう、ございます」

「でも、紫峰の奥さんって感じはしない。ところで、彼って結構きつい性格でしょ？

貴女《あなた》はすごくおっとりしてそうに見えるけど、紫峰と上手くやっていけてるの？　たまに毒を吐いたりもするでしょ？」

　紫峰が職場では毒舌だというのは、前に彼の部下が家に来た時に聞いたことがあるけれど、美佳に対してはそんなことない。もしかしたら毒を吐かれているのかもしれないが、美佳が気づいていないだけなのかもしれない。

「ない、ですね。紫峰さんはいつも、穏やかな感じで接してくれるので」

　沙彩はそれを聞いて、あら、と笑った。

「紫峰は、全部を貴女《あなた》に見せてないんですね。結婚して、一年くらいですか？」

「ええ」

「紫峰は貴女《あなた》に気を遣っているのかな」

　気を遣っているなんて、きっとそんなことはない。そう信じたい。

「それは大丈夫だと思います」

「本当にそうなのかしら。……紫峰、無理してるのかなって。キビキビしていて仕事のできる綺麗な人が好みのはずだから。貴女《あなた》はちょっと雰囲気が違うし、不思議。ねえ。二人はお見合いで知り合ったんでしょ？　それって、貴女《あなた》から話を進めてほしいと言ったの？」

「いいえ、紫峰さんです……」

　沙彩が紫峰を今も思っているのだということは、はっきりとわかった。彼と結婚した自分に、敵意を向けている。

「紫峰さんが私以外の人を好きになったら、私は身を引く覚悟です」

「なにもそういう話をしているわけじゃ……でも、貴女《あなた》なら本当にそうしそう」

「鈴木さん、でしたっけ？　貴女《あなた》は紫峰さんが好きなんですね。そういう風にしか聞こえません。奥さんがいても構わない、って思っているように聞こえます」

勇気を振り絞って言った美佳の言葉を、沙彩は「そうね」とあっさり肯定した。

「私、今でも紫峰が好きだわ。別れたことを後悔してるの。それに……私なら、彼をもう一度振り向かせることができると思ってる」

沙彩の言葉も表情も、自信に満ちていた。

美佳は目を伏せて、小さく深呼吸を繰り返してから沙彩を見据える。美佳にも、譲れない思いがある。

「紫峰さんは、大切な夫です。紫峰さんは嘘をつかない人。だから、もしも貴女《あなた》に心変わりしたら、私に伝えると思います。そうならないように、私は私で努力するだけです。……今は、私のものです。私は、紫峰さんが私のことを好きだと言ってくれている間は、ずっと離れず側にいますから」

美佳はきっぱりと宣言して席を立つ。

『君が好きだから結婚した』

『君が好きだからに決まってる』

紫峰はいつも、そう言ってくれる。その言葉を信じている。紫峰は美佳の夫で、今は美佳のものだ。

たとえどんな美人に真正面から紫峰への好意をぶつけられ、敵意を向けられても、これだけは譲れない。

悔しさとみじめな気持ちをぐっとこらえ、美佳は喫茶店を出る。

胸に押し寄せる不安。苦しさに思わず涙が零《こぼ》れる。けれど、いい大人がこんな往来で泣いているわけにはいかない。美佳はハンカチで涙を拭い、深呼吸して歩き出す。

美佳の胸には、黒い感情が渦巻いていた――

☆

帰宅後も美佳は、沙彩のことがずっと頭から離れなかった。

食事の支度をしていても身が入らず、ため息をつく。なんとかあとは肉じゃがを煮込むだけとなり、鍋にふたをする。

「ふう」

もう一つため息をついて、キッチン脇の小さな椅子に座った。

『結婚まで考えるような人と、縁がなかった』

今まで結婚しなかった理由を尋ねた美佳に、苦笑しながらそう言った紫峰。沙彩の他にも、きっと美人の恋人がいたに違いない。

「ただいま、美佳」

「へ？　あ、え？　お、お帰りなさい」

紫峰が帰ったことに気づかなかった。美佳は慌てて立ち上がり、笑みを向ける。

「考え事？　ボーッとしてた」

紫峰はそう言って美佳の頭を撫で、自分の部屋へと着替えに向かった。うしろ姿を見ながら、また一つため息が出る。

「どうしよう。すごく不安……」

十人並みの顔立ち。しかも出会った頃は今よりも太っていた。

紫峰はいつも「君が好き」と言ってくれるけれど、今日ばかりは不安が胸を占めて、その言葉を素直に受け入れられない。

そんなことをグルグル考えていると、着替えを済ませた紫峰がリビングにやって来たので、夕食をとることにした。

できたばかりの肉じゃがを皿に盛り付け、冷蔵庫にあったポテトサラダを出す。……炭水化物ばかりというか、ジャガイモ料理ばかり二品も作っていた。いくらボーッとしていたからと言っても、自分に呆れる。また一つ、ため息が出た。

「美佳、どうした？」

「今日のメニュー、ジャガイモ料理ばかり……。ごめんなさい」

「美味しそうだけど？」

紫峰は気にした素振りもなく食べ始めた。

「そういえば美佳、今日のサイン会はどうだった？」

「すごくたくさんの人が来てくれたの。ちょっと疲れちゃった」

そう言った美佳の口から、また一つため息が零《こぼ》れた。

「なにかあった？　ボーッとしてるし、ため息ばかりだ」

紫峰が心配そうに美佳を見ている。

「ううん、ちょっと今日は……考えることが多くて」

「なにを？　仕事のこと？」

「人生の不思議について」

どうしてこんな素敵な男性が、自分の夫なのか。

「なんのこと？」

紫峰は訳がわからないといった風に首を傾げている。

美佳はいったん箸《はし》を置き、思い切って紫峰に聞いてみた。

「紫峰さん、私のどこが好き？」

「は？」

「だってね、よく考えたら、私ってばキビキビした方じゃないし、美人じゃないし、スタイルもよくないし……なにがよくて紫峰さんは私を選んでくれたの？」

紫峰は一度瞬《まばた》きをして、食べる手を止めた。

「どうして、食事もそっちのけでエッチしたいと思うの？　そんなに私、魅力的とは思えない。強《し》いて言えば、胸が大きいくらいじゃない」

紫峰は美佳が喋《しゃべ》り続けている間、ただじっと美佳を見ていた。

「どうしてそんなこと言うんだ？」

「知りたいから。紫峰さんって、顔よし、性格よし、頭よし、スタイルよし、社会的な地位も高い。ここまで揃ってる人、そうそういないわ。きっとね、歴代の彼女はみんな美人で素敵だったはず。なのに、どうして私と結婚したの？」

真剣な顔で言う美佳を見て、紫峰は声を出して笑った。

「美佳、褒《ほ》めすぎ」

紫峰は笑顔のまま美佳の手に自分の手を重ねる。それからゆっくりと美佳の爪を撫でた。

「美佳の爪、健康的な桜色をしている。マニキュアなんか塗らなくてもいい色で、綺麗な形で好きだ」

美佳の手から手を離し、今度は唇に触れる。

「美佳の唇って、血色がよくてキスしたくなる」

「紫峰さん、あの……」

「君の目、丸くて可愛い。笑うと少し小さくなるところも好きだ。少し小ぶりな鼻も愛《あい》嬌《きょう》があって可愛い」

そう言いながら美佳の顔に触れていく。

「紫峰さん、もう、褒《ほ》めなくてもいいから。っていうか、褒《ほ》められるようなものじゃ……」

「君が先に僕を褒《ほ》め《ほ》たよ？」

「それは本当に褒める部分があるから。でも、私は違う……」

美佳が椅子を引いてそう言うと、紫峰の目が美佳の目を捕らえて言った。

「今言ったことはすべて、美佳に初めて会った時に感じたことだ。着物を着こなす姿も、凛《りん》とした佇《たたず》まいも素敵だった。それなのに簪《かんざし》を上手く挿せないっていう不器用なところもあって、可愛いと思ったよ」

紫峰はそう言ってにこりと笑う。

「君の話す速度も、雰囲気も、僕を安心させる性格も全部好きだ。美佳とずっと一緒にいたいと思った。……君こそ、僕のどこが好き？」

「……紫峰さんとお見合いの席で会って、素敵な人だと思った。でもまさか、もう一度会いたいと言ってもらえるなんて思ってもみなかった。だって、こんな人がどうして、って信じられなかった」

「答えになってないよ、美佳」

紫峰がまた声を出して笑う。彼は普段、クールな感じだけど、笑うと温かい雰囲気になる。

「僕は、それこそ食事そっちのけでエッチをしたいほど、君が好きだ」

「私の身体が好きってこと？」

「君の身体も確かに好きだ。すごく満たされた気持ちになる。わかってるでしょ？　君を求めすぎな僕を」

じっと見られて、美佳は目を伏せた。

「一言では言い表わせないくらい、君が好きだ」

紫峰の手が、美佳の手を掴《つか》んで手の甲を親指で撫でる。

「なにが不安？」

いつも不安でいっぱいですよ？　と心の中で言い、紫峰を見る。けれど紫峰に直接伝えることはしなかった。そんなことを言うと、紫峰のことを信じていないように聞こえて、彼を悲しませてしまいそうだから。

「紫峰さん、ご飯を食べましょ？」

美佳は食事を再開する。けれど紫峰は、箸《はし》を置いたまま、じっと美佳を見ている。

「どうして食べないの？」

「食事よりも、美佳が欲しくなった」

紫峰の目が、美佳に触れたいと訴えている。

「なにが不安なのか知らないけど……そんなこと考えられないくらい、君を抱いて溺《おぼ》れさせたい」

紫峰は立ち上がって美佳をうしろから抱きしめ、耳元でささやく。

「君が欲しい」

☆

『私のどこが好き？』

美佳にそう聞かれて、紫峰は「全部」と言いかけてやめた。今日の美佳は、いつもとなにか様子が違う。なにか思うところがあって、唐突にそんな質問をしてきたのだろう。だから紫峰は、できるだけ細かく、美佳の好きなところを語った。自分はこんなに彼女のことが好きなのに、いったいなにを不安に思うことがあるのか。もしや、不安になるようなことを、無意識のうちに自分がしてしまっていたのか。

美佳の不安を取り除きたい一心で彼女の魅力を話しているうちに、紫峰は美佳のことが欲しくなった。

『どうして、食事もそっちのけでエッチしたいと思うの？』

本当に、それは自分でもどうかしているな、と思う時がある。

美佳の方へ歩み寄っていき、うしろから抱きしめた。美佳を目の前にすると、我慢ができない。彼女の耳の裏にキスをして、甘く愛をささやく。それから抱きしめる腕を解《と》いて、頬を撫でる。

「美佳、おいで」

美佳は瞬《まばた》きをして、目を伏せて、しばらくなにかを考えているようだった。

彼女が手を取るだろうことはわかっていても、この時間が長く感じる。

早く手を取ってくれ、と紫峰が思っていると、俯《うつむ》いたままようやく美佳が紫峰の手を取った。

椅子から立ち上がった美佳を抱き寄せてキスをする。

それから美佳を抱き上げて、寝室へ向かった。

「美佳、うしろを向いて」

寝室のベッドに美佳を下ろし、しっかり結ばれている着物の帯を解《と》く。どうにか帯を解《と》いて、邪魔な紐《ひも》類を外して、着物を脱がせると、美佳の肩が少しだけ震えた。

堪《たま》らず紫峰は美佳を抱きしめながらキスをする。

「紫峰さん……っ」

小さく喘《あえ》いだ美佳の声は、紫峰の口腔《こうこう》内に消えていった。

紫峰は美佳の素足に触れ、優しく撫でる。

膝にキスをしながら、足袋《たび》も脱がせていった。

それから襦袢《じゅばん》の紐《ひも》を緩めて胸元を開き、美佳の胸を直《じか》に触る。

「あ……っ」

美佳の上げた甘い声が紫峰を興奮させる。

胸に唇を寄せると、ほのかに甘い香水の匂いがした。紫峰は口を離し、今度は手で美佳の胸を愛撫《あいぶ》した。

美佳が手を伸ばして、紫峰の下半身に触れてきた。スラックスのボタンを外されたところで、彼女の手を取ってキスをする。

それから美佳の下着の中に指を侵入させた。すると美佳の身体が、びくんと反応して仰《の》け反《ぞ》った。中はすでに潤《うる》み始めていたので、スムーズに指が入っていく。

「美佳……」

名前を呼ぶと美佳は紫峰を見つめてくる。その目の色がすでに官能に染まっているのを確認すると、心臓が煩《うるさ》いくらい高鳴った。そんな目で見られると、冷静ではいられなくなる。

一度美佳の中から指を抜き、襦袢《じゅばん》を脱がせていく。肩を撫で、首元に顔を埋《うず》めて、鎖骨を舌でなぞって、もう一度豊かな胸に唇を寄せる。

もう一方の手は、ふたたび下着の中に入れる。早く脱がせたい、でももっと美佳の身体を高めたい。もどかしい気持ちで、紫峰は愛撫《あいぶ》を続けた。

「や…っ、ぁっ……紫峰さん」

美佳の声に反応して、紫峰自身が高まっていくのを感じる。スラックスの前を緩めないと苦しいくらいだった。紫峰はスラックスを脱ぎ、下着も下ろす。早く繋《つな》がりたくて仕方ない。

美佳に下腹部を押し付けながら、美佳の下着も取り去る。

それから紫峰は美佳の片足を抱え、腿の内側にきつくキスをした。赤い痕《あと》が鮮《あざ》やかに残る。

「は……ぁっ」

白くて柔らかい美佳の身体。簡単に赤い痕《あと》がつくその肌の質感も、しっとりとした触り心地もすべてが愛しい。

「美佳、好きだ」

どこが好きなんて、挙げたらきりがない。見合いで出会い、直感的に「この人と結婚する」と思った時には、もう欲しくて堪《たま》らなくなっていた。

交際を経て、抱き合って、次第に結婚を意識して。それらの手順をすべて飛ばして、美佳を自分のものにしたかった。

「君が、欲しい」

美佳の耳元でささやくと、紫峰の背に回っていた美佳の手に少し力がこもった。

紫峰はそれを承諾の意と受け取って、美佳の中に自身をゆっくり埋《うず》める。美佳の中はとても狭くて、紫峰しか知らない身体のようだ。けれど、本当はそうではないことも知っている。それがたまに、とても憎らしい時もある。

こんな感情を抱《いだ》くのは大人気《おとなげ》ないと思うけれど、それだけ美佳のことを思っている自分のことは嫌いじゃない。

「あ……紫峰さん」

美佳が名を呼ぶ。初めは「さん」付けで呼ばれると、心の距離を感じて寂しくもあった。だけど今はその呼び名も、とても愛しく感じる。

「美佳の身体、熱い」

隙間なく美佳の中を埋めて、紫峰はひとつ大きく息を吐く。

それからゆっくりと身体を動かし、美佳の両足を抱えて上向きに突き上げる。すると美佳の手が紫峰の背から離れ、シーツを掴《つか》んで喘《あえ》ぎ声を上げる。そんな姿も堪《たま》らなくいい。

「あっ……っは、しほ、さん……っん」

いったん下ろされた美佳の手がふたたび上がり、もう一度紫峰の背中に回される。まるで、紫峰を離したくないと言っているようだった。

「ここにいるよ、美佳」

美佳にしては強い力で紫峰にしがみついてくる。

「私だけでいて……紫峰さん」

「そんなこと言わなくても、一生美佳だけだ」

限界まで自身を引き抜いて、もう一度突き入れて。早く自身を解放したい気分になるけれど、美佳の喘《あえ》ぐ顔をもっと見たくて我慢する。

何度も腰を揺すり、美佳はその度に可愛らしい声を上げた。今日の美佳は、いつもよりも声が大きい気がする。やはり今日の美佳は、いつもの彼女らしくない。

しばらくすると、美佳が限界を訴えてきた。

「ま、だ？　イカ、ない……っ？　ね、紫峰、さん……っぁ」

美佳に快感をもたらしているのが自分だと思うと、それだけで嬉しい。

「待って、美佳。愛したいんだ」

「しほ、さ……っ、も、や……っ！」

美佳が愛しくて可愛くてしょうがなくて、もっとそういう姿を見たくて、紫峰は極限まで我慢していた。紫峰も、もう限界が近い。

「わかった、美佳。そんなに泣かないで」

いつの間にか美佳の頬を伝っていた涙を拭いながら、それでも紫峰は腰を揺らすのをやめない。

「イクよ、美佳……よすぎて苦しい？」

美佳の頬を撫でて、腰の動きを速める。そうして紫峰は、自身を解放した。

快感の余韻《よいん》に浸《ひた》りながらも、放心した美佳の顔を見ていると、もう一度したくなる。思わずもう一度、美佳に手を伸ばす。

「も、少し……待って……」

紫峰の気持ちが伝わったのか、美佳にやんわり制された。

「いいよ……待ってあげる」

忙《せわ》しない呼吸に合わせて上下する、美佳の豊かな胸を眺める。

こんな風に抱き合うことに夢中になるのは、君とだけ。

紫峰は美佳の呼吸が整うまで、彼女の髪を撫でながら待った。

## 14

「こんな時間にご飯を食べたら、太っちゃいそう」

激しく抱き合い、気持ちが落ち着くと、次第にお腹が空《す》いてきた。もう夜中だけれど、紫峰は美佳と一緒に食事をとることにした。

抱き合って、一緒にシャワーを浴び、食事を温め直して夜中に食べる。二人にとってはよくある生活のパターン。

美佳は深夜に食べると太ると言って気にするが、以前より痩《や》せたくらいだ。胸は減っていないから文句を言わないけれど、紫峰は美佳の柔らかい身体が好きなので、これ以上痩《や》せてほしくない。

「紫峰さんは、私のこと本当に好きなのね？」

確認するように聞いてくる美佳に苦笑する。先ほどの行為をどう捉《とら》えたのか。

「情熱を持って抱いたつもりだけど、まだ伝わってない？　もう一度する？　一度と言わず、美佳の気が済むまで何度してもいいよ」

紫峰が言うと、美佳の顔が赤くなる。

「そういえば最近、紫峰さん避妊してない……。赤ちゃんができてもいいの？」

「まだ二人でいたい気もするし、早く欲しい気もする。美佳はどう思う？」

紫峰の言葉にさらに頬を染めた美佳が、俯《うつむ》いたまま口を開く。

「……紫峰さんは、ずっと私のものでいてくれる？」

「どうしてそんなこと聞く？　ずっと君だけだよ、美佳」

すんなりと返事をすると、美佳が少しだけ顔を歪《ゆが》めた。どうして泣きそうな顔をしているのだろう。

「どうした？」

「嬉しいだけ。浮気なんかしないでね、紫峰さん」

「信用ないな。しないよ、そんなこと。なにかあった？　だったら話して？」

「なにもない。ただ、紫峰さんに好きだと言ってもらえるだけで自信が持てるの。紫峰さんが私の夫で、私のものだって」
・そんなこと、何度でも言ってやる。
美佳を手に入れたくて仕方がなかったのも、焦《あせ》って結婚の段取りを進めたのも自分だ。

「君が好きだから、僕は君と結婚したんだ。……まだ、足りない？」

美佳は顔を歪《ゆが》ませて、泣き笑いの表情になった。

「どうして泣くの？」

「嬉し泣き。私、本当に幸せ。紫峰さん、大好き」

もう一度「大好き」と言って笑って紫峰を見る。

美佳が今流している涙は、紫峰を思ってのものだと思うと、それにさえ幸せを感じる。

「こんな風に泣くくらい好きなのは……これからも紫峰さんだけです」

君こそ欲しい言葉をくれる、と紫峰は思う。

愛しくて堪《たま》らなくて、どんなに深く愛してもまだ足りないなんてこと、ないと思っていた。

「君を愛してるよ、美佳」

これからもずっと言い続けるだろう言葉を呟《つぶや》く。

紫峰はテーブル越しに美佳の手を引き寄せて、左手の薬指にキスをした。

15

紫峰が仕事を終えて帰ろうとしていると、中村瞳子に呼び止められた。

「三ヶ嶋警部、待ってください」

「なにかご用事ですか？」

「鈴木沙彩、貴方《あなた》の元カノさんのことでちょっと」

意味ありげに、にやりと笑う瞳子に紫峰は眉を寄せた。

「なんだ？」

「彼女、私にコンタクト取ってきたのよね。今でも貴方《あなた》が好きだって言って」

瞳子は沙彩をよく知っている。大学時代のゼミの後輩なのだ。

「ミカに奥さんがいると知りながらコンタクト取ってくるなんて、大したものよね？ —

応言っておいたわよ。ミカは奥さん一筋で、横恋慕《よこれんぼ》しても無駄だって」

　そう言って瞳子はにこりと笑う。

「そんなことを君に……？」

「ミカって相変らずモテるのね。もう彼女には会った？　あの子、美佳さんにも会いに行ったようなことを言ってたわよ」

「美佳に？」

「美佳さんと二人で話したって言ってたわ。聞いてない？」

　そんな話、紫峰はちっとも聞いていない。

　そういえば最近、美佳は紫峰にやたらと自分のどこが好きかと聞いてきた。おかしいと思ったら、沙彩が原因だったのか。

「鈴木さん、なにかあったのかな？　あの子はプライドが高いし、別れた相手に復縁を迫るなんてあり得ない」

　紫峰がしばらく黙っていると、遠くで瞳子を呼ぶ声が聞こえた。瞳子は「もう行かなきゃ」と言って笑みを向ける。

「鈴木さんからミカに渡してほしいって、連絡先を渡されたの。彼女、もう一度会ってくれたら、もうつきまとわないって言ってたわ。会うも捨てるも貴方《あなた》次第よ。……美佳さん、鈴木さんに会った時、貴方《あなた》に好きな人ができたら別れるけど、自分のことを好きだと言ってくれている間は、自分の夫で自分のものだ、みたいなことを言ったんだって。……じゃあ、また」

言うだけ言ってさっさと行ってしまった瞳子の背中を見送ってから、渡されたメモを見る。

電話番号と、メールアドレスが記してある。

『もう一度会ってくれたら、もうつきまとわない』

瞳子の言葉を鵜呑《うの》みにしていいものか迷うけれど、紫峰の知らない間に美佳と沙彩が会っていたなんて。美佳は性格上、そういうことを紫峰に言いそうにないし、沙彩に会って真相を確かめたい気持ちもある。

あれほどまでに不安そうな顔をしていた美佳。

沙彩になにを言われたのか想像するだけで腹が立つ。

瞳子が知らせなければ、紫峰は美佳に起きた出来事を一生知らなかっただろう。

そう思うと堪《たま》らなくて、紫峰は公衆電話を探して沙彩に電話をかけた。自分の電話番号を知られるのは嫌だった。

しばらくコールが続いたあと、目当ての相手が出る。

『はい、鈴木です』

紫峰は用件だけを手短に伝える。

「三ヶ嶋です。よければ今日、会いたいんだけど」

「じゃあ、十九時にこの間のカフェで待ってる」

そう言って電話は切れた。時計を見ると、時刻は十八時を過ぎた頃だった。

今度は携帯電話を取り出して、美佳の番号をプッシュする。美佳の電話は留守電だった。

紫峰は「少し遅くなる」とだけメッセージを残して、電話を切った。

沙彩と二人で会うことはかなり不本意だが、これきり会わなくて済むなら決着をつけてしまいたい。

もっとしっかりと言うべきだった。

自分は心から美佳を愛している、と。

16

待ち合わせのカフェに先に着いた紫峰は、コーヒーを頼んでしばらく待つ。

沙彩は十九時少し前に現れた。

紫峰を見つけて微笑み、自分もドリンクを頼んで紫峰の向かいの席に座る。

「待たせた?」

「別に。瞳子から聞いたんだけど、僕になにか話があるのか？」

沙彩は「急《せ》かさないで」と言って優雅に一口ドリンクを飲む。

「奥さんから聞いた？　私がサイン会に行ったこと」

「聞いてない。さっき瞳子から聞いて初めて知ったよ」

そう言うと沙彩は肩をすくめ、もう一口飲んだ。

「堤美佳のサイン会に行ったの。紫峰の奥さんともこうして喫茶店に入ったわ。穏やかそうな人だった。でも、普通っぽかった。紫峰の奥さんにしては、ちょっと物足りない感じ」

普通のなにが悪いのか、と言おうとしたがやめた。沙彩がさらに言葉を続けたからだ。

「お見合い、紫峰から話を進めたんですってね？　驚いたわ。……それに、奥さんにはすごく優しくしているみたいね。クールなところも魅力なのに。そんなのって、紫峰らしくないよね？」

紫峰らしい、というのはなんだろうか。

今、美佳と暮らしていて、紫峰はとても満足している。やっと紫峰に、自分の気持ちを言ってくれるようになった美佳。それは嬉しいことだけど、もっと言ってほしい。もっとわがままを聞きたいし、美佳のそういう姿も見てみたい。

紫峰は、いつも美佳に敵わない。掌《てのひら》の上で転がされているような気がする。

「僕は僕らしく生きている。余計な詮索《せんさく》はよしてくれないか？」

「中村さんからも、紫峰は奥さん一筋だから無理だって言われた。……でも奥さんは良妻っぽい感じではあるけど美人じゃないし、貴方《あなた》のタイプとはほど遠いと思った。奥さんのどこを気に入って結婚したの？」

どこがなんて、ない。この人と結婚すると予感した。出会った瞬間、心が騒いだ。会う度に、美佳の笑顔を見る度に、早く欲しくて堪《たま》らなくなった。

「全部。出会った時にすべてを気に入った」

「容姿も性格も？」

「笑顔や話し方、仕草や、もちろん容姿も性格も。すぐに好きになった」

紫峰が真剣にそう言ったのに、沙彩は声を出して笑った。

「紫峰が一目惚れ？　あんな普通の人に？」

自分は今まで、恋愛に関して感情をコントロールしてきた。自分のペースを乱されるのが嫌いだから。

けれど美佳にはそれができなかった。出会った瞬間から強く惹《ひ》かれ、焦《あせ》って、考えを巡《めぐ》らせて。こんな人には、きっと二度と出会えない。自分のものにしたいと思った。

「悪いか？　でも理屈じゃないんだ。今はもう妻しか見えない。君に言い寄られても、本当に迷惑としか思えない」

沙彩が唖然《あぜん》とした表情で自分を見ている。けれど紫峰は構わず続けた。

「美佳は普通で平凡だと自分でも言うけど、心が綺麗で教養もあって芯がしっかりしていて、決して人を嫌な気分にさせない……僕にはもったいないくらいの洗練された美人だ。毎日、美佳のよさを実感する。僕なんて相手にしてもらえなくて喧嘩にもならないのが悔しいくらい。僕は美佳の虜《とりこ》なんだ」

少しだけ沙彩の顔が歪《ゆが》んだが、気にも留めなかった。

「私、すごく馬鹿にされている気分」

「そんなつもりはない。東京地検特捜部なんて第一線で活躍していて、純粋にすごいと思う。でも、それと愛情とは違うんだ。美佳と君を比べることはできない。今の僕には美佳しか見えていないんだ」

沙彩は唇を引き結んで下を向いた。そして弱々しく笑って紫峰を見る。

「……実は私、地方に飛ばされるの。もうすぐ、東京を離れると思ったら、もう一度……紫峰に会いたくなった」

「そんなことを言われても、僕は君を救えない」

「それもわかってるってば！」

大きく息を吐き出した沙彩は、ぐっと涙をこらえて紫峰を見据えている。

「それでも、検事は続けられる。恋は別の男としろ、沙彩」

「キャリアがなくなる。恋も、もうできない」

「また一からやり直せばいい。君よりできる地方検事も、たくさんいるかもしれないぞ？」

紫峰が言うと、沙彩はキッと睨《にら》んだ。

「そんなことはない！　私の方が、できるに決まってる」

そういえば沙彩は、負けん気は強かった。これだけ威勢のいいことを言えるのだから、きっとまた沙彩は自分の力で今の地位まで戻ってくるだろう。

そんな彼女の姿を見て紫峰は頷《うなず》き、腕時計を見る。すでに一時間以上経っていた。もう十分話しただろう。

紫峰は立ち上がり、沙彩の目をまっすぐに見て言う。

「もう、連絡してこないでくれ。約束しろ」

「私、地方へ飛ばされるのよ。会いに行ける距離でもなくなるし……約束するまでもないでしょ？」

紫峰は頷《うなず》いて、少しほっとした。

いよいよ店を出ようとしたところで、また沙彩に声をかけられる。

「紫峰、待って」

「……なんだ？」

「どうして在学中に司法試験に受かったのに、検事にも弁護士にもならなかったの？　どうしてキャリアの道を選ばなかったの？　紫峰なら、官僚にだってなれたのに」

どうして？　そんなのは、今となってはどうでもいいことだ。

もし自分が別の人生を歩んでいたら、出会う人も違っていただろうし、美佳とも会わなかったかもしれない。

「美佳と会うためだったのかもしれない」

紫峰はそれだけ言って今度こそ沙彩に背を向け、美佳が待つ家へと歩き出した。

道中、携帯電話を取り出すと、留守電が入っていた。美佳からだとわかって、伝言メッセージを確認する。

『今日の夕飯は、中華風の茶碗蒸しよ。あとはちょっと合わないけど、ハンバーグです。早く帰ってきてね』

自然と笑みが浮かぶ。携帯電話をブリーフケースへ入れ、駅の改札をくぐる。

中華風茶碗蒸しを楽しみにしながら――

17

「お帰りなさい」

紫峰が玄関に入ると、美佳が笑顔で出迎えてくれた。

「ただいま、美佳」

「お風呂も沸かしてあるけど、ご飯を先に食べる？」

いつものやりとり、いつものセリフ。だから紫峰は笑みを浮かべて言った。

「その流れでいくと、いつものように美佳を先に食べてもいいわけ？」

美佳が瞬《まばた》きをして紫峰を見て、首を横に振る。

「『それとも私？』なんて言ってない」

唇を少しだけ尖《とが》らせて、それから笑みを向けて紫峰の肩を軽く叩く。

「冗談だよ。中華風茶碗蒸しって、どんな料理？　楽しみに帰ってきたんだ」

紫峰がそう言うと、美佳は得意げに笑う。

「嬉しい。頑張った甲斐があったな」

紫峰のブリーフケースを受け取り、紫峰の部屋まで運んでくれた。ブリーフケースを置いたあと「ご飯の用意をしてますね」と言って出ていく美佳を見て、さっきまでの荒立っていた心が嘘みたいに凪《な》いでいく。

紫峰は、先ほどの沙彩の言葉を思い出す。

もしも自分が検事や弁護士になっていたら、もっといいスーツを着て、職場の環境も今とまったく異なったものだっただろう。結婚していなければステータスが落ちる、と考えて、もっと早くにしていたかもしれない。見栄えのする綺麗な妻を迎えて家庭を守らせて、子供だって生まれているはずだ。きっと育児は妻に任せて、仕事に没頭していたに違いない。もしそんな人生を送っていたら、美佳と出会えたかわからない。

着替えてリビングへ行くと、美佳が料理をテーブルに並べるところだった。美佳に柔らかな笑みを向けられ、幸福感で満たされる。今と違う人生なんて想像したくない。紫峰は首を横に振る。

「紫峰さん、どうかしたの？」

「いや、なんでもない」

食卓につくと真っ先に、美佳が茶碗蒸しを指差してにこりと笑う。その仕草が可愛い。

「よっぽどの自信作？」

「フカヒレ入れてるの。めっちゃ自信作」

愛しさが込み上げる。でも、今ここで「抱きたくなった」と言ったら、きっと美佳は怒るだろう。だから言わないでおく。

茶碗蒸しのふたを開けると、いい匂いが漂《ただよ》ってきた。

美佳の料理はどれも美味しい。もし別の人生を歩んでいたら、こんな風に温かな食卓を囲んでいられただろうか。毎日、帰宅するのをこんなに楽しみに思えただろうか。

笑顔で「早く食べて」と言わんばかりに頷《うなず》く美佳を見て、一口食べる。

「すごく美味しい」

うもの。

「よかった！」

そう言って美佳も箸《はし》を取り、食べ始める。

この生活、この時間。きっと紫峰がどこかで違う道を選んでいたら、持てなかっただろうもの。

そうして考えていると、美佳のことが欲しくて堪《たま》らなくなった。

「ご飯のあと、風呂に入って、君を抱いていいよね？」

紫峰が言うと、美佳は箸《はし》を止めた。

「紫峰さん、そういうことは、あとでも……」

顔を赤くして、紫峰を見ている。いつも美佳を愛してやまないから、その存在を身体でも確かめたくなる。

食事をしている時にいつもこう言う紫峰のことを、美佳がどう思っているかわからないけれど、目の前の愛しい人は少し頬を膨らませているだけだから、怒ってはいないだろう。

「言わずにいられないんだ。君が好きだから」

さらに顔を赤くした美佳は、もう、と言って食事を再開する。

「ご飯を食べて、お風呂に入って……それから。お風呂も飛ばさないでね」

顔を伏せて食べ始める美佳を見て、紫峰はその頬に触れたい衝動を我慢した。

「わかってるよ。ご飯食べて、風呂に入って、それからベッドで？」

「わかってるなら結構です」

美佳はいつもより箸《はし》の進みが早かった。たぶん、照れ隠しのようなものだろう。

食事をとって、それから美佳に言われた通り風呂に入る。

風呂上がり、紫峰は下着姿でベッドに座っていたというのに、美佳はキッチリとパジャマを着てきた。

「どうしてパジャマ着てきたの？　どうせ脱ぐのに」

「……紫峰さんみたいに、下着姿でここまで来るなんて私には無理」

そっぽを向いて言う美佳を引き寄せて腰を抱く。

「いいよ。脱がせる楽しみもある」

ボタンを一つ一つ、ゆっくりと外していく。下から順番に、美佳の腹部に触れながらゆっくりと。

「子供ができたら、僕と子供で美佳の取り合いになりそう」

「え？」

「どうしよう、そうなったら」

紫峰が言うと美佳は笑った。

「そんな子供っぽいこと」

「そうだな。君といると、僕は子供っぽくなってしまう」

パジャマのボタンをすべて外して、美佳の腹部に頬を寄せる。そうすると美佳が紫峰の頭を抱きしめて「そうね」と言った。

「大丈夫。私は紫峰さんも子供も同じくらい愛するわ」

その言葉を聞いて笑った。そうだな、美佳なら器用に二人を同じくらい愛するだろう。

紫峰は手を滑らせ、美佳の豊かな胸に触れた。柔らかい感触が掌《てのひら》から伝わり、下半身が反応する。

ふふ、と笑う美佳の唇を優しく奪う。

それから美佳の身体をベッドにゆっくりと倒す。

「君はいつも嬉しいことを言ってくれるよね。負ける、本当に」

頬を撫でて、美佳を慈《いつく》しむ。

こんな気持ち、生まれて初めてだ。

それは相手が美佳だからこそ。

柔らかい身体を抱きしめながら、心から思う。

「君が愛しい」って――

# 元カノに振り回されて

## 1

三ヶ嶋紫峰は、朝いつも通りに出勤した。

警備部警護課のデスクにブリーフケースを置く。

「おはようございます」

「おはよう、坂野」

坂野は紫峰の部下で唯一の女性。

笑顔で挨拶《あいさつ》をして、朝の日課であるデスクを拭く作業をしていた。紫峰のデスクはもうすでに拭いたらしく、綺麗になっている。書類は重ねて片づけられていた。こういうところは女らしいが、いざ仕事となると、男も顔負けの雄々《おお》しさを見せる。

紫峰が今日のスケジュールを確認しながらパソコンを立ち上げていると、もう一人の部下、松方が出勤した。

「おっはよー！」

相変わらず元気がいいと言うか、松方らしい挨拶《あいさつ》に紫峰も挨拶《あいさつ》を返した。松方はさっそくいつも通りに、コンビニで買ってきたおにぎりを頬張る。

そうしていつも通りの朝、紫峰は椅子に座っていると、警護課のドアが開いて、まったく関係のない人物が入ってくる。

坂野と松方はギョッとした顔をして、紫峰を見た。

「おはようございます、三ヶ嶋警部」

笑顔で挨拶《あいさつ》するその女性は、すっきりとしたパンツスーツ姿で、唇には綺麗に口紅が塗られ、いかにもキャリア風の髪型をしていた。美しい女性だった。

「おはようございます、中村警視。どうしました？　警備部に来るなんて」

紫峰は立ち上がって言った。

刑事部捜査第二課第一係に所属する中村瞳子は、紫峰の正面に来て腕を組み、紫峰をまっすぐに見て言った。

「捜査に協力してほしいの。こんなこと、ＳＰのあなた方に頼むのは、お門違《かどちが》いかもしれないけど、昨夜の報告書を証拠品として提出してほしい。それと、昨夜の行動をすべて教えて」

瞳子は真剣にそう言って、紫峰の出方を待っている。

紫峰は一息ついて尋ねた。

「理由は？　理由がなければ、提出できませんが。それに、昨夜は任務終了が遅かったので、報告書はまだ全部仕上がってませんよ。そういった件は、僕ではなく警護課課長を通すのが筋ではないでしょうか」

瞳子が所属する部署は、主に選挙違反や贈収賄《ぞうしゅうわい》の摘発を担当している。昨夜、松方を除く警護課第四係の紫峰達四人が警護についたのは、大臣二人だった。

「ミカ、手順を踏んでないのは百も承知。お願い、急いでるの」

ミカ、と思わず口走るところを見ると、瞳子にはまったく余裕がないのだろう。しかし、ここは公《おおやけ》の場であり、いくら元カノでも紫峰のことを愛称で呼ぶべきではない。

「警視の権限でそんなことまでできるようになったのか。偉くなったな、君は。係長の僕が勝手に書類を証拠として提出したとなれば、どうなるかわかるだろう？　僕は処分を受けたくない。手順を踏んでください、中村警視」

瞳子は紫峰を睨《にら》んだ。

「出せと言っているでしょう」

「無理です」

瞳子は怒りを露《あら》わに机を叩いた。

「私達は悪を追ってるの。それにはあなた達の昨夜の報告書が必要なの。早く出して」

「早く出してほしければ、課長に言ってください。彼の許可が出れば、すぐにでも提出をします」

それに対して、瞳子は舌打ちでもしそうな勢いだった。

「おはようございまーす」

紫峰のもう一人の部下、松井《まつい》の明るい声がしたので、瞳子は視線をそちらにやり、怒ったまままたため息をつく。

松井は、いつもと違う雰囲気に、何事かと視線を泳がせる。

「……わかりました。今から課長に、必要書類の提出をお願いしてきます。許可が出たら速やかに応じてください」

「もちろんです。用意して待っています」

紫峰が言うと、瞳子はにこりと笑って踵《きびす》を返し、ヒールの音も高らかに去っていく。その音から、怒り心頭というのがよくわかる。

「朝からなんだ？　まったく」

紫峰と瞳子の会話を聞いていた坂野と松方、そしてあとから来た松井はその空気になんとも言えない表情をしている。

「大臣が選挙法に違反しているらしい。その件について洗っているそうだが、上手くいかないみたいだ。証拠が掴《つか》めないんだってさ」

松方が、おおよその事情を説いた。

「それで朝から乗り込んで来たわけか。それにしても、いきなり証拠だから出せとか言われても、簡単に渡せるわけないだろう。わかってるくせに」

紫峰は心の中で舌打ちすると、昨夜の報告書を準備する。

「係長と中村警視って……親しいんですね」

「同期だから」

坂野の質問に短く答えて、紫峰は書類を揃え終える。コピーを事務員に頼むと、坂野が紫峰を見ていた。

「なんだ？」

「同期っていうだけですか？　ミカって、あだ名ですか？　ただの同期のようには思えませんね」

それに対して紫峰が反応しようとすると、横から松方が口を挟む。

「親しい同期だったんだよ」

真面目な口調で言った松方に、坂野が問い返す。

「親しい？」

余計なことを言うなよ、と紫峰は思って松方を軽く睨《にら》む。

「ミカって、『三ヶ嶋』の頭の文字をとって『ミカ』ですよね。なんかカワイイ感じですね、まるで名前を呼べない彼女の照れ隠し、みたいな？」

と坂野は笑って言う。紫峰はなにも言わなかった。

坂野は勘がいい。というか、小さな変化にも気づく。それはＳＰにとっても必要な資質だ。

「坂野、詮索《せんさく》するなよなぁ」

松方がそう言ったので、紫峰は舌打ちした。

「松方、黙れ」

まったくお喋《しゃべ》りだ、と思いながら、驚いた顔をしている坂野の視線を受ける。

「なんだ？　坂野」

「係長、浮気してるんですか⁉　あんな可愛い奥さんがいるのに！」

「はぁ？」

意味がわからないと思って聞き返すと、松方がまた横からいらぬ情報を漏らした。

「元カノだ、坂野。三ヶ嶋は美佳ちゃんラブなんだから、浮気などするわけないだろうが！　それに、中村も不倫するような奴じゃない」

紫峰は腕を組んで、今日何度目かのため息をつく。やけに瞳子のことを言うな、珍しいなと思いながら松方の方を見た。

「もう終わった相手だから。今は美佳ちゃん一筋だもんな？」

「な？」と松方が念を押すような言い方をするので、紫峰はため息で返事をした。松方にしては珍しく真面目な発言ではあったし、坂野も納得したようだった。

まったく朝から騒がしい。

こんな三流コメディのような職場に、紫峰は少々うんざりした。個性派ぞろいの部下をまとめるのは至難の業《わざ》だ。

「おはようございます」

最後に遅刻ギリギリで大橋《おおはし》が入ってくる。

「どうしたんですかぁ」

SPには容姿のよさも求められる。大橋は、誰からも好かれてモテそうな優男《やさおとこ》だ。

「なんでもないわ、大橋」

と坂野がとりなす。

コピーを終えた事務員が戻ってきて、紫峰に書類を渡したところで、瞳子がふたたびフロアに現れた。

「許可が出た。書類は？」

紫峰は書類のコピーを手渡す。

「覚えてなさい、ミカ」

まだ怒りを露《あら》わにしている瞳子を見て、紫峰は周りの視線を気にした。

坂野と松井は、紫峰の視線を感じて、瞳子から目を逸らす。

瞳子は怪訝《けげん》そうな顔をしたが、なにも言わずに出ていこうとする。

一度紫峰の方を振り返ったので、なにか言いたいことがあるのはわかったが、紫峰はそれを無視した。

「今日の予定を聞いてくる」

そう言って、紫峰もフロアを出た。

「浮気なんかするわけないだろう、まったく」

紫峰は一人、廊下を歩きながら零《こぼ》し、妻の美佳のことを思った。

きっと今頃まだ仕事をしているだろう。

近頃はお互いに忙しくて、すれ違いがちな生活が続いている。美佳はこんな生活に不満を覚えているのではないだろうか。

結婚して一年以上。

いまだ新婚旅行もできていない。

美佳はそのことを、どう思っているのか。

妻が、喜ぶようなことをなにもしてやれてない。

## 2

「待って、待って！　三ヶ嶋警部！」

　数日後。前日の午後からの勤務を終え、帰宅しようとしていた紫峰は背後から声をかけられた。そのよく知った声に、紫峰は振り向く。

「なんでしょう、中村警視」

　SPの仕事は交替勤務で、明日も午後から出勤し、翌日の朝まで勤務は続く。規定では朝の十時までだが、時間通りに仕事は終わらない。

　今日もすでに十三時を過ぎている。

「話があるの。今、大丈夫かしら」

　疲れ果てていた紫峰は、早く帰って寝たかった。

　先ほど携帯電話を確認したら、妻からメールで『昼ご飯を用意している』とあった。

　早く帰って、食事をとりたい。そして、寝たい。

「五分でいいの」

　瞳子は腕を組み、紫峰を見上げて息を吐いた。ため息のようなそれは、いかにも訳ありのようだ。

「お願い。少しでいいから」

五分で終わる話なら、と思うが、そのようには見えない。

「わかりました、場所を移しましょうか？」

「そうね。じゃあ、いつもの喫茶店で」

たまに待ち合わせに使っていた喫茶店。

雰囲気のある店で、瞳子が気に入っていた。

「……私が先に行ってるわ。じゃあ、あとで」

紫峰は頷《うなず》いて瞳子に応《こた》える。

「美佳の食事が遠のく。……それにしてもなんの用だ、いったい」

紫峰は携帯のフリップを開いて、美佳にメールを打った。もう少し遅くなることを告げると、美佳からすぐに返信が来る。

『中村さんからもメールがありました。お話ししてくるんですね。疲れてるだろうから、気をつけて帰ってきて』

その内容を見て、紫峰は目を瞬《しばたた》かせた。

瞳子と美佳は互いの連絡先を知っている。だが、こうも情報が筒抜けになっていたとは。

そもそも瞳子と会うことがわかっていて、美佳はなんとも思わないのだろうか。

「なんで瞳子は美佳にこういうことをメールするんだ？　美佳も、なんでなんとも思わないんだ？」

疲れている頭では、上手く思考が働かない。

こういう時も、美佳は冷静だ。

少しくらいなにか言ってほしいと思う。

夫が元恋人と会うというのに、なにも言わない。本当に僕のこと好きなのか？　と、思いたくなるような対応だ。

携帯のフリップを閉じて、大きなため息をついてから、紫峰は歩き出す。

元彼女との、待ち合わせ場所へと。


紫峰が少し時間をおいて喫茶店へ行くと、瞳子はすでに待っていた。

テーブルの上にはオレンジジュースが置いてある。

瞳子はコーヒーが好きで、いつもそれを頼んでいたのに珍しい。

紫峰は瞳子の前に座って、まずこう聞いた。

「美佳にメールした？」

「したわよ。やましいことなんかないから、ちょっと旦那様を借りる、って」

そういうことをしないでほしい、と紫峰は腹が立った。二人がメールのやりとりをしているというだけで、紫峰はいい気がしないというのに。

瞳子も今日はなんだかピリピリしているな、と紫峰は思った。いつもはあまりイライラした態度を見せないのに。

頼んだオレンジジュースには手を付けていないらしく、氷がほぼ溶けていた。具合でも悪いのか、と思いながら瞳子を見る。

紫峰はコーヒーを頼んだ。結構眠気がきていて、コーヒーでも飲まずには話はできないと思った。だが、それが届くよりも早く、瞳子は紫峰に言った。

「松方のシフトを教えてほしいの」

「……どうして？」

「ダメなの？」

ダメもなにも、と紫峰は思う。

「松方に直接聞けばいいじゃないか」

紫峰が呆《あき》れたように言うと、瞳子は珍しく押し黙る。

いつもなら、なにか言い返すところだが……

「松方の電話番号を知らないの。だから聞いているの」

「松方は君の番号を知ってる様子だけど」

「でも私は登録してないの。だから、困ってるの。ミカ、助けてくれてもいいでしょう？」

いったいどうして瞳子は、それほどまでに松方のシフトを知りたいのか。

「そういうことは、軽く教えられないな」

「シフトを決めるのは、ミカでしょう?」

「確かにそうだが、君が知ってどうするんだ、瞳子」

瞳子は口を閉じたまま答えない。

「どうしても知りたい理由があるなら別だけど、できれば教えたくない」

紫峰がきっぱり言うと、瞳子は「なによ」と言って紫峰を睨《にら》む。

「ミカは美佳さんに、一緒に仕事する人のシフトとか言わないわけ? そんなことないでしょう?」

「言わないね」

紫峰は自分の勤務時間について言うことはあるが、他の人員のシフトを漏らしたことはない。仕事の内容は極秘なのだ。

美佳に漏らしたところで、どこかで喋《しゃべ》ったりする人でないのはわかっているが、それでも知らせていいわけがない。

「嘘つかないでよ」

「嘘はつかないさ。君と美佳は時々連絡を取り合ってるみたいだから、確かめてみたらいい。僕は自分の仕事の内容を言わない。守秘義務は基本だろう?」

　紫峰が言うと、瞳子は唇を噛み、そっぽを向いて、ため息をつく。そうして気分が悪そうに口元に手をやった。

「話はこれで終わり？　早く帰りたいんだ。瞳子も体調があまりよくないようだし、早く帰った方がいい。好きなコーヒーを頼まないなんて珍しいしね」

　瞳子は口元に当てていた手を外し、一度下を向いてから紫峰を見る。

「……教えてもらわなきゃ困るの。彼と話をしなきゃならないから」

「いったい、なんの話を？」

　紫峰はコーヒーに口をつけ、次の言葉を待った。

「個人的な話。でも重要なの」

　紫峰は首を傾げて、頬杖をついた。

　重要な、個人的な。

　そういう言葉は、およそ松方にふさわしくない気がした。いつも明るく、天真爛漫《てんしんらんまん》な彼の姿が頭に浮かぶ。

「それこそ松方に似合わない言葉だな」

「……そうよ、似合わないの。でもどうしても、今日のうちに話したいの」

　瞳子がそう言うので、紫峰はしょうがないと思えてきた。松方は紫峰の部下であるが、普段は気のいい親友でもある。

「やはり、理由を聞かないと教えられないな。秘密厳守のシフトを知りたいだなんて。そういうことをするのはよくないことだと、君だってわかっているだろう？　違うか？」

「そうよ、わかってる。ミカ、理由を言ったら教えてくれるわけ？」

「教えるさ、もちろん」

紫峰はコーヒーを飲み終えた。

結局五分じゃすまないじゃないか、と心の中でぼやき、二杯めのコーヒーを頼むか、と思った。

しかし次の言葉で、気分は百八十度変わった。

「松方の子を妊娠しちゃったの」

紫峰は一瞬固まってしまった。

「……は⁉」

衝撃的な告白。

「瞳子、それは、本当なのか？」

「こんなことウソついてどうするの？　本当よ。病院にも行ってきたし、今はつわりの真っ最中。仕事も手につかないくらい、辛い時もあるんだから」

一体いつ、瞳子と松方がそういう関係になったのか。松方がたまに瞳子と会って、飲んだりしているのは知っていた。けれど……

「信じられないな。松方となんて」

「私だって。寝たのなんて、たった一回なのに。もう、どうしてこんなことに、って。互いにほろ酔いだったし、可能性はあったけど……」

そう言って外を向く瞳子。彼女の前にあるオレンジジュースを見る。妊娠したのでコーヒーが飲めなかったから、これを頼んだのか。

「だから、松方と話したいの。……もう、本当に、ミカにこんなこと言いたくなかった。――やっと、ミカのことが吹っ切れたのに、こんなことになってしまって。……どうしたらいいのか、わかんない」

やけに食い下がると思ったら、そういうことか。

顔を歪《ゆが》めた瞳子の目から涙が落ちる。

「松方は、今日も明日も遅番勤務だ」

瞳子は頷《うなず》いて、バッグから手帳を取り出した。

そして涙を拭いて、手帳に松方の勤務予定を書いた。

「ありがとう、ミカ。……もう、なんか、相談する相手がミカだなんて、本当に嫌な気分」

「悪かったな」

「十年以上も、ミカに片思いして、あんな風に別れて。やっと吹っ切れたところなのに、その友達の子供ができちゃうなんて」

瞳子から、付き合ってほしい、と言われたのは三年以上前。

当時の紫峰に、断る理由はなかった。

瞳子は昔から、洗練されて美しかった。

真剣な目で好きだと言われ、紫峰は好感を覚えた。

年齢を考えると、きっと付き合う相手は瞳子が最後だろうと思っていた。瞳子と結婚して、共働きで忙しいながらも、明るい家庭を築くのだ、と。

——美佳と出会うまでは。

「きちんと話、できるのか？」

「わからない。でも、きちんとしなきゃ。私の中に、彼の子がいるんだし」

「そうだな。きちんとしないといけないな」

紫峰が言うと、瞳子が顔を上げてこちらを見ていた。

「ねぇ、ミカ、なんとも思わない？　私が松方の子、妊娠したって聞いて」

「……思わないわけないだろう。松方は親友だし、君にはいろいろ負い目があるし」

一度は結婚を考えていた相手だ。

「それだけ？　ねぇ、ミカ、どうして美佳さんと結婚したの？　とくに今、妊娠してるから余計に思うんだけど、なにが決め手だったの？　私はあの時、自分になにが足りなかったのか考えた。悪い付き合いはしていないし、むしろ楽しかったはずよね？」

「そうだな、楽しかった。好きだったよ、君のこと。結婚しようと思ってた」

「じゃあ、どうして？　美佳さんとはたった数回会っただけよね？　私との二年間の付き合いを解消するほど、彼女のなにがよかったの？」

なにがよかったかなんてよく覚えていない。ただ出会った瞬間、なぜだか紫峰は目が離せないほど惹《ひ》かれた。

「なにが、なんてないんだ。ただ直感的に、この人と結婚するのか、と思っただけ」

紫峰が結婚を決めた理由は、とくにない。料理が上手だとか、可愛いとか、控えめな性格だからとか、そういうものではなくて、ただ美佳と一緒にいたいと思った。美佳のことを好きでしょうがない自分がいた。ずっと側にいてほしいと思ったのだ。

「ミカがそんな理由で結婚するとは思わなかった。どちらかというと理論派じゃない。頭で考えて計算して動くタイプ。ミカのそんなクールなところが好きだった」

「ありがとう。でも、今言ったのが実情。理屈じゃなく、美佳との結婚しか、あの時は頭になかった」

「……じゃあ、今は？」

今は？　と聞かれたら、苦笑するしかない。

「今は……前よりもっとその思いが強くなってる」

紫峰は笑みを浮かべて言った。それに対して、瞳子はため息をつく。

「別に今さらだけど、美佳さんが羨《うらや》ましい」

「……松方との時間、調整しようか？」

紫峰が申し出ると、瞳子は少しだけ笑って「お願いできる？」と言った。

「それくらいはできる。……瞳子、産む気あるわけ？」

「……考えてる。松方次第だけど、堕《お》ろしたくないって思ってる」

松方がどう返事するか、紫峰は聞かなくてもよくわかっていた。

紫峰と瞳子が付き合って一年ほど経った頃、松方は結婚した。

その時に、紫峰に言ったのだ。

『結婚したから告白するけど、俺、警察学校の時から、中村のことが好きだったんだよな』

松方はしみじみと話していた。わずか一年後に円満離婚したのだが、理由は妻にも忘れられない人がいたからだと言っていた。

瞳子が紫峰と別れたあと、側にいたのは松方だった。いつか、付き合うようになるかもしれない、と紫峰は少しだけ思っていた。

「今から調整しておく。じゃあ、僕は帰るから」

紫峰は伝票を持って立ち上がる。

そんな紫峰を見上げて、瞳子が「ミカ」と呼んだ。

「ありがとう、本当に」

首を振って、笑みを浮かべて瞳子を見る。

「身体、大事にして。無理をしないように」

頷《うなず》くのを見て、紫峰は支払いを済ませる。

喫茶店の外に出るととてもいい天気で、太陽が眩《まぶ》しい。

それに少しだけクラリとしながら、紫峰は歩き出す。

時間はすでに十四時四十二分。

「もうすぐ三時か。美佳、待ってるだろうな」

無性に美佳に会いたくて堪《たま》らなくなる。

「盛《さか》る年でもないのに、笑える」

思い出すのは美佳の「お帰りなさい」という声と笑顔。

紫峰は家路を急ぐ。

美佳が待っているから――

3

玄関が開く音がして、美佳はパソコンのキーボードを叩く手を止めた。

パソコンを閉じて、すぐにリビングへ向かう。

「お帰りなさい」

時計を見ると時刻は十五時過ぎ。

昨日、「仕事は十時頃終わる」と言って出掛けたが、結局かなり時間がずれこんだ。

遅くなった理由は知っている。

それはある人と会っていたから。

「中村さん、大丈夫でした？」

疲れた顔をしている紫峰のカバンを受け取ろうとしたが、彼は「いい」と言って部屋に行ってしまった。

美佳は、空《くう》を切った自分の手を見る。

いつもは笑顔で「ただいま」と言ってくれるのに、今日は違う。

とにかく食事を温め直そうと思い、チャーハンと中華風サラダ、そして杏仁豆腐《あんにんどうふ》を準備する。

着替えた紫峰がリビングに来るのを見て、先にサラダと杏仁豆腐を出した。

ほどなくチャーハンもレンジで温まったので、紫峰の前にスプーンと一緒に出した。美佳も、杏仁豆腐だけを前に置いて、椅子に座る。

「それだけ？」

「私はもう食べたの。デザートだけお付き合い」

笑みを向けると、紫峰は頬杖をついて美佳を見る。

「美佳、君はいつも中村さんとなにを話してるんだ？」

いつもは「瞳子」と呼んでいたのに「中村さん」と言った紫峰。

美佳に気を遣っているのだろうか。

「いろいろ、話すけど」

「いろいろってなに？　彼女の妊娠を知ってた？」

紫峰の口調は、怒っている風ではない。

けれど『どうして俺に教えてくれなかったのか』という言葉が、言外に含まれていたように感じた。

気まずくなって、美佳は少し俯《うつむ》く。

「昨日、電話があって知りました。もし、紫峰さんに拒否されたら、私から聞いてほしいって」

「なにを？」

「松方さんの、シフトとか、予定とか」

そんなこと聞けない、と美佳は瞳子に言った。

いくら紫峰が夫でも、内部情報にあたることだから。

美佳の父も警察官だった。だから、そういうことを聞いてはいけないとわかっている。

母も父に聞いたことなどなかった。

紫峰も普段、仕事のことを家では口にしない。だから美佳もあえて聞かない。母と同じように。

「紫峰さんにそんなこと聞けないって断ったの。そうしたら、松方さんのことや、妊娠してることを話してくれたの」

驚いたなんてもんじゃない。

確かに二人は同期で仲がよかったようだった。けれど、そんなことになるようには思えなかった。

瞳子は、紫峰の元恋人。そして、今も彼が好きなのだと思っていた。

紫峰が美佳と会わなければ、二人はきっと結婚していたと思う。

「ねぇ、美佳。ひとつ聞きたいんだけど、君は僕が中村さんと会っても、なんとも思わないわけ？　電話で話していても、一緒にいても」

「そんなこと、ない」

「本当に？」

美佳は頷《うなず》いて、紫峰を見る。

「どう思ってる？」

「中村さんは美人で、紫峰さんとお似合いだと思う。でも私は紫峰さんを信じてるから。……それに、私のことが好きじゃなかったら、紫峰さんはあんなに私の身体を愛さないと思うし……。中村さんのことを『瞳子』って呼ぶけど、それは単なる慣れだから、ついそうなるのかな、っていうか……」

美佳の姉達は、父に似て気が強い。対する母はおっとりしている。けれどなにか起きた時に、一番動じないタイプでもある。

『美佳はお母さんそっくりだな。性格もなにもかも』

三姉妹の末っ子だからかおっとりしていて、母に似た美佳を、父はことのほか可愛がってくれた。

そんなのんびり屋の美佳に対して、紫峰は苛立ったり、怒ったりしていないだろうかと心配になることがある。

そうは言っても、瞳子のことは美佳の中で心の整理がついていた。

なにか言ったら、紫峰もいい思いはしないだろう、と美佳は思って黙っていたが、あえて一度は聞いてみる。

「紫峰さんは、中村さんのこと、まだなにか思ってるの？」

そんなことないのは、わかっている。

紫峰と瞳子は電話したり、二人で会ったりもしているけれど、瞳子は松方の子供を妊娠しているのだから、以前とは状況が違うのだ。そう考えながら、美佳は杏仁豆腐《あんにんどうふ》を崩した。

「僕が好きなのは君だし、君以外は考えられない。だから君の冷静さに、時々不安になることもある。……別に怒ってないから、そんな顔をしないで」

美佳は我知らず頬が硬くなっていたようだ。

それをほぐすように、紫峰が美佳の頬に触れる。

「相手が松方だっていうのは、意外そうで意外でもないんだ」

紫峰を見ると、美佳を見て微笑んでいた。

「松方は、ずっと中村さんのことが好きだった。松方も今は独身だから、僕はなにも問題ないと思ってる」

紫峰はいつもこうやって、美佳をいい気分にさせる言葉を言ってくれる。

美佳は紫峰の言葉をきちんと信じている。

だから、なにも言わなかった。

「少しは嫉妬してほしいな、美佳。僕ばかりが君を好きで、悔しい気分だ」

「嫉妬する意味があるの？　いつも、言葉や態度で安心させてくれるのに」

紫峰みたいに安心感を与えてくれる人なんて、そうそういないだろう。しかも、美佳のように普通の容姿で、どこか世間とずれているような女性をここまで愛してくれるのは紫峰以外にない。

仕事柄出会いは少なくて、だからお見合いをする時、少しだけ楽しみだった。いい相手だったら、結婚して幸せになりたいとも思っていた。

そんな美佳を好きになってくれて、こうして誠実に愛してくれる紫峰。

そんな彼を嫉妬なんてもので、煩《わずら》わせたくない。

そんなことをしても意味がないと思う。

「君には負ける。僕はいつも君の掌《てのひら》の上で転がされている気分だ」

「私の方こそ、嫉妬する暇なんてないくらい翻弄《ほんろう》されてる」

美佳が微笑むと、紫峰はため息をついて「本当に、君には敵わない」と首を振った。

「松方と中村さんの子供のことは、どう思ってる？」

急に話を戻されても返事に詰まる。

美佳はちょっと考えた。

「二人が愛し合ってできた子供だから、祝福してあげたいと思う。急に子供ができて、きっと中村さんは戸惑いも大きいと思うけど」

子供ができたのだから、間違いなく好意はあったはず。

美佳の場合は紫峰とすごく愛し合っているのに、まだ子供ができない。急ぐ気持ちはないけれど、ほんの少し瞳子を羨《うらや》ましく思う。

「僕は今の状態にすごく満足しているけど、君も子供が欲しい？」

顔を上げると、笑みを浮かべる紫峰がいた。だから美佳も笑みを浮かべて頷《うなず》いた。

「私と紫峰さんの子供だから、ちゃんと来てくれると思ってる。だから、急がない」

「美佳らしい答えで、参るね」

そうして紫峰はまた笑って、一つため息をついた。

「松方のシフトを考えないと。明日は休みにしてやろう」

そう言いながら、やっと料理に手をつけ「美味しい」と言ったので、美佳は満足した。

「紫峰さん、夜にゆっくり食事をとれる日はある？」

栄養満点の鍋をしたいと思っているのだ。今日でもいいけれど、昼食が遅くなったので、夜はたくさん食べられそうにない。だから鍋は、また今度。

「松方のシフト次第かな」

美佳も自分の仕事の都合を考える。

小説執筆、連載コラム。いろんな案件が目白押しだが、今以上に忙しくなることはしないと決めている。

だって、美佳には紫峰がいるから。

4

翌日、紫峰を仕事に送り出した美佳は、一人で一晩過ごした。

昼には紫峰が帰ってくるので、昼食を作って待つ。ロコモコとポテトサラダを準備していると、意外に早い時間に紫峰は帰ってきた。

「お帰りなさい、今日は早かったのね」

カバンを受け取ろうと手を伸ばすと、うしろに松方がいた。

さらにそのうしろには、瞳子がいる。

紫峰は早く帰ってきたというのに、酷《ひど》く疲れた顔をしていた。

「どうしたの？」

「職場で喧嘩を始めそうだったから、連れて来た」

紫峰が家に上がるように促《うなが》すと、二人は素直に従った。

「じゃあ、お昼御飯を、あと二人分作るね」

「そんなことしなくていいよ、美佳。すぐ帰すから、お茶だけ出してやって」

きっと瞳子の妊娠が関わっているのだろう。

二人をリビングに招き入れ、ちょうど家にあったノンカフェインのハーブティーを出す。

そこへ、着替えた紫峰がやって来た。

「喧嘩しなくていいのか？　二人とも。早いところ話し合うことだ」

紫峰が言うと、松方が顔を上げる。

美佳が二人を見ていると、松方が口を開く。

「だから、驚いただけだって……」

「ウソ言わないで。顔面蒼白《がんめんそうはく》だった。どうせ、責任がどうのとか、つまらないことを考えてたんでしょう？」

瞳子は面倒くさそうに息を吐いた。


松方の子供を瞳子が妊娠した経緯はこうだ。

もともと、瞳子のことを松方が好きだった。それは瞳子もよく知っていたことだ。

でも、瞳子は松方のことが好みでもなんでもなく、紫峰が好きだったので、無視を決め込んでいたという。

紫峰に対しては、大学時代から好意を寄せていたものの言い出せず、警察官になってからは余計に距離ができていた。

そんな中、同窓会で紫峰と瞳子は再会した。

瞳子は勇気を振り絞り、付き合いをスタートさせるに至った。でも、その付き合いもわずか二年で破局。紫峰がたった一度会っただけの女性と結婚したいと言ったからだ。それが今の妻の美佳である。

美佳はいつもにこにこしていて、料理上手で、おっとりしている反面、豪快さもあり、瞳子の目にも素敵に見えたのだという。

紫峰の結婚後、瞳子と松方は一度だけ家に遊びに来たことがある。

美佳と初めて対面した日、瞳子は紫峰が本当に自分とは別の女性と結婚したのだということを実感し、堪《たま》らず家を飛び出した。松方は彼女を追いかけて、二人とも嵐のように去っていった。

あのあと、瞳子は松方と酒を飲みに行ったらしい。それがきっかけで、時々出かけるようになった。

そうしているうちに瞳子は、松方の優しさに惹《ひ》かれていった。人を思いやる気持ちに溢《あふ》れた人だと思ったそうだ。

そんな日々がしばらく続いたある日、瞳子は酔っぱらって、松方に寄りかかった。仕事で嫌なことがあり、ストレスを抱えていた。そんな時、愚痴《ぐち》を聞いてくれた松方に、甘えてみたくなってしまったのだという。

瞳子からキスをして、どこかに泊まろうと誘い——そうして一晩過ごした。

松方との行為は、たった一度だけ。

二度目はしまいと決めていたらしい。

なぜならば、瞳子は松方とのつかず離れずの関係が心地よかったからだ。

けれど妊娠し、そんな風には言っていられなくなった。

いや、そんな関係、もとから無理だったのかもしれない。瞳子はその時すでに、松方に惹《ひ》かれていたのだから……


瞳子がふたたび口を開く。

「むかつく。男って、結局こういう態度を取るのね！」

「だから違うって。本当に驚いただけで」

「驚くこと？　避妊しなかったんだから、こうなる可能性だってあったでしょ？　私も悪かったけど、そんな顔するのはよしてよね！」

「だから、違うんだよ。そうじゃなくて！」

美佳は二人のあけすけな会話に、目をパチクリさせた。

その側で紫峰はため息をついている。

「責任とかそういうことを考えたわけじゃないって！」

「じゃあ、なにを考えたわけ？　教えてよ」

「いや、どうしようって、ちょっとだけ……」

「単なるヘタレだ」と紫峰が小さく呟《つぶや》いて、頭を抱える。

美佳は、予想もしない出来事が起きたのだから、誰だってきっと驚くだろう、と考えた。

一つの命を授かったのだから、嬉しい嬉しくないにかかわらず、動揺する気持ちもあるだろう。

「バカッ！　じゃあ、なんで寝たわけ？　理性なし！」

美佳は心の中で、そんなこと言っては話し合いはまとまらない、と目を瞑《つむ》る。紫峰は大きくため息をついた。

「ミカならきっと、こういう時、誠意をもって対応するでしょ？　ねえ、そうよね！」

感情的になっている瞳子の言葉だ。深い意味はないのはわかっている。けれどその言葉は、美佳にとってあまり気持ちのいいものではなく、心が波立つ。

「……僕に話を振るの、間違ってないか？　僕は関係ない、巻き込むな」

紫峰がきっぱりそう言った時、松方が突然叫んだ。

「結婚しよう、中村！」

「……安易すぎ。本当に結婚したいのか、子供がいるから結婚しなくちゃ、なのか、どっちなのよ」

瞳子は捨て台詞《ゼリフ》を言い、そっぽを向いてしまった。

「本当に結婚したいに決まってるだろ！　俺は中村が好きだ」

美佳は松方の切実な告白を聞き、同じ「好き」という言葉でも、人によってこんなに違う響きを持つものなのだと感じ入っていた。

紫峰の言葉には穏やかな響きが、松方の言葉には不器用で強い響きがある。どちらがいいというものではない。松方の告白も、好感が持てる言い方だと思った。

「ウソついたら、許さないから」

「ウソなんかつくかよ！　好きだ、中村」

その言い方は、正直な気持ちが感じられるものだった。

「わかったから、そこでストップ。もう、二人とも帰れ」

紫峰の声に、瞳子と松方がびっくりしたように視線を向ける。紫峰は呆れ顔で二人を見る。

「もういいだろ？　結婚するんだろ？　話はまとまった」

早く帰れと言わんばかりの紫峰に、松方が謝る。

「悪かった、三ヶ嶋。今から中村ともっと話すから、だからさ……」

紫峰は片眉を上げて、次の言葉を待つ。

「俺の家まで車で送ってくれ」

紫峰の表情が変わって、腕を組む。

「タクシーを呼んでやる」

「冷たいな。ここまで連れて来たんだから、送ってくれても……」

「タクシーでいいわ。それで、帰ってじっくり話し合いましょう。結婚とやらについて」

紫峰はタクシー会社に電話をした。

瞳子は立ち上がり、美佳ににこりと笑いかける。

「ごめんね、押しかけちゃって」

「気をつけて帰ってくださいね」

瞳子は苦笑して、美佳の脇を通り過ぎる。

「待てよ、中村！」

それを追いかけて、松方もバタバタと玄関に向かった。美佳もそれを追っていき、二人を見送ったのち玄関の鍵を閉める。

やっと紫峰と二人になったところで、まだ昼食を食べていないことに気づいた。

「紫峰さん、お昼食べるでしょ？」

「……ああ、ありがとう」

美佳はロコモコを温め直して、手早く目玉焼きを作る。そしてご飯の上に載せ、ポテトサラダも添えて紫峰の前に出した。温かいお茶も置いた。

「これ、なに？」

「ロコモコ。口に合うといいけど」

「美佳の料理で不味《まず》いものはないよ」

紫峰は笑ってそれを口にして、「美味しい」と言ってくれた。

美佳も同じように食べる。

「あの二人、上手くいくでしょうね」

「まあ、瞳子がくどくど言いそうだけどな」

「言いそうね、瞳子さんが」

美佳が瞳子の名を口にすると、紫峰ははっと気づいたように美佳を見る。

「きっと上手くいくはず。好きじゃなきゃ、瞳子さんは子供を産むなんて言わないはず」

「美佳、なにか思うことがあるなら、言ってくれるかな？」

何度も「瞳子さん」と言う美佳に、紫峰はばつが悪そうな顔をした。

美佳はそれに笑顔で答える。

「そんな顔しないで。だって、同期なんだから。それに今は、いい友達ですよね？」

こんな風に釘を刺すような言い方をするなんて、我ながら性格が悪いと思う。

けれど、先ほどの瞳子の紫峰への親しみのこもった言葉を聞いて、心がささくれ立っていた。

「そうだよ。今はただ同期ってだけの関係だ」

紫峰はきっぱりと答えた。

けれど意地の悪い質問を考え付いた美佳は、自分でも今日の自分はどこかおかしいと思いながらも続ける。

「もし、紫峰さんが今の松方さんと同じ立場だったら、瞳子さんと結婚した？」

「……したな、きっと」

「私にプロポーズしたあとでも、そうした？」

紫峰は食べる手を止めて美佳を見る。

「それは……君と結婚したと思う。瞳子がもし産むと言ったら、認知して援助をするという形をとったと思う。君の手を放したら、僕はきっと後悔ばかりの人生を送っただろうから。もう、意地悪な質問をしないでくれ」

紫峰はそう言って心底困った顔をして、食事を口に運んだ。

けれど、美佳の口は止まらない。

「……紫峰さんは、子供はまだ欲しくない？」

紫峰はいつの間にか食べ終えていた。

皿を重ねながら、美佳をまっすぐに見る。

「君が望むなら、僕はいつだって欲しい。僕の年齢を考えても、もういてもおかしくない頃だ。ただ、もう少し僕だけの美佳でいてほしい、って気持ちもある。子供ができると、きっとそうはいかなくなるだろう？」

もう、本当に、どれだけ愛されヒロインなんだろう。

波立っていた心が、穏やかになっていく。

「子供ができても、きちんと紫峰さんのための時間を取りますよ」

「どうかな？　美佳は子供を優先すると思うけど？」

紫峰が苦笑混じりにそう言った。

「私、松方さんのまっすぐな告白に感動しました。あの言い方、好きだったな」

「なにそれ？　僕の言い方は不満なわけ？」

紫峰の機嫌が悪くなりかけているのを感じて、美佳は慌てて首を振る。

「違うの。紫峰さんの言葉が一番好き。ただ、あんな風に一生懸命な告白を間近で見る機会、ないから」

美佳がそう言うと、紫峰はため息をついた。

「君には、本当に僕の心が通じないよね」

「ちゃんと通じてますよ。私も紫峰さんのことが好きです」

「通じてないよ。僕だっていつも、好きだと言う度に緊張してるのに」

そっぽを向く紫峰を見て、美佳は「ごめんなさい」と謝った。

「謝らなくてもいいよ。ただ、僕ばかりがいつも君のことを好きなんだって実感した」

「そんなことない」

美佳が言うと紫峰は笑みを向けて、なにも言わずに頷《うなず》いた。

美佳は彼のその反応に安堵《あんど》した。

紫峰が小さくため息をついたのに、まったく気づかずに——

5

「頼むよ、三ヶ嶋」

「嫌だ」

「なんでだよ、上司だろ？」

紫峰は銃にセーフティがかかっているのを確認し、ホルスターにしまいながら呟《つぶや》いた。

「早くしろよ、松方。もう行くぞ」

まだ準備が整っていない松方に紫峰が背を向けると、うしろから大きなため息が聞こえた。

屋外に出たところで追いついてきた松方が、横に並んでまた同じことを言う。

「結婚式に上司が出ないなんて、おかしいだろ？」

「仕事の都合とか言って誤魔化せばいい。だいたい、なんで二度も祝儀をやらなきゃならないんだ」

「そんなこと言うなよ……」

紫峰の家での話し合いのあと、丸く収まったらしい。

松方と瞳子は急ピッチで準備を整え、二週間後に結婚式を挙げることに決まっていた。

松方から招待状が届いていたが、紫峰は欠席に丸をつけた。ご夫婦でお越しください、とも書いてあったが、それも丁重にお断りした。

過去のことといえばそうだが、瞳子と紫峰はかつて恋人同士だったのだ。瞳子のご両親に紫峰は会ったことがないが、彼女が自分のことを話していた可能性はゼロではない。そんな状況で、自分が美佳を連れて出席するのは憚《はばか》られる。

「美佳ちゃんは、なんて言ってる？」

「美佳には言ってない。僕の出席は諦めるんだな」

松方はため息をつき、なおも食い下がった。

「み、美佳ちゃんがいいって言ったら、出てくれるか？」

「美佳がいいと言っても、出ない」

松方があからさまにシュンとするので、紫峰は自分が悪者のように思えてきた。

松方と自分は同期であり、今は紫峰が松方の直属の上司でもある。出席するのが自然なように思うが、やはり美佳を巻き込んで、角が立ちそうなことはしたくない。

紫峰は目の前にある警護用車両に乗り込んだ。

「じゃあ、美佳ちゃんに説得されたら出るか？」

さっきから美佳、美佳、とうるさい。

紫峰は松方を睨《にら》む。

「松方、今度美佳の名前を口にしたら、その口に銃口を突っ込んでやる」

「酷《ひで》えよ……ただ俺はさ、結婚式に……」

「誰が二度も祝儀を出すか」

松方も車に乗り込んだところで、紫峰は部下に指示して、車を発進させた。

「お前の時は俺も出す」

と松方が言うのを聞いて、同乗している坂野が、「松方さん」と声を上げて首を振る。

けれど遅かった。

紫峰は頭にきて、松方にゲンコツを二発お見舞いした。

「って！　痛えよ！　悪かった、三ヶ嶋！」

それでも紫峰の怒りは収まらない。

「僕に美佳と別れてほしいのか、松方」

「違うって、言葉のあやだ、あや」

その後もあれこれ言っていた松方を無視して、紫峰は前方を見る。

目的地に、もう間もなく着きそうだ。

☆

今日の仕事は、少し訳ありな人物の護衛で、気を張って疲れた。

紫峰は仕事を終え、ようやく帰宅したところだ。

帰りしな、松方から式への出席をせがまれたが、紫峰は首を横に振った。

玄関のドアを開けると、見覚えのある黒いパンプスが美佳の草履《ぞうり》の横に並んでいる。

「まったく、家に帰っても厄介事か」

リビングのドアを開けると、瞳子の姿があった。黒いスーツにきっちりとまとめた髪。

彼女はこちらを振り向いた。

「うちでなにをしてる？」

紫峰が聞くと、「お邪魔してます」と言ってにこりと笑った。

「お帰りなさい、紫峰さん」

白っぽい着物を着た美佳が、笑顔で奥から出てきて、紫峰のカバンを受け取る。

まったく、今日はなんて日だ。

「なんで家に上げるんだ、美佳」

咎《とが》めるように言うと、美佳は瞬《まばた》きをして紫峰を見る。

「ごめんなさい。でも、五分だけでいいから、紫峰さんと話がしたいって言うから……」

「……だったら、どうして僕に連絡しない？」

多少苛《いら》ついてそう言うと、「ごめんなさい」と美佳は再度謝った。しゅんとした表情を見て、こんな顔をさせたかったわけじゃないのに、と紫峰は反省する。

「私も帰ったばかりだから、着替えてきますね」

「いいよ、そのままで。早いところ話を聞いてしまうから」

すると、ご飯を作ると言って美佳はキッチンへ向かった。紫峰はため息をつきながらソファに腰を下ろし、瞳子と向き合う。

「なんの用？」

「結婚式のこと。出てくれないらしいじゃない」

松方から聞いたのだろうが、どうしてこんなに怒っているのだろう。

「普通は出ないだろう。当たり前だ」

「部下の結婚式に上司が出ないのは、どうかと思うんだけど」

「ただの上司だったら出るさ。でも、君の結婚式だ」

「私達、もうただの同期でしょう」

言いたいことを言って立ち上がる瞳子を見て、紫峰はため息をつく。

「出席にしておくから、きちんと来てね」

瞳子は勝手にそう決めて、リビングを出ていく。

美佳がそのあとを追っていったが、しばらくして一人で帰ってきた。

美佳を見ると、にこりと笑って紫峰を見ていた。

「紫峰さん、疲れてるみたい。美味しい料理を作るから、ちょっと待ってて」

たすきがけをした美佳がそう言って、またキッチンへと戻っていった。

疲れているとかいないとか、そういう話じゃない、と訂正しようと思ったけれど、紫峰はすぐには立つことができず、ため息しか出ない。

「今度、中村さんと松方が来た時は僕に電話をして。家に上げてもいいから、頼む」

「ごめんなさい。紫峰さん、疲れて帰ってきたのに。私、悪いことした」

紫峰は首を振って「そうじゃない」と言った。

美佳は少しだけ笑って顔を俯《うつむ》ける。

紫峰は椅子から立ち、美佳の顎《あご》を持ち上げた。美佳と視線を合わせて、笑みを向ける。

「怒ってない。ただ、あの二人が来ると、面倒事を持ち込まれる気がしてね。結婚式も出るしかないかな」

「ごめんなさい。行かないって決めてたみたいなのに、私がきっかけを作ってしまって……でも、本当に行かないつもりだったの？」

頷《うなず》くと、美佳は「そうだったの」と言って目を伏せた。

「行かないことに、美佳は不満？」

「そうじゃないの。ただ、紫峰さんは松方さんの上司でしょう？　それに、さっき中村さんが言った通り、紫峰さんはもう中村さんと関係ないって、私にも言ってくれてたから。だから……」

　呟《つぶや》いて美佳が顔を逸らす。

「それは、暗に僕を責めてる？」

「そんなこと……ただ、紫峰さんは出た方がいいと思う。それだけ」

「わかってるよ、そんなこと」

「確かに私も同じ立場だったら、きっとお断りしていたと思う。でも、どうしてもと言われたら、考え直して出ることにしたと思う。紫峰さんもきっと一緒のはず」

　そうして美佳は笑みを浮かべて自分を見るのに、紫峰は憮然《ぶぜん》とした顔しか向けられない。

「君も一緒に呼ばれてる」

「紫峰さんが行くなら、一緒に行く」

　笑みを浮かべたままそう言われて、紫峰は頷《うなず》いた。

「わかったよ、美佳。降参だ」

　頷《うなず》くと、美佳が紫峰の頬に手を寄せる。

　美佳と話していると、いろいろと考えが整理できる。

本当に美佳には敵わない。

「そうだね。わかった。着替えてくるよ」

頷《うなず》いた美佳に笑みを向けて、寝室へ向かう。

「しょうがない」

ネクタイを解《ほど》きながら呟《つぶや》いてみたが、やはり憂鬱《ゆううつ》なものは憂鬱《ゆううつ》だった。

6

結婚式当日。紫峰は美佳を伴って式に参列していた。

さすがに松方も遠慮したのか、スピーチを頼まれはしなかった。

美佳は光沢のあるレース素材のグレーのドレスを着て、その上にケープを羽織っている。

普段はあまり見ない可愛らしいドレス姿を見て、少しは気分が上向いたけれど、どこか落ち着かない気分だった。

「紫峰さん、中村さん綺麗ですね」

紫峰は笑顔と頷《うなず》きで答えるだけで、それ以上はほとんど話さなかった。美佳はそんな紫峰の様子に気づいて、たまに話しかけるけれど、次第に俯《うつむ》きがちになった。

　本当はこんな態度を取ってはいけないとわかっているけれど、楽しい気持ちにはやはりなれない。

　謝罪の意を込めて美佳を見ると、紫峰を見返してにこりと笑った。

「もうすぐ終わるから」

　誰にも聞こえないような小さな声で言う。

「紫峰さん、お料理にほとんど手をつけてない。帰ったらなにか作りますね」

　美佳にそんなところまで見られていたとは。

「それにしても、花嫁さん綺麗だなぁ。私ももう一回式を挙げたいな」

　美佳の反対隣に座る女性が、うっとりして言う。

　紫峰と美佳が座っているのは、警視庁の仲間が集まったテーブルだ。紫峰や松方が所属する課からは、坂野が参加している。

　彼女の呟《つぶや》きに反応したのは、彼女の夫だった。二人とも紫峰のよく知る人物で、結婚すると聞いた時は驚いた。

「もう一回？　俺は二度とごめんだな」

　呆れたように言う夫に、むっとした顔を向けるのはもちろん妻の方。

　そんな会話を聞いていた坂野が、苦笑して言った。

「女の子はこういうのに憧れるものです」

「夏の沖縄で、フロックコートでも？」

紫峰も苦笑して言う。

「一回着てみろよ、紫峰。死にそうに暑かった」

この夫婦は、妻たっての希望により南の島で、夏に式を挙げた。

最初は海外ウェディングという案もあったようだが、彼が渋りに渋った結果、国内には踏《とど》み止まれたという。

「でも、承知して結婚されたんだし、そういうのもいい思い出ですね。きっとあの二人にも、今日のことはいい思い出として残るはず。いいですよね、子供ができてからの結婚も」

美佳はそう言って紫峰を見て、にこりと笑う。

紫峰は答えないわけにいかず、笑みを向けた。

「そうだね」

美佳はその答えに満足したのか、二人の写真を撮るために群がる人達を楽しそうに見ていた。

「授かり婚も、いいな。私も子供が欲しい」

おそらく、美佳が無意識に呟《つぶや》いた一言。けれど同じテーブルにいる全員が聞いた。一斉に視線が紫峰に集まる。友人夫婦は、あからさまに笑っている。坂野は目を逸らした。

美佳はそれに気づかず、式の主役の二人を見ていたが、やがて紫峰に視線を戻す。

そして首を傾げて紫峰に聞く。

「どうかしたの？」

「別に、なんでもないよ」

しかし美佳はどうも信じられないと言いたそうな目を向けるので、紫峰は「なんでもない」と、もう一度言った。

もうすぐ式が終わりそうだと思いながら、生暖かい視線を向ける友人夫婦の妻を目で制した。

「紫峰君、応《こた》えてあげないとね」

彼女が言うと、美佳は首を傾げながらにこりと笑い、そして紫峰を見る。

嬉しいやら、恥ずかしいやら。

紫峰はこの居心地の悪い場所から抜け出して、早く家に帰りたかった。

7

「綺麗なお皿。これ、夕食に使おうかな」

美佳が引き出物のお皿を見て嬉しそうにしている。

帰宅した紫峰は、どっと疲れを感じてソファに身を沈め、ネクタイを緩めた。

「紫峰さん、本当に気が乗らなかったのね」

美佳に聞かれて、紫峰は頷《うなず》いた。

美佳が近寄ってきて、紫峰の隣に座る。

「機嫌直して、紫峰さん。式に出て、偉かったです」

「どこが？　別れた恋人の結婚式に、元カレが出ていいわけがない」

「上司としての役割を果たしたから偉いです、って言ったの」

美佳は紫峰の頬を両手で包んだ。

「紫峰さんは真面目だから、そういう筋の通らないことが嫌なのね」

「でも君は出なければならないと言った」

「やることはやらないと、って思うの。私がこんな風に言うと、紫峰さん嫌気がさすんじゃない？　だとしたら、ごめんなさい」

紫峰は首を振って美佳を見る。

「そんなことはない。あんな態度をとって、ごめん」

互いに謝っていることがおかしくなって笑うと、美佳は紫峰から手を離す。

いつも美佳の前で紫峰は子供で、美佳は冷静な大人。

紫峰は、自分に嫌気がさす。

けれど、自分の中にこんな一面があることを知れたのは、新鮮でもあった。

「美佳、本当に子供が欲しい？」

「……え？　あ、聞こえてた？」

テーブルにいた全員が聞いていたのだが、と思ったけれどそれは言わず、紫峰は頷《うなず》いた。

「欲しいけど、紫峰さんはまだいいんでしょう？」

美佳が視線を外して言ったので、紫峰はその顔をこちらに向けさせる。

「僕の気持ちは関係ない。君はどうなんだ？」

「……紫峰さんの子供が欲しい」

少し躊躇《ため》らいがちに言って、紫峰と目を合わせる。

「私、紫峰さんとの確かな繋《つな》がりが欲しいと思う。今だって、家族だけど。でも……もし、子供がいたら、紫峰さんとの繋《つな》がりがより確かなものになる気がして……私、紫峰さんと、もっと深く繋《つな》がりたい」

美佳との繋《つな》がり。子供は確かに美佳と紫峰を繋《つな》ぐものになるだろう。お互いの遺伝子を受け継いだ、大切な存在。

ただ、そのためだけに美佳を抱きたくはない。愛し合い、自然と授かれたらいいと紫峰は思っていた。

「私は女だから余計にそう感じるのかも。私は、紫峰さんの子供を産みたい。紫峰さんの子供を産むのは、私でありたいと思う」

紫峰は美佳を抱きしめた。

紫峰だって自分の子供を産むのは、美佳しかいないと思う。

「わかった」

美佳への愛しさが溢《あふ》れ、紫峰は堪《たま》らずキスをした。パーティー用に華やかな化粧をして、髪の毛もセットしている美佳も綺麗だ。

「いきなりすぎ、紫峰さん、ご飯……っ」

美佳を抱き上げて、寝室へ向かう。

美佳をベッドに下ろすと、紫峰を見上げていた。

「紫峰さん、今日は……無理かも」

「そうだっけ？」

「安全日だから……」

「でも抱きたい」

美佳は唇を少し尖《とが》らせて、不満そうな目をした。

「……紫峰さん、いつもご飯を食べてくれない」

「あとでちゃんと食べるよ」

美佳は瞬《まばた》きをして、紫峰と距離を取るように後退する。

「紫峰さん、本当に私との間に子供を作ってもいいの？」

「君とならね」

そう言うと、美佳は嬉しそうに笑い、紫峰の手を引き寄せる。

「本当にいいの？　紫峰さん」

その言葉を呑み込むように、紫峰は美佳にキスをした。

「君との子供なら、僕だって欲しい。もういい年だしね」

美佳は本当におかしそうに笑って、今度は美佳からキスをする。

美佳のレース素材のワンピースの背にあるファスナーを下ろして、背中に触れる。

「美佳、今日は本当に悪かった」

首を振る美佳の首にキスをする。

愛しい美佳との子供なら、美佳が望むならいつ来てくれても構わない。

「しほ、さん……っ」

紫峰は美佳のワンピースを取り去り、胸を上下に愛撫《あいぶ》する。

性急にショーツも脱がして秘所に指を這《は》わせた。

美佳は感じているようで、膝立ちになっていた身体が前方へと傾ぐ。

美佳がベッドに肘をつき、お尻を突き出すような体勢になったので、紫峰はヒップラインを撫でた。

「ねえ、待って……っ」

美佳に覆《おお》いかぶさるように抱きしめた紫峰は、美佳の首筋に顔を埋《うず》めて唇を這《は》わせる。

帰ってきたばかりなのに、と思いながらも、もう止まらない。

「どうして？」

紫峰が美佳の耳元でそうささやくと、彼女は身体を震わせた。

紫峰は美佳の隙間に埋めた指を、ぐっと深くまで押し込んだ。

「あ……っん」

濡れた音が聞こえる。二本の指で美佳の身体の中をかき回すと、その音は大きさを増していった。

紫峰はもう片方の手で美佳の顔をこちらに向かせ、キスをする。

それからその手を美佳の胸へ持っていき、大きく揺らす。

美佳は快感に震え、大きく甘い声を出した。

「気持ちイイ？」

紫峰が聞くが、美佳は荒い呼吸を繰り返すだけ。

息が上がって言葉が出ないようだ。

けれど美佳の思いは、身体の反応でわかっている。

自分の指に、これだけ反応する美佳の身体。

紫峰は胸から手を離し、自分のスラックスのベルトを外し、服をすべて脱ぎ去った。

さっきから痛いほどに反応した紫峰自身が美佳の腰に当たっているのだから、きっと今紫峰がどんな状態かは、美佳にもわかっているだろう。

「美佳、入っていい？」

今日はあえて言葉で聞きたい。美佳は普段あまりそういう意思を自分から伝えてはくれないけれど、求める言葉を聞きたかった。

美佳がしばらくなにも言わないので、紫峰は再度聞いた。

「ダメ？　言って、美佳」

ちょっと意地悪な質問だったと思う。さっき、紫峰の子供が欲しいと言っていたのだから、いいに決まっているけれど、美佳にも自分を求めてほしかった。

「紫峰さん、は……入りたくないの？」

美佳が絞り出すようにそう言う。ずるい聞き方だ。入りたくないわけがない。まったく、美佳には敵わない。

紫峰は笑って美佳の首のうしろにキスをする。

「入りたいよ。痛いくらい張りつめてる」

美佳の腰の辺りに当たるものがそうなっていることなど、見なくても、聞かなくてもわかるはずだ。

「美佳、もっと腰を突き出して」

「……できない」

美佳の中に入れた指を動かしながら、紫峰は聞いた。

それから紫峰は指を抜き、美佳の腰を持ち上げる。

美佳の隙間に紫峰のモノをあてがい、美佳の腰に添えた手に力を込めてぐっと押し入る。

ゆっくり、ではなく性急に。

「……っんは」

美佳が一瞬息を止め、切ない喘《あえ》ぎを上げた。

「ごめん、大丈夫？」

紫峰は美佳の身体を気遣い、しばらくはそのまま動かなかった。

けれど美佳は痛みは感じていないようだった。彼女の身体の奥からは蜜が溢《あふ》れてくる。

美佳も気持ちいいと感じてくれているようだ。

「だいじょ、ぶ」

ようやく、という感じで絞り出した美佳の言葉を聞き、紫峰は「動くよ」と言って腰を揺すった。

紫峰の質量の大きいモノを出し入れする度に、濡れた音がする。

美佳はそれが恥ずかしいのか、顔を俯《うつむ》けた。

紫峰はそんな美佳の顔をもっと見たくて、体勢を変えることにした。

一度モノを抜き、向かい合わせ、美佳の足を大きく開かせる。

「君の顔を見ながら、イキたい」

「私……すごい足を開かれてる」

美佳が手で顔を覆《おお》ったので、紫峰は笑って美佳の手を取った。隠さないでほしい。

「今の美佳の表情、すごく好きだ」

そう呟《つぶや》くと、美佳は抵抗をやめた。

「紫峰さん、来て」

紫峰はふたたび美佳の中に自身を埋《うず》める。

「言われなくても、そうする」

紫峰は腰を揺すった。美佳の反応を間近に見ながらこうしていると、堪《たま》らないくらい気持ちイイ。

美佳の口から漏れる甘い声や、身体の反応で美佳がどれほど感じているかがわかる。

ひときわ強く腰を押し付けると、美佳は達した。その瞬間、紫峰も同じく達した。

美佳の中で紫峰自身が震える。

何度か腰を突き上げ、そして動きを止める。

「今日は……避妊しなかったな……」

美佳は満足そうに笑い、紫峰の首に腕を回して引き寄せた。

その表情を見て、紫峰は早く美佳との子供が欲しくて堪《たま》らなくなった。

「紫峰さん、好き」

「僕の方が君のことを好きだと思う」

そう言って、最後にもう一度だけ腰を突き上げると、美佳が「ひゅっ」と息を吸い込んだ。

美佳が愛しくて堪《たま》らない。

美佳の望みなら、どんなことでも叶えてやりたい。

どうしてこんなに美佳を愛する気持ちが止まらないのか。教えてほしい。

# 愛しい人の授かりものは？

## 1

「紫峰さん、今日は早く帰ってくるの？」

いつもと変わらない朝。食卓で食事をしながら美佳が聞くと、紫峰は答えた。

「どうかしたの？」

「ううん、なんでもないけど……」

用事があるのか、と問われると、なにもないので美佳は言葉に詰まる。

「今日から三日間、要人の家族旅行について行かなきゃならないって伝えてたと思うけど……」

「あ！　そうだった……」

夫の紫峰は妻である美佳をこの上なく愛してくれている。

美佳としては、こんな平凡な自分が愛されヒロインになれるとは思っていなかった。

人生のドラマは自分が主役というけれど、本当にここまで主役が幸せでいいのか。

結婚して一年以上経った今でも、やっぱり信じられない思いがある。

つい先日、紫峰の部下の松方の結婚式に参加した。

二人は授かり婚だった。彼らを見ていると、今までは、まだ自分は紫峰と二人きりの生活でいいと思っていたけれど、子供のことを意識するようになった。

そんな気持ちを打ち明けたら、紫峰は美佳が望むなら作ろうと言ってくれた。

でも、最近なんだか紫峰との時間が持てない。

というか、また紫峰の仕事が忙しくなってきたのだ。

コーヒーを飲む紫峰を見て、「お代わりをする？」と美佳が聞くと、「いらない」と言われた。

「美佳は？　仕事忙しい？」

「私はそれなりです」

美佳はそう言って、ふと考え込んでしまう。

紫峰は最近、美佳にあまり触れてこない。

せっかく子供を作ろうと決めたのに、どうして美佳に触れてこないのか。

やはりまだ早いという気持ちがあるのか。

セックスをしていれば、妊娠する可能性は常にある。

だから自分のことを避けているのだろうか？　と美佳は疑心暗鬼《ぎしんあんき》になってしまった。

数えると、すでに一週間も紫峰に触れられていない。

不安な気持ちにはなるものの、多忙な夫を煩《わずら》わせたくない。

美佳は笑顔で言った。

「出張から帰ってきたら、どこかへ連れて行って、紫峰さん」

美佳が言うと紫峰は微笑んで答えた。

「時間ができたら、必ずね」

時間ができたら、か。

美佳の心は少しだけ沈んだ。

この前は美佳の思いを汲《く》んで、子作りについてああ言ってくれたけれど、やはり紫峰はなにか思うところがあるのだろうか。

紫峰が出張から帰ってきたら、きちんと思いを伝えよう。

そう思って今日も、美佳は笑顔で紫峰を見送る。

「行ってらっしゃい。気をつけて」

紫峰はいつもの笑顔で応《こた》え、美佳の頬を撫でた。

「行ってきます、美佳」

美佳はそっとため息をついた。

☆

「話を聞いた限りだと、子作りにあまり積極的ではないようにも思えますけど……」

と言ったのは美佳の担当編集者の早川光里。

彼女とは長年の付き合いで、プライベートな雑談をすることも結構ある。年齢は美佳の方が上だが、恋愛経験の乏《とぼ》しい自分の頼れるアドバイザーでもある。

今日、彼女は新作小説の打ち合わせにやって来たのだ。

紫峰を送り出して二時間後という約束だったので、美佳はその間に家事をできるところまで終わらせておいた。

光里にお茶を出し、紫峰とのことをため息混じりに話すと、先ほどの答えが返ってきたのだ。

気心の知れた仲だから、ガールズトークもするし、よく一緒にご飯を食べに行くし、取材だけれど二人で旅行にも行く。

「やっぱりそうなのかも……」

美佳はため息をついて肩を落とした。

「美佳先生、赤ちゃんが欲しいんですか？」

「そうね。結婚して一年経ったし、この間、紫峰さんの知り合いの結婚式に二人で参加したんだけど、授かり婚だったの。いいなぁ、って思って。紫峰さんの赤ちゃんの顔を早く見たいと思った」

実は、母や義母に「まだなの？」と言われている。

結婚していると言うと、やはり周りの人に「お子さんは？」と聞かれる機会は多い。

それは世間一般的な質問だと思うが、聞かれる方はなんだか心の中でため息をついてしまう。

別に子供がいなくても、いつも二人で仲よく暮らしていれば問題ない。

でも、もしも紫峰との間に子供ができたら、二人で暮らすよりも、もっと楽しく充実した生活ができるのでは、とも思う。

「子育てって大変ですよね。私の友達なんかすごくオシャレで綺麗な子だったのに、今はもうどっぷり主婦です。緩い格好しまくりで、子供最優先。でも、綺麗なお母さんもいますから、心がけ次第かもしれないですけど。美佳先生は、綺麗なお母さんになりそう」

「そんなこと、わからないから」

確かに子育てって大変そう。服やヘアメイクなんか、どうでもよくなるだろう。

「それに私、美人じゃないし」

美佳が言うと、光里は首を横に振って笑った。

「美佳先生は綺麗です。結婚して痩《や》せて、さらに綺麗になりました。恋をすると、ホルモンのバランスが整ったりするんですって。美佳先生も旦那さんと出会った頃から、輝きを増しました」

光里の言葉を聞きながら、美佳は照れくさくて自分の頬を撫でた。

美佳は自分でも本当にダメだと思うくらい、自分に自信がない。

顔も美人じゃないし、体型の凹凸《おうとつ》もやや緩やかで、多少痩《や》せたが、だからと言って抜群のプロポーションにはほど遠い。

「美佳先生は、自分に自信がなさすぎですって。元から可愛いんだから自信持ってください」

「ありがとう」

褒《ほ》められると、やはりちょっと嬉しい。

少し気持ちが浮上するが、紫峰のことを思い出してまた落ち込む。

「紫峰さん、やっぱり子供は欲しくないのかな」

「美佳先生は、どうして子供欲しいんですか？」

「だって、私、女だし……」

女に生まれたからには、子供を産んでみたいと思う。好きな人の子供なら、なおのこと。

年齢的にも、そろそろ作りたいと焦《あせ》る気持ちもある。

「紫峰さんの子供を見てみたいの。紫峰さんに似れば、女の子でも男の子でもきっと美形に決まってるもの。それに、紫峰さんと家族になった、って心から思えるだろうし。これからも紫峰さんと一緒に生きていきたいから」

　光里は美佳を見て笑った。

「どうして笑うの？」

「だって美佳先生、幸せそうだから。子供のことは、私に言うんじゃなくて、きちんと夫婦で話し合った方がいいですよ。二人のことなんですから」

「そうね」

　紫峰が触れてこなくなった原因は、やっぱり聞かないことにはわからない。勇気を出して聞いてみよう。

「旦那さん、お忙しいんですね？」

「今日から三日間出張なの。お掃除して、お花のお稽古《けいこ》に行って、それからまた原稿書いて、であっという間に過ぎちゃうわ。紫峰さんがいないなら、ご飯も適当でいいし」

「結婚すると、ご飯の心配がありますよね。私はまだ無縁だけど、いずれ結婚したら考えなきゃならないですよね？」

　光里がため息をつく。

「慣れると簡単よ？」

「美佳先生は、それくらい朝飯前でしょうけど、私はそうはなれそうにないです……あ、そろそろ帰らないと。先生、すみません、また伺いますね！」

「うん。気をつけて帰ってね」

光里を玄関まで見送って、鍵をかける。

一息つき、まずはリビングの片づけをした。

食器を洗いながら、「紫峰さんが早く帰ってきてくれるといいのに」と思うのだった。

2

出張は三日間。一週間以上にわたることも多いので、今回は比較的短い方だ。

警護は交代制で行《おこな》っており、紫峰は休憩時間を利用して、風呂に入りにきていた。

風呂場に向かうと、松方が先に浸《つ》かっていた。

「旅行の護衛で気が休まるのって、こうして風呂に浸《つ》かってる時だけだよなぁ」

松方に言われて、紫峰は「確かに」と頷《うなず》いた。

「ここの露天風呂ってすごいよな。俺、泳ごうかな」

言っているそばから泳ぎだす松方を見て、紫峰は肩をすくめる。

「そういえば三ヶ嶋、美佳ちゃんは今頃なにしてるのかな？」

「さぁ？　家事と仕事じゃないか？」

よくできた妻で、家事はもとより、茶道や華道にも精通し、小説および翻訳を手がける教養深い女性だ。

「そっちこそ、奥さんが妊婦で大変だろう？」

「まぁな。職場で気遣われすぎて仕事を外されたと、メチャクチャ怒ってたな」

松方の妻である瞳子のことは紫峰もよく知っているので、なんとなく想像はついた。上昇志向が強く、仕事にプライドを持っている。今まで第一線で活躍していたから、勝手の違う状況に戸惑っているのかもしれない。

「生まれてくる子供、性別はどっちなんだ？」

「まぁ、生まれてきてのお楽しみ、って感じで調べないことにした。新婚なのにエロいことできないのが、ちょっと悲しいよなぁ。三ヶ嶋は美佳ちゃんとよろしくやってるだろうけどさ」

他人の夫婦生活をそんな風に……と思いながら、紫峰は眉間に皺《しわ》を寄せる。

「妊婦はやりたくないんだってさ」

「気遣ってやれよ」

「そうだけどさぁ……」

ひと泳ぎして紫峰の横に座った松方が、大きく息を吐く。

「三ヶ嶋はまだ作らないのか？」

「子供？　まだできないな」

「仲いいのにな？」

「うるさいな」

松方に湯をかけると、「うわっ」と言って目を瞑《つむ》った。

「最近、そういう機会がないから、まだ先だろうな」

「えー？　お前もご無沙汰なわけ？　なんで？」

あれこれ話したくなかったので、ふくらはぎをつねってやった。

松方は「イタイイタイ」と言って騒いでいる。

「人の夫婦生活に口を出すなよ」

「だって気になるじゃん。……いってーよ！」

また、ふくらはぎをつねってやった。

最近、紫峰は美佳を抱いていない。

思うところがあって控えているのだが、内心ため息だ。

理由は、美佳から言われた子供のことだ。

美佳に子供が欲しいと言われて、それに応《こた》えたい気持ちはあるが、セックスが子作りのためだけの行為になってしまいそうで、意識すればするほど気が進まなくなってしまった。

それだけのために美佳を抱くのが、紫峰は嫌だった。子供じみたこだわりだと思う。でも紫峰の中で、美佳が好きだから抱くのと、子供のことを意識して抱くのとでは感覚が違った。

「子供が欲しい」と言われたから抱くと思われるのは、自分の本意じゃない。

まだ子供が欲しくないということとは違う。

つまり美佳とセックスする時に、自分のことだけを考えてほしいのだ。

本当に、自分勝手だなと思う。

「三ヶ嶋さぁ、子供は欲しいの？」

「……どうかな。美佳が望むなら、欲しいと思ってる」

「だったら早く作れよ」

「お前に言われたくない」

紫峰が言うと、松方は大きくため息をついた。

「それは、わかってるよ。でも、こうでもしなきゃ、彼女はお前のことを思い切ってくれなかった」

紫峰は驚いて松方を見上げる。

「お前、確信犯？　わざと妊娠させた？」

「いや！　っていうわけじゃないけど！　いや、狙ったかなぁー……」

瞳子が聞いたら怒りそうな告白。

こう見えて松方は、意外と策士なのかもしれない。

紫峰はため息をついて、松方に湯をかける。

「瞳子には黙っておくけど、聞いたら怒るだろうな」

「たぶんなぁ。急に産休もとらなきゃならなくなって、イライラしてるしなぁ。三ヶ嶋のとこみたいに新婚の一年くらいは二人で過ごすのもいいよな。子供がいたら新婚旅行にも行けないし。瞳子はイライラしてる」

イライラしている、を強調して何度も言うので、相当なもんだな、と紫峰は思った。

「うちも美佳と新婚旅行はしてないけど」

「この間、京都に行ったじゃんか。瞳子は少しつわりもあるし、出かけるのは無理そうだ」

たった三日間の京都旅行。その前に、美佳の元カレである戸田から電話があったことを思い出して、少し気分が悪くなる。終わったことなのに、どうしてこう蒸し返してしまうのか。

気持ちを切り替えるために、紫峰は顔を洗う。

「先に行く」

紫峰が立ち上がると松方もあとを追ってきた。

「俺も行く。のぼせそうだからさ」

一緒に風呂から上がって、服を着ながら考えた。

もし美佳が妊婦になったら、もし子供ができたら——

どうなるかわからないが、きっと今のような生活はできないだろう。

でも、美佳とのさらに強い繋《つな》がりができることは確かだ。結婚して家族になったが、より強く意識するだろうと思う。それは素敵なことだ。

けれど、そのために身体を重ねるのは嫌なのだ。

もう一週間も美佳に触れていない。

今まで週に何回もしていたことをパッタリしなくなったのだから、美佳も不審に思っているはず。

紫峰としても次第に欲求不満が募っている。

紫峰はとにかく美佳が好きなのだ。

いつも美佳を抱きたくて、こうやって身体を重ねていれば、意識せずともいずれ子供を授かるだろう。

なんでこんな風に、難しく考えて悩んでしまうのか。

「先に行くぞ、松方」

「おう」

着替えの遅い松方を置いて、紫峰は部屋へと戻る。

余計なことは考えず、帰ったら美佳と抱き合おう。

ふんわり笑う美佳の顔が頭に浮かび、少し心が軽くなった。

美佳の笑顔はいつも、紫峰の心を癒《いや》す薬のようだ。

3

出張を終えた紫峰から美佳に、帰宅時刻を知らせるメールが届いた。

美佳は食事を作り終えて、紫峰の帰りを待つ。

しばらくすると、言われた通りの時間に紫峰は帰ってきた。

出張だというのに紫峰はいつも荷物が少ない。なぜかと問うと、基本はスーツで、替えのシャツと下着しか持っていかないからだという。

美佳も玄関まで行き、笑顔で出迎える。泊まりがけの出張にしては小さなカバンを受け取ろうとすると、紫峰は床に置いてしまった。

「ただいま。ご飯作ってた？」

「おかえりなさい。そう、作ってた。今日は揚げ物にしたの。たまには唐揚げもどうかなぁ、って。ニンニク醬油に漬け込んだやつ。美味しいわよ」

夢中で話す美佳の頬を、紫峰の手が包む。

そして、紫峰は顔を傾けてキスをする。

舌が入ってきた時、美佳はつい鼻にかかった甘い声が出てしまった。

「あ……紫峰さん？」

キスは一向にやまず、美佳は玄関の壁に押し付けられた。

一週間と三日、触れられていない美佳の身体はすぐに熱くなった。

キスは情熱的で、唇が腫《は》れそうだった。

服の上から胸を揉まれて、少し痛いくらい掴《つか》まれる。

そうしていたかと思うと身体が宙に浮いて、子供のように抱き上げられた。連れて行かれる場所は想像がつく。

「どうしたの？　急に……っん」

「欲しくなった。食事の前に、ごめん」

いつものことだったが、今日はそれも嬉しい。最近は紫峰が触れてくれなかったからだ。

「最近、紫峰さん、私に触れてくれなかった……っあ……っん」

ベッドに下ろされ、仰向《あおむ》けに寝かせられたあと、紫峰に両手で胸を揉み上げられる。

紫峰はブラジャーのホックを性急に外し、頂《いただき》に唇を這《は》わせ、吸う。

「ちょっといろいろ考えてた。でも、美佳の顔を見たら、やっぱり美佳が欲しくて堪《たま》らなくなった」

　スカートのファスナーも下げられ、脱がされる。

　それからショーツとタイツも一気に脱がされてしまった。

　下半身になにも着けず、上着を捲《めく》り上げられている様《さま》は、なんだかとてもエッチな感じがした。

　足を広げられ、紫峰の手が美佳の秘めた部分を撫でる。それから隙間に指を入れて、出し入れさせた。

　久しぶりの行為に、美佳の口から甘い声が漏れる。

「はっ……っん、紫峰、さん」

　紫峰はまだスーツの上着さえ脱いでいない。ボタンも外さず、ただネクタイを少し緩めただけ。美佳は手を伸ばして紫峰の上着のボタンを外そうとするけれど、指に力が入らず、できなかった。

　それまで一週間と空《あ》かずに抱かれていたのに、急に放っておかれたからだろう、美佳は堪《たま》らなく感じていた。

　しばらくは美佳の中を出入りする紫峰の指に快感を感じていたが、それも束の間。

　紫峰は上着を脱いで、スラックスの前をくつろげる。ベルトを外し、シャツのボタンを外していく。

下着とスラックスも一緒に下げ、露《あら》わになった紫峰自身は、張り詰めていた。美佳を欲しがっているのだとわかって、嬉しかった。

紫峰に抱いてもらえず寂しかった。

でも今、紫峰が自分を欲しがっているのがわかって嬉しい。

広げた美佳の足の隙間に紫峰のモノをあてがわれる。ほんの少し押されただけなのに、美佳の中は簡単に紫峰を受け入れた。

濡れた音を立てて、恥ずかしいくらいすんなりと沈む。

「う……っん！　しほ、さ……っ」

「美佳」

ため息を吐くように美佳の名を呼んだ紫峰が、首に顔を埋《うず》めてくる。そうして首筋にキスをして頭を撫でたあと、身体を揺すり始める。

久しぶりの動きに、美佳は中が満たされているのを感じ、紫峰を抱きしめる。

「紫峰さん、もっと、して」

「言われなくても、するよ、美佳」

美佳の要望通りに、紫峰のモノが深いところまで届く。それから引き抜いて、また深いところへ来る。

何度も深い場所へと紫峰が届いて、美佳を感じさせ翻弄《ほんろう》する。

「あっ！　もう、ダメ……ッ」

「なにがダメ？」

微《かす》かに笑う紫峰は余裕たっぷりだ。

「意地悪……っ」

起き上がった紫峰は美佳の両膝に手を置き、足の間に腰を押し付ける。抱きしめながらしてほしいのに、と思いながら、紫峰のネクタイを引っ張った。

「抱きしめて、紫峰さん」

「君を上から見てる方がいい」

「やだ……っ……一週間も、放って、おいたくせに。まだ、ご飯、も……」

食べないうちからこうしているのだから、美佳の要望を聞いてくれてもいいのに。

「だったら君が起きればいい」

美佳の背に紫峰の手が回され、身体を起こされる。

途端に紫峰との繋《つな》がりが深くなり、力が入らないくらい感じさせられる。

「久しぶりだと、締め付けられるな」

息を吐きながらそう言われて、揺さぶられた。

「スラックス……汚れる……っん」

「汚れるのも光栄だね」

何度も揺さぶられて、紫峰に抱きついていないと振り落とされそうだった。

でも抱きつく力ももう限界で、美佳は眉を寄せる。

美佳はこの久しぶりの行為で、早くも絶頂を迎えそうになっていた。

「紫峰さ……っ、もう、イッ、ちゃう」

「イッてよ、美佳」

美佳は、またベッドに倒される。

紫峰に見下ろされながら達するのは、なんだか恥ずかしい。

「しほ、さ……あっ、あっ、あぁ！」

頭の中が真っ白になり、息が止まるような感覚になる。

そんな風に感じているのに、紫峰の腰の動きは止まらない。

感じすぎてダメだと思いながら、美佳は無意識に紫峰の腰を両膝で締めていた。

「美佳、そんなに締めなくても、僕ももうイクよ」

余裕ありげに微《かす》かに笑うのが憎らしい。

紫峰の腰の動きが、次第に速くなる。

最後にひときわ強く打ち付けられ、美佳はくったりと脱力した。

紫峰が中で達したのを感じて、美佳は荒い呼吸を繰り返しながら微笑んだ。

目を開けて紫峰を見ると、ゆっくりとしたキスをされた。

「よかったよ、美佳」

キスの合間にそう言われて、美佳も力が抜けた手をどうにか動かして紫峰の髪に触れた。

「私も、すごくよかった。……も、一回、して？」

美佳が見つめると、紫峰は笑って、一度美佳の中から自分のモノを引き出す。

「何度でも」

もちろん、と言うように紫峰はにこりと笑って、美佳の身体に残っている服を剥《は》ぐ。

「これ、邪魔だったな」

紫峰が美佳の服を脱がせながらそう言うので、美佳も言った。

「紫峰さんのシャツも、邪魔だった。ネクタイを解《ほど》いて、シャツも脱いで」

「仰せのままに」

紫峰は笑ってネクタイを解《ほど》き、シャツも脱いだ。

「スラックスも脱いで。あと、ベルトのバックルが、肌に当たって冷たかったの」

「かしこまりました」

紫峰は全裸になった。紫峰の身体は均整がとれていて綺麗だ。美佳のちょっと緩い身体とは違う。

「紫峰さんの身体、好き。筋肉が綺麗についていて、私とは全然違う」

「僕は美佳の身体が好きだ。柔らかくて、僕を包んでくれるから」

美佳は首を横に振る。

「私のは、緩いだけだもん」

「僕にとっては最高だけどな」

紫峰は美佳の身体を引き寄せて抱きしめる。

それから紫峰は、彼自身に美佳の手を触れさせて言った。

「舐《な》めて、美佳」

言われた通りに、美佳は紫峰の足の間に顔を伏せた。

大きなモノに舌を這《は》わせると、すぐに反応を示す。

それを口に含みながら、紫峰の足の内側を撫でていたら、突然押し倒された。

足を広げられ、紫峰が押し入ってくる。

美佳の中は、こうして繋《つな》がることが当たり前のように、すんなり紫峰を受け入れた。

こうして紫峰自身を受け入れていない時に、喪失感があるくらい。紫峰を受け入れる場所に、紫峰がいつもいるのが当たり前のように――

「動いて」

「言われなくても」

すぐに腰を揺すられる。美佳の身体は、紫峰の動きに合わせて揺れる。

胸を揉まれながら、抽送《ちゅうそう》を繰り返されると、自然と腰が動いてしまう。そんな自分が少し恥ずかしいが、今は構わない。

紫峰を愛している。

もし彼が子供は欲しくないと言うならば、もうこだわるのはやめようと思う。

それよりも、こうしている今の方が大事だ。

抱きしめられ、愛される幸せを感じながら、そう考える美佳だった。

4

ひとしきり抱き合ったあと、やっぱりお腹が空《す》いたので、二人で夕食をとることにした。

冷めてしまった唐揚げも、美味しいと言って食べてくれた紫峰。

そんな彼を見ながら、美佳は切り出した。

「紫峰さん、やっぱり子供は欲しくない？　私が子供が欲しいって言ったあと、なにもしてくれなくなったから……少し不安だったの」

美佳が言うと、紫峰はお茶を飲み干して神妙な顔つきで話し出した。

「僕の方こそ、ごめん。欲しくないんじゃなくて、そのために美佳と寝てるって思われたくないって考え出してしまって。僕は愛しているから抱きたいのに、そういう風に思ってもらえなくなるかもしれないと思うと、美佳に手を出しづらくなってね。でも結局、美佳のことが好きだから我慢なんてできなかった」

最後に「それくらい美佳のことが好きだから」と締めくくられて、美佳は思わず笑ってしまった。

結婚して、もう一年以上も経つのに、飽きもせず自分に愛をささやき続けてくれる紫峰が、心から愛しい。

「なんで笑うの？　どうせガキだよ、僕は」

「そうじゃない、嬉しいの。私も紫峰さんが好きだから嬉しくなって笑っただけよ」

「僕自身、自分にこんな子供じみた一面があることに驚いてる。何事も冷静に考えられる性質《たち》だと思っていたのに、君のこととなるとそうはいかない」

美佳は、結婚は我慢だと思っていた。でも、そんなものしなくても寄り添える相手と出会った。これも奇跡的に紫峰と会ったからだと思う。

「私も、赤ちゃんのことはやっぱり急がないことにしました。こうやって好きだから抱き合っているうちに、授かれたらいいなって」

急がない。

だって、紫峰が愛してくれる限り可能性がある。

「それに、さっきまで避妊せずに抱き合ってたし。もう、できちゃったかもしれない」

紫峰は美佳の言葉に笑って応《こた》えた。

「私、紫峰さんとずっと一緒にいたいの。もちろん子供もいいけど、ここに紫峰さんがいてくれなきゃ意味がない」

「同感」

二人の間に子供がいたら素敵だ。

でも二人だけで過ごすのも素敵だ。

今後どうなるかわからないけれど、それは運を天に任せればいい。

「紫峰さん、大好きよ」

「ありがとう。愛してるよ、美佳」

バカップルのように好きだと言い合って、いくつになっても笑っていたい。

紫峰が好きだという気持ちが、なによりも大切だ。

ずっと一緒に歩いていきたい。

紫峰と美佳は七歳差。

だからもし紫峰が八十まで生きるなら、美佳は七十三まで生きたい。

紫峰が九十まで生きるなら、美佳は八十三までがいい。

彼のいない人生なんて、考えられない。

そう思える伴侶を見つけられたことは、きっと奇跡——

君が好きだから、君が愛しいから、と言い続けてくれる素敵な旦那様に出会えた美佳は、これからもきっと幸せだろう。

この気持ちを大切に生きていきたい。

紫峰が愛しいから。

# 誘惑のキスをした

## 1

「美佳？　さっきから黙って僕のこと見てるけど、なにか考え事？」

「……紫峰さんのこと、見たくなっただけ」

朝食を食べ終え、二人でゆっくりコーヒーを飲むこの時間は、美佳の大好きなひととき。

けれど、その大好きな時間にも今日は上《うわ》の空になってしまう。

「急にどうしたの？」

「なんとなく」

美佳は笑ってそう言い、コーヒーを飲んだ。

——もしも紫峰が美佳と別れ、別々の人生を歩むことになったら。

そんなこと考えたくもないし、そんな未来は訪れないと信じたいが、結婚したからといって、一生気が変わらないとは限らない。

「ねえ、紫峰さん……聞いてもいい？」

「なにを？」

紫峰はゆったりとコーヒーを飲んでいる。

「私が、『今から抱いて』って言ったら、してくれる？　まだ朝の九時をちょっと回ったくらいだけど……」

突然の言葉に、紫峰は美佳を見て瞬《まばた》きをした。けれどすぐに笑みを浮かべる。

「もちろん。美佳が言うのは珍しいね。いつでも応じるけど？」

そうして美佳の手を握るので、自分で言い出したことだけどドキドキした。

「じゃあ、このままベッドに連れて行って」

昨晩は、紫峰の帰りが遅かったから抱き合わなかった。

朝からこういうことは爛《ただ》れているかもしれないけど、美佳はどうしようもなく紫峰の熱が欲しい気分だった。

向かいに座っていた紫峰が、一度手を離して立ち上がる。

それから美佳が座っている方へ来て、ふたたび手を差し伸べられた。

「おいで」

その言葉にもドキドキして、美佳は紫峰の大きな手に自分の手を重ねる。

手を繋《つな》いだまま寝室に行くと、抱き上げられてベッドにのせられた。

「紫峰さん」

突然の申し出に戸惑うのではないかと思っていた紫峰の、あまりにも躊躇《ためら》いのない行動。

美佳は心許《こころもと》ない気持ちになり、思わず名を呼んだ。

その気持ちが伝わったのか、紫峰はすぐにキスをしてくれた。初めから深いキスで、美佳は気持ちよく酔わされる。

口の中に舌が入ってきて、身体に触れられる。

腰の辺りまで紫峰の手が下りていき、スカートを脱がされた。そのあとショーツも同じく。

そうして脱がせたあと、上着を首元まで上げられて、紫峰の顔が美佳の胸に埋《うず》められる。

「んん……っあ」

紫峰の舌が美佳の胸に絡まる。

時々、頂《いただき》を吸われて、声を出さずにはいられなかった。

胸が腫《は》れそうなくらい熱くなり、その刺激さえ美佳の身体を煽《あお》る。

乳房をきつく吸われ、赤い痕《あと》が残った。

「キスマーク。この前のは消えたからね」

紫峰はそう言って満足げに笑った。

彼はよく美佳の胸元にキスマークをつける。つけられると、一週間ほどは消えない。

痛いほど吸われ、たまに紫色になることとある。

しばらくそのまま胸を愛撫《あいぶ》していた紫峰が、顔を上げた。

「ねえ、美佳。なにを考えてる？」

「別に、なにも」

「余裕があるね。朝からこんなことしてて、恥ずかしくないの？」

キスマークの上にもう一度キスをしてから、胸を揉み上げる。

もう一方の手は、美佳の隙間に伸ばされた。

何度か隙間の辺りを撫でられると、それだけで美佳は、息が詰まりそうなくらい感じてしまう。けれど容赦《ようしゃ》なく紫峰の指が中に入ってくる。

もう何度もしている行為。それこそ数えきれないほどした。

いつも、紫峰に求められるままに抱き合う。

紫峰が求めてくれるから、いつも愛し合える。

紫峰の指が自分の中に出入りするのを感じていると、もう一本指を増やされた。

中を押し広げるように出し入れされると、次第に美佳の身体が潤《うるお》ってくる。

「あ、紫峰さん……っ」

濡れた音を立て、抽送《ちゅうそう》を繰り返される。

「美佳、もういい？」

聞かれて頷《うなず》く。足を大きく広げられ、紫峰のモノをあてがわれる。なにも着けていない、生身の紫峰自身。
「ああっ」
美佳の中に紫峰が入る。
中をいっぱいにされて、紫峰の硬さを感じて、これ以上ないくらい幸せを感じる。
好きな人と繋《つな》がる充足感。
紫峰と一つになる瞬間の感覚は、堪《たま》らない。
「紫峰さん、好き」
紫峰は息を吐いて美佳の身体を抱き上げた。
抱き上げられると、紫峰との繋《つな》がりが深くなる。
こうやって抱きしめ合いながら腰を動かされると、美佳はいつも感じすぎてしまう。
紫峰が中にいること。
愛されていること。
それらを実感して胸が高鳴るのだ。
美佳が恍惚《こうこつ》に浸《ひた》っていると、紫峰に頬を撫でながらキスをされる。
キスをしながら腰を動かされると、息が苦しい。でもそれがイイとも思う。
紫峰の腰の動きが次第に速くなっていく。もう、限界が近い。
美佳も達しそうになっていて、紫峰の身体にただしがみつくだけで精一杯だった。

淫《みだ》らな喘《あえ》ぎ声を上げ、紫峰に応《こた》える。

「んっ……はぁ――あっ！」

今この瞬間がとても好きだ。この幸せがずっと続けばいいのに。

そう思いながら、美佳は達した。

「うっ……っ」

しばらくして紫峰もイッた。

その瞬間、強く腰を打ち付けられ、敏感になっていた美佳の身体は震えた。

紫峰は美佳をベッドに横たえ、それから繋《つな》がりを解《と》いた。

「……は……んっ」

美佳はその動きにさえ感じてしまって、声を小さく上げる。

そんな美佳に、紫峰は笑顔を向けてきた。

「僕はなにか、君を不安にさせることをしたかな？」

紫峰もまだ息が整っておらず、言った声は少し掠《かす》れていた。先ほどまでの美佳との情事を想像させる、色気のある声だった。少し上気した顔も艶《なまめ》かしい。

やはり、美佳が突然誘うようなことを言ったのが、引っかかっていたようだ。

紫峰は美佳の頬を撫でて、こちらを見ている。

「なにもない」

「そう？　だったらいいけど」

そう言って、美佳の隣に横になる。

美佳は身体を横に向け、紫峰と見つめ合う体勢になった。

いつもはあまりしないけれど、投げ出されていた紫峰の腕に頭をのせて甘える。

「朝から、こういうことするのっていいですね」

紫峰は自分の腕にのっている美佳の頭を撫でた。

「そんなこと言うなんて、君は夜より余裕がある感じだね」

おでこに軽くキスをされたから、紫峰の首に擦り寄る。

「美佳」

「はい？」

「好きだよ」

胸に響く言葉。

いつも同じセリフだけど、言われるといつも嬉しい。

「はい、私も」

美佳が答えると、今度は深いキスをされた。

朝から二度目。

愛し合う時間を延長。

こうやって気持ちを確かめ合えなくなったり、愛し合えなくなる時なんて来なければいい。

美佳は心からそう思い、紫峰の背を抱きしめた。

2

朝から二度も紫峰と愛し合い、出勤する彼を見送った美佳は、一人物思いに耽《ふけ》っていた。

美佳が今朝、突然紫峰を誘った理由。

それは、昨日のある出来事のせいだった――


久しぶりに茶道教室へ行った美佳は、一人の友人に、帰り道にお茶に誘われた。

「私、家を出ることになったの。だから今日が最後だったんです。美佳さん、今までありがとう」

丁寧に頭を下げたのは和服がよく似合う美人で、智香《ちか》という人物。医者の家に嫁ぎ、専業主婦をしている。

「智香、さん……家を出る、って？」

「実は私、離婚することになったの。夫に他の女の人がいて……。もう何年も続いてたんだけど、我慢の限界」

美佳がなにも言えないでいると、智香は目の前の紅茶を眺めながら淡々と続けた。

「私ってば、お嬢さん育ちで、今までなにもしてこなかったけど、これからは子供と二人で頑張ろうと思うの。というわけで、悠長に手習いをしている場合じゃなくなってしまったわ」

ふふ、と笑う智香は、あまり暗い気持ちにはなっていないようだった。

もしかしたら、もうすでに何度も泣いて悩んで、吹っ切れているのかもしれない。

「私も美佳さんみたいに、もっと自分の身になる勉強をしとくべきだった。今さら言っても遅いけど、これから頑張っていくわ」

そう言い切って、彼女はにこりと笑った。

「寂しくなります」

「ありがとう。最後に美佳さんに会えてよかったわ。最近あまりお教室に来ていなかったから、もう辞められるのだと思っていた」

上品な仕草で紅茶を飲む智香。

「最初は遠慮していたんですけど……夫が辞めなくてもいいと言ってくれたので」

「優しい方ね。私、美佳さんは絶対幸せな結婚をすると思ったの。なんとなく、確信的にそう思ってた。本当にその通りになった。幸せそうで羨《うらや》ましい。そうそう、今日もし美佳さんに会えたら、渡したいと思って持ってきたものがあるの。ぜひ受け取って」

　そう言って智香は、バッグからひとつの包みを取り出した。

「ありがとうございます」

　美佳は受け取った箱を大事にしまい、智香を見て微笑んだ。

　きっと智香も、当初は幸せな結婚だったに違いない。けれど、それが上手くいかなくなった。

　きっとご縁がなかったということなのだろうけれど、美佳は大好きな紫峰と自分に縁がなかった、ということになったらすごく悲しい。けれど、そうならないとは限らない。

「智香さんの連絡先を教えてください。またこうやって、お茶を飲みませんか？」

「そうね。……これから、本当に大変だわ。就職先も見つけないと。そもそも、私にできる仕事があるかどうか」

　そうしてため息をついた智香を見て、美佳は携帯電話を取り出す。

　連絡先を交換して、登録をする。

　これまであまり親しく付き合ってこなかったのは、智香が家のことを優先していたからだ。

　夫のことや子供のことで時間がないと話していた智香。それだけ、家のことを頑張っていたのだろうと思う。だから美佳は、誘うことをしなかった。

これから智香は忙しくなるだろうけれど、新しい環境に身を置くことになるのだから、心細く、話し相手が欲しいと思うことがあるかもしれない。

美佳は微笑んで言った。

「智香さん、必ず連絡します」

「頑張るわ。子供もいるしね」

いつものおっとりとした表情の中に、強さが宿っている。

これから大変なことも多いだろう。

それでも今の強くなった彼女ならば、乗り越えていける気がする。

美佳は智香にエールを送った。

智香と別れたあと、美佳は自分のことを思う。

夫は本当に、自分に満足しているのだろうか。

紫峰の心を疑うわけではないけれど、こういうことがあると美佳の心は揺れてしまう。

☆

朝から智香のことを考えて、ボーッとしてしまっていた美佳は、夕方になって食事の支度をする頃になっても、まだ彼女のことを考えて心ここにあらずだった。

そんな状態だったからいつもより時間がかかり、まだでき上がっていない。

そうこうしている間に、紫峰が帰ってきてしまった。

玄関のドアが開く音がしたので、美佳はリビングのドアを開ける。

ああ、しまったな。いつもは紫峰が帰ってくる頃にはできているのに。

「お帰りなさい、紫峰さん」

「ただいま」

ネクタイを緩めたあと、テーブルの上に置いてある箱を見て、「これは？」と聞いてきた。

それは昨日、智香がくれたもの。

「いつも一緒だった奥様が茶道教室を辞めるそうで、その挨拶《あいさつ》にくれたの。これから……いろいろ大変らしくて」

「大変？　……そう。仲がいい人？」

「うん。智香さんっていうの」

「だから寂しくてそんなに沈んでるわけ？」

「沈んでるように見えた？」

「まぁね。その人となにかあったの？」

「なんでもないの。ちょっといろいろ大変なことが重なったから、お教室を辞めるんですって。で、それをもらったの。中身はまだ見てないんだけど」

「開けたらいいのに」

「ご飯の準備がまだなの。紫峰さん開けてみて」

紫峰は包装を解《ほど》き、箱を開けた。

「綺麗なグラスだよ。よかったね、美佳」

その声に反応し、美佳もふたたびリビングに戻る。

見ると、智香らしい、趣味のいいグラスだった。

「さっそく使ったら？」

美佳が頷《うなず》くと、紫峰がグラスをテーブルの上に置く。

「ご飯がもうすぐできるから、着替えてきて」

「わかった。今日はなに？」

「ささみのチーズとシソのはさみ揚げと、豆腐とシメジの味噌汁」

「美味しそうだ」と言って紫峰は寝室へ向かう。

美佳は料理の仕上げをしに、キッチンに戻る。

そうしながらも、やっぱり智香のことを考えてしまう。

大切な友達だから、幸せになってほしい。

「もう、私ってば。私がくよくよしても仕方ないことなのに」

着替えを終えた紫峰が美佳に声をかけたので、笑顔で振り向いて、食事ができたことを告げた。

ご飯を並べて箸《はし》を置いて座ると、紫峰がため息をついた。

「紫峰さんも、気分が沈んでる？」

気を取り直した美佳は、そう紫峰に言った。困ったような笑みを浮かべ、紫峰は頷《うなず》く。

「実は明日から急遽《きゅうきょ》、一週間も出張に行かなきゃならなくなったんだ」

「明日から、一週間もいないの？」

「そうなんだ。家を空《あ》けてばかりで、ごめん」

突然決まったこととはいえ、紫峰がこんな風に仕事のことで気乗りしない態度を見せるのは珍しい。

「なんだか、紫峰さんにしては珍しく渋ってるわね」

そうして「本当は言うべきじゃないけど」と言って、ぽつりぽつりと話し出した。

「さる要人の愛人とのお忍び旅行に同行しなきゃならない」

『夫が浮気したの』

『愛人とのお忍び旅行』

あまり聞きたくない、智香のことを彷彿《ほうふつ》とさせる話。

「どうして、男の人はそんなことするんだろう？」

食事を口に運びながら美佳が何気なく口にすると、紫峰は食事を始めていた箸《はし》を止めた。

「そんなこと？　ああ、愛人のこと？」

「奥さんだけ愛してればいいのに」

誰かが言っていた。男の人は年を取ると貫禄がついてくるけれど、女は年を取ると魅力を失うだけだと。

「ああっ、違う！　紫峰さんを責めてるわけじゃないの。ごめんなさい」

失言だったな、と思いながら謝る美佳に、紫峰は苦笑する。

「本当に、男はしょうがないよね。確かに妻がいるのに、浮気はよくないと思うけど……」

食事を口に運びながら紫峰の言葉を聞いた美佳は首を傾げる。

「けど、なに？」

「もしも僕が結婚していて、家庭を持っている身で美佳に出会ってしまったら、どうしてたかな」

「そんなこと……」

食事を終えて、箸《はし》を置いた紫峰は美佳を見て笑みを向ける。

そんなのダメだと思う。

でも、紫峰と美佳が出会った時、彼には瞳子という恋人がいた。その付き合いを解消して、自分と結婚した。瞳子にとって、美佳は紫峰の浮気相手のようなものだったのではないだろうか。それを考えると、気持ちがちょっと沈んだ。体裁《ていさい》のいいことばかりは言っていられない。

神妙な顔で黙り込む美佳を見て、紫峰は「たとえ話だよ」と言って茶化してみせた。けれど美佳は、あまり上手く笑えなかった。

自分は、いつも気づくのが遅い。つまり美佳だって、過去にそういうことを他人にしてしまっていたんじゃないか。

「まあ、僕は美佳がいつもこうやって家で待っていることが嬉しくて帰ってきてるから、浮気しないし、それで家を空《あ》けるようなことはないけどね」

「本当に？」

「しないよ」

きっぱり言い、にこりと笑った紫峰を信じて、美佳はこのことについて考えるのは、いい加減よそうと思った。

「紫峰さん、お風呂が沸いてるけど入る？」

美佳も食事を食べ終えたところで言うと、紫峰は頷《うなず》いた。

「うん。後片づけが終わったら」

いつも紫峰は、ご飯を作る美佳の代わりに片づけをしてくれる。

けれど今日の美佳は首を横に振った。

「いいの。私がするから入ってきて」

「そう？　じゃあ、甘えようかな」

美佳が頷《うなず》くと、紫峰は笑顔で立ち上がった。

いつもつまらないことで不安になる美佳の話を、紫峰は真剣に聞いてくれる。

美佳は素敵で優しい旦那様に感謝しながら、風呂に向かう彼の背中を見送った。

3

紫峰のあとで風呂に入った美佳は、リビングでテレビを見ている彼のもとへ向かった。

「あれ？　今日はそれで寝るの？」

美佳は風呂上がりに長襦袢《ながじゅばん》を着た。いつもはパジャマを着ているけれど、なんとなく今日は和装で寝たい気分だった。

「紫峰さん、少し早いけど、今日はもう寝ない？」

驚いたように瞬《まばた》きをしている紫峰を見て、美佳は目を伏せる。

明日から紫峰は出張と言っていた。昨日から、いろいろ考えすぎてしまったから、今晩は紫峰と愛し合いたい。

意を決してもう一度口を開いて続けた。

「まだ二十一時だけど……明日から出張だし……」

誘っているのがバレていると思うと恥ずかしくなってきて、美佳は俯《うつむ》いたまま続けた。

紫峰はテレビを消して立ち上がる。

「いいよ」

差し出された手に手を重ねると、紫峰は美佳を寝室へと促《うなが》した。

美佳は紫峰にベッドへ座るように言い、紫峰の足の間に膝を立てて座った。

「美佳が誘うなんて、珍しい。明日からしばらく会えないから、僕も抱きたかったけどね」

そう言って笑みを向けた紫峰は、美佳の襦袢《じゅばん》の合わせ目を触ってきた。

「紫峰さんが浮気しないように、たまには……」

美佳は、口を突いて出た自分の言葉にハッとした。こんなことを言うなんて、自分が嫌になる。

「そんなことしなくても、僕は君が好きだ」

美佳は紫峰にキスをした。

美佳の方から唇を合わせる角度を変えて、紫峰の唇をついばみ、舌を入れる。

水音が聞こえるくらい唇を合わせ、一度離す。

「積極的」

笑った紫峰に美佳も笑みを浮かべて、もう一度キスをする。

それから紫峰の大腿《だいたい》を撫でながら見上げた。

「口でしてくれるの？」

「はい。いい？」

「もちろん」

彼の中心へと手を這《は》わせる。

スウェットの上から彼自身に触れると、そこは硬くなり始めていた。

何度か撫でると、さらに硬さを増してくる。

紫峰が息を呑んだのを感じて、美佳は彼が自分の行為で感じてくれているのだと嬉しくなった。

紫峰のスウェットを脱がせ、今度は下着の上から熱くなっている部分に触れる。

どんどん硬度を増していくのがわかり、美佳はもっとしたくなった。

美佳は唇を近づけ、彼自身を布の上から食《は》んだ。

「焦《じ》らしてるの？」

見上げると、微笑んだ紫峰の顔がある。

「そんなことないけど。紫峰さんの、そういう顔が見たかったの」

「どういう顔？」

「どうにかしてほしそうな顔」

紫峰は美佳の言葉を聞いて少し笑い、ふーっと深呼吸した。

美佳は話している間も手を止めなかった。

「どうにかして、美佳」

その言葉を聞いた美佳は笑顔を返し、それから紫峰の下着を下ろす。

中から弾けるように出てきたそれに、美佳は舌を這《は》わせた。

「美佳……っ」

口に含んで紫峰自身を吸うと、ため息混じりに名前を呼ばれた。しばらく彼の反応を楽しむ。

「こんなこと、他の男にもしてたの？」

紫峰自身を一度強めに吸い、それから美佳は口を離す。

「紫峰さんにしか、しませんよ。好きだから、するんです」

そうしてもう一度紫峰のモノを口の中に迎え入れる。何度もそうして、触れて、舌を絡めた。

紫峰の息が上がってきた。切羽詰《せっぱつ》まっている感じだ。

美佳の唇で紫峰が達したことはあまりないので、今日はこのまま追い込みたかったけれど、紫峰が美佳の顔を上げさせた。

「もういい、イキそうだから」

そう言って、美佳の身体を引き上げる。

「紫峰さんがイクところを見たかったんだけど……」

「また今度。今日は美佳の中でイキたいんだ」

紫峰は美佳を抱き上げ、自分の膝の上に座らせた。

そうして紫峰は美佳に唇を寄せる。

二人がキスに夢中になるのはすぐだった。舌を絡め、抱きしめ合う。

美佳はキスとキスの合間に息継ぎをして、甘い声を漏らした。

「ん……っう、しほ、さ……っん」

舌が蕩《とろ》けそうなほど絡め合うと、互いの唇の端から唾液が流れ落ちた。

紫峰は美佳をきつく抱きしめながら、身体をうしろに倒す。

美佳は紫峰の上に乗る体勢にさせられた。

その間も紫峰は、蕩《とろ》けるようなキスを止めない。

キスを続けたまま紫峰は、大きな手で襦袢《じゅばん》を肩の下まではだけさせた。

いったん唇を離して、紫峰が笑う。

「美佳の髪の毛、くすぐったい」

そう言って紫峰の顔にかかる美佳の髪を耳にかけた。

「結んだ方がいい？」

「君の洗いたての髪の匂いが好きだから、そのままがいい」

そう言ってまた深いキスをしながら、紫峰は美佳と身体の位置を入れ替えた。

美佳が動く度に、シーツと襦袢《じゅばん》がもたらす衣擦れの音が聞こえ、扇情的《せんじょうてき》な気分を掻き立てる。

襦袢《じゅばん》の紐《ひも》を解《ほど》き、首元に顔を埋《うず》められると肌が粟立《あわだ》った。

紫峰の手が美佳の襦袢《じゅばん》の胸元を開き、じっとそこに視線を送られる。

「どうしたの？」

「いつも思うんだけど、美佳の胸って綺麗だな」

「そう？」

紫峰はいつも褒《ほ》めすぎだ。

胸のおかげで入らない服だってあるのに。

紫峰は微《かす》かに笑って、胸に唇を這《は》わせ、てっぺんを愛撫《あいぶ》する。

美佳の頂《いただき》は紫峰の口に呑み込まれた。

紫峰がひときわ強く、先端を吸う。

「あ……っ」

自然と声が出る。

紫峰はちゅっと濡れた音を立てて唇を離した。吸っては離しを繰り返され、美佳は思わず大きな声が出てしまいそうになるのを必死で堪《こら》えた。

紫峰は美佳の襦袢《じゅばん》の紐《ひも》を引き抜いて、器用に脱がせていく。紫峰は着物を脱がせるのが上手くなった。初めて着物姿で抱き合った時は、四苦八苦《しくはっく》していたのに。

紫峰は美佳の胸の谷間にキスをして、大きな手で揉み上げる。

それからゆっくりとショーツに手をかけたので、美佳は腰を上げて脱ぐのを手伝った。

「紫峰さん……？」

美佳が、紫峰の身体の一番硬くなっている部分に手を伸ばすと、彼に手を掴《つか》まれた。

「なに？」

「触っていい？」

先ほどまで触れていた場所。舌と唇で愛撫《あいぶ》した場所。

紫峰は自身に伸ばしている美佳の手を、やんわりと退《ど》ける。

「ダメ。美佳はなにもしないで、寝てて」

そう言って紫峰の手が美佳の下半身を撫でる。

美佳は紫峰によって足を開かれるのを、抵抗せずに受け入れた。

すると紫峰は美佳の足の付け根を撫でてから、身体をずらして美佳の中心に顔を埋《うず》めた。

柔らかく温かい感触。さっきまで、美佳が紫峰にしていたのと同じ行為。

紫峰の頭が美佳の足の間にあるという光景は、眺めているだけで堪《たま》らない。

紫峰は素敵でカッコイイ。そんな人が、自分の足の間に顔を伏せているなんて。

愛撫《あいぶ》されたことで身体を駆け上がる快感に、美佳は紫峰の髪の毛に指を絡ませて、必死に耐えた。

「あ……っ」

紫峰が片方の足を掴《つか》んでいるから、自由に動くことができない。もう一方の紫峰の手は、美佳の足の付け根を撫で、時々胸に行きついては揉み上げる。

喘《あえ》ぐ声が止まらない。

紫峰の舌に時々蕾《つぼみ》を強く刺激され、思わず腰が浮く。

ぎゅっとシーツを掴《つか》み、快感に翻弄《ほんろう》される。

「美佳、感じてる？」

紫峰が美佳の下肢から顔を上げる。

美佳の声や息の上がり方で、どれほど感じているかはわかっているだろうに、それを聞く。少しだけ意地悪だ、と思いながら美佳は紫峰に手を伸ばした。軽く引っ張り、懇願《こんがん》する。

「早くして、紫峰さん」

紫峰は一度、美佳の胸にキスをして、それから起き上がってTシャツを脱ぐ。それから美佳の足を抱え上げた。

紫峰自身が欲しいと言ったのに、入ってきたのは指だった。

「美佳の中、濡れてる」

指が一本入ってきて、美佳の中を愛撫《あいぶ》する。さらにもう一本指を増やされ、美佳は腰が浮いてしまった。

その美佳の反応を見て、紫峰が微《かす》かに笑った。

早くしてほしいと言ったのに、紫峰は指で美佳の中を探る。

もう、すぐにでも紫峰を受け入れることができるのに。早く――

「紫峰さん、早く」

思わず心の声が口をついて出た。

紫峰はただ笑って美佳の頬に頬を寄せる。

自分はこんなにも呼吸が荒くなっているというのに、紫峰は余裕でそんな美佳を見ている。

「どうして、そんなに、余裕……っん！」

一番感じる部分を指で刺激され、ふたたび腰が浮き上がる。

「余裕なんかないよ。ただ、感じてる美佳が可愛いから、もっと見ていたくて我慢してる」

熱くなっている顔がさらに熱くなる気がした。そんなこと言うのはやめてほしい。

「だった、ら、はや、く……っ」

美佳の腰は、知らず揺れていた。もう限界はすぐそこまで来ているのに、紫峰はまだ美佳と繋《つな》がってくれない。

「可愛い、美佳」

紫峰は微笑んで、また美佳の感じる部分を指で押した。

美佳は泣きそうな声が出てしまう。

そんな美佳に紫峰は深いキスをして、指を引き抜く。濡れた音を立てているそこは、十分すぎるほど潤《うるお》っている。

「紫峰さん……っ」

美佳の胸は、これ以上ないくらいに高鳴った。痛いくらいの快感。限界がそこまで来ている。

ようやく美佳の隙間に、紫峰のモノが当たる。

そうして大きくて熱いモノが入ってくる。

早急に、美佳の隙間を紫峰自身が埋《うず》める。美佳の中は、まるで紫峰を受け入れるためにできているかのように、紫峰の形にぴったりはまる。

「ああっ！」

繋《つな》がった瞬間に、美佳は達した。

びくんびくんと腰が跳ね、涙が頬を伝う。紫峰の顔が歪《ゆが》んで見える。

「美佳」

名を呼ばれて手を伸ばすと、紫峰が美佳の身体の上に覆《おお》いかぶさった。

首筋に顔を埋《うず》められてキスをされて、腰を揺すられる。

美佳はより近くに、紫峰の体温を感じた。

でも、先ほど達した身体は敏感すぎて呼吸が整わない。

「っ……美佳、好きだ」

「……っは、紫峰さん」

紫峰の手が美佳の頬を撫でる。

それから、美佳の身体を何度も揺らす。

「美佳……」

紫峰の忙《せわ》しない息遣いを聞きながら、美佳は紫峰を抱きしめた。

すると、紫峰はぐるりと身体を横に向け、美佳の腰を引き寄せる。

「紫峰さ……っん」

よすぎて、耐えるのが精一杯。

美佳の唇は自然と開き、声が漏れる。大きな声を出すのは恥ずかしいから歯を食いしばってみるけれど、無駄な抵抗だった。

「美佳の声、腰にくる」

忙《せわ》しない呼吸の合間にそう言った紫峰の言葉だって、十分美佳を興奮させ、高めている。

紫峰の背に回した手に力を込めると、紫峰も美佳の頭を抱きしめてきた。

隙間がないほど密着して、美佳の身体を揺らす。

「し、ほうさんっ……イッ……」

美佳は二度目の絶頂を迎えそうになっていた。

さっき達したばかりなのに、美佳だけいつも何回もイカされてしまう。紫峰にも早く達してほしい。

美佳は息を吐く合間に、「もうダメ」と告げようとしたけれど、それも叶わない。

紫峰の背中を抱きしめることで、意思表示をするのが精一杯だった。

「美佳……、また、イキそう？」

美佳が小さく頷《うなず》いたのがわかったのか、紫峰が微《かす》かに笑った。

美佳の身体をもう一度下にして、紫峰は美佳にキスをする。

そうして正面から何度も腰を突き上げる。

いつも、美佳が達するまで、紫峰はイカない。いつも美佳だけが快感に翻弄《ほんろう》されている。

たまには紫峰を先にイカせたいと思うのに……

「ぁ……っあ、っん！」

美佳は背を浮かせ、絶頂の時を待つ。

紫峰の動きは止まらない。

「っや、しほ、さ……っ」

「もう、僕も、イク、から」

紫峰もその時が近いようだ。次第に腰の動きが速くなる。

美佳の腰を強く引き寄せ、背中を抱く腕の力がさらに強まった。

次の瞬間、美佳は耳元で、紫峰が呻《うめ》くように自分の名を呼んだのを聞いた。

「美佳……っ！」

腰の動きが緩慢《かんまん》になり、ほどなく止まる。

美佳の身体はなにをされてもきっと声を上げてしまうくらい、敏感になっている。

忙《せわ》しなく息を吐きながら紫峰が「よかった」と呟《つぶや》く。

美佳は紫峰の背中を撫でた。

「私も……」

美佳が答えると、紫峰が微《かす》かに笑った気がした。そして紫峰は美佳の身体を抱きしめると、もう一度自分の身体の上に乗せた。

「あ……なに？」

まだ紫峰が中に入ったままだ。その紫峰自身が、美佳の中で質量を増す。一度達したというのに、もう力を取り戻している。

紫峰はそのまま美佳の身体を揺すった。

「このまま、もう一度……」

「っあ！」

紫峰は下から一度突き上げ、それから身体を起こした。

深く紫峰を受け入れた美佳は、その拍子に紫峰の腰を足で少し強く挟んだ。

「感じてる？　美佳」

「こうやって、されて……感じないわけない」

紫峰は美佳の身体を揺すりながら抱きしめる。

美佳の身体が、紫峰に揺すられる度に、喜んでいるのが自分でもわかる。

美佳は紫峰の首に手を回した。

紫峰は動きを止め、美佳の足を撫でる。背中を撫でられながらキスをされるうちに、美佳の下半身が疼《うず》いてきた。

「二回目は、ゆっくり」

「ん……そうして、紫峰さん。私、身体の感覚が、まだ鈍いから」

紫峰は美佳の鼻先を頬に寄せ、それから美佳の首元にキスをする。首を甘噛みしながら、ゆっくりと腰を揺すった。今度は激しくなく、甘くゆったりと。

唇を少し離し、互いの唇が触れ合う距離で「好きだ」とささやき合う。

美佳は微笑んで、紫峰にキスをした。ついばむように何度かしたあと、美佳から舌を絡める。

そうしている間も、紫峰はゆっくりと腰を動かしていた。

美佳はいったん唇を離す。

「紫峰さん？」

「ん？」

美佳の腕にかかったままの襦袢《じゅばん》を脱がせながら、紫峰が美佳を見る。これでもう、美佳はなにも身にまとうものがなくなった。

「私の身体で、満足できてる？」

「美佳の柔らかい身体に、溺《おぼ》れきってるの……わからない？」

「わからない。本当に？」

「じゃあ、今からわからせるよ」

美佳の身体をうしろに倒して、紫峰は自身を抜いた。

「美佳、うつ伏せになって」

紫峰に言われるままに、美佳はうつ伏せになった。

すると紫峰が美佳の腰を持ち上げて、美佳の臀部《でんぶ》を撫でてキスをする。そんなところにキスをするなんて。美佳は恥ずかしくて顔が熱くなる。

熱く硬いものがあてがわれ、美佳の隙間を埋めていく。

濡れそぼった美佳の中は、紫峰をスムーズに受け入れた。

「う……っん」

「中、気持ちいい」

そう言って息を吐いた紫峰が、うしろから美佳を抱きしめる。

「満足、なんて言葉じゃ、言い表せないくらい……いい。わからない？　美佳で、こうなってる僕が……わかるでしょ？　美佳」

そう言って紫峰は、美佳の身体を揺らし始める。

美佳は手近にあった枕を引き寄せて顔を押し付ける。

疼《うず》く下半身と、高鳴りすぎて、うるさい心臓――

紫峰が美佳の頬に手を伸ばして撫でる。

美佳はその手に、自分の手を重ねて頬を擦り寄せる。

それが、美佳に今できる、紫峰への精一杯の返事だった。

美佳の意図が伝わったらしく、紫峰は美佳のうなじにキスをした。

紫峰の唇は、そのまま背中を這《は》っていく。

紫峰とはこんな風に、結婚しても恋人のように甘い時間を過ごせている。

他の夫婦もこんな時間を過ごすのだろうか？

きっとすべての夫婦がそうではない中、こんなに仲よく愛し合うことができて幸せだ。

ゆっくり揺さぶられるのに慣れ始めた時、紫峰がいきなり強く突き上げた。

「っあ！　紫峰さん……っ！」

美佳は急速に高められ、何度も達する。

紫峰のことが好きだ。

浮気なんかしてほしくない、させない。

美佳の身体で満足している紫峰。これからもずっと、紫峰を満足させていきたい。

それくらい、本当に、愛している。

4

愛し合った翌朝、紫峰は出張に出かけた。

いつもながら少ない荷物だ、と美佳が言うと紫峰は笑っていた。

「行ってきます」、「行ってらっしゃい。気をつけて」というのは、定番となった、いつものやりとり。

紫峰は美佳にキスをして、出かけて行った。

「いつまで、こうやってキスしてくれるのかな」

子供ができたら、今のように二人だけの時間をとるのは難しくなっていくだろう。

でも、いつまでもラブラブな夫婦でいたい。

「さてと。掃除して、仕事して、それから夕飯を作って……あ、洗濯を忘れてた」

昨夜、紫峰から愛された身体はちょっとだけ怠《だる》いけど、やることはたくさんある。

今日も一日頑張ろう、と美佳が気合を入れていた時、携帯電話が鳴る。

表示されたのは、意外な人物の名前だった。

「はい、もしもし」

『美佳さん？　智香です』

昨日の今日で、どうしたのだろう。

「なにかありましたか？」

『ううん。ただ、今日……会えないかと思って』

以前「ランチでもどうですか？」と何度か誘ったことがあったが、「また今度」という感じでいつも断られていた。

だから昨日のやりとりも、結局は社交辞令で終わるものだと思っていた。

「いいですよ。じゃあ、どこかで待ち合わせでも……」

美佳は頭を巡《めぐ》らせた。今の時間ならば、少し早いランチをするのもいいかもしれない。

いくつかの店を思い浮かべながら言うと、智香は『できれば……』と切り出した。

『美佳さんのお家にお邪魔してもいい？　もし、ご迷惑でなかったら……』

結婚の報告をした時、美佳は確かに「近くに立ち寄った際は、新居に遊びに来てくださ
い」と言った。

けれど智香が遊びに来てくれることは、ないんじゃないかと思っていた。

「私は構いません。途中まで迎えに行きましょうか？」

『大丈夫、住所さえわかれば、車のナビで行くから。駐車場は近くにある？』

「すぐ近くにありますよ」

美佳が言うと、智香は時間を伝えて電話を切った。

智香はこれまで、家族に遠慮していたのか、あまり出歩かないタイプだった。

昨日はお茶をして、今日は家にも遊びに来てくれるという。

なんだか智香との距離がぐっと縮まったようで嬉しくもある。

もしかしたら智香は、息抜きがしたいのかもしれない。自分でお役に立てるだろうか。

せっかく会いに来てくれるのだから、楽しく過ごしていってほしい。

美佳はふたたび気合を入れ直し、急いで準備を整えることにした。

「掃除しないと。それとなにかお菓子でも買ってこよう。あ、もしくは軽食かなにか作っ
た方がいいかも」

智香が指定した時間は十三時。少し遅めのランチがいいかもしれない。

冷蔵庫の中を見て、サラダとパスタなら作れることを確認する。

そして財布を持って、近くの和菓子屋さんへ向かう。

この間、抹茶ラテを買ったので、それに合うものを選ぼう。

美佳は靴を履き、外に飛び出した。


「遅くなってごめんなさい」

「そんな。たった五分程度ですよ？　気にしないでください」

美佳は抹茶ラテを作り、智香の前に出す。

小ぶりで食べやすいサイズの黒棒と、甘さ控えめな小さな饅頭《まんじゅう》を出すと、「お茶の席みたい」と言って、智香は顔をほころばせた。

「智香さん、その荷物は？」

智香は何事だろう、と思うような大荷物を持って美佳の家に来た。

これを運ぶとなると、確かに電車では大変だ。だから車で来る、と言ったのか。

彼女が車を運転するなんて知らなかった。聞けば、夫から譲り受けたものなのだという。

「分不相応なくらいの高級車なの」と言って、弱々しく笑った。

「これは着物なの。美佳さんにもらってほしくて」

智香はいつも仕立てのいい、上質な着物を着ていた。粋《いき》な柄で趣味がよく、値の張るものも多いだろう。

リビングに広げた着物は五着。

美佳はあまりのことに驚いて瞬《まばた》きを繰り返した。

「そんな……こんな高価なものいただけないです」

「いいのよ。もう、こういうお金がかかることはできないし。美佳さんに是非着てほしいと思って」

「でも……」

「お願い。着物は、きちんと着る人が着てくれてこその物よ？　私にはもう必要ないの。残りの着物は、ほとんど質に入れたわ。あまり大した金額にはならなかったけれど」

本当に智香は身辺整理をしているのだ、と実感する。

美佳は並べられた着物を見る。

美佳が普段着ないような柄の物もあるが、色味はいつも美佳が身につけている感じの物が多かった。もう売ってしまったという物も含め、智香がこだわりを持って選び、作ってもらったものばかりだろう。そんな思い入れのある着物を手放すと決めた智香のことを考えると、自分がこれらの着物を引き取って、大切にしてあげたいとも思う。

智香がまた着たいと思う時が来るまで、自分が預かるというのもいいかもしれない。

そうは言っても、美佳は智香と特別仲がよかったというわけでもなく、ただ茶道教室で話をしていただけ。同じ譲るでも、もっと親しい友人に譲った方がよいのではないか。

美佳が着物をじっと見つめて考え込んでいると、智香はまたぽつりと話し出した。

「私ね、いつも誘いを断っていたでしょう？　『医者の妻だとお高くとまって』なんて言われてたのも知ってる。人付き合いが苦手で、上手く輪に入っていけなかったの。そんな時、美佳さんは私に気を遣って、あまり誘わないようにしてくれていたでしょう？　そういう風に距離を保ってもらえると、気が楽になった。それで、美佳さんともっと話してみたいと思うようになったんだけど、でもなにを話していいかわからなくて……」

人との付き合いは難しい。些細《ささい》なことで誤解させてしまうこともあるし、そんなつもりで言った言葉じゃなくても、相手を傷付けてしまうこともある。

「私ね、美佳さんのことが好きだった。ちゃんと距離を考えて接してくれて、あまり詮索《せんさく》せず、いつもにこにこ話を聞いてくれて。この人は、きっと素敵な相手に巡《めぐ》り合って結婚するんだって、私ずっと思ってた。だから、貴女《あなた》が結婚した時、とても嬉しかった。と同時に、羨《うらや》ましかった。私の結婚生活は、それなりのものだったけど、幸せかって聞かれるとそうでもなかったから。……だから、結婚してすごく綺麗になっていく美佳さんが、眩《まぶ》しかった」

「ありがとうございます。そんな風に思ってくれていたなんて」

「美佳さんはいつも謙遜《けんそん》するけど、もっと自分に自信を持った方がいいわ。だって、貴女《あなた》は本当に素敵な女性なんだもの」

そう言って微笑んだ智香こそ素敵だった。

なにかから解《と》き放たれたような、晴れやかな顔をしている。

「私ね、急だけど明日、実家へ帰ることにしたの。長野の田舎《いなか》なんだけど、この間帰ったらほっとしたの。大学入学を機に、東京に憧れて上京したんだけど、そんな風にもう肩肘張らなくてもいいのかなって。子供はまだ小さいし、きっと順応すると思う。だから、これからは美佳さんにもあまり会えなくなってしまうと思うの」

「そうなんですね……寂しくなります」

生活環境を変えるのは、大きな決断だ。

智香は決心を固め、もう新しい人生の一歩を踏み出そうとしている。女は強いというけれど、美佳は智香の芯の強さを見た気がした。

「ねぇ、美佳さん、あれ……旦那様との結婚式の写真？」

「はい、そうです」

美佳はリビングに飾っていたフォトフレームを手に取り、智香に手渡した。

すると智香は「わぁっ」と声を上げる。

「カッコイイ人ね。背も高いし……スラッとしてる。美佳さんメンクイね！」

「そんなことないですよ！　見合いで会った紫峰さんが、たまたまカッコよかっただけです」

「旦那様、警察官って言ってたわね。この制服もカッコイイ。素敵ねぇ……警視庁にお勤めなんでしょう？」

「はい。要人警護、ＳＰと呼ばれる職業なんです。不規則な生活で急な出張も多くて、あ、今日からまた一週間出張に出かけたんです」

「ＳＰ⁉　すごいなぁ……美佳さんの旦那様って言うことなしね」

智香は紫峰を褒《ほ》め続けた。

確かに素敵な人だと思うが、人から言われると照れてしまう。

「私、もうそろそろ帰るわね。荷造りがまだ残っているの」

「あ、そうなんですね。……落ち着いたら、連絡をください。絶対に」

智香は、頷《うなず》いた。

「絶対ね。今まで、ありがとう、美佳さん」

「そんな、こちらこそ」

美佳は頭を下げた。

着物までもらっておいて、ほとんどもてなしができなかった。

だから美佳は何度も頭を下げ、智香の姿が小さくなるまで見送った。

智香のこれからの人生が、幸多からんことを祈って——

5

紫峰がいない一週間は長かった。

今回は、智香のことで動揺していたせいか、余計に長く寂しく感じた。

紫峰は今頃、どこでなにをしているのだろう。いつも紫峰は、行き先を告げずに行ってしまうのだ。

情報が外部に漏れるとまずい仕事だ。家庭でもあまり言えないことはわかっている。

けれど、仕事中は連絡もしてこない紫峰だから、なにかあったのでは……と、いつも不安になる。

ようやく今回も紫峰が帰宅し、美佳はいつも通りの笑顔で迎えた。

「美佳、僕が帰ってきてそんなに嬉しい？」

「無事に帰ってきたのが嬉しいのは当たり前でしょう？」

微笑むと、紫峰は美佳の頭を撫でた。

「嬉しいこと言ってくれるけど、実は時差ボケでかなりきつい。このまま寝てもいい？」

まだ十九時。というか、「時差ボケ」という意外な言葉が飛び出し、驚いた。

「紫峰さん、もしかして、海外に行ってた？」

「そう、フランス。ずっと起きてたから、眠い。夜だし、ちょうどいいんだけど……」

「……ご飯は？」

「ごめん、先に寝るよ。起きたら食べる。……ごめん、美佳」

そう言って寝室の方へ荷物を持って向かう。

途中「ああ」と言って振り向いた紫峰が、ブリーフケースの中からなにかを取り出す。

「美佳にお土産《みやげ》。フランスは留学していたし、よく知ってるだろうけど、マカロンとエッフェル塔の置き物」

にこりと笑って手渡すと、そのまま寝室へ入り、ドアを閉めてしまった。

美佳は頬を膨らませる。

「エッフェル塔は何年も見てたし、マカロンも別に好きなわけじゃないし。……私、話したいことあったのに、なんで寝ちゃうの？　私は一人でご飯を食べるわけ？」

不満が口をついて出た。

智香の一件で、いろいろ思うところがあったのだ。

それで、行き先をこれからは教えてほしい、と言おうと思っていたのに。ご飯だって、紫峰の好きなメニューを作っていたのに。

「もう、なんで？」

寝室のドアを開けると、紫峰はすでに寝入っていた。

着ていたスーツはハンガーに掛けてあるが、紫峰にしては適当。きっとそれだけ眠かったのだろう。寝かせてあげたいとは思うけれど、ため息が出てしまう。

相変わらず寝顔もカッコイイけれど、いつもはそんな彼を見ると心が弾むのに、今日は気分が晴れない。

「紫峰さん、起きたら話をちゃんと聞いてくださいよ？」

そう言って頬に触れても、ピクリともしなかった。

美佳は仕方なく諦めて、布団をかけ直して寝室をあとにした。

ちょっとだけ、出張と偽《いつわ》って、まさか……なんて考えがよぎる。

でもマカロンはフランスの美味しいお店のものだ。フランスに行っていたのは確からしい。

美佳は、もそもそと一人で寂しくご飯を食べた。

# 6

翌朝、美佳は早起きした。

それから朝食を作ったけれど、昨晩から気分は晴れなかった。

紫峰はいつも通りにしているだけで、美佳が八つ当たりをしているのだとわかりつつも、気持ちの整理がつかない。

それから起きてきた紫峰とともに朝食を食べる。

紫峰は疲れもとれたようで、すっきりとした顔をしている。

「私、昨日紫峰さんに言いたいことがあったんですけど」

「ん？　なに？」

「次からは、出張に行く時、行き先を教えてくださいね」

味噌汁を飲んだ紫峰は、少し強めな美佳の口調に驚いている。

「……あれ、美佳、怒ってる？」

「怒ってないですけど。いつも行き先を言わずに行っちゃって、不安になるの」

「わかった、そうする。だから機嫌を直して」

「怒ってないって、言ってるのに」

「そう？　でも、美佳がこんな風に強く言うのは珍しい。美佳が聞かないからって配慮が足らなかった。これからは行き先は必ず言うようにする」

「はい」

返事をして、ご飯を食べ始めても気が晴れなかった。

しばらく美佳が無言で俯《うつむ》いていると、紫峰は美佳の方に手を伸ばしてきた。

こんなにこだわるなんて、自分でもどうかしていると思う。けれど、不安な気持ちが止まらない。

美佳は心のモヤモヤを自分だけで処理しきれず、紫峰に「今から抱いてほしい」と求めた。

数日前にも同じことをした美佳に対し、紫峰はなにも言わず、また寝室へ導いてくれた。

一週間ぶりの紫峰の身体。美佳の胸は高鳴ったが、紫峰はすぐに行為を始めてはくれなかった。

ベッドに二人で横たわり、美佳の髪を撫でながら話しかけてくる。

「行き先を言わないで出張に行く以外に、僕は君を不安にさせるようなことをした？」

美佳は首を横に振る。

「そんなことないです」

「……なんだっけ？　あの、茶道教室に行ったっていう日から、なんだか様子が変だ」

紫峰は美佳をよく見てくれている。それなのに、なにを不安に思うことがあるのだ。

美佳は紫峰の肩を親指でちょっと撫でてから、自分の額を当てた。

「なんでもないの。ただ、私が勝手に、いろいろ考えただけ。紫峰さんのこと、好きだからよ」

「なにを考えた？」

紫峰の腕を抱きしめ、美佳は話した。

「紫峰さんは、いつまで私のことを今みたいに好きでいてくれるのか、って考えてたの。これから十年先も二十年も一緒にいるつもりだけど、それでもずっと愛してくれるのかな……って」

美佳は先日、智香にも言われた通り、自分に自信がないのだ。

いつも同じような質問を繰り返す美佳に、いつか紫峰が愛想を尽かしてしまわないかと怖くなる。

人前に出るのが苦手で、容姿に自信もなく、コンプレックスばかり。

「僕は君が好きになってしまったから、中村さんと別れた。君と出会った時、二股みたいな状態になってしまっていたから、信用ないかもしれないけど」

紫峰は軽く笑ってそう言った。

美佳は目を開けて、首を横に振る。

にかあった？」

「そんなこと、言ってないの！　私の問題だから」

「そんな風に思わせているのは、僕の責任でもあるかな、と。あのグラスをくれた人となにかあった？」

「なにもない」

「美佳は隠すのが下手だ。一週間前もそうだった」

紫峰は美佳をじっと見ている。

美佳が本当のことを言うまで待っているつもりのようだ。美佳は口を開いた。

「この間話した茶道教室のお友達が、子供を連れて実家の長野へ帰るそうなの。離婚するんですって……。紫峰さんが出張中に彼女が家に遊びにきてくれたんだけど、そんな話を聞いたから……私、少し不安になってしまって。それで、紫峰さんと私がそんな風にならないように、いつまでも私を見てもらえるようにしなくちゃって考え込んじゃったの。私がどんな立場になっても……たとえばお母さんになっても、女として見てほしいって……」

紫峰は笑った。

おかしいことではないのに。

ちょっとムッとして見上げると、紫峰は優しい目をして美佳を見つめていた。

「君はいつまでも、僕にとって最愛の女だけど。なにより子供ができたら、僕の方こそ放ったらかしにされそうで心配してたくらいだ。僕も君の前ではいつまでも男でいたい」

それから「美佳」と穏やかな声で名を呼んで、抱きしめる。

「その美佳の友人が実家に帰るってことは、男の方に甲斐性がなかったんだろうな。詳しい話は知らないけど、一生一緒にいると約束したくせに、そんなことになるのはお嫁に来てくれた女の人に失礼だと思う」

「個人的な見解だけど」と付け加えたあと、紫峰は美佳の頭を撫でた。

「好きだよ、美佳。僕は君がいないと生きていけない」

「そんなこと、ないはず」

「あるよ。君に僕の方が先に夢中になったんだ。今も、君に夢中だ」

顔が熱くなる。

紫峰はいつも美佳のことを愛されヒロインにしてくれる。まるでおとぎ話の主人公みたいに、求愛してくれる。

自分がこんな人生を歩むなんて思わなかった。だって、平凡な女なのだ。

美佳は胸がいっぱいになり、紫峰の胸の上に身体を乗り上げた。

「重くない？」

「全然……最近、積極的だね」

紫峰は美佳の背中を撫で、それから頬を撫でる。

「好きな人に、たまには積極的になろうと思って」

そう言って美佳は紫峰にキスした。

キスを続けながら紫峰の肩を撫でて、ゆっくりと紫峰の身体の中心へと手を這《は》わせる。

彼のモノは、美佳が触れると反応してくる。

その行為が気持ちいいという意思表示のように、紫峰がキスを深くした。

唇の間から紫峰に舌を差し入れられる。

美佳はその間も、紫峰自身への愛撫《あいぶ》をやめない。そうしていると、紫峰の手が美佳の臀《でん》部《ぶ》を撫でて、指で美佳の隙間を探ってくる。

中に指を入れられ、堪《たま》らず美佳は唇を離した。

「あ……っ！」

唇を離した時に、ちらりと見えた紫峰の舌。艶《つや》めいたそれは、美佳を一層興奮させた。

紫峰は美佳の頭に手を添え、もう一度キスをしてきた。

もちろんキスだけでは終わらない。中に入っている紫峰の指が美佳の熱を呼び覚まして、指の動きがスムーズになる。

「紫峰、さ……っん」

美佳はどうにか唇を離し、紫峰に限界だと言おうとするが、快感に溺《おぼ》れ、言葉が上手く紡《つむ》げない。

「美佳？　イイ？」

喘《あえ》ぐように息を吸って頷《うなず》くと、紫峰は美佳の中に挿し入れた指を増やし、それからぐっと奥に押し込んだ。自然と腰が揺れてしまうのを、抑えきれない。

快感が増していく中、ゆっくりと指が引き抜かれる。

わずかな喪失感もあるが、これからすることへの期待感が増す。

紫峰は自分のモノを美佳の隙間に当てる。

そのままゆっくりと、下から入ってきた。

けれど今日の紫峰は意地悪で、すべてを入れてはくれない。浅い場所でゆっくりと下から腰を揺らされた。

「あぁ……っん」

美佳が思わず上げた声に、紫峰が微《かす》かに笑った気がした。紫峰は余裕だ。

「紫峰さん、どうして、そんなに、余裕……っ？」

「余裕なんてないけど」

紫峰は熱い吐息とともに、そんな言葉を吐き出した。

そんなことを言っても、いつも先に我を忘れてしまうのは美佳の方だ。

「気持ちイイよ、美佳。余裕なんかない。こんなに感じてる」

そう言って、紫峰は美佳の腰を少し強めに突き上げた。

その瞬間、美佳の中にすべてが入ってくる。紫峰のすべてを受け入れて、中をいっぱいにされた。

「んっあ！　しほ、さ……っ」

喘《あえ》ぐことしかできなくなる。

そんな美佳の身体を抱え直し、紫峰は自分の膝の上に座らせた。

紫峰のにこりと笑った顔を真下に見ると、美佳の身体の中がズキンと疼《うず》く。

「気持ちイイ？　中が狭くなった」

顔がカーッと熱くなる。

繋《つな》がっているため、美佳の身体の反応がダイレクトに彼に伝わってしまう。

「そんな、言わないで」

「どうして？」

「恥ずかしいです」

その言葉に紫峰は笑い、下から突き上げを開始した。その度に美佳の身体は浮き上がり、また繋《つな》がりが深くなる。とても甘い刺激だった。

「このまま美佳が動いて。腰を支えるから」

「私……？」

紫峰は美佳の腰に手を添え、頷《うなず》いた。

美佳は紫峰の腕を軽く握り、腰を上げる。それから少し腰を浮かせ、また下ろす、を繰り返す。腰を動かす度に中で擦れ、堪《たま》らない気分になる。

「紫峰さん、動いて？」

「もう限界？　動いている君を、もっと見ていたいのに」

紫峰はそう言って、しばらく美佳の腰を撫で続けた。

今の美佳は、紫峰の目にどんな風に映っているのだろう。美佳は今、この上なく恥ずかしいのだけれど……

「私、下が、いい」

「今日は、美佳が上でもいいでしょ？」

美佳が眉を下げると、紫峰が笑った。

「君の感じている顔がよく見える。もう腰、動かせない？」

美佳が首を横に振ると、紫峰は「しょうがない」と言って、美佳の手を握った。

「そのまま、上にいて」

そう言って、下から腰を突き上げる。美佳は、疼《うず》く身体が止められない。

「あっ、あっ、あっ！」

喘《あえ》ぐ声も止まらなくなり、いつもならば恥ずかしいと感じるけれど、この時の美佳にそんなことを考える余裕はなかった。

甘い刺激に美佳は体勢を保てなくなり、紫峰の胸に手をついて崩れた。

それでも紫峰は抽送《ちゅうそう》を止めてくれず、折り重なるような形で彼の肩にしがみついていた。

「美佳……好きだ」

「好きだ」と言われ、疼《うず》きが増す。

「私も好き……っあ、紫峰さん……っ」

紫峰を強く抱きしめた。

紫峰も美佳を抱きしめて、腰をより強く引き寄せる。

揺する速度はどんどん速くなっていき、美佳は自分の快感しか追えなくなる。

本当に、気持ちイイ。

紫峰と出会う前にも、付き合った人はいる。でも、紫峰と抱き合うことで、セックスの本当の意味を知った。

心から愛し合っている相手とすると、こんなに感じるものだったのだ。

紫峰に抱かれるこの行為でだけ、美佳は女の悦《よろこ》びを得られる。

「紫峰さん、好き、好き……っあん」

うわ言のように何度も「好きだ」と言う。

心も身体も、紫峰に溺《おぼ》れている。

美佳は小説の中のこういうシーンを書く時「溺《おぼ》れる」という表現を使ったことがある。

けれどその時は、実感としてその感覚を得られてはいなかった。まさか自分がその感覚を経験できるとは思わなかった。

けれど今は、本当に溺《おぼ》れている。

紫峰という存在に、美佳は溺《おぼ》れきっている。

別れなんて、死んでもきてほしくない。ずっと一緒にいたい。

紫峰と、ずっと一緒に――

「美佳、イク……っ」

紫峰が限界を訴えた。美佳も限界が近い。

「私も……っは、しほ、さ……ああっ！」

美佳の腰に添えた手に力がこもり、これ以上ないくらい強く腰を押し付けられ、一番奥まで繋《つな》がったところで二人は同時に果てた。

美佳は喘《あえ》ぐように息をして、身体を震わせた。

達したあとも、ずっと紫峰に抱きしめられているから、余韻《よいん》が長引く。

心も身体も満たされる。ずっと、こうしていたい。

「離れたくない」

紫峰が言った。

「離れたくない」

美佳も同じことを言って、抱きしめる手に力を込める。

美佳が紫峰の首に顔を埋めて微《かす》かに笑《うず》うと、紫峰も笑った。

まだ整わない呼吸の合間に、紫峰が言った。

「僕は君の掌《てのひら》の上にいて、僕の心の中心はずっと君で……君はいつも怒らず、何事も許して受け入れてしまう。もう少し僕に対して言いたいことを言えばいいのに、なにも言わない。だから、たまにこうやって甘えられると、僕は最高にいい気分だ。君の身体も堪《たま》らない。僕には、君しかいないんだ、美佳」

そう言って美佳の顎《あご》に手を添えて顔を上げさせ、深いキスをする。

快感の余韻《よいん》が長引いているせいで、美佳はすぐに息が苦しくなる。

けれど紫峰は構わず、腰に添えたもう片方の手に力を込めて、腰を強く押し付けた。

声を出したくても、出せないもどかしさは快感となって、美佳の身体の中で響く。

その時、美佳の中で紫峰自身が大きくなった気がした。

こうしてなにもしなくても、繋《つな》がっているだけで気持ちイイ。

どちらの唾液かわからないくらい舌を絡め、溶け合わせたあと、美佳の身体の中心から水音が聞こえた。紫峰が腰を揺すったから。

結合している部分も、トロトロに溶け合って、一つになっている気分。

その感覚のあまりの気持ちのよさに、美佳は自ら腰を押し付けた。

「君といると、セックス漬けになる。……まるで中毒みたいだ」

紫峰の唇は濡れていてセクシーだった。

美佳はなにも言えず、ただ紫峰の頬に唇を押し付ける。

そして正面から紫峰を見据え、自分から深いキスをする。

「もっと、キスして、美佳」

言われた通り、唇が溶けてなくなるくらいキスをする。

紫峰は美佳のキスに応《こた》えながら、腰を揺すり続けた。

今日は一日中、溶け合って一つになるくらい、二人で愛し合う。

美佳の悩みや不安は、もうすでになくなっていた。

7

紫峰と一度愛し合ったあと少し眠り、起きてまた愛し合った。

途中、紫峰が簡単な食事を持ってきてくれ、それを食べてまた抱き合った。

まるで遠距離恋愛中の恋人が、しばらくぶりに再会した時のように、情熱的にお互いを求めた。

ベッドの上で食事をして、食事を終えたあとまた愛し合うなんて、美佳はこれまでに経験したことがなかった。

一日中裸で過ごし、風呂にも一緒に入り、湯船でも身体を繋《つな》げた。

そんな日の翌日。美佳は仕事に出かける紫峰のために、頑張って早起きして朝食を準備する。

食事を作っていると、怠《だる》い身体も少しずつシャキッとしてきた。

まだ昨日の余韻が残っていて、思い出すだけで顔が熱くなる。

美佳がご飯を作り終える頃、スラックスとシャツを身につけた紫峰が気怠《けだる》そうに起きてきた。

「紫峰さん、ご飯をちゃんと食べて行ってね。そうでないと、力が出ませんから」

昨日いろいろしすぎたせいで、さすがの紫峰も少し疲れた様子だ。

「いつも思うけど、君は元気だね」

朝食を並べていると、紫峰がそう呟《つぶや》いた。美佳は恥ずかしくなって、曖昧《あいまい》な笑みを返す。

「昨日あれだけセックスしたのに、身体が怠《だる》くないの？　僕は今日も休みたいくらいだ」

「……ご飯を作ったりして、活動してたら少し怠《だる》さが取れたの。紫峰さんも身体を動かせば、きっと少し怠《だる》さが取れると思うんだけど」

美佳だって、怠《だる》さはまだ残ってる。なにせ、あれだけずっとベッドにいたのだ。

今日はシーツを洗わなくちゃ。また昨日の情事を思い出し、顔が熱くなった。それに昨日は一日なにもしなかったから、紫峰が旅行に持っていった衣服の洗濯もできていない。

「普通、何回もした次の日って、ぐったりしてるものだと思ってた」

「誰と比べてるの？」

美佳がちょっとムッとして言うと、紫峰はこちらを見た。

「なに？　紫峰さん」

「たまにはそうやって怒った方がいい。君は怒らなさすぎるから。いい傾向だ」

そうして笑って「いただきます」と言ってご飯を食べ始めた。

「紫峰さんが知ってる女の人は、みんなそうなの？　私だって、怠《だる》さがないわけじゃないんだけど……」

昨日、あれだけ思いをぶつけたせいか、さっきは少し強い言い方になってしまった気がする。美佳はトーンダウンして尋ねた。

「わかってるよ。……なんか、君がそうやって怒ったりすると、君との心の距離が近づいた気がする」

言われたことの意味がわからず、美佳がきょとんとしていると、紫峰が続けた。

「夫婦として、壁がなくなってきたな、ってね。お見合い結婚で、かなりスピード婚だったし、まだこれからだとは思うけど。もっと違う美佳の表情も見たい」

そんな聞き心地のいいことを言われても、誤魔化されないぞ。

紫峰の過去の女性達に嫉妬しながら、美佳は言った。

「私は自分の体調がどうあれ、紫峰さんを笑顔で見送りたいんです。そうしないと、私の一日が始まらない」


美佳は、紫峰が箸《はし》を止めて聞いているのに気づかず、パクパクご飯を食べた。

「『行ってらっしゃい、気をつけて』これを毎日言いたいだけなの。あと、朝はきちんと食事をとっていってほしい。毎日、無事に帰ってきてほしい。SPって、危険を伴う仕事だし」

紫峰は一度、重傷を負ったことがある。だからこそ、毎日笑顔で送り出し、毎日笑顔で出迎えることを大切にしたいと思ったのだ。

そのためには、美佳もきちんと早起きして、紫峰に朝食を作って食べてもらい、お見送りしたい。

「頑張って起きてるの。あんなに激しく抱き合ったんだから、怠《だる》くないわけない」

紫峰が箸《はし》を止め、じっと美佳を見ていることに気づき、どうしたんだろう、と思った。

「頑張って起きるのは、僕のため？」

「他に、理由なんてない。紫峰さんのためですけど？」

美佳が言うと、紫峰が目を伏せてまた笑う。

「大事にされてるな、僕。ありがとう」

大事にするのは当たり前だ。紫峰は、美佳の夫なのだから。これからもずっと長い時間を一緒に生きていく人。

紫峰はそれからまたしばらく美佳を見つめていたが、箸《はし》が動き出したのでホッとした。なにか、変なことを言ってしまったのかと思った。

「大事にしますよ。紫峰さんは私のただ一人の人だから」

美佳が言うと、紫峰はまた美佳をじっと見た。

「……仕事に行きたくなくなった。離れがたい気分だ」

ため息をついて、紫峰は言う。

「こんな気持ち、君以外に感じたことがない」

朝、一緒に食事をする大切さ。家族が揃い、笑顔で会話する時間。

美佳の家庭は、いつもこんなだった。父が生きていた時、母は今の美佳と同じように「行ってらっしゃい、気をつけて」と声をかけていた。それに父は笑顔で応《こた》え、仕事に向かっていた。

紫峰との結婚生活も、ずっと笑顔でありたい。

どんなにきつい朝も、きちんと笑顔で紫峰を送り出したい。

美佳にできることはこれくらいだから、ちゃんとしてあげたいと思うのだ。

「大変だろうけど、頑張って紫峰さん」

「わかりました。しっかり食べて仕事に行くよ」

紫峰は苦笑して頷《うなず》いて食事を再開する。

美佳も今日は家事がたくさん残っているから、エネルギーを補充しないと、と思い、食べた。

食べ終わると、ブリーフケースを持って玄関に行く紫峰を見送るため、美佳もあとに続いた。

「紫峰さん行ってらっしゃい、気をつけて」

今日も、大切な相手に言え、幸せだと思う。

ずっとこうやって言える日が続くといい。

「行ってきます」

「早く帰ってきてね」

今日も、早く無事で帰ってきてほしい。

「紫峰さんの好きな物、作って待ってるから」

紫峰はなんでも美味しいと言って食べてくれるから、好きな物と言っても幅広いけれど。

「ありがとう」

「それと！」

美佳が急に大きな声を出したので、紫峰は首を傾げている。

靴を履こうとしていた紫峰の背に、美佳は手を回し、抱きしめる。

「帰ったら、また……いっぱい愛して？」

昨日一日、あれだけしたのに、と自分でも思う。昨日の余韻《よいん》がまだ美佳の中に残っていて、切ないのだ。

美佳は顔を寄せ、紫峰にちゅっとキスをする。

音を立てて唇を離すと、紫峰が瞬《まばた》きをして、小さく息を吐き出した。

「美佳……ちょっと、困る」

困った顔をした紫峰は、頭を抱えている。

なにかまずいことをしてしまったのだろうか。積極的になりすぎて、呆れられている？

慌てる美佳に構わず、紫峰は美佳の身体を回転させて向き合う体勢にし、そのまま引き寄せた。

「もう、行くって時に、どうしてこんなこと。昨日、あれだけ……」

抱きしめた身体の中心に感じる、紫峰の高まったもの。

「紫峰さん……？」

「昨日あれだけやったのに、なんで……君のせいだ、美佳」

戸惑ったような顔をしている。けれどその困った顔は、美佳の胸を高鳴らせた。

紫峰が、美佳のしたことでこんなにうろたえてくれるなんて。

「本当に……げ、元気ですね、紫峰さん」

「年甲斐もなくね。本当に、君のせいだ」

紫峰は深いため息をつき、眉を寄せている。

「時間、ある？」

突然の美佳の問いかけに、紫峰は不思議そうな顔をして答えた。

「少し早いから、十分くらいは。でもその前に……トイレに行くから離してくれる？」

けれど美佳は、さらに抱きしめて離さない。ぎゅっと紫峰の身体を引き寄せる。

「美佳、離してくれないと困るんだけど」

そう言う紫峰のベルトに、美佳は手を伸ばす。カチャリ、と音がしたところで紫峰が美佳と目を合わせる。美佳はゆっくりとベルトを外して、スラックスのボタンに手を掛けた。

「美佳……？」

「紫峰さん、終わったら、気をつけて行って」

瞬《まばた》きをした紫峰にもう一度小さなキスをして。

スラックスのジッパーをゆっくり下げる。

朝から私はなにをやってるんだろう、と思う。こんなことをする美佳を、紫峰は嫌うかもしれないけれど、張り詰めたモノを楽にしてあげたい。

下着の上から、そこを撫でる。

すると、さらに張りが増し、紫峰は眉根を寄せた。その表情が堪《たま》らなくよかった。カッコイイ男の人が切羽詰《せっぱつ》まった顔をすると、こんなにもドキドキするのか。

「しても、いい？」

こんなはしたないことをしようとしている自分を、紫峰はどう思っているのだろうか。でも、紫峰のだったらしたい。

表情を窺うように見上げると、紫峰が小さく息を吐いた。

「こんな私、ダメかな？」

紫峰は首を横に振った。

「ダメじゃない。好きだよ」

余裕がなさそうに笑う紫峰を見て、美佳は少し背伸びをして頬と頬を合わせる。

「美佳はいいの？」

「紫峰さんだから」

美佳が言うと、紫峰は困ったような顔をした。その表情も堪《たま》らなく色っぽい。

こんな表情を、これから見られるのは美佳だけ。そう思うと余計に愛しさが増し、積極的に行動できる。

美佳は紫峰の下着の中に手を入れた。そこを撫でると、さらに質量が増す。反応しきっている紫峰自身を、下着をずらして取り出した。

「こんなこと、誰もやっていないだろうな。きっと……玄関先でなんて。こんな風に好きすぎて興奮したなんて、誰にも言えない。君は、呆れない？　昨日だって、あれだけしたのに」

美佳は紫峰のモノを撫でて高めていく。先の方に触れると、濡れていた。

美佳は玄関に膝を付き、紫峰自身を口の中に迎え入れる。

熱くて、大きい。美佳の口に、すべては入りきらない。

「……っ」

紫峰の腹筋が締まるのを感じて、美佳は可能な限り奥まで紫峰自身をくわえた。

舌先で撫でると、紫峰が息を呑み、美佳の髪の毛に指を絡めた。

紫峰の指が、美佳の髪を撫でる感触が心地よかった。

昨日あれだけしたのに、美佳ももう欲しくなっている。

美佳の紫峰への思いは尽きない。

「美佳……っ」

紫峰の声を聞いて、ますます離れがたくなる。

これから一日紫峰とは離れ離れなのに、朝から誘惑をしてしまった自分を後悔する。

唇で舌で紫峰を高めると、紫峰がさらに息を詰める。

「……イ、きそう」

紫峰の苦しげな声を聞き、美佳はさらに高める速度を上げた。

少し強めに吸い、舌先で撫でる。

紫峰の手が美佳の頭を強く抱く。

「……っん！」

紫峰が呻《うめ》くような声を出したあと、美佳の口の中は弾けて出たもので満たされる。

紫峰自身を何度か吸ってから口を離すと、紫峰は「はぁ」と息を吐いて腕時計を見た。

そして一言。

「ヤバい」

息の上がった紫峰は、スラックスのジッパーを上げて、衣服を整えた。

「美佳、呑み込んじゃダメだよ。きちんとうがいして！　いいね？」

美佳がなにも言わずに頷《うなず》くと、もう一度時計を見る。

「絶対、うがい！　ごめん、行ってきます！」

美佳の口の中は紫峰のものでいっぱいで、頷《うなず》くことしかできなかった。

口に手を当て、手を振り見送る。

それから玄関のドアの鍵を閉めて、洗面所へ向かう。

そうして紫峰のアレを吐き出して、言われた通りにうがいした。

「ちょっとだけ、飲んじゃったけど」

紫峰が弾けた時に、驚いて少し飲み込んでしまったのだ。

「飲み込んじゃダメだよ、って紫峰さん可愛い」

紫峰に向かって可愛いなんて口にしたら、どんな反応を示すだろう。

想像すると、なんだか楽しくなってしまった。

「朝から熱いことしちゃったけど、紫峰さん、大丈夫かな？」

美佳の口の中で達してからも、まだ硬度があった紫峰を思い出す。

でも「まぁ、いいか」と思い直して唇をタオルで拭う。

「さ、お茶碗でも洗おうかな」

そうして美佳はいつもの通りに動きだす。

午前中は家事、午後は仕事をしよう。

いつもの、幸せな日常の始まり。

あれこれ気にするのはもうやめだ、と思うくらい愛された翌日の朝——

# 特別番外編　選《え》り好みをしていると思ったのに

「係長は選《え》り好みをしてるんだってば」

はぁ、とため息をついた坂野由香《ゆか》は、上司の顔を思い出した。

もうすぐ四十に差し掛かる年の彼は、むかつくくらいカッコイイ男だ。しかも、その上司ときたら東大卒のくせにノンキャリで、法学部を卒業し、なんと司法試験にも受かっているらしい。ということは、検事か弁護士になろうと思えばなれる人なのだ。

もちろん、最初からだから司法修習生からやるのだろうが。

まぁ、とにかく、でも。

そんなことをしなくても、上司は仕事ができて優秀な警察官である。

警察官の中でも特殊なＳＰという職業に就いている。

もちろん上司がＳＰなら由香もＳＰだ。

この職に就いてもうすぐ十年が経とうとしている。つまり、由香もそれなりの年齢であり、妙齢の女性なのだ。

「三ヶ嶋が選《え》り好みをしてるって？　言ったら殺されるぜー」

先輩の松方はそう言って由香をたしなめる。

しかし。

「だって、松方さんがバツイチで、係長が独身ですよ？　かなり外見はいいし、職業も公務員で申し分ない。確かに警察官でちょっと危険な職業ではあるけれど……ま、付き合っている人がいるとしてもですよ？　選《え》り好みしてますよ」

上司で係長の三ヶ嶋紫峰は、背も高くカッコイイのに独身である。

もうすでに三十六歳にもなろうとしていて、あれだけの外見なのに独身なのは絶賛選《え》り好み中だからに決まっている。

「お前さぁ、俺らに染まってきたなぁ」

「はぁ？」

「だって、そういうこと話す奴じゃなかったじゃんか。三ヶ嶋も、真面目な坂野ならってことでこっちに引っ張ってきたのに」

SPになるきっかけを作ったのは、最初に配属された交通課の上司だった。

女にしては腕っぷしが立つ警察官だった由香は、推挙されてSPになるために養成された。まぁ、腕が立つからできる職業ではないのは養成所でわかったのだが、女の由香にとっては厳しい場所だった。

が、負けん気も強かったので、養成所で頑張り、今ではＳＰだ。

この課に配属されるまでは、違う課でＳＰをしていたが、真面目なのが欲しいと言う三ヶ嶋の要望で、現在の課にいるのだ。

だがしかし、染まってきたと言えばそうかもしれない。

まぁ、この課は仕事ができる人間ばかりではあるが、みんなどこか個性が強く、我《が》も強い。

一緒にいれば多少影響されることもある。

「そんなことないですよ！」

確かに口数が増えたかもしれないが、そんなことはないと思っている由香は首を振った。

首を振ったところで、パコーン、と頭の上でいい音がした。

「無駄なお喋《しゃべ》りはよせ、坂野。確かに染まってきたかもしれないな」

丸めたパンフレットのようなもので、由香は三ヶ嶋に頭を叩かれたのだ。

「係長！　すみません！」

「僕は選《え》り好みしていない。ちなみに付き合っている彼女がいるから、安心しろ」

丸めたパンフレットのようなもので指されながら言われて、シューンとなり反省する。

「松方の隣にしたのは間違いだったな。お前が悪影響を及ぼしている。坂野を染めたのはお前だ、松方」

「ひっで！　俺のせいか？　俺のせいじゃないぜ！　勝手に坂野が染まったんだよ！」

パンフレットで松方の頭もパコーンと叩いた。

「どうでもいいが、報告書、書いたのか？　さっさと渡せ。そのパソコンは一時間以上同じ画面だな、松方」

グッと言葉に詰まった松方は、はーい、と言ってパソコンを打ち始める。

というか、まだ報告書終わってなかったのか、と思いながら横目でちらりと見た。

「坂野は報告書、書いたのか」

聞かれて、はい！　と返事をする。

「大丈夫です！　できてます！　今からプリントアウトいたします！」

プリントアウトをしたあと、すぐに三ヶ嶋のところへ持っていくと、三ヶ嶋は由香を座ったまま見上げる。

「坂野、君は真面目だし、きちんとこういうことはやっている。でも、あまりうちの課の悪い部分に染まるなよ？」

それはそうだけど、と思いつつ三ヶ嶋を見る。

「ずっと一緒にいたら、口調とかそういうの似てきません？」

「似ない」

断言されて一瞬驚いたものの、ご尤《もっと》も、と思った。

なぜなら三ヶ嶋はまったく染まっておらず、真面目で素晴らしい上司のままだからだ。

しかも松方とはずっと友達らしいのに、松方に似たところはない。

「そう、ですね。気をつけます」

「気をつけてくれ」

そう言われて、はい、と頷《うなず》いて自分の席に戻る。

真面目で仕事ができて、とにかく素晴らしい上司の三ヶ嶋。

おまけに顔がいいのに、三十六歳になっても独身。

きっと彼女もキレイな人なんだろうと思うのだが、どれくらい付き合っているのか、結婚する予定はあるのか、まったく聞かない。

ちょっとばかり女の敵みたいな上司、三ヶ嶋紫峰は、こんな調子で結婚しないできっと四十になって。

そうなっても結局はこの容姿で女を転がし、女が切れずに過ごすのだろう、と。

そう思いながら、自分も自分だ、と思う。

妙齢で顔は悪くないのに彼氏がいない。

それで上司のことを悪く思うのもどうかと頭を切り替え、今日も仕事をこなす由香だった。

☆

「えっ⁉　結婚⁉」

「ああ、急で悪いが式を挙げることになった。式まで一ヶ月もないが、月末に休むことになってしまった。申し訳ないが、人員の組み替えをやっているから、これを見てほしい。私事で申し訳ないがよろしく頼む」

そう言って頭を下げる三ヶ嶋は、いつもと一緒の感じで仕事のように言うので、こっちが面喰《めんくら》ってしまった。

「えっとぉ……この前、付き合っていると言った彼女さんと？」

思わず聞いてしまった。

付き合っている人がいると、由香が聞いたのはついこの間。と言っても、三ヶ月ほど前だが。

「いや、違う人だ」

もちろん、由香は驚いた。

「ええっ⁉」

松方以外の、男二人も驚いた様子だった。

「えっ⁉　マジすか」

「本当ですか？」

三人でまじまじと上司の顔を見ると、さすがにばつが悪い顔というか、困ったような顔になった。

「な、なにかメリットでも？」

思わず由香が聞くと、三ヶ嶋が丸めたシフト表で、由香の頭をパコーンと叩いた。

「この僕にメリットなんかいらない。普通の女性で、結婚したいと思ったから結婚する。以上、なにか質問は？」

「質問は」と言った上司の顔がなんだか怖かったので、

「い、いえ」

由香はそう答えるしかなかった。

しかし、本当に驚いた。

三ヶ嶋紫峰は結婚しそうにない男の人だからだ。

コレは勝手な由香の思い込みかもしれないが、そんな気がしていたのだ。

しかしその一方で、いずれは誰かと結婚するだろうとも思っていた。

でも、まさか、三ヶ月ほど前に聞いた時の彼女と違う人、ということは出会ってすぐに結婚、ということだ。

なにかがなければ、結婚なんかしないだろう。

そんなに電撃的に結婚ってするもんだろうか？　芸能人じゃあるまいし、なんて考えて仕事をしていると、三ヶ嶋がちょっと席を外したうちに、松方が耳打ちする。

「お見合いだってさ」

「え？」

「三ヶ嶋の結婚相手。なんでも、昔、三ヶ嶋の父親が世話になったっていう警察官の娘。三人姉妹の末っ子で、二十九歳で独身だから、らしい。まぁ、女の方も三ヶ嶋もそれぞれいい年だし、ってことで見合いさせられたらしい」

「お見合い、ですか……それで、好きになっちゃったんですか？」

すると松方が、眉間に皺《しわ》を寄せて頷《うなず》く。

「そうみたい。俺、三ヶ嶋の付き合ってた彼女知ってるんだけど、美人で同期のキャリアでさ」

「えっ⁉　キャリア」

由香が思わず大きな声を出してしまうと、声を落とせ、と注意された。

「美人で高嶺《たかね》の花で……俺もさ、当時は結構好きだったんだけど……二年付き合ってて、結婚するかと思ったら、見合いした彼女に一目惚れ？　で、そっちと結婚することになったんだってさ」

ほうほう、と聞いてから、それで結婚を決めるなんて、と驚く。

だって上司の三ヶ嶋は、そんなことをするような人ではないと思うから。

とにかくストイックで、仕事が一番の人で。彼女には優しいことをしたことなさそうだけど、彼女に追いかけられてそうな。それが三ヶ嶋紫峰だ。

なのに、その三ヶ嶋が一目惚れをして、そんな相手と結婚するときた。

そんな相手というのは失礼だが、よっぽど美人でキレイな人なのか、それともその他の魅力があるのか。

なんにせよ、三ヶ嶋が結婚するということで、由香には一つ落ち込むことができた。人員構成が変わり、それが残念な結果だったからだ。

「なんで私……松井とばかりペアなんですか？」

「信頼されてるんじゃないの？　俺じゃダメだってさ。三ヶ嶋からこの前怒鳴られてさぁ」

あはは、と笑う先輩の松方は、松井と名前が似ているせいか二人はちょっと似た者同士。だからペアじゃないんだよ、と思いながらまだまだ新人の松井と組まされた人員構成に、由香はため息をついた。

もちろん、三ヶ嶋の結婚式には呼ばれていないし、二次会はしないということだから奥さんになる人の顔はわからないのだが。

付き合っていた彼女を振ってまで、結婚したい人とはどういう人か。

ちょっと興味が湧いてくる由香だった。

興味はあるが、紹介してほしいと思うほどではなかった。

三ヶ嶋の選んだ人がどんな人かなんて、知りたいけれど、別にいいかな、という程度。

☆

結婚してからそう間をおかずに、結構大きな事件があった。自分も巻き込まれてしまい、それから三ヶ嶋は重傷を負った。

入院期間は一ヶ月程度だったが、その後すぐに復帰した時は、さすがだと感じた。

とはいえ、さすがに警護には就けずにいたが、普通に毎日出勤をしていた。時折、きつそうにしているのは傷が痛むからなのか。

なんにせよ、三ヶ嶋はとにかくカッコイイのだが、基本仕事に忠実で、尊敬できる人だった。

巻き込まれた由香にもねぎらいの言葉を忘れないほどだ。

そんな三ヶ嶋の、復帰の一日目。

とにかく驚くことが起きたのだ。

「すみません、いきなり来てしまって。三ヶ嶋の妻です」

そう言ってやって来た可愛い、着物姿の人はぺこりと頭を下げた。

着物の柄はレトロで、明らかにヴィンテージもののようだった。帯なんかもその着物と合わせているのか、とても素敵だった。

「よかったら皆さんでお弁当を食べてください。お口に合うかどうかわかりませんけれど」

そう言って、大きな重箱を机の上に置くその仕草も、洗練されていてしとやかだ。

由香はその様子を見て、何度も瞬《まばた》きをした。

少しふくよかな感じを受けるが、それが逆に可愛くて。にこりと笑う顔は愛らしいし、美人というより、とにかく可愛い人だ。身長もそんなに高くないものの、でも、それがかえってその人の雰囲気を醸《かも》し出していて。

着物を着て登場するとは、どれだけの人なんだ、と思う。

仕事の邪魔をしてはいけないから、とすぐに帰る彼女の様子を、由香はしばらく見ていた。周りの男どもの可愛い、と言う言葉に、由香も同意した。

「係長の奥さん、めっちゃ素敵なんですけど！　着物ですよ？　しかも、その着物の柄が可愛いし、奥さん自体も可愛いし、お弁当作ってくるし！」

「俺も、女らしいっていうか、ほんわりしているというか、あんな人だと思いませんでした。係長、厳しいし、仕事できるし、もっとこう強い感じの女の人かと思っていたから」

由香と松井の言葉に顔を上げた三ヶ嶋は、少しだけ笑って松井のデスクまで重箱を持ってきた。

松井のデスクが一番中央にあるからだ。

「係長、中身、見てもいっすか？」

松井が嬉しそうに言うのを聞いて、心の中で由香も同じことを思った。

「いいぞ」

そうして三ヶ嶋が開けた重箱の中身は、とても豪華で美味しそうで、全員が思わずつばを呑み込む。

昼時でさすがに由香もお腹が空《す》いていた。

「すっげ！ うまそー！ 係長が奥さんのことを自慢するのわかります！」

「自慢してるか？」

「してるじゃないっすか！」

松井がいつにない大声で言ったのには、由香もまた同意した。

いつもなにかにつけて、料理が上手だとか、教養が高い人だ、とか言っているのを聞いている。

惚気《のろけ》ているように聞こえないのが三ヶ嶋らしいが、由香はきっと三ヶ嶋なりの惚気《のろけ》であると思っている。

「三ヶ嶋、嬉しくないのかよ。美佳ちゃんが持ってきてくれたんだぞ？ おい」

肘で松方に突《つつ》かれて、三ヶ嶋は笑った。

その顔が由香の目には、とても優しい笑顔に見えた。

「美味しそうだ。美佳らしい」

美佳らしい、と言ったその言葉に思わず言ってしまう。

「ちょっと聞きました？　美佳らしいって、嬉しそうに笑ってますよ？」

三ヶ嶋が笑みを止めて、由香を見る。

あれれ、言っちゃいけなかったかな、と思いながら由香は目を泳がせた。

「惚気《のろけ》ですね、惚気《のろけ》！　いいなぁ、俺も彼女欲しいなぁ。料理ができる子」

はしゃいだように松井がそう言ったので、ちょっとイラッときた。三ヶ嶋が休んでいる間の人員構成は、結構松井と組んでいたことが多く、彼の子供っぽい性格には少しうんざりしていたからだ。

思わず由香は、松井の頭をバチンと叩く。

「そんなこと考えてないで仕事覚えなさいよ。三ヶ嶋さんは病《や》み上がりだし、今日は復帰一日目だから、奥さんが気を遣ってお弁当を持ってきてくれたのよ？」

ちらりと見た三ヶ嶋は、なんとも言えない、面《おも》はゆいと言うか、そんな顔をしていた。

あの三ヶ嶋がそんな顔をするなんて、と思う。

可愛いだけではない、なにかがあって三ヶ嶋はあの美佳という人と結婚したのだろう。

料理もできて、教養も深いらしいあの人は、三ヶ嶋の心を一瞬にして掴《つか》んだに違いない。

「もう飯時だし、食べようぜ」

今日は警護者がいないため、指示があるまでデスクワークだった。時間は正午を過ぎているので、松方に同意する。

「私、お皿とお箸《はし》、持ってきます。お茶はセルフですよ」

由香が立ち上がると、松井は嬉しそうに弁当のふたを全部開ける。遠慮のない様子に、三ヶ嶋は肩を竦《すく》めただけで笑っている。そうやって笑顔になるところは初めて見たような気がした。

口に入れたその料理はとても美味しくて。

「胃袋もがっちり掴《つか》んでるんだなぁ」

「ん？」

三ヶ嶋が聞き返す。

「いえ」

由香は首を振って、美味しいですね、と返した。

三ヶ嶋が、彼女を振ってまで先ほどの奥さんと結婚したのは、なぜだか知らない。

でも、今の三ヶ嶋は幸せそうで、その奥さんも三ヶ嶋のことを好きだというのがよくわかった。

三ヶ嶋のために、この美味しいお弁当を作ったのだ。

三ヶ嶋が部下と一緒に楽しめるように、復帰の一日目が上手くいくように。

そこまで考える人って、なかなかいないよね、と思いながら由香は料理を頬張る。

選《え》り好みをしていたわけではなく、こういうことを求めていたのかもしれないな、と三ヶ嶋を見て思う。

しかし、ここまで料理が上手とは。

自分の料理の腕というか、毎日コンビニのお弁当を食べている自分に思いを巡《めぐ》らすと、ため息が出そうだ。

頭をかきながら料理を食べる由香だった。

{番外編}

# 君が好きで愛しいから

*Because I Love you*

――愛しいと思う心は日々積もるが、愛おしいその人に会えるかどうかはまた別の話。

三ヶ嶋美佳は出版社にいた。

担当編集が変わり、新しい担当との打ち合わせと、本の出版に向けて修正作業をするためだった。

「執筆中に担当が変わって申し訳ありません」

「いえ、家庭の事情なら、しょうがないですから」

美佳はいくつかの出版社から本を出しているが、そのうちの一つの会社の編集の親が急に倒れ、介護が必要になったらしい。そのため編集は在宅勤務となり、普段の対応が難しくなったことから、担当が変わったのだ。

急な話ではなく、一ヶ月前から言われており、引継ぎと称して美佳の家にも挨拶《あいさつ》に来てくれていた。

「私も、先生のために頑張りますので」

ペコッと頭を下げる新担当の女性は美佳より年下だ。

けれど、しっかりと芯があり、実績はないが心から本が好きで、短編編集担当など小さなことからコツコツとやるタイプだと聞いている。

すでに何度かやりとりをしているが、美佳は彼女に任せてよさそうだと思っている。

「それで、修正部分の検討ですけれども……」

切り出され、美佳は頷《うなず》きながら自分の書いた原稿を見た。

最近はあまり執筆が進まなかったが、やらなければ、と肩の力を抜いて書き上げた小説だった。

ダメ出しをされたわけではないが、もう少し心情部分を増量してほしいという提案に、美佳はそれらを加筆し、電話ではなく対面で話をすることになったのだ。

「それでここの部分はですね……」

話を聞きながら、美佳は別のことを考えていた。

別のことというのは夫の三ヶ嶋紫峰のことだ。

ここ一週間ほど顔を合わせていなかった。それというのも、彼の仕事が特殊なのもある。交代制でやっていて、家に帰ってくるけれど、またすぐに仕事に行き、二泊ほどして帰ってきたりする。

最近はそうしたシフトが立て続けで、その理由は選挙シーズンだからのようだった。

地方に行けば宿泊することも多く、基本家にいる美佳だが、顔を合わせても疲れている彼に気を遣ってしまう。

それになにより、紫峰は帰ってきたら疲れているのかすぐに寝てしまって、彼との触れ合いもだいぶご無沙汰なのだった。

してほしいというわけではないし、欲求不満というほどでもないが、やはり好きな人のぬくもりは少しでもいいから欲しいのだ。

「先生？」

声を掛けられハッとして現実に戻る。

「あ、えっと、なんでしったけ……？」

苦笑いを浮かべながら美佳が言うと、新しい編集は微笑んだ。

「すみません、執筆を急《せ》かしたので……もしかして、お疲れですか？」

そういうわけではないけれど、と美佳は首を振った。

「ちょっと考え事をしてしまって……ごめんなさい」

気を取り直して、美佳は原稿を見る。赤色文字で訂正されているところを首を傾げながら考えるが、結局はちらちらと紫峰の顔が頭をよぎる。

それでもなんとか、修正部分の言い回しや語彙の使い方を説明し、それではこうしたら、という提案を聞きつつ原稿を整えていく。

今日は、紫峰は帰ってくるだろうか。

昨日の朝出たので、今日は帰ってくるかもしれないが、たまに連絡があって帰ってこない時もあるのだ。

ご飯どうしようかな、作っても一人なら味気ないし、と思いながら美佳は目の前にある仕事をする。

とりあえず食材が乏《とぼ》しいから、買い物に行こう。

そう思って、新たな編集とともに、仕事を進めていくのだった。

☆

美佳が食材を買って家に戻って間もなく、メッセージが届いた。

紫峰からで、今日は帰れるかどうかわからない、とのことだった。

「二人分買ったのに……」

今日はビールでもどうかと思い、紫峰の分と自分の分で二本買ったのだが、お預けになりそうだった。

「わかりました気をつけてね、と」

メッセージを送信し、ため息をついた。

だが、帰れるかどうかわからない、ということは帰ってくるかもしれないので、とりあえず二人分食事を作ることにした。

今日のメニューは酢豚だが、野菜を取ってほしいので、定番のピーマンやニンジンだけでなく、キャベツも入れてみることにした。

ケチャップやその他の調味料でソースを作っていると、美味しそうな匂いとは裏腹に、ため息が出てしまう。

「もう、何日……紫峰さんと、して、ないかな……」

そろそろ、一ヶ月くらいになるのではないだろうか。

カレンダーにそういうコトをした日をマークしているわけではないから、正確な日数はわからないが、選挙期間は決まっているので、それを逆算すると、やはり一ヶ月くらいだ。

国を動かしている大臣以上の人達の警護をしているのだから、その人が地方に行けば、それだけ彼の勤務時間も長くなってしまう。

ただ、あまりにもこんな日が続くと、と美佳は少しだけ食材を炒める手を止めた。

大変な仕事をしているのだ、紫峰は。

だから、たかが夫婦のこういう気持ちと、仕事は切り離さなければならない。

「でも、やっぱり寂しい……」

美佳は大きく息を吐き出し、目の前にある食材を見ながら、手早く料理を仕上げるのだった。

☆

今日は家に帰れると思っていた紫峰は、帰れるかどうかわからなくなってしまった状況に苛立ちを覚えた。だが、これは仕事なのだからしょうがないと、自分を落ち着かせる。

なぜこんなことになったかと言うと、警備している大臣の一人が、急遽食事に行くことになったからだった。しかも時間は午後八時から、と少し遅い時間から始まるため、あまりにも遅くなった場合は宿直室に泊まることになってしまうからだ。

車で帰れば、と思うのだが、夜遅い時間に妻の美佳を起こしたくなかった。

それに彼女は仕事が佳境だし、新しい編集に変わったことで、いろいろ気を遣っている。

連絡が遅くなってしまったことで、もしかしたら彼女は食材を二人分買ったかもしれない。そう思ったが、連絡はきちんとしておこう、とメッセージを送った。

また最近は選挙中のため部下達はバラバラに要人警護についており、警護課の他係との連携もしているため、気を遣うし集中力もいる。

帰っても寝るだけの日々は、きっと美佳に心配をかけていることだろう。

「三ヶ嶋係長、今日はかなり遅くなりそうですね。複数の議員の方々と会食みたいな感じですし」

そう言ってため息をついた彼は、携帯電話を見ながら、さらにため息をついた。

「ウチの奥さんから、また遅いの？　って……わかってる風なメッセージですけど」

ははは、と笑った彼は、他係のＳＰで、しっかりとした真面目な人物だった。

「僕の妻もたぶんそんな感じだろうな。今日は久々に手料理が食べられると思ったのに……」

紫峰が同じようにため息をつくと、知ってますよ、と微笑まれた。

「松方さんから、可愛くて料理が上手いって聞いてますから」

松方、と聞いて紫峰は頬がピクリとしてしまう。

胸が大きいとか余計なことを言ってないだろうな、と。

「松方さんの奥さんも、美人でしかも警視ですからすごいですよね……あ、僕の奥さんにちょっと連絡していいですか？」

「ああ、休憩中だし。僕も妻に、もう一言送ることにするよ」

紫峰が携帯を取り出しながら言うと、すみません、と言って少し離れてメッセージを打ち込んでいた。

携帯には美佳からのメッセージが届いており、中身は一言だけだった。

『わかりました気をつけてね』

美佳が寝ている時に帰ることも多く、さすがに起こすのも悪い、と思いながら隣で眠りにつくことが多い。疲れているからすぐに眠くなってしまうのだが、さすがに彼女の肌が恋しくなってきていた。

何日美佳を抱いてないんだ、とさすがにちょっとうなだれてしまう。

「選挙期間が終わったら、二人でゆっくり過ごそう、と」

紫峰はメッセージを送信し、一度肩を落とす。

あまり遅くならないといいのだけど、と心の中で呟《つぶや》きながら、携帯をポケットにしまうのだった。

☆

「これは帰れそうじゃないですか？」

「そうだな」

予想に反して早く帰れそうになっているのは、政治家の駆け引きというやつみたいだった。

四人で集まるはずが二人キャンセルになり、それで二十時からの食事会は取りやめ、残った二人はそれぞれ帰って、また会おうという話になった。

今の時間はちょうど二十時で、大臣を家に送り届けるのに三十分。

急いで帰れば二十一時過ぎには家に着くことができるだろう。

そして紫峰は大臣を自宅へ送ったあと、まっすぐ家に帰った。予想通り、時間は二十一時を十五分ほど過ぎた頃で、玄関の鍵を開けて入ると、妻の美佳がスリッパで駆けてくる音がした。

「お帰りなさい……帰ってこないかと思ってた」

「うん、そうなりそうだったけど、政治家の駆け引きかな？　予定がなくなって」

紫峰がそう言うと、美佳の顔がふわりと笑ってドキッとした。

「無事に帰ってきてよかった……今日は変わった酢豚を作ってて」

「変わった、ってどんな？」

紫峰が靴を脱ぐと、持っていたバッグを受け取る美佳は笑顔のまま話す。

「野菜を取ってほしくて、キャベツも入れたの。ソースはちょっと甘辛くしてあって、食欲をそそる感じかな」

「楽しみだな」

リビングに入ると、いい匂いがして途端にお腹が空《す》いてくる。

「食事、まだよね？」

「もちろんまだ。急なキャンセルで警護の必要がなくなってラッキーだな。明日は午後からだし」

美佳は紫峰のバッグを置くと、すぐにキッチンに入り、食事を温め直してくれた。

ご飯をよそい、出してくれるまで十分程度だった。手際がいいんだよな、といつも感心する。

「じゃあ、今日は少し、ゆっくり眠れるのね」

お茶を淹《い》れながらそう言うと、自分のお茶も用意して紫峰の前に座る。

「そうだね。美佳とゆっくりできる。何日してないかな、美佳と」

美佳は顔を赤くして、視線を下に向けた。

「ご飯食べたら抱いていい？」

「お風呂に入ってから、です」

「わかった」

紫峰は片言でそう言うと、美佳は自分のお茶をほぼ飲まないまま立ち上がる。

「先にお風呂に入って、待ってる、から」

そう言って顔を赤くしたままリビングを出ていく美佳を見て、紫峰もなんだか顔が赤くなりそうだった。

「いつまで可愛いんだろうな……もうしばらく二人でいたいなんて言ったら、怒るかな」

子供のことを考えていないわけではないが、美佳を好きすぎる自分はどうかしていると思うほど。

二人でいる時間を大切にしたい、と思う。

これから過ごす熱い時間のことを思うと、今すぐご飯を食べるのをやめて、美佳と一緒に風呂に入ればよかった、と後悔するのだった。

恋愛小説「エタニティブックス」の人気作を漫画化！

# 君が好きだから

漫画 幸村佳苗 Kanae Yukimura
原作 井上美珠 Miju Inoue

EC Eternity COMICS

二十九歳の堤《つつみ》美《み》佳《か》がお見合いで出逢ったのは、エリート育ちのイケメンSPである三《み》ケ《か》嶋《しま》紫《し》峰《ほう》。平凡な自分では相手にもされないと思ったのに彼から熱いプロポーズを受けて結婚することに！　思いがけず始まった新婚生活は幸せそのもの。だけど、美佳はどうして彼がこんなにも自分を大事にしてくれるのかがわからず、不安にもなって――。お見合い結婚から深い愛が生まれる運命のラブストーリー。

B6判　定価：704円（10％税込）ISBN 978-4-434-21878-1

訳あって仕事を辞め、充電中の純奈《じゅんな》。独身で彼氏もいないけど、そもそも恋愛に興味なし。別にこのまま一人でも……と思っていた矢先、偶然何度も顔を合わせていたエリート外交官・貴嶺《たかね》と、なぜか結婚前提でお付き合いをすることに！　ハグもキスもその先も、知らないことだらけで戸惑う純奈を貴嶺は優しく包み込み、身も心も愛される幸せを教えてくれて――

B6判　定価：704円（10%税込）　ISBN 978-4-434-27987-4

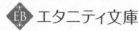

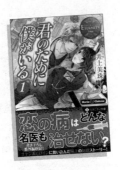

EB エタニティ文庫

# 一生の恋を、もう一度。

ETERNITY Rouge
エタニティ文庫・赤

## 君に永遠の愛を1〜2

井上《いのうえ》美珠《みじゅ》　　装丁イラスト／小路龍流

文庫本／定価：704円（10％税込）

一瞬で恋に落ちた最愛の人・冬季《ふゆき》と、幸せな結婚をした侑依《ゆい》。しかし、彼女はその幸せを自ら手放してしまった。そして、彼を忘れるために新たな生活を始めた彼女だったけれど、冬季はこれまで以上の激しい愛情を向けてくる。その強すぎる愛執に侑依は戸惑うばかりで……

※エタニティブックスは大人の女性のための恋愛小説レーベルです。ロゴマークの色で性描写の有無を判断することができます（赤・一定以上の性描写あり、ロゼ・性描写あり、白・性描写なし）。

詳しくは公式サイトにてご確認ください。
https://eternity.alphapolis.co.jp/

本書は、2014 年 8 月「君が好きだから」・2014 年 9 月「君が愛しいから」として当社より文庫本で刊行されたものに、書き下ろしを加えて再編集したものです。


この作品に対する皆様のご意見・ご感想をお待ちしております。

おハガキ・お手紙は以下の宛先にお送りください。

【宛先】

〒 150-6019 東京都渋谷区恵比寿 4-20-3 恵比寿ｶﾞｰﾃﾞﾝﾌﾟﾚｲｽﾀﾜｰ 19F
（株）アルファポリス　書籍感想係

メールフォームでのご意見・ご感想は右のＱＲコードから、
あるいは以下のワードで検索をかけてください。

アルファポリス　書籍の感想　検索

ご感想はこちらから

エタニティ文庫

完全版《かんぜんばん》君《きみ》が好《す》きだから

井上《いのうえ》美珠《みじゅ》

2024年5月15日初版発行

文庫編集－本山由美・大木 瞳
編集長 －倉持真理
発行者 －梶本雄介
発行所 －株式会社アルファポリス
〒150-6019 東京都渋谷区恵比寿4-20-3 恵比寿ｶﾞｰﾃﾞﾝﾌﾟﾚｲｽﾀﾜｰ19F
TEL 03-6277-1601（営業） 03-6277-1602（編集）
URL https://www.alphapolis.co.jp/
発売元－株式会社星雲社（共同出版社・流通責任出版社）
〒112-0005 東京都文京区水道1-3-30
TEL 03-3868-3275
装丁イラスト－椿野イメリ
装丁デザイン－AFTERGLOW
（レーベルフォーマットデザイン―ansyyqdesign）
印刷－中央精版印刷株式会社

価格はカバーに表示されてあります。

落丁乱丁の場合はアルファポリスまでご連絡ください。

送料は小社負担でお取り替えします。


ISBN978-4-434-33870-0 C0193